2,–

Margaret Mazzantini

Geh nicht fort

Roman

Aus dem Italienischen
von Petra Kaiser

Büchergilde Gutenberg

Für Sergio

Du hast das Stoppschild nicht beachtet. In der Eile bist du einfach weitergefahren, in deiner Jacke aus Webpelz, die Stöpsel des Walkman in die Ohren gepreßt. Bis vor kurzem hat es geregnet, und gleich wird es wieder losgehen. Über den letzten Platanenblättern, über den Antennen war der aschfahle Himmel voller Stare; mit ihrem Gefieder und mit ihrem Krächzen erfüllten sie die Luft, flogen als wogende schwarze Flecken aufeinander zu, ohne sich zu berühren, stoben wieder auseinander, bevor sie sich erneut zu einer Formation zusammenfanden. Unten auf der Straße hielten sich die Passanten eine Zeitung oder nur die Hände über den Kopf, um sich vor dem niederhagelnden Vogelmist zu schützen, der sich auf dem Asphalt mit dem aufgeweichten Laub vermengte und einen beklemmend süßlichen Duft verströmte, dem jeder möglichst schnell zu entkommen suchte.

Wie im Flug kamst du die Allee herauf und fuhrst auf die Kreuzung zu. Fast hattest du es geschafft, fast hatte der Mann im Auto es geschafft, dir auszuweichen. Aber der Boden war glitschig vom Mist der sich sammelnden Vögel. Auf dem schmierigen Belag kam der Wagen ins Rutschen, wenig nur, aber doch genug, um deinen Motorroller zu streifen. Du wurdest hochgeschleudert zu den Staren und fielst dann hinunter in ihren Kot, und mit dir dein Rucksack mit den Aufklebern. Zwei deiner Hefte landeten im Rinnstein in einer schwarzen Pfütze. Der Sturzhelm ditschte über die Straße wie ein ausgehöhlter Schädel, du hattest ihn nicht festgeschnallt. Augenblicklich näherten sich die Schritte eines Passanten. Deine Augen waren offen, der Mund blutverschmiert, es fehlten die Schneidezähne. Auf den Wangen waren lauter schwarze Punkte wie bei einem schlecht rasierten Mann: Teerkörner waren in die Haut gedrungen. Die Musik unterbrochen, die Stöpsel des Walkman waren in die Haare gerutscht. Der Autofahrer riß die Wagentür auf und ging auf dich zu; als er die klaffende Stirnwunde sah, kramte er in seinen Taschen nach dem Handy, doch als er es endlich gefunden hatte, fiel es ihm aus der Hand. Ein junger Mann hob es auf, und er hat dann den Krankenwagen gerufen. Inzwischen war der Verkehr zum Erliegen gekommen. Das Auto stand quer auf den Schienen, und die Straßenbahn konnte nicht vorbei. Der Fahrer war ausgestiegen, viele stiegen aus und gingen auf dich zu. Leute, die du noch nie gesehen hattest, streiften dich mit ihren Blicken. Ein leises Stöhnen kam über deine Lippen, zusammen mit einem rötlichen Schaumklümpchen, als du das Bewußtsein verlorst. Es war viel Verkehr, der Krankenwagen ließ auf sich warten. Doch nun hattest du es nicht mehr eilig. Du lagst still da in deiner Webpelzjacke, wie ein Vogel ohne Aufwind.

Dann haben sie es doch geschafft, sich mit heulenden Sirenen einen Weg durch den Verkehr zu bahnen. Die Autos fuhren zur Seite, dicht an die Leitplanken, oder sie wichen auf die Bürgersteige am Flußufer aus, während die Infusionsflasche über deinem Kopf hin und her tanzte und eine Hand den blauen Ball drückte und wieder losließ, aus und ein, um dir Luft in die Lungen zu pumpen. In der Notaufnahme drückte die diensthabende Ärztin mit dem Finger auf den Schmerzpunkt zwischen Kiefer und Zungenbein. Dein Körper reagierte nur schwach. Sie nahm Verbandsstoff und wischte das Blut ab, das von deiner Stirn lief. Sie schaute in die Pupillen, sie waren starr und unterschiedlich groß. Der Atem war verlangsamt. Mit einem Guedeltubus brachte sie die Zunge, die nach hinten gerutscht war, in die richtige Position. Dann wurde die Absaugsonde eingeführt. Blut, Teer, Schleim wurden abgesaugt, dazu ein Zahn. Sie brachten den Fingerclip an, um die Sauerstoffanreicherung im Blut zu messen, der Sauerstoffgehalt des Hämoglobins war zu niedrig: fünfundachtzig Prozent. Also haben sie intubiert. Der Stab des Laryngoskops mit seinem eisigen Licht glitt in deinen Mund. Ein Pfleger kam mit dem Überwachungsmonitor für EKG und Kreislauf herein, er steckte den Stecker in die Steckdose, doch das Gerät funktionierte nicht. Er klopfte dagegen, ein leichter Schlag auf die Seite, und der Monitor leuchtete auf. Sie schoben dein T-Shirt hoch, befestigten die Saugnäpfe der Elektroden auf der Brust. Du mußtest ein wenig warten, denn der CT-Raum war nicht frei, dann haben sie dich in die Röntgenröhre geschoben. Das Trauma saß im Schläfenlappen. Die Ärztin hinter der Scheibe bat den Radiologen um mehr Schichten. Tiefe und Ausdehnung des Hämatoms waren zu sehen. Der Contrecoup, wenn es einen gab, war noch nicht sichtbar. Trotzdem verzichteten sie darauf, ein Kontrastmittel zu spritzen, weil sie Komplikationen in der Niere fürchteten. Sie riefen sofort im dritten Stock an, damit der Operationssaal vorbereitet wurde. Die Ärztin fragte: »Wer hat in der Neurochirurgie Dienst?«

Dann haben sie dich auf die Operation vorbereitet. Mit einer Schere schnitt die Schwester deine Kleider auf und zog dich langsam aus. Sie wußten nicht, wie sie die Angehörigen verständigen sollten. Sie hofften, einen Ausweis zu finden, aber du hattest keinen bei dir. Im Rucksack fanden sie nur dein Tagebuch. Die Ärztin las den Vornamen, dann den Familiennamen. Lange starrte sie auf den Familiennamen, kehrte erst dann zum Vornamen zurück. Eine Hitzewelle brachte ihr Gesicht zum Glühen, ihr stockte der Atem, und sie rang nach Luft, als hätte sie sich an einem großen Bissen verschluckt. Plötzlich hatte sie ihre blutige Aufgabe vergessen, nun sah sie dich an, wie man eine junge Frau ansieht. Forschend glitt ihr Blick über deine aufgedunsenen Gesichtszüge, in der Hoffnung, den schrecklichen Gedanken verscheuchen zu können. Aber du siehst mir ähnlich, und Ada konnte nicht umhin, diese Ähnlichkeit zu erkennen. Eine Schwester rasierte dir den Kopf, deine Haare fielen zu Boden. Besorgt griff Ada nach den herunterfallenden braunen Locken. »Vorsichtig, sei vorsichtig«, murmelte sie.

Dann lief sie zur Intensivstation, zum diensthabenden Neurochirurgen. »Die junge Frau, die gerade eingeliefert wurde ...«

»Du hast keinen Mundschutz, gehen wir raus.«

Sie verließen den aseptischen Ort, zu dem Verwandte keinen Zutritt haben, und gingen gemeinsam in den Raum, wo die Schwester dich für die Operation vorbereitete. Der Neurochirurg prüfte EKG- und Blutdruckkurven auf dem Monitor. »Sie ist hypoton«, sagte er, »könnt ihr Verletzungen im Brust- und Bauchraum ausschließen?« Dann hat er dich angesehen, flüchtig. Mit einer raschen Handbewegung schob er die Lider auseinander.

»Nun?« fragte Ada.

»Ist der Operationssaal fertig?« fragte er die Schwester.

»Sie sind noch dabei.«

Ada ließ nicht locker. »Findest du nicht, daß sie ihm ähnlich sieht?«

Der Neurochirurg drehte sich um und hielt die CT-Aufnahmen gegen das Tageslicht, das vom Fenster einfiel: »Das Hämatom erstreckt sich zwischen Hirn und Dura mater...«

Beschwörend legte Ada die Hände zusammen und hob die Stimme: »Sie sieht ihm ähnlich, nicht wahr?«

»... es könnte auch subdural sein.«

Draußen regnete es. Fröstelnd verschränkte Ada die Arme, als sie in ihrem kurzärmligen Kittel nach draußen mußte, lautlos ging sie in ihren grünen Gummiclogs den gepflasterten Verbindungsweg von der Notaufnahme zum Pavillon der Allgemeinmedizin entlang. Sie nahm nicht den Aufzug, um zur Chirurgie zu kommen, sie lief zu Fuß die Treppe hinauf. Sie mußte sich bewegen, einfach irgend etwas tun. Ich kenne Ada seit fünfundzwanzig Jahren. Vor meiner Heirat hatte ich ihr kurze Zeit den Hof gemacht, dabei aber stets zwischen Spiel und Ernst geschwankt. Sie riß die Tür weit auf. Im Aufenthaltsraum der Ärzte räumte ein Pfleger gerade die Kaffeetassen ab. Rasch nahm Ada Haube und Mundschutz aus einem Behälter, streifte sie über und kam dann herein.

Wahrscheinlich stand sie schon eine ganze Weile neben mir, doch erst als ich mich umdrehte, um der Operationsschwester die Klemmen zu geben, bemerkte ich sie. Verwundert fragte ich mich, was sie hier wollte, schließlich arbeitete sie auf der Intensivstation, und wir trafen uns nur selten, höchstens mal in der Cafeteria im Untergeschoß. Ich beachtete sie kaum, nicht einmal ein Kopfnicken zur Begrüßung, ich löste die nächste Klemme und gab sie an die Schwester weiter. Ada wartete, bis ich meine Hände aus dem Operationsfeld zurückzog. »Professore, Sie müssen kommen«, flüsterte sie nur. Die Schwester schob eine Nadel aus der sterilen Verpackung; als ich mich zu Ada umdrehte, hörte ich, wie die

Kunststoffhülle aufgerissen wurde. Bisher hatte ich Ada überhaupt nicht beachtet, obwohl sie direkt neben mir stand. Zwei ungeschminkte, unruhig glitzernde Frauenaugen sahen mich an. Bevor sie zur Intensivstation wechselte, war Ada eine der besten Anästhesistinnen der Klinik, unzählige Male hatte sie bei meinen Patienten die Narkose durchgeführt. Ich habe oft erlebt, daß sie selbst in schwierigen Augenblicken die Ruhe bewahrte; ich schätzte sie ungemein, denn ich wußte, wie schwer es für sie war, alles Persönliche unter dem grünen Kittel zu verbergen.

»Wenn ich fertig bin«, sagte ich zu ihr.

»Nein, es ist dringend, Professore, bitte.«

Ihre Stimme klang entschieden, hatte eine merkwürdige Autorität. Ich glaube, ich dachte an nichts, aber plötzlich waren meine Hände schwer wie Blei. Die Schwester reichte mir den Nadelhalter. Noch nie hatte ich den OP verlassen, bevor eine Operation beendet war. Ich griff nach der Nadel und merkte, daß der Impuls verspätet kam. Meine Aufgabe war jetzt, die Hautlappen zusammenzunähen. Ich trat einen Schritt zurück und stieß mit jemandem zusammen, der hinter mir stand. »Mach du weiter«, sagte ich zu meinem Assistenten. Die Schwester reichte ihm den Nadelhalter. Ich hörte, wie das Metall auf den Handschuh klatschte, ein dumpfes Geräusch, das sich in meinen Ohren sehr laut anhörte, wie aus einem Verstärker. Alle Anwesenden warfen Ada aufmerksame Blicke zu.

Lautlos fiel die Tür zum Operationssaal zu, und wir standen uns im Vorraum der Anästhesie gegenüber.

»Nun?«

Adas Brust hob und senkte sich unter dem Kittel, über ihre nackten Unterarme lief eine Gänsehaut. »Bei uns unten ist ein Mädchen, Professore, mit einem Hirnschädeltrauma ...«

Ohne es zu merken, hatte ich die Handschuhe abgestreift. »Und weiter?«

»Ich habe ihr Tagebuch gefunden ... da steht Ihr Familienname drauf, Professore.«

Ich riß ihr den Mundschutz vom Gesicht.

In ihrer Stimme war kein Kampfgeist mehr, der Mut war verflogen. Nur eine ruhige, atemlose Bitte um Hilfe: »Wie heißt Ihre Tochter?«

Ich glaube, ich beugte mich vor, um sie genauer anzusehen, um in den Tiefen ihrer Augen einen Namen zu finden, bloß nicht deinen.

»Angela«, flüsterte ich und sah, wie diese Augen sich weiteten.

Dann rannte ich die Treppe hinunter, draußen durch den Regen, rannte einfach weiter, als ein heranschießender Krankenwagen zwei Schritte vor meinen Beinen bremste, rannte durch die Schwingtür der Aufnahme, durch den Aufenthaltsraum der Schwestern, rannte durch einen Raum, wo irgend jemand mit einem Knochenbruch schrie, rannte in das leere, unaufgeräumte Zimmer daneben. Dort blieb ich stehen. Auf dem Boden lagen deine Haare. Deine welligen braunen Haare, auf einem Haufen mit blutigem Verbandsstoff.

Ein Augenblick nur, und ich zerfalle zu Staub. Ich schleppe mich zur Intensivstation, den Gang entlang, bis zur Glaswand. Da liegst du, rasiert, intubiert, helle Pflaster rund um das geschwollene schwärzliche Gesicht. Du bist es. Ich gehe durch die Glastür und bin bei dir. Plötzlich bin ich ein Vater wie jeder andere, ein armer, schmerzzerrütteter Vater, mit ausgetrocknetem Mund und von kaltem Schweiß verklebten Haaren. Das kann ich nicht verkraften, es ist zuviel, es bleibt in einem vagen Entsetzen hängen. Ich bin wie betäubt, wie in einer Schmerzembolie. Ich schließe die Augen, ich will diesen Schmerz nicht. Du bist nicht hier, du bist in der Schule. Wenn ich die Augen aufmache, werde ich nicht dich vor mir haben, sondern eine andere, irgendeine, die es zufällig getroffen hat. Bloß dich nicht, Angela. Ich reiße die Augen auf, und du bist es tatsächlich, eine, die es zufällig getroffen hat.

Auf dem Boden steht ein Behälter mit der Aufschrift: Gefährliche Abfälle, ich nehme den Menschen, der ich bin, und werfe ihn hinein. Das muß ich tun, es ist meine Pflicht, das einzige, was mir noch bleibt. Ich darf dich nicht als Teil von mir betrachten. Eine Elektrode ist verrutscht, klebt ungeschickt an deiner Brustwarze, ich nehme sie ab und bringe sie dezenter an. Ich schaue auf den Monitor: vierundfünfzig Schläge. Jetzt weniger: zweiundfünfzig. Ich hebe deine Lider, die Pupillen sind anisokor, die rechte ist stark geweitet, in dieser Hirnhälfte ist die Verletzung. Du mußt sofort operiert werden, damit das Gehirn atmen kann, diese Masse, die durch das Hämatom verschoben wurde, jetzt gegen die harte Schädeldecke drückt, die Zentren lahmlegt, die den gesamten Körper versorgen, und dir mit jedem Augenblick, der vergeht, etwas von deiner Persönlichkeit raubt.

Ich drehe mich zu Ada um: »Hat sie Cortison bekommen?«

»Ja, Professore, und einen Magenschutz.«

»Hat sie noch andere Verletzungen?«

»Verdacht auf Milzriß.«

»Hämoglobin?«

»Zwölf.«

»Wer hat in der Neurochirurgie Dienst?«

»Ich, ich habe Dienst. Tag, Timoteo.«

Alfredo legt mir die Hand auf die Schulter, sein Kittel ist

offen, Hände und Gesicht sind naß. »Ada hat mich angerufen, ich hatte die Klinik gerade erst verlassen.«

Alfredo ist der Beste in seiner Abteilung, wird aber von keinem so recht geschätzt, er ist oft unsicher, verschlossen, seine Vorzüge fallen nicht auf; er steht im Schatten des Oberarztes, wenn der ihn beobachtet, sackt er in sich zusammen. Vor Jahren habe ich ihm einige Ratschläge gegeben, aber er hat nicht auf mich gehört, sein Charakter kann mit seiner Begabung nicht Schritt halten. Er lebt von seiner Frau getrennt, und ich weiß, daß er einen Sohn hat, ungefähr in deinem Alter. Er hatte keine Bereitschaft, er hätte sich entziehen können, kein Chirurg operiert gern die Angehörigen eines Kollegen. Aber er, er hat sich in ein Taxi geworfen, ist mitten im dicksten Verkehr ausgestiegen und das letzte Stück im strömenden Regen zu Fuß gegangen, um schneller hier zu sein. Ich weiß nicht, ob ich das auch getan hätte.

»Ist oben alles fertig?« fragt Alfredo.

»Ja«, antwortet die Schwester.

»Dann gehen wir sofort nach oben.«

Ada koppelt dich vom Beatmungsgerät ab und schließt dich für den Transport an den Ambu-Beutel an. Als sie dich in den Aufzug schieben, sehe ich, daß ein Arm runterhängt, Ada beugt sich zu dir und legt ihn an deine Seite.

Ich bleibe mit Alfredo zurück, wir setzen uns in den Raum neben der Intensivstation. Alfredo schaltet den Leuchtkasten ein, schiebt deine CT-Aufnahmen ein und betrachtet sie von nahem. An einer Stelle hält er inne, runzelt die Stirn, sieht angestrengt hin. Ich weiß, wie es ist, wenn man auf einer Röntgenaufnahme nach einer Spur sucht, nach einem Hinweis, der einem weiterhelfen könnte.

»Sieh mal«, sagt er, »das hier ist das Haupthämatom, direkt über der Dura mater, es ist gut zugänglich. Ich muß zuerst feststellen, wie stark das Gehirn in Mitleidenschaft gezogen wurde, das kann ich nicht abschätzen. Hier ist noch eine Stelle, weiter innen, ich weiß nicht, vielleicht ist das ein Bluterguß durch Contrecoup ...«

In dem fahlen Licht, gefiltert durch dein Gehirn, sehen wir uns an. Wir wissen, daß es keinen Sinn hat, uns etwas vorzumachen.

»Es könnten Komplikationen auftreten, vielleicht liegt schon Ischämie vor«, flüstere ich.

»Ich muß erst mal aufmachen, dann sehen wir weiter.«

»Sie ist fünfzehn.«

»Gut, dann ist das Herz stark.«

»Sie ist nicht stark ... sie ist klein.«

Ich ging in die Knie, ich weinte hemmungslos, vergrub das Gesicht in den Händen: »Sie wird sterben, nicht wahr? Wir wissen es beide, ihr Kopf ist überwässert.«

»Wir wissen gar nichts, Timoteo.«

Er beugte sich zu mir, packte mich an den Armen und schüttelte mich, als müsse er sich selbst aufrütteln: »Jetzt machen wir erst mal auf. Ich sauge das Hämatom ab, beatme das Gehirn, und wir sehen, was passiert.«

Er richtete sich auf. »Du kommst doch mit, nicht wahr?«

Bevor ich aufstand, wischte ich mir mit dem Arm über Nase und Augen. Ein glänzender Schleimstreifen blieb auf dem Unterarm zurück. »Nein, ich hab alles vergessen, mit dem Gehirn kenne ich mich nicht aus, ich wär dir keine große Hilfe.«

Unbeeindruckt starrte Alfredo mich an, er wußte, daß ich log.

Im Aufzug schweigen wir, starren auf die Leuchtziffern, die uns anzeigen, daß die Stockwerke vorbeirauschen. Ohne ein Wort, ohne uns zu berühren, trennen wir uns. Ich gehe ein paar Schritte und setze mich in den Aufenthaltsraum der Ärzte. Alfredo bereitet sich vor. In Gedanken folge ich seinen Bewegungen, diesem Ritual, das ich so gut kenne. Bis zum Ellbogen gleiten die Arme in das große Metallbecken, die Hände packen den desinfizierten Schwamm aus, in der Nase habe ich den Geruch von Ammonium. Die Schwester reicht ihm Bauchtücher zum Abtrocknen, die Operationsschwester bindet ihm den Kittel zu. Um mich herum herrscht Stille, plötzlich sind alle verstummt. An der offenen Tür geht ein Pfleger vorbei, den ich kenne, unsere Blicke kreuzen sich: rasch schaut er zu Boden, auf seine Gummischuhe. Jetzt steht Ada an der Tür. Ada, die nie geheiratet hat und in einer Erdgeschoßwohnung mit Garten wohnt, wo oft Wäschestücke aus den oberen Etagen landen.

»Wir fangen jetzt an, sind Sie sicher, daß Sie nicht mitkommen wollen?«

»Ja.«

»Brauchen Sie noch etwas?«

»Nein.«

Sie nickt, versucht zu lächeln.

»Hören Sie, Ada«, sage ich.

»Ja, Professore?«

»Wenn es dazu kommt, sorgen Sie dafür, daß alle hinausgehen; und nehmen Sie ihr das Beatmungsgerät ab, bevor Sie mich rufen, schalten Sie alles ab, decken Sie sie zu. Sie wissen schon, sie soll ihre Würde behalten.«

Jetzt hat Alfredo die Schleuse passiert, mit erhobenen Armen betritt er den Operationssaal, der Assistent geht ihm entgegen, um ihm die Handschuhe überzustreifen. Du liegst unter der Operationsleuchte. Für mich kommt nun das Schlimmste: Ich muß deiner Mutter Bescheid sagen. Du weißt ja, daß sie heute morgen nach London geflogen ist, um ein Interview zu machen, mit einem Minister, glaube ich, jedenfalls war sie furchtbar aufgeregt. Kurz vor dir ist sie mit dem Taxi abgefahren. Ich habe euch noch im Badezimmer diskutieren hören. Am Samstag bist du zu spät nach Hause gekommen, um Viertel nach zwölf, ausgemacht war aber um zwölf; wegen dieser Viertelstunde war sie sehr verärgert, bei bestimmten Dingen kennt sie kein Pardon, solche Verstöße kann sie nicht ertragen, die bringen sie völlig aus der Fassung. Eigentlich ist sie eine nette Mutter, trotz ihrer Strenge, für sie ist diese Strenge ein Schutz, aber, das kannst du mir glauben, auch eine Bürde. Ich weiß, daß du nichts Verbotenes tust, du triffst dich mit deinen Freunden vor der Schule. Da steht ihr dann und redet, im Dunkeln, in der Kälte, vor dem großen Wandbild, vor den Graffiti, die Pulloverärmel über die Hände gezogen. Ich habe dich immer gewähren lassen, ich vertraue dir, auch deinen Fehlern. Ich kenne dich so, wie du zu Hause bist, in den wenigen Augenblicken, die wir zusammen verbringen, aber ich weiß nicht, wie du dich bei anderen verhältst. Ich weiß, daß du ein großes Herz hast, dich in großartigen Freundschaften verausgabst. Ich finde das gut, es ist der Funke, der das Leben lebenswert macht. Aber deine Mutter denkt da anders, sie meint, daß du zu wenig lernst, daß du deine Energien verschwendest und deshalb in der Schule Probleme bekommen wirst.

Manchmal geht ihr einen Block zu Fuß, du und deine Freunde, und verschwindet im Pub an der Ecke, einem verrauchten Loch unter der Erde. Einmal habe ich einen Blick hineingeworfen, durch die Fenster im Souterrain, ich hab gesehen, wie ihr lacht, euch umarmt, die Kippen im Aschenbecher ausdrückt. Da stand ich, ein gutgekleideter Mann von fünfundfünfzig, der nachts spazierenging, und ihr dort unten hinter vergitterten Fenstern, an denen sonst die Hunde schnüffeln, ihr wart so jung, so innig verbunden. Ihr seid wunderschön, Angela, das wollte ich dir sagen. Wunderschön. Ich habe euch nachspioniert, neugierig und ein bißchen verlegen, wie ein alter Mann, der heimlich einem Kind zuschaut, das Geschenke auspackt. Ja, ich habe euch zugesehen, wie ihr da unten, in dem verrauchten Pub, das Leben ausgepackt habt.

Jetzt habe ich mit meiner Sekretärin gesprochen. Es ist ihr gelungen, im Flughafen Heathrow Bescheid zu sagen. Sie werden Elsa am Flugsteig abholen und in eine Privatlounge bringen, um ihr die Lage zu erklären. Es ist schrecklich, sie dort oben am Himmel zu wissen, mit einem Stapel Zeitungen auf dem Schoß, nichts ahnend. Sie glaubt, daß wir hier unten in Sicherheit sind. Ach, meine Kleine, ich wünschte, ihr Flug ginge nie zu Ende, sie flöge endlos durch die Himmel der Welt. Vielleicht betrachtet sie gerade eine Wolke, hinter der die Sonne hervorlugt, ein funkelnder Strahl, der durch das kleine Fenster hereinfällt und ihr Gesicht aufleuchten läßt. Wahrscheinlich ist sie in den Artikel eines Kollegen vertieft, kommentiert ihn mit einem unmerklichen Zucken der Mundwinkel. Ihr Mienenspiel kenne ich aus dem Effeff, es ist, als ob es in ihrem Gesicht für jedes Gefühl eine mikroskopisch kleine Anzeige gäbe. Oft genug habe ich neben ihr im Flugzeug gesessen. Ich kenne die Falten an ihrem Hals, das kleine Doppelkinn, das sich bildet, wenn sie beim Lesen den Kopf senkt, ich kenne die Müdigkeit ihrer Augen, wenn sie die Brille abnimmt, die Lider schließt und den Kopf an die Rükkenlehne legt. Jetzt wird ihr die Stewardeß das Frühstückstablett reichen, sie wird dankend ablehnen, in tadelloser Aussprache sagen: »Just a black coffee«, und dann warten, bis der Geruch der verpackten Mahlzeit verflogen ist. Deine Mutter steht immer fest mit beiden Beinen auf dem Boden, auch dann, wenn sie am Himmel ist. Jetzt hat sie vielleicht das Rollo heruntergezogen, das Gesicht dem Fenster zugewandt, um eine halbe Stunde zu ruhen. Sie wird sich eine Route zurechtlegen, sicher will sie auch heute wieder in die Stadt, um Einkäufe zu machen. Wie letztes Mal, weißt du noch? Da hat sie dir diesen wunderschönen Poncho mitgebracht. Vielleicht aber auch nicht, vielleicht ist sie noch sauer auf dich. Was sie wohl denkt, wenn die Bodenstewardeß auf sie zukommt? Ob ihr die Knie zittern? Was für ein Gesicht sie wohl macht, mitten im Trubel, unter den vielen Menschen aus aller Welt? Wie wird sich ihre Bestürzung äußern? Weißt du, was ich glaube, Angela, sie wird schlagartig alt, uralt. Sie liebt dich so sehr. Sie ist eine unabhängige, selbständige Frau, sie kann mit Menschen umgehen, sie hat alles gelernt, doch was Leid ist, das weiß sie nicht, sie glaubt, es zu wissen, aber sie weiß es nicht. Sie ist da oben am Himmel und weiß noch nicht, was hier unten auf sie zukommt. Ein Entsetzen im Herzen, wo gar kein Herz mehr ist. Nur noch ein schwarzes Loch, das rasend schnell alles verschluckt, wie ein Strudel, der deine Sachen, Kleidungsstücke, Fotografien, Binden, Pinsel, CDs, Gerüche, Geburtstage, Kindermädchen, Schwimmflügel, Windeln mit sich fortreißt. Plötzlich ist alles weg. Eine schöne Kürettage wird sie über sich ergehen lassen müssen, auf diesem Flughafen. Übrig bleibt nur gähnende Leere, ihr Leben wie ein verlassener Platz, eine ausgeräumte Tasche über der Schulter. Vielleicht stürzt sie an die Fensterfront, wo man die Flugzeuge abheben sieht, stößt gegen diese Wand, wie ein hilfloses Tier, das von Wasserfluten herumgeschleudert wird.

Meine Sekretärin hat mit einem leitenden Angestellten des Flughafens gesprochen, er hat ihr versichert, daß man sehr behutsam sein werde, um sie nicht zu sehr zu erschrekken. Es ist alles organisiert, sie wird sofort zurückfliegen, eine Maschine der British Airways startet unmittelbar nach ihrer Ankunft. Es ist alles organisiert, sie werden sie in einen ruhigen Raum setzen, ihr eine Tasse Tee und den Telefonhörer reichen. Mein Handy ist eingeschaltet, das habe ich kontrolliert, der Empfang ist gut, vier Striche, das ist wichtig. Ich werde lügen, ich werde ihr nicht sagen, daß du in Lebensgefahr schwebst, natürlich wird sie mir nicht glauben. Sie wird glauben, daß du tot bist. Aber ich werde alles daransetzen, um überzeugend zu klingen. Du trägst einen Ring am Daumen, das habe ich nie bemerkt. Ada hatte große Mühe, ihn abzuziehen, jetzt ist er in meiner Tasche, ich versuche, ihn über den Daumen zu streifen, aber es geht nicht, jetzt versuche ich es mit dem Mittelfinger, da paßt er vielleicht. Du darfst nicht sterben, Angela, ich flehe dich an, nicht solange deine Mutter noch im Flugzeug sitzt. Du darfst es nicht zulassen, daß deine Seele zu den Wolken aufsteigt, die deine Mutter sorglos betrachtet, du darfst nicht ihre Route kreuzen, bleib bei uns, Tochter. Geh nicht fort.

Ich friere, ich habe immer noch den Operationskittel an, vielleicht sollte ich mich umziehen, meine Sachen sind in einem Metallspind, auf dem mein Name steht. Ordentlich habe ich die Jacke über das Hemd gehängt, Portemonnaie und Autoschlüssel in das obere Fach gelegt und das Vorhängeschloß einschnappen lassen. Wann ist das gewesen? Es muß drei Stunden her sein, vielleicht weniger. Vor drei Stunden war ich noch ein ganz normaler Mensch. Und jetzt dieser rasende, heimtückische Schmerz, als ob eine Säure tief im Inneren ihr zersetzendes Werk vollbrächte. Meine Unterarme liegen auf den Oberschenkeln, durch die Jalousie sehe ich einen Teil der Onkologie. In diesem Raum habe ich mich nie länger aufgehalten. Ich sitze auf einem Kunstledersofa, vor mir ein niedriger Tisch und zwei leere Stühle. Der Bodenbelag ist grün mit schwarzen Punkten, die hysterisch vor meinen Augen herumzappeln wie Viren unter dem Mikroskop. Warum kommt es mir jetzt so vor, als hätte ich auf diese Tragödie gewartet?

Uns trennen ein Flur und zwei Türen. Das Koma. Ich frage mich, ob es möglich ist, diese Distanz, diese Ausweglosigkeit, die mich gefangenhält, zu überwinden; vielleicht kann ich die Distanz nutzen, um meine Befangenheit abzulegen wie in einem Beichtstuhl, vielleicht kann ich dich, meine geliebte Tochter, angesichts dieser tanzenden Punkte bitten, mir Gehör zu schenken.

Ich bin Chirurg, ein Mann, der gelernt hat, zu unterscheiden, die gesunden von den kranken Teilen zu trennen, ich habe viele Leben gerettet, Angela, nur mein eigenes nicht.

Seit fünfzehn Jahren leben wir zusammen in einer Wohnung. Du kennst meinen Geruch, meinen Gang, die Art, wie ich die Dinge berühre, meine eintönige Stimme, du kennst meinen Charakter, die nachgiebigen, aber auch die schroffen Seiten, die manchmal so irritierend sind, daß sie sich kaum entschuldigen lassen. Ich weiß nicht, was du von mir hältst, aber ich kann es mir vorstellen. Du hältst mich für einen treusorgenden Vater, der manchmal sogar Humor hat, wenn auch zumeist einen ziemlich skurrilen. Zu deiner Mutter hast du ein inniges Verhältnis, zeitweise gereizt, aber lebendig. Dagegen war ich immer bloß Dekoration, ein Herrenanzug, der neben eurer Beziehung hing. Meine Abwesenheit, meine Bücher, mein Regenmantel am Eingang sagten mehr über mich aus als meine Person. Aus diesen Indizien, die ich euch zurückgelassen habe, konntet ihr eine Geschichte über mich schreiben, die ich nicht kenne, eure Geschichte. Wie deiner Mutter war es auch dir stets lieber, wenn ich nicht da war, vermutlich war es dir zu anstrengend in meiner Gegenwart. Wenn ich morgens aus dem Haus ging, hatte ich oft das Gefühl, daß ihr froh wart, mich loszuwerden, und euch verbündet hattet, um mich mit vereinten Kräften aus der Wohnung zu drängen. Diese natürliche Art, mit der ihr euch verbündet, gefällt mir, ich betrachte sie mit einem Lächeln, denn bis zu einem gewissen Grad habt ihr mich vor mir selbst geschützt. Ich habe mich nie »natürlich« gefühlt, obwohl ich es krampfhaft versuchte, aber wer sich anstrengen muß, hat schon verloren. Deshalb akzeptierte ich auch das Modell, das ihr aus dem Seidenpapier eurer Bedürfnisse für mich zurechtgeschnitten habt. In meinem eigenen Haus war ich nicht mehr als ein Dauergast. Alles habe ich hingenommen, ich habe mich nicht einmal beschwert, wenn das Dienstmädchen an Regentagen eure Wäsche zum Trocknen in mein Arbeitszimmer stellte, obwohl ich zu Hause war. Ich habe mich mit diesen feuchten Eindringlingen abgefunden, ziemlich unbequem saß ich dann in meinem Sessel, weil ich die Beine nicht ausstrecken konnte, ließ das Buch auf den Schoß sinken und betrachtete eingehend eure Unterwäsche. Vielleicht hat die Gesellschaft der feuchten Wäschestücke mir mehr gegeben als eure Personen, denn das zarte, glänzende Gewebe verströmte den vertrauten Duft von Sehnsucht, Sehnsucht nach euch, gewiß, aber vor allem Sehnsucht nach mir selbst, nach meinem verborgenen Wesen. Ach, Angela, ich weiß nur zu gut, daß meine Küsse, meine Umarmungen oft gehemmt und unbeholfen waren. Wenn ich dich an mich gedrückt habe, spürte ich, wie dein Körper ungeduldig, vielleicht sogar widerwillig reagierte. Du hast dich nicht wohl gefühlt, ganz einfach. Für dich reichte es, wenn ich da war, auf Distanz, wie ein Reisender in einem vorbeifahrenden Zug, den man durch die Glasscheibe nur verschwommen wahrnimmt. Du bist ein empfindsames, heiteres Mädchen, aber manchmal schlägt deine Laune urplötzlich um, dann bist du blind vor Wut. Ich hatte immer den Verdacht, daß ich an diesen mysteriösen Wutanfällen, die dich mißmutig und ein wenig traurig zurücklassen, die Schuld trage.

Angela, hinter deinem unschuldigen Rücken sehe ich einen leeren Stuhl. In mir sehe ich einen leeren Stuhl. Ich starre ihn an, ich starre auf die Lehne, die Beine, ich warte und glaube, etwas zu hören. Das ist das Geräusch der Hoffnung. Dieses Geräusch kenne ich gut, bei unzähligen Patienten habe ich erlebt, wie es sich in der Tiefe des Körpers abmüht und sich dann durch ein Zucken der Lider bemerkbar macht; wenn ich die Hände bewegte, um über den Verlauf eines Lebens zu entscheiden, hörte ich, wie es reglos zwischen den Wänden des OP verharrte und den Atem anhielt. Ich weiß genau, was ich mir vorstelle. Mitten in dem Gewirr aus schwarzen Punkten, die jetzt dahinschweben wie Rußpartikel, stelle ich mir vor, wie auf dem leeren Stuhl eine Frau erscheint, nicht ihr Körper, das nicht, sondern ihr Mitgefühl. Ich sehe weinrote, ausgeschnittene Schuhe, Beine ohne Strümpfe, eine zu hoch geratene Stirn. Und schon steht sie vor mir, damit ich nicht vergesse, daß ich einer bin, der bedenkenlos die Stirn derjenigen zeichnet, die er liebt. Du kennst sie nicht, sie ist in mein Leben getreten, als du noch nicht auf der Welt warst, und diese Begegnung hat einen versteinerten Abdruck hinterlassen. Von dieser Frau will ich dir erzählen, Angela, dort, wo du jetzt liegst, in dieser Vorhölle aus Schläuchen, wo man bald deinen Schädel öffnen wird.

Ich bin ihr in einer Bar begegnet. Eine dieser Bars am Stadtrand, wo der Kaffee so ungenießbar ist, wie der Geruch, der aus der angelehnten Klotür herüberweht, aus der Ecke hinter dem Kicker mit Spielfiguren, denen man im Eifer der Gefechte die Köpfe abgeschlagen hat. Es war zum Ersticken heiß. Wie jeden Freitag war ich auf dem Weg zu deiner Mutter, zu unserem Ferienhaus am Meer im Süden der Stadt. Ohne einen weiteren Mucks war mein Auto auf der verlassenen Landstraße einfach ausgegangen wie ein Streichholz, rechts und links nichts als verbrannte Wiesen und ein paar Fabrikhallen. In der flimmernden Hitze bin ich dann die Straße hinuntergegangen bis zu ein paar Häusern, den einzigen, die in dieser Gegend am äußersten Stadtrand zu sehen waren. Das war Anfang Juli, vor sechzehn Jahren.

Verschwitzt und schlechtgelaunt betrat ich die Bar. Ich bestellte einen Kaffee und ein Glas Wasser und fragte nach einem Mechaniker. Gebückt stand sie vor dem offenen Kühlschrank und kramte darin herum. »Habt ihr keine Vollmilch?« waren die ersten Worte, die ich von ihr hörte. Sie galten dem Mann hinter dem Tresen, einem jungen Mann mit glänzendem Gesicht und einer verwaschenen grauen Schürze um die Taille. »Keine Ahnung«, sagte er, während er mir das Wasser brachte und sogar einen tropfenden Metalluntersetzer unter das Glas stellte. »Macht nichts«, sagte sie und stellte direkt neben mir eine Packung Magermilch auf den Tresen. Ihre Finger glitten in ein geblümtes Plastiktäschchen mit Klettverschluß, wie sonst nur kleine Mädchen es haben, holten Geldscheine hervor und schoben sie neben die Milch. »Hier gibt es einen Mechaniker«, sagte sie, während sie das Wechselgeld einsammelte, »aber ob der auf hat.« Beim Ton dieser Stimme, leise wie das Miauen einer Katze, drehte ich mich um. Zum erstenmal trafen sich unsere Blicke. Sie war weder schön noch jung. Schlecht gefärbte Haare rahmten ein mageres, knochiges Gesicht mit funkelnden Augen, die durch dick aufgetragene Schminke traurig wirkten. Sie ließ die Milch auf der Theke stehen und ging zur Jukebox hinüber. Und plötzlich war der dämmrige, streng nach verstopfter Kanalisation riechende Raum von der mitreißenden Musik einer englischen Popgruppe erfüllt, die damals sehr in Mode war. An die Jukebox gelehnt, schloß sie die Augen und begann, langsam den Kopf zu wiegen. Eine zuckende Silhouette, ganz hinten in der schummrigen Bar. Der Barmann verließ den Tresen und kam mit zur Tür, um mir den Weg zu zeigen. Ich ging einmal um den ganzen Block herum, ohne die Werkstatt zu finden. Keine Menschenseele war auf der Straße. Auf einem Balkon schüttelte ein alter Mann eine Decke aus.

Ich kehrte in die Bar zurück, noch verschwitzter als vorher. »Ich habe mich verlaufen.«

Aus einem Behälter nahm ich ein paar Papierservietten und trocknete mir die Stirn.

Der Song war zu Ende, aber sie war noch da. Benommen saß sie auf einem Stuhl, starrte vor sich hin und kaute Kaugummi. Sie stand auf, nahm die Milchpackung vom Tresen und verabschiedete sich von dem Barmann.

Auf der Türschwelle blieb sie stehen. »Ich muß sowieso dort vorbei, wenn Sie wollen ...«

In der glühenden Sonne ging ich hinter ihr her. Sie trug ein lila T-Shirt und einen smaragdgrünen kurzen Rock, an den Füßen bunte geflochtene Sandalen mit hohen Absätzen, auf denen sich ihre dünnen Beine beim Gehen ziemlich abplagten, nicht gerade ein anmutiger Anblick. Die Milch hatte sie in einer Patchworktasche verstaut, die ihr beinah bis zum Knie reichte. Um mich kümmerte sie sich nicht, sie ging schnell, ohne sich auch nur einmal umzusehen, stakste über den rissigen Asphalt und hielt sich so dicht an der Wand, daß sie daran vorbeischrappte.

Vor einem Metallrollo blieb sie stehen. Die Werkstatt war geschlossen, auf einem vergilbten, mit Klebeband angebrachten Zettel stand, daß sie erst in ein paar Stunden wieder aufmachen würde. Ich dachte an deine Mutter, ich mußte ihr mitteilen, daß etwas dazwischengekommen war. Mir tropfte der Schweiß von den Schläfen, lief hinter die Ohren und am Hals hinunter.

Wir standen mitten auf der Straße, sie drehte den Kopf in meine Richtung und schaute mich an, kniff die Augen zusammen, um sich vor der Helligkeit zu schützen. »Sie haben ein Stück Papier auf der Stirn.«

Auf meiner verschwitzten Stirn tastete ich nach dem Rest der Serviette aus der Bar. »Gibt es hier eine Telefonzelle?«

»Da müssen Sie wieder zurück, ich weiß aber nicht, ob sie funktioniert. Hier ist doch alles kaputt.«

Sie hatte noch den Kaugummi im Mund, ihre Kiefer bewegten sich energisch. Sie legte die Hand über die Augen. Blitzschnell glitten ihre Augen, die sich draußen als blaßgrau erwiesen, prüfend über mich hinweg. Ehering, Krawatte, vielleicht schien ihr das vertrauenerweckend, obwohl sie nicht den Eindruck machte, als hätte sie Angst vor Fremden. »Sie können bei mir telefonieren, wenn Sie wollen, ich wohne gleich da hinten«, mit dem Kopf deutete sie auf einen unbestimmten Ort auf der anderen Straßenseite. Sie überquerte die Straße, ohne mich anzusehen. Ich folgte ihr auf einem abschüssigen Weg, der in ein Labyrinth aus geisterhaften Gebäuden führte, bis zu einem Haus, das noch gar nicht fertig, aber schon bewohnt war. Wo eigentlich Balkons sein sollten, ragten nackte Stahlträger in die Luft, und Türöffnungen, die nirgends hinführten, waren mit Bettgestellen aus Maschendraht verbarrikadiert.

»Wir nehmen die Abkürzung«, sagte sie.

Zwischen Betonpfeilern, die an eine riesige verlassene Garage erinnerten, hatten wir endlich Ruhe vor der Sonne. Dann kamen wir in einen dunklen, mit Graffiti beschmierten Eingang, wo es nach einer Mischung aus Pissoir und Friteuse stank. Die Aufzugtür stand sperrangelweit offen, hinter den abgerissenen Knöpfen sah man die Kabel.

»Wir gehen zu Fuß nach oben.«

Ich folgte ihr die Treppe hinauf, wo plötzlich gellende Schreie, zu hören waren, Momentaufnahmen von Höllenleben vor laufenden Fernsehapparaten. Auf den schmutzigen Stufen lagen überall gebrauchte Spritzen herum, über die sie trotz ihrer nackten Füße achtlos hinwegstieg. Ich wollte umkehren, Angela, bei jedem Geräusch zuckte ich zusammen, weil ich fürchtete, es könnte jemand herausstürzen, vielleicht ein Komplize dieser ordinären Frau, die vor mir herging, um mich auszurauben oder vielleicht sogar umzubringen. Hin und wieder erreichte mich ihr Geruch, eine Mischung aus zerlaufenen Kosmetika und Schweiß. Dann, als hätte sie meine Ängste erraten, sagte sie plötzlich: »Es ist eklig, aber es geht schneller.« Ihre Stimme hatte einen leicht süditalienischen Tonfall, einige Silben klangen dunkel, andere verschluckte sie, ließ sie in der Kehle schmelzen.

Eine Treppe höher blieb sie stehen. Rasch ging sie auf eine Metalltür zu. Sie steckte die Fingerspitzen in das Loch, wo das Schloß fehlte, und stemmte die schwere Tür auf. Von dem einfallenden Licht war ich so geblendet, daß ich zum Schutz den Arm heben mußte: Die Sonne stand unmittelbar vor uns. »Kommen Sie«, sagte sie, und ich sah, wie ihr Körper verschwand. *Sie ist verrückt, ich folge einer Geisteskranken, sie hat mich nur aus dieser Bar abgeschleppt, damit ich bei ihrem Selbstmord dabei bin.* Ich trat auf eine Außentreppe, ein Notausgang, eine steile Metallspirale. Furchtlos ging sie die Treppe hinunter, von oben sah ich den dunkel nachwachsenden Ansatz ihrer gelbgefärbten Haare. Auf ihren Absätzen wirkte sie jetzt unglaublich gewandt, wie ein Kind, wie eine Katze. Ich wagte mich auf die wacklige Wendeltreppe, drängte mich dicht an das Geländer aus rostigen Rohren und Schrauben und klammerte mich mit der Hand fest. Irgendwo blieb ich mit der Jacke hängen, ich zog daran und hörte, wie der Stoff riß. Dann unvermittelt ein Dröhnen. Direkt vor meinen Augen, unglaublich nah, befand sich eine Überführung. Hinter den Leitplanken rasten Autos vorbei. Ich begriff nicht, wo wir uns befanden, ich schaute mich um. Die Frau war schon ziemlich weit weg, sie war auf einem planierten Platz stehengeblieben. Die gelben Haare, das mit Schminke verschmierte Gesicht, die bunte Tasche: Sie sah aus wie ein Clown, der von einem Zirkus vergessen worden ist.

»Wir sind da«, schrie sie.

Tatsächlich war hinter ihr ein Bauwerk, eine rosa Wand, die so brüchig aussah, als könnte sie nicht zu einem funktionstüchtigen Haus gehören. Zu dieser Wand drehte sie sich jetzt um. Und tatsächlich, die Wand gehörte zu einer Behausung, zu einem winzigen, halb verfallenen Häuschen, das genau unter den Pfeilern der Überführung stand. Durch staubiges Gestrüpp gingen wir bergab, stiegen dann zwei Stufen hinauf zu einer Brettertür von dem gleichen Grün wie ihr Rock.

Sie reckte sich zu einer Mauerlücke über der Tür und nahm einen Schlüssel heraus, der dort oben mit Kaugummi angeklebt war. Sie öffnete die Tür, nahm den Kaugummi aus dem Mund und klebte damit den Schlüssel wieder an. Als sie sich hochreckte, schaute ich in ihre Achselhöhlen, die nicht enthaart waren: ein spärliches Büschel langer, schweißverklebter Haare.

Drinnen fiel ein Sonnenstrahl quer durch den Raum. Das war das erste, was sich mir aufdrängte, zusammen mit dem Geruch nach Ruß, nach ländlicher Behausung, überlagert von einem starken Geruch nach Bleichmittel und Gift, Rattengift. Der Raum war quadratisch mit einem mokkafarbenen Steinfußboden, an der hinteren Wand war ein Kamin, ein schwarzes trauriges Loch. Ein ordentliches Zimmer, wenn auch ein bißchen schieläugig, weil es nur ein Fenster gab, durch das Licht hereinkam. Hinter den angelehnten Fensterläden sah man einen Pfeiler der Hochstraße. Drei Stühle schwedischer Machart standen an einem Tisch mit einer Wachstuchdecke. Daneben war die Küche, ich sah einen Hängeschrank mit weißem Plastikfurnier und Korkrahmen. Sie verschwand in diesem Raum. »Ich stelle nur die Milch in den Kühlschrank.«

Sie hatte gesagt, sie habe Telefon. Ich suchte überall danach, auf dem Tischchen mit dem muschelförmigen Aschenbecher, zwischen den Nippsachen auf der lackierten Kommode, auf dem alten, mit einem geblümten Überzug verschönerten Sofa, doch ich konnte es nirgends entdecken. Dafür entdeckte ich ein gräßliches Poster, ein Affe mit Babymütze und Nuckelfläschchen, eine Aufnahme aus dem Fotoatelier, durch Blitzlicht und die Ausleuchtung mit Polyäthylenschirm bis zur Unkenntlichkeit entstellt.

Sie kam zurück: »Das Telefon ist dort, im Schlafzimmer«, sagte sie und zeigte auf einen Vorhang aus Plastikstreifen hinter mir.

»Danke«, flüsterte ich in Richtung Vorhang und fürchtete erneut einen Hinterhalt. Sie lächelte und entblößte dabei eine Reihe schlechter Zähne.

Hinter dem Vorhang befand sich ein schmales Zimmer, das von einem Doppelbett ohne Kopfteil eingenommen wurde, auf dem eine tabakfarbene Chenilledecke lag. An der tapezierten Wand hing ein wenig schief ein Kruzifix. Das Telefon stand auf dem Boden neben der Steckdose. Ich hob es auf. Ich setzte mich auf das Bett und wählte Elsas Nummer. In Gedanken folgte ich dem Klingeln auf seinem Weg durch unser Ferienhaus. Es lief über den Kokosteppich im Wohnzimmer, stieg die helle Treppe hinauf in die oberen Räume, in das große Badezimmer mit den Spiegelscherben, die in den blauen Putz eingelassen waren, streifte über die Leinenlaken auf dem noch ungemachten Bett, den mit Büchern beladenen Schreibtisch, glitt durch die Gazevorhänge in den Garten hinunter, über die Pergola aus blühendem Jasmin, über die Hängematte, über meinen alten Tropenhelm. Keiner nahm ab. Vielleicht war Elsa im Wasser. Ich stellte mir vor, wie ihr Körper sich in den auslaufenden Wellen streckte, wie das Wasser ihre Beine umspielte. Das Telefon läutete vergeblich. Während ich mit einer Hand über die Chenilledecke strich, entdeckte ich unter einer Trödelkommode ein Paar rote, vom vielen Tragen abgeschabte Pantoffeln. Am Spiegel lehnte die Fotografie eines jungen Mannes aus anderen Zeiten. Ich fühlte mich nicht wohl in diesem Zimmer, ich saß auf dem Bett einer Fremden, jener verstörten Clownspuppe, die dort drüben auf mich wartete. Aus einer Wäscheschublade, die ein Stück offenstand, hing ein Stück roter Satin heraus; fast ohne es zu merken, fuhr ich mit der Hand über den glatten Stoff.

Hinter dem Plastikvorhang erschien der Clown. »Möchten Sie einen Kaffee?«

Ich setzte mich auf das Sofa unter das Poster mit dem Affen. Meine Kehle war so trocken, daß es kratzte. Ich schaute mich um, und das physische Unbehagen, das ich empfand, übertrug sich auf diese armselige Umgebung. Auf einem Bücherregal stand eine Porzellanpuppe mit Spitzenschirm, die ihr Gesicht gegen den ersten Band einer Reihe identischer Bücher lehnte, eine Enzyklopädie, die man auf Raten kauft. Die Schäbigkeit war gut kaschiert, gepflegt, ehrenwert. Ich betrachtete die Frau, die mit einem Tablett auf mich zukam. In dem Szenarium ihrer Wohnung wirkte sie weniger lebhaft, ebenso unscheinbar wie alles andere. Deprimierend. Neben meiner Schulter hing das Bord mit Nippes. Ich hasse Nippes, Angela, du weißt ja, ich mag leere Flächen, höchstens eine Tischlampe in der Ecke, ein paar Bücher, und sonst nichts. Meine Schulter zuckte, am liebsten hätte ich all diesen Krempel zu Boden gefegt. Sie brachte mir den Kaffee. »Wieviel Zucker nehmen Sie?«

Ich führte die Tasse an die Lippen und nahm einen Schluck. Der Kaffee war gut, aber ich hatte den schalen Geschmack von Müdigkeit und schlechter Laune im Mund, und so blieb nur eine bittere Patina auf der Zunge zurück. Die Frau setzte sich neben mich auf das Sofa, in geringem Abstand. Im Gegenlicht sah ich ihre stark vorspringende Stirn, die ein paar lose Haarsträhnen nicht verdecken konnten; die Stirn war das markanteste an diesem Gesicht, das um die rot bemalte Mundpartie zu einer Grimasse erstarrt war. Ich betrachtete ihre Hand, mit der sie die Tasse hielt. Um die kurzen, zweifellos abgekauten Fingernägel war die Haut rot und geschwollen. Bei dem Gedanken an den Geruch von Fingerspitzen mit eingetrocknetem Speichel überlief es mich kalt. Plötzlich bückte sie sich. Unter dem Sofa kam eine Hundeschnauze hervor. Ein schläfriger mittelgroßer Hund mit dunklem, gewelltem Fell und langen braunen Ohren. Glücklich, als hätte er einen Preis gewonnen, leckte er ihre Hand mit den abgekauten Fingernägeln.

»Crevalcore ...«, murmelte sie und rieb ihre große Stirn an der des Hundes; das Tier hatte mich zwar bemerkt, sah mich aber mit seltsam weißverschleierten Augen teilnahmslos an. Sie nahm das Tablett mit den benutzten Tassen. »Er ist blind«, sagte sie mit gesenkter Stimme, als wollte sie nicht, daß der Hund es hörte.

»Würden Sie mir ein Glas Wasser geben?«

»Ist Ihnen schlecht?«

»Nein, mir ist heiß.«

Sie drehte sich um. Als sie in die Küche ging, musterte ich ihren Hintern, er war mager wie bei einem Mann. Und dann sah ich an ihrem ganzen Körper hinunter, der schmale, gebeugte Rücken, die zu dünnen Beine. Dieser Körper war nicht begehrenswert, im Gegenteil, er wirkte eher abstoßend.

Auf den Absätzen wippend kam sie zu mir zurück. Sie reichte mir das Wasser und wartete stehend, bis ich ihr das Glas zurückgab. »Geht's Ihnen besser?«

Ja, das Wasser hatte mich erfrischt.

Sie brachte mich nicht zur Tür.

»Also, vielen Dank.«

»Gern geschehen.«

Die Hitze hatte kaum nachgelassen, in der flirrenden Luft verschwammen die Konturen. Unter meinen Schuhen gab der Asphalt nach. Eigentlich wollte ich neben dem Metallrollo warten, bis die Werkstatt aufmachte. Doch wieder schwitzte ich, wieder hatte ich Durst. Ich ging zurück in die Bar und bat um Wasser, aber dann, als der junge Mann mit dem glänzenden Gesicht zur Seite trat und die Flaschenreihe zum Vorschein kam, überlegte ich es mir anders und bestellte einen Wodka. Ich ließ ihn in ein großes Glas mit Eis gießen, das der Barmann aus einem Aluminiumbehälter hervorholte und das vermutlich, wenn es schmolz, ebenso nach ranziger Mayonnaise, nach schmutzigem Putzlappen riechen würde wie der Behälter. Ich setzte mich hinten ins Lokal, in die Nähe der Jukebox. Ich nahm geräuschvoll einen Schluck, der Alkohol fuhr mir in die Glieder wie ein kurzer stechender Schmerz, eine Flamme, die sich aber sofort in anhaltende, intensive Kühle auflöste. Ich schaute auf die Uhr, ich hatte noch mehr als eine Stunde Zeit.

Ans Nichtstun war ich nicht gewöhnt, Angela. Schon seit fünf Jahren war ich, obwohl gerade erst vierzig, Oberarzt für allgemeine Chirurgie, der jüngste im Krankenhaus. Da die Zahl meiner Privatpatienten ständig stieg, operierte ich, wenn auch widerstrebend, immer häufiger in der Klinik. Erstaunt stellte ich fest, daß ich diese gemieteten Räume schätzte, sie waren sauber, ordentlich, ruhig. Vielleicht schwand meine Liebe zum Beruf bereits dahin, obwohl ich gerade erst vierzig war. Als junger Mann war ich ziemlich ungestüm. In den ersten Berufsjahren nach der Facharztausbildung arbeitete ich fieberhaft, offensiv wie der Faustschlag, den ich einem Pfleger versetzte, als der nicht abwarten konnte, bis das Operationsbesteck im Druckkessel ordnungsgemäß sterilisiert war. Dann, fast unbemerkt, legte sich ein Schleier von Abgeklärtheit über mich, begleitet von einem leichten Gefühl der Desillusionierung. Als ich mit deiner Mutter darüber sprach, meinte sie, das sei ganz normal, man übernehme einfach die Gewohnheiten des Erwachsenenlebens, ein notwendiger und insgesamt angenehmer Übergang. Schon seit geraumer Zeit hatte ich mich, obwohl ich gerade erst vierzig war, mit allem abgefunden. Dabei war es nicht so, als hätte ich meine Seele dem Teufel verkauft, aber auch den Göttern hatte ich sie nicht geopfert, ich hatte sie einfach für mich behalten, in der Tasche des Sommeranzugs aus Grisaille, in der sie auch jetzt, in dieser häßlichen Bar, noch steckte.

Der Wodka hatte eine belebende Wirkung. »Es ist heiß, mach an!« kommandierte ein kalkbespritzter großer Mann mit Blick auf die stillstehenden Blätter des Ventilators, während er auf den Kicker zuging, hinter ihm ein untersetzter Kumpel. Mit einem lauten Knall legte er den Hebel um, und die Kugeln rollten aus dem hölzernen Bauch hervor. Der Untersetzte ließ die erste Kugel von oben auf das Feld fallen, eine Geste, die wohl einem festgelegten Ritual entsprach, dann begann das Spiel. Die beiden sprachen wenig, sie packten die Griffe und schossen so scharf, daß die Metallstangen zitterten. Unwillig kam der Barmann hinter dem Tresen hervor, trocknete sich die Hände an seiner Schürze ab und stellte den Ventilator an. Während er zum Tresen zurückging, hielt ich ihm das Glas hin: »Noch einen, bitte.« Langsam setzten sich die Ventilatorblätter in Bewegung und wälzten die warme Luft im Lokal um, eine Serviette segelte zu Boden, und ich bückte mich, um sie aufzuheben. Ich sah verdreckte Sägespäne und weiter hinten die Beine der Spieler. Als ich mich wieder aufrichtete, spürte ich, daß mir das Blut in den Kopf gestiegen war. Der Barmann stellte das Wodkaglas auf meinen Tisch. Ich leerte es in einem Zug. Meine Augen schwammen in Richtung Jukebox, ein altes Modell, dessen blaue Farbe bereits abblätterte; durch die Glashaube konnte man zusehen, wie der Tonarm über die Platte lief. Ich hätte gern ein Lied gehört. Irgendeins. Dann fiel mir wieder das stark geschminkte, grobschlächtige Gesicht dieser Frau ein, die sich selbstvergessen zur Musik wiegte. Eine Kugel sprang aus dem Tischfußball heraus und rollte über den Boden. Bevor ich die Bar verließ, gab ich dem Barmann ein gutes Trinkgeld, er legte den Schwamm hin, mit dem er den Tresen abwischte, und ließ das Geld in der nassen Hand verschwinden.

Ich machte mich wieder auf den Weg zur Werkstatt. Vor mir war eine Gruppe halbnackter Kinder, die sich mit einem Müllsack voll Wasser abschleppten, aus dem es an mehreren Stellen herausspritzte. Endlich war das Rollo an der Werkstatt halb hochgezogen, ich bückte mich und ging hinein. Vor einem Kalender, auf dem ein Pin-up-Girl mit öligen Brüsten prangte, stand ein kräftiger Mann, etwa in meinem Alter, in einem ölverschmierten Overall. Wir stiegen in eine alte Dyane mit glühendheißen Sitzen und fuhren zu meinem Auto. Die Ölpumpe und die Verbindungsmuffe mußten ausgewechselt werden. Wir fuhren zurück, um die Ersatzteile zu holen. Der Mechaniker ließ mich vor der Werkstatt aussteigen, warf die erforderlichen Ersatzteile in den Kofferraum und fuhr wieder los.

Mit schweißnassem Hemd und beschlagener Brille, inzwischen war mir die Hitze gleichgültig, schlenderte ich unschlüssig herum. Der Alkohol hatte mich träge gemacht, doch diese Trägheit entsprach einem inneren Bedürfnis. In dem sehr erfolgreichen letzten Jahr hatte ich mich stark verausgabt, ich war immer da, immer erreichbar. Reiner Zufall, daß ich jetzt der Überwachung entkommen war, und diese

Auszeit erschien mir nun, wo ich nicht mehr dagegen ankämpfte und mich gehenließ wie ein Tourist, wie eine unverhoffte Belohnung. Ich ging noch einmal zu dem unfertigen Haus. Die Kinder hatten das Wasser auf einen Zementhaufen geschüttet und waren dabei, eine Hütte zu bauen, eine Art großes schwarzes Ei. Von der Hitze benommen, blieb ich stehen und sah ihnen zu. Meine Mutter war immer dagegen gewesen, daß ich mit den anderen Kindern im Hof spielte. Als sie nach der Hochzeit in ein einfacheres Viertel ziehen mußte, hatte sie sich damit schwer abgefunden. Dabei war das Viertel weder abgelegen noch besonders trostlos, es war dichtbesiedelt und voller Leben. Doch deine Großmutter weigerte sich, aus dem Fenster zu sehen, ihr Problem war nicht die Trostlosigkeit, damit konnte sie sich recht gut arrangieren, nein, viel schlimmer war, daß man hier an der Schwelle zur Armut stand, nur einen Schritt von den schlimmsten Alpträumen entfernt. Wie auf einer Wolke lebte sie in dieser Wohnung, in der sie sich ihre eigene Welt geschaffen, sich mit ihrem Klavier und ihrem Sohn eingerichtet hatte. Ich hingegen hätte an den zäh dahinfließenden Nachmittagen nichts lieber getan, als in dieses brodelnde Leben dort unten einzutauchen, aber ich wollte sie nicht verletzen. Also tat ich so, als existierte auch für mich diese Welt da draußen gar nicht. Eilig schob sie mich in den Autobus, der uns zum Haus ihrer Familie brachte, zu ihrer Mutter, und in diesem grünen Viertel mit Einfamilienhäusern durfte ich endlich die Augen öffnen. Dort blühte sie auf, war wie ausgewechselt. Lachend warfen wir uns in ihrem früheren Zimmer aufs Bett. Dort tankte sie Energie, und ihr Wesen erstrahlte in neuem Glanz. Doch dann streifte sie irgendwann den Mantel über und damit auch ihren gewohnten Blick. Auf den Heimweg machten wir uns erst, wenn es schon dunkel war und man draußen nichts mehr sehen konnte. Von der Haltestelle bis zur Haustür rannte sie fast, in panischer Angst vor dem Abgrund, der sie umgab.

Das Gesicht meiner Mutter zog an meinem inneren Auge vorbei, eine ganze Reihe unterschiedlicher Gesichter, eins nach dem anderen, bis zu ihrem letzten, dem Totengesicht, das sich mir eingeprägt hat, denn ich hatte die Totengräber gebeten, noch einen Augenblick zu warten, weil ich sie noch einmal anschauen wollte.

Wütend schüttelte ich den Kopf, um diese Gedanken zu vertreiben.

Jetzt werde ich zu meinem Auto gehen, den Mechaniker bezahlen, losfahren und bei Elsa ankommen. Ihre Haare sind noch naß, sie trägt ein Hemd aus pinkfarbener Gaze. Dann fahren wir in unser Restaurant, setzen uns an den Tisch ganz hinten, wo die Lichter der Bucht hereinscheinen, wenn es dunkel wird. Ich überlasse ihr das Steuer, damit ich meinen Kopf an ihre Schulter legen kann ...

Sie schien nicht überrascht, ich hatte sogar den Eindruck, daß sie mich erwartete. Als sie zurücktrat, um mich hereinzulassen, wurde ich rot. Gedankenlos machte ich einen falschen Schritt und stieß gegen das Wandregal. Die Porzellanpuppe fiel zu Boden. Ich bückte mich, um sie aufzuheben. »Lassen Sie nur«, sagte sie und stakste auf mich zu. Sie trug jetzt ein weißes T-Shirt mit einer auffälligen Straßblume. »Was ist mit dem Auto?« flüsterte sie.

Ihre Stimme war unsicher, ihr Mund ungeschminkt. Über ihre Schulter hinweg betrachtete ich die aufgeräumte ärmliche Wohnung, und sie schien mir noch schäbiger als vorher. Aber ich empfand kein Unbehagen mehr, eher eine seltsame Befriedigung, weil alles um mich herum wirklich trist war.

»Es wird gerade repariert.«

Ich hörte, wie sie hinter ihrem Rücken die Hände bewegte. Ich senkte den Blick, dann hob ich ihn wieder. Es schien mir, als würde ihre ganze Gestalt unmerklich zittern, aber vielleicht war das nur eine Folge des Alkohols.

»Wollen Sie telefonieren?«

»Ja.«

Ich ging wieder in das Schlafzimmer, strich wieder mit der Hand über die tabakbraune Chenille. Ich betrachtete das Telefon, es kam mir vor wie ein Kinderspielzeug, das mich mit nichts und niemandem in Verbindung setzen würde. Ich rührte es gar nicht an. Ich schloß die Schublade der Kommode. Ich schob den schiefhängenden Christus gerade. Ich stand auf und ging zur Tür, ich wollte einfach nur weg, und Schluß. Der Wodka hatte mir die Höflichkeit ausgetrieben. *Vielleicht fahre ich gar nicht ans Meer, vielleicht fahre ich zurück in die Stadt, ich gehe schlafen, ich hab auf nichts Lust, auf niemanden.*

»Haben Sie jemanden erreicht?«

»Nein.«

Da ist dieser Kamin hinter ihr, leer und schwarz wie ein zahnloser Mund. Ich packe sie am Arm und halte sie fest. Sie atmet, mit offenem Mund. Ihr Atem geht pfeifend wie bei einer Maus. Bei dieser plötzlichen Nähe deformiert sich ihr Gesicht. Die unterlaufenen Augen sind gigantisch, sie taumeln zwischen den Wimpern wie gefangene Insekten. Ich verdrehe ihr den Arm. Sie ist mir so fremd und doch so nah. Falken, ich muß an Falken denken, an die Angst, die sie mir als Kind einflößten. Ich hebe die Hand, um sie wegzustoßen, weit weg, sie, ihre Nippesfiguren, ihre Armseligkeit. Tatsächlich aber greife ich nach der Straßblume und ziehe die Frau an mich. Sie versucht, mir in die Hand zu beißen, ihr Mund schnappt ins Leere. Noch weiß ich nicht, was sie zu befürchten hat, ich weiß nicht, was ich vorhabe. Ich weiß nur, daß ich mit der anderen Hand nach den gelben Haaren greife, ich packe sie am Schopf und halte sie wie einen Maiskolben. Dann gehe ich mit den Zähnen auf sie los. Ich beiße in ihr Kinn, in die vor Angst verhärteten Lippen. Ich bringe sie zum Stöhnen, denn jetzt, wo ich ihr die Straßblume von der Brust reiße, wo ich die mageren Brüste reibe, hat sie Grund dazu. Dann sind meine Hände schon zwischen ihren Beinen. Sie steht mir nicht bei in meiner Raserei. Sie läßt den Kopf sinken, hebt den Arm vage in die Luft, und dieser Arm zittert. Denn ich habe ihr Geschlecht gefunden, dürftig wie alles an ihr, und umfasse schon mein eigenes. Ich stoße sie gegen die Wand, schnell. Noch schneller als schnell. Den gelben Kopf nach unten geschleudert, zappelt sie an der Wand wie eine Marionette. Ich ziehe sie am Unterkiefer hoch, tropfe in die Ohrmuschel. Mein Speichel läuft ihr über den Rücken, während ich in ihrem Korb aus Knochen wüte wie ein Raubvogel in einem fremden Nest. So mache ich alles nieder, sie, mich, diesen verkorksten Nachmittag.

Ich weiß nicht, ob sie danach keuchte, vielleicht weinte sie. Sie lag auf dem Boden, umklammerte ihren Körper. Völlig außer mir, war ich am anderen Ende des Zimmers gelandet. Unter dem Sofa schaute der Hund hervor, den Kopf auf eine Pfote gelegt, mit hängenden Ohren und weißen Augen. Der Affe an der Wand saugte an seinem Fläschchen. Neben der Tür lag meine Brille, ein Glas war zerbrochen. Ich machte ein paar Schritte und bückte mich, um sie aufzuheben. Ich steckte die feuchten Hemdzipfel in die Hose und ging, ohne ein Wort zu sagen.

Das Auto stand vor der Werkstatt. Der Schlüssel steckte, ich startete und fuhr los. Es begann die schnurgerade, von Pinien und Röhricht gesäumte Straße. Ich bremste, konnte aber nicht rechtzeitig anhalten, ich öffnete die Tür des noch rollenden Autos und übergab mich. Dann kramte ich unter dem Sitz nach der Wasserflasche, die ich dabeihatte, fand schließlich den Plastikbehälter mit warmem Wasser. Ich spülte den Mund aus und kippte dann alles, was noch in der Flasche war, über meinen Kopf. Der Asphalt raste, und mit ihm der Geruch nach Feuchtigkeit und Meer, das inzwischen ganz nah war. Ich ließ das Steuer los und führte die Hände zum Gesicht, um daran zu riechen. Ich suchte nach einer Spur meiner Greueltat, Angela. Doch da war nur ein Geruch nach rostigem Eisen, vielleicht von der Treppe. Ich spuckte in die Hände. Ich spuckte in die Schrunden meines Lebens, meines Wohlstands, meines Herzens. Dann rieb ich die Handflächen aneinander, bis sie Feuer fingen.

Das Haus am Meer war ein Gebäude aus den fünfziger Jahren, flach, rechteckig, schmucklos. Die Pergola vor der Küche war mit Jasmin bewachsen, der einen betäubenden Duft verströmte, daneben stand eine große Palme. Sonst war der Garten kahl, rundherum lief ein niedriger, von der salzhaltigen Luft verwitterter Lanzettenzaun. Das Tor, das bei jedem Windstoß in den Angeln kreischte wie verängstigte Möwen bei schwerem Wetter, führte direkt zum Strand. Nur wenige Badegäste verirrten sich hierher, denn die Badehäuschen standen weiter hinten, jenseits der Flußmündung, hinter den großen Waagen der Fischer, die in der Luft hingen wie hungrige Mäuler.

Dieses Ferienhaus hat deine Mutter ausgesucht, es erinnerte sie, wie sie sagte, an ein Zelt in der Wüste, vor allem bei Sonnenuntergang, wenn die Wände im Lichtreflex des Meeres zu wandern schienen. Auch die Katze war ein Grund für ihre Entscheidung. Verschlafen ließ sie sich von Elsa auf den Arm nehmen und blieb dort die ganze Zeit, während die Frau von der Agentur die Fensterläden der Zimmer öffnete, wo es muffig roch wie in allen Häusern, die den Winter über geschlossen bleiben. Das war an einem Wochentag Ende März. Deine Mutter trug einen Wollmantel, dessen Orange so intensiv war wie die Sonne, die uns im Sommer hier erwartete. Auf der Rückfahrt aßen wir in einem Restaurant, das noch größer wirkte, weil wir die einzigen Gäste waren; wir saßen an einer salzverkrusteten Fensterfront, unter der die Klippen senkrecht abfielen. Es war kalt, eine Karaffe Wein und zwei Amaro, und schon waren wir leicht beschwipst. Arm in Arm und ein wenig schwankend verließen wir das Lokal, die schöne Erinnerung machte uns überschwenglich. Wir versteckten uns in einem Pinienwäldchen und liebten uns. Danach legte ich den Kopf auf Elsas Bauch. So blieben wir liegen und lauschten auf die Zukunft, die vor uns lag. Dann stand deine Mutter auf und sammelte ein paar schwarze Pinienzapfen. Ich sah ihr zu. Ich glaube, das war der glücklichste Tag in unserem Leben, aber natürlich wußten wir das damals noch nicht.

Seit diesem Tag im März waren ungefähr zehn Jahre vergangen, und ich fuhr an diesem Pinienwäldchen vorbei, ohne mich noch einmal umzudrehen, während die Räder Sand auf den Asphalt schleuderten. Ich parkte das Auto unter dem Schilfdach am Ende des Gartens. Ich bückte mich, um nicht an die Leine zu stoßen, auf der Elsas Badesachen hingen. Ein pflaumenfarbener Badeanzug in Waffelstruktur, den sie bis zum Bauchnabel herunterrollte, wenn sie sich sonnte. Der Badeanzug war auf links gedreht. Mit der Schulter streifte ich den weißen Zwickel im Schritt, jenes Stück Lycra, das sonst die Stelle bedeckt, wo die Beine meiner Frau sich treffen.

Ich ging um das Haus herum und betrat das Wohnzimmer mit dem ausladenden, mit blauer Baumwolle bezogenen Ecksofa. Unter meinen Schuhen knirschte der Sand, ich zog sie aus, ich wollte nicht, daß Elsa mich hörte. Barfuß ging ich über den Steinfußboden, der immer kühl blieb. Als ich die Stufe zur Küche hinunterging, spreizte ich die Zehen und trat flach auf, um möglichst viel von dieser Kühle aufzunehmen.

In der Küche tropfte der Wasserhahn, darunter stand ein schmutziger Teller. Auf dem Tisch lag ein Stück Brot, daneben ein Messer. Ich nahm das Brot und begann zu essen.

Deine Mutter war oben, sie schlief. Durch die angelehnte Tür betrachtete ich sie im Halbschatten: die nackten Beine, das Seidenhemd mit den Spaghettiträgern, das zusammengeknüllte Laken am Fußende, sicher hatte sie es mit den Füßen dorthin geschoben, das Gesicht unter den dichten Haaren vergraben. Vielleicht hatte sie vorher auch schon geschlafen und deshalb das Telefon nicht gehört. Der Gedanke beunruhigte mich, daß sie geschlafen hatte, während ich ... Wie in einem Traum. Ich kaute das Brot, meine Frau schlief. Ihr Atem ging gleichmäßig wie das Meer draußen vor dem Fenster.

Ich warf die Unterwäsche in den Korb für Schmutzwäsche und stellte mich unter die Dusche. Im Bademantel ging ich nach unten und hinterließ nasse Fußabdrücke auf den Stufen, ich suchte die Sonnenbrille und ging hinaus unter die Pergola. Durch die dunklen Gläser sah das Meer noch blauer und bewegter aus. Ich war zu Hause, umgeben vom Duft bekannter Dinge, der Schrecken war anderswo, weit weg. Ich war einer Feuersbrunst entronnen, im Gesicht spürte ich noch die Flammen. Langsam versuchte ich, die Linse scharf zu stellen und die Dinge klar zu sehen. Ich mußte mich erst wieder an diesen Mann gewöhnen, den ich zu kennen glaubte, der sich aber in einem Glas Wodka verloren, einer schändlichen Verlockung nachgegeben und sich aufgelöst hatte wie jene Eiswürfel. Ich hielt mir die Hand vor den Mund, um meinen Atem zu riechen. Nein, ich roch nicht nach Alkohol.

»Hallo, Liebling.«

Elsa legte mir die Hand auf die Schulter. Ich drehte mich

um und küßte sie. Aber mein Kuß verfehlte ihre Lippen. Sie trug das Gazehemd, unter dem Stoff zeichneten sich die dunklen Brustwarzen ab. Ihr Blick war noch voller Schlaf. Ich drückte sie noch einmal an mich, um sie diesmal richtig zu küssen.

»Du kommst spät.«

»Ich mußte noch einen lästigen Eingriff machen.«

Ich hatte instinktiv gelogen, und jetzt konnte ich nicht mehr zurück. Ich nahm ihre Hand, und wir machten uns auf den Weg zum Ufer. »Willst du zum Abendessen ausgehen?«

»Wenn du willst ...«

»Nein, wie du möchtest.«

»Dann laß uns zu Hause bleiben.«

Wir setzten uns. Die Sonne wurde langsam gnädiger. Elsa streckte die Beine aus, schob die Zehenspitzen zum Wasser und sah zu, wie die Fußnägel in dem nassen Sand verschwanden und wieder auftauchten. Wir waren daran gewöhnt, schweigend nebeneinander zu sitzen, das war uns nicht unangenehm. Nach ein paar Tagen der Trennung fiel es uns jedoch manchmal schwer, die vertraut gewordene Einsamkeit zu durchbrechen. Ich nahm die Hand deiner Mutter und streichelte sie. Sie war sechsunddreißig, vielleicht fehlte auch ihr die junge Frau mit dem orangefarbenen Mantel, die beschwipst aus einem Restaurant stolperte und sich lachend über die Mole beugte, wo der Wind die Gischt herüberwehte. Vielleicht suchte sie dort, an den Zehenspitzen, wo der Schaum wieder und wieder angespült wurde, nach dieser jungen Frau von einst. Aber nein, ich war es, der spurlos verschwand. Ich mit meinen endlosen Arbeitszeiten, mäßig im Geben, hastig im Nehmen. Aber natürlich würden wir nicht im Sand graben, um nach unseren Fehlern zu suchen. Der Mut hatte uns längst verlassen. Mut, Angela, gehört der jungen Liebe, die alte Liebe ist immer ein wenig kleinmütig. Nein, ich war nicht mehr ihr Ragazzo, ich war der Mann, der im Auto auf sie wartete, wenn sie in ein Geschäft ging. Elsas Hand wurde weich, wie die Nüstern eines Pferdes, das den Hafer riecht.

»Willst du ins Wasser?« fragte sie.

»Ja.«

»Ich hole meinen Badeanzug.«

Ich sah, wie sie auf das Haus zuging, ich sah ihre kräftigen Beine zielstrebig den Strand hinaufstapfen. Und ich mußte an jene anderen Beine denken, dünne, an der Innenseite schlaffe Beine. Und schon stand mir wieder jener Schweiß, jene Angst vor Augen. »Hilfe«, hatte sie auf einmal geraunt. »Hilfe.« Elsa betrat jetzt den Garten, ich lächelte, wie man über Dinge lächelt, die einem gehören. Dann blickte ich wieder in die Sonne, die bald mit einem rosa Widerschein im Meer versinken würde, und es ging mir durch den Kopf, was ich doch für ein Dummkopf war. Dieser wunderbare Nachmittag – ich brauchte nur die Schwingen der Befangenheit einzuziehen, um diesen glücklichen Augenblick zu genießen.

Elsa kam in ihrem pflaumenfarbenen Badeanzug zurück, ein Handtuch unter dem Arm. Sie war immer noch unglaublich schön, schlanker als zu der Zeit, als ich sie kennenlernte, härter vielleicht, aber auch aufrichtiger. Ihr gepflegter Körper entsprach vollkommen ihrer Seele.

»Gehen wir?«

Der weiße Zwickel des auf links gedrehten Badeanzuges, vor dem ich gezittert hatte wie vor einem Richter, war zwischen ihren Schenkeln verschwunden. Mit einem Ruck richtete ich mich auf. Sie stand am Wasser, ich betrachtete die Linie ihres Rückens. Ich war der Mann ihres Lebens, der Alte, der vor den Geschäften in der zweiten Reihe auf sie wartete.

Vielleicht wollte sie einen anderen, vielleicht hatte sie ihn schon gehabt. Treue verlangt einem nichts ab in den vernünftigen Jahren. Untreue schon, denn sie fordert Umsicht, Mäßigung, Diskretion und alle möglichen senilen Eigenschaften. Ganz allmählich wurden wir beide wie ein alter Mantel, der den ursprünglichen Schnitt und damit die unbequeme Steifheit verloren hat, und gerade das Nachgeben, der natürliche Verschleiß des Gewebes machen ihn einzigartig.

Ich öffnete den Bademantel und ließ ihn in den Sand fallen.

Plötzlich drehte Elsa sich zu mir um. »Du bist ja nackt!«

Sie lachte, während sie hinter meinem weißen, für einen Mann zu dicken Hintern ins Wasser kam. Ob ich ihr noch gefiel? Zweifellos sah sie mich lieber angezogen, durch Kleider geschützt. Ich zog den Bauch nicht ein, und an den Armen hatte ich kaum Muskeln. Ich wollte, daß sie mich unerbittlich ansah, daß sie die Mängel des Mannes abschätzte, mit dem sie den Rest ihres Lebens verbringen würde. Ich tauchte unter und schwamm, ohne den Kopf zu heben, bis ich spürte, wie meine Brust hart wurde. Ich drehte mich auf den Rücken und ließ mich treiben, das Wasser plätscherte mir in den Mund. Zuerst hörte ich, wie ihre Arme das Wasser teilten, dann tauchte deine Mutter neben mir auf. Die nassen Haare lagen eng am Kopf an. Nein, selbst wenn ich ihr von meinem erotischen Abenteuer erzählt hätte, sie hätte mir nicht geglaubt. Ich dachte an gewisse Sexszenen im Film, gewagte Aufnahmen, die sich in der Dunkelheit des Kinos von der Leinwand in unsere Unterkörper stehlen. Elsa hielt dann die Luft an. Ich rutschte unbehaglich auf meinem Sitz herum. *Sie wird doch wohl nicht so dumm sein, zu glauben, daß man im wirklichen Leben so vögeln kann?* Doch wenn wir das Kino verließen, war sie abwesend wie eine Pappfigur.

Sie prustete mir ein wenig Meerwasser ins Gesicht, dann tauchte sie und schwamm von mir fort. Ich lauschte den Geräuschen, die sie beim Schwimmen machte und die sich immer weiter entfernten. Ich bewegte mich nicht, mit halb geschlossenen Augen und leicht gespreizten Beinen ließ ich mich von der Strömung wiegen. Vielleicht war da unten ein kleiner Fisch, der neugierig um den Kiel meines Körpers herumschwamm. Dann drehte ich mich um, tauchte mit offenen Augen in dieses glitzernde Blau hinab, bis das Wasser kalt wurde, bis auf den Grund, wo der Sand leicht aufwirbelt.

In der Taubheit des Wassers bewegte ich die Lippen. »Ich habe eine Frau vergewaltigt«, brüllte ich.

Dann stieg ich wieder auf, zusammen mit all den Luftbläschen, mit ausgebreiteten Armen, wie ein großer weißer Fisch, hinauf an die lichterfüllte Oberfläche.

Als Student, Angela, hatte ich Angst vor Blut. Während der Anatomievorlesungen hielt ich mich abseits, versteckte mich hinter dem Rücken eines Kommilitonen. Ich achtete nur auf die Geräusche, die diese Arbeit im Innern eines Körpers verursacht, und auf die Stimme des Professors, der den Eingriff erklärte. Denn dort, wo man echte Körper sezierte, war das Blut nicht grau wie in den Lehrbüchern, es hatte eine Farbe und einen Geruch. Sicher, ich hätte meine Pläne ändern und ein talentloser Internist werden können wie mein Vater. Wie er wäre auch ich nie ein guter Diagnostiker geworden, dazu fehlte mir die Intuition. Es interessierte mich nicht, wie das Übel im Körper heranreifte, ich wollte aufschneiden, sehen, anfassen, entfernen. Nur darin, einzig und allein darin, würde ich gut sein, das wußte ich. Mit aller Kraft bäumte ich mich gegen mein Schicksal auf, kämpfte verbissen gegen alles an, was meine Träume hätte gefährden können und mich womöglich in ganz andere Bahnen geleitet hätte.

Eines Morgens auf dem Studentenklo brachte ich mir dann selbst eine Wunde bei, mit einer Rasierklinge schnitt ich mir langsam in den Beugemuskel des linken Daumens. Ich spürte wie die Wunde feucht wurde, wie das Blut zu tropfen begann. Ich mußte durchhalten, die Augen öffnen und durchhalten. Schließlich schaffte ich es. Ich sah zu, wie mein Blut in das Waschbecken tropfte, und empfand nichts anderes als ein schwaches Unwohlsein. An diesem Tag trat ich dicht an den Operationstisch heran und schaute endlich zu. Mein Herz blieb ungerührt. Es blieb ebenso ungerührt, als ich zum erstenmal den Körper eines Lebenden mit dem Skalpell aufschnitt. Da gibt es einen ganz besonderen Augenblick, unmittelbar nach dem Schnitt, denn es blutet nicht sofort, für den Bruchteil einer Sekunde bleibt die Wunde weiß. Ich habe Tausende von Operationen durchgeführt, doch der einzige Augenblick, in dem mich ein leichter Schwindel erfaßt, ist das Aufschneiden, denn in meinem Innern ist der Kampf, den ich damals geführt habe, immer noch gegenwärtig. Danach hebe ich die Hände und überlasse meinem Assistenten die Kauterisation. Im übrigen habe ich meine Geistesgegenwart nie verloren, auch nicht in Augenblicken höchster Verzweiflung. Ich habe immer alles getan, was in meiner Macht stand, aber wenn mir keine Wahl mehr blieb, habe ich den Menschen sterben lassen. Ich habe den Mundschutz abgenommen, Gesicht, Hände und Arme abgeschrubbt und im Spiegel nach den Spuren gesucht, die die Anstrengung auf meinem Gesicht hinterlassen hatte, ohne mir überflüssige Fragen zu stellen. Ich weiß nicht, Angela, wohin die Menschen nach dem Tod gehen, ich weiß nur, wo ihre sterblichen Überreste bleiben.

Jetzt hat Alfredo sicher schon angefangen, der Hautlappen ist abgenommen, die Gefäße sind verätzt. Jetzt werden sie den Schläfenmuskel aufschneiden. Dann werden sie den Knochen aufsägen, ein schwieriger Eingriff, man darf nicht zuviel Druck ausüben, sonst besteht die Gefahr, daß die Dura mater verletzt wird. Danach werden sie, falls es notwendig sein sollte, den Knochendeckel auf dem Bauch einwickeln, um ihn steril zu halten, danach, zum Schluß, aber jetzt ist keine Zeit für Feinheiten. Jetzt muß man zum Blut vorstoßen.

Hoffentlich hat das Hämatom nicht zu sehr auf das Gehirn gedrückt. Wie gern wäre ich jetzt ein x-beliebiger Vater, ein Mann, dem ein Arztkittel Vertrauen einflößt und der sich davor ehrfürchtig zurückzieht, als wäre es ein heiliges Gewand. Aber ich kann nicht so tun, als wüßte ich nicht, wie wenig selbst der beste Chirurg dagegen auszurichten vermag, wenn sich ein Schicksal erfüllt. Die Hände des Menschen sind irdisch, Tochter. Gott, falls es ihn gibt, steht hinter uns.

Weißt du, warum ich bei der Operation nicht dabei sein will, mein Schatz? Ich will nicht zusehen, wie dein Leben, falls du für immer gehen solltest, unter würdelosen Bedingungen endet. Ich will dich im Gedächtnis behalten wie ein Vater, ich will nicht dein ungeschütztes Gehirn sehen, ich will mich an deine Haare erinnern. Diese Haare, die ich nachts, über dein schlafendes Gesicht gebeugt, gestreichelt habe, während mir unendlich viele Gedanken durch den Kopf schossen. Einer galt deiner Hochzeit, ich stellte mir vor, wie du eines Tages deinen hellen Arm auf meinen dunklen Anzugärmel legst und ich dich einem anderen zuführe. Ich mache mich lächerlich, ich weiß. Aber die Wahrheit des Menschen ist oft lächerlich.

Hier draußen herrscht Stille, es herrscht Stille auf den leeren Stühlen vor mir, es herrscht Stille auf dem Boden. Hier draußen könnte ich beten, ich könnte Gott bitten, in Alfredos Hände zu schlüpfen und dich zu retten. Nur ein einziges Mal in meinem Leben habe ich gebetet, das ist lange her, es war damals, als ich begriff, daß ich es nicht schaffen würde, aber auch nicht aufgeben konnte. Damals habe ich die besudelten Arme zum Himmel erhoben und Gott um Hilfe angefleht, denn wenn das Geschöpf starb, das ich unter dem Messer hatte, würde mit ihm die gesamte Schöpfung sterben, die Bäume, die Hunde, die Flüsse und sogar die Engel.

Als ich sie sah, war es schon zu spät, ich konnte nicht mehr ausweichen. Als ich sie sah, erschrak ich. Sie standen mitten im Gang, kurz vor der Radiologie. Zwei Polizisten neben einer Tür, graue Uniform, Pistole im Lederhalfter. Sie hörten einem dritten Mann in Zivil zu, er sprach leise, seine schwarzen Lippen, die aussahen, als hätte er Lakritz gekaut, bewegten sich kaum. Als wolle er auf mich zielen, rollte er die Pupillen in meine Richtung, zwei Glaskugeln, die in der sommerlichen Leere des Krankenhauses auf mich zuflogen. Der Mann sah mich an, jetzt drehte sich auch einer der Polizisten zu mir um. Der Aufzug war hinter ihnen, ein Stück weiter hinten, auf der anderen Seite. Meine Füße gingen weiter, ohne eigenes Zutun wie bei einer Marionette. Seit der Schandtat an jenem Nachmittag, seit dem Alkohol auf nüchternen Magen war eine Woche vergangen.

Meine Erinnerung war getrübt, ich hatte alles nur verschwommen wahrgenommen, Einzelheiten fielen mir nicht mehr ein. Aber sie, sie hatte sicher nichts vergessen. Als ich ging, war sie nur noch ein Knäuel niedergerungener Glieder. Benutzt und liegengelassen wie ein Präservativ. Vielleicht war sie hinter der Tür, die durch den Rücken der Polizisten verdeckt wurde. Sie hatten sie hergebracht, zu einer Gegenüberstellung. Jetzt, wo ich fast auf der Höhe dieses unappetitlichen olivfarbenen Individuums war, würde sie gleich herauskommen. Ohne Gesicht, klein, mit diesem Bastgestrüpp auf dem Kopf, würde sie den Arm heben und auf mich zeigen: *Das ist er, nehmt ihn fest*. Mit ihren Schabenbeinchen hatte sie den Stadtrand verlassen, die besseren Viertel durchquert, und nun war sie bis zu mir vorgedrungen. Man würde mich festnehmen. Um kein Aufsehen zu erregen, würden sie, wie an öffentlichen Plätzen üblich, meinen Arm packen und mit ruhiger Stimme sagen: *Bitte folgen Sie uns*. Aber stell dir vor, Angela, niemand faßte mich an. Mit dem Finger auf dem roten Knopf, wartete ich darauf, daß der Aufzug sich öffnete. Sie waren noch da, aber sie rührten sich nicht; ich schaute nicht hin, konnte sie aber aus dem Augenwinkel sehen, drei dunkle Gestalten. Ich trat in den Aufzug, und ich war nicht mehr ich selbst. Der Kittel klebte an meinem Rücken, ich lächelte einer Frau und einem Kind zu, die mit mir nach oben fuhren: »Bitte sehr.« *Sehen Sie, Signora, ich habe nichts getan. Ich bin ein freundlicher Mensch, bitte sagen Sie das diesen gräßlichen Typen da unten*, und in der Zwischenzeit flitzten die Stockwerke an der silbrigen Blechdose vorbei.

Während ich bei den Patienten, die ich am Tag zuvor operiert hatte, meinen gewohnten Rundgang machte, vermied ich jeden Augenkontakt. Professionelle Blicke hinter Gleitsichtgläsern senkten sich auf die Krankenblätter, auf den goldenen Montblancfüller, mit dem ich die Dosis der Beruhigungsmittel korrigierte. Dann der Operationssaal, und auf dem Weg dorthin zitterten meine Schultern wie Flügel.

Mit dem gewohnten Fußtritt öffne ich die Schwingtüren, halte die sterilen Hände hoch, damit die Operationsschwester mir die Handschuhe überziehen kann. Mit erhobenen Händen wie ein Verbrecher, denke ich, und finde noch die Kraft zu einem Lächeln. Dann Frieden, mein Arbeitsfrieden. Jodlösung, kaltes Skalpell, Blut. Mein Hände sind ruhig, präzise wie immer, noch präziser. Nur daß es nicht meine sind, es sind die Hände eines Mannes, den ich beobachte, ein tadelloser Profi, den ich nicht mehr bewundere. Ich betrachte mich selbst wie ein Entomologe ein Insekt. Ja, jetzt bin ich das Insekt, nicht sie, sie ist nur eine arme Frau, die zufällig da hineingeraten ist, von mir gestochen, ausgesaugt, geschändet. Die Gummihände dort unten, das sind nicht mehr meine, und doch durch und durch meine, strahlende Werkzeuge in einer Welt, in der ich mich als Wohltäter aufspiele. Elektrisches Skalpell. Die Gefäße verätzen. *Sie sind noch immer dort draußen, sie warten auf mich. Sie werden mich festnehmen in meinem Chirurgenkittel, eine lächerliche Art, sich verhaften zu lassen.* Kocherklemme. Tupfer. *Sie lassen mir Zeit für meine Gewissensbisse, sie haben mich vorhin noch nicht abgeführt, um mir diese schwarze Zeit zu lassen. Aus Grausamkeit. Bestimmt war sie in dem Zimmer, sie hat mich vorbeigehen sehen und zustimmend mit dem Kopf genickt. Dann ist sie auf einen Stuhl gesackt; sie haben ihr ein Glas Wasser gebracht: Mach dir keine Sorgen, dieser Hundesohn entkommt uns nicht, er und sein schmieriger Schwanz. Ich habe nicht durch die Tür geschaut, als ich vorbeiging. Ich habe mich nicht getraut, schade.* Ich dachte angestrengt nach, aber ich erinnerte mich nicht, wozu dieser Raum diente. *Die Tür daneben führt in den Raum für die Blutabnahme, aber die beiden offenen Flügel neben den grauen Rücken der Polizisten …* In Gedanken stürzte ich in jenen unbekannten Raum, wo sich vielleicht die Frau versteckte, an die ich mich kaum noch erinnerte. Und ich redete mir ein, Angela, diese Amnesie würde ausreichen, um meine Tat auszulöschen. *Warum bin ich nicht zurückgegangen, um sie zu streicheln, um sie davon zu überzeugen, daß nichts geschehen war? Wenn ich will, kann ich eine nachgiebige Seele sehr gut einwickeln. Ich hätte sie um Verzeihung bitten, ihr Geld anbieten können. Ich hätte sie töten können. Warum habe ich sie nicht getötet? Weil ich kein Mörder bin. Mörder töten. Chirurgen vergewaltigen.* Gefäßklemmen. Absauger. *Sie hat mich angezeigt, hat ihre Patchworktasche genommen und ist zum zuständigen Kommissariat gegangen.* Ich sah sie vor mir, wie sie an den Fingernägeln kaute, um sich Mut zu machen, in einem dieser Räume, die nach Stempelkissen riechen. Die blassen Beine an den Stuhl gepreßt, beschrieb sie den distinguiert wirkenden Mann, der sie mißbraucht hatte. Hinter ihrem Rücken tippte jemand auf der Schreibmaschine. Wer weiß, was sie alles erzählt hat. *Was ihr wohl von mir in Erinnerung geblieben ist, ich würde gern wissen, welche Spuren ich in ihrem wenig attraktiven Körper hinterlassen habe. Ich war blind vom Alkohol, von der Hitze, von abartiger Lüsternheit. Sie hingegen war nüchtern, sie hat mich angesehen, sie hat unter mir gelitten. Wer leidet, erinnert sich.* Autostatische Wundsperre. *Vielleicht haben sie eine gynäkologische Untersuchung angeordnet, auf der weißen Liege hat sie den Kopf zur Seite gedreht und diese Erniedrigung über sich ergehen lassen. Und dort, mit gespreizten Beinen ins Leere starrend, hat sie beschlossen, mich für immer zu ruinieren.* Kelly. *Vielleicht haben sie den Rest meiner Samenflüssigkeit entnommen.* Noch mal Kelly. *Nein, unmöglich, sie kann mich gar nicht finden, sie weiß nichts von mir, sie kennt weder meine Adresse noch meinen Beruf. Oder vielleicht doch. Als ich ins Nebenzimmer ging, um zu telefonieren, hat sie meine Tasche auf dem Sofa durchwühlt. Schlampe, verdammte Schlampe. Keiner wird dir glauben.* Tupfer. *Ich werde mich verteidigen. Ich werde sagen, daß sie mich unter einem Vorwand zu sich nach Hause gelockt hat, um mich auszurauben oder gar umzubringen. Habe ich mich vielleicht nicht gefürchtet, als ich ihr in die stinkenden Mauern des besetzten Hauses folgte? Vor lauter Angst habe ich mich so daneben benommen, um die Angst zu überwinden, habe ich angegriffen.* Gallengang abklemmen. *Sie war aufdringlich, werde ich sagen, sie hat mich getäuscht, sie hat etwas in den Kaffee getan ... Ja, genau, vielleicht war irgend etwas in diesem Kaffee. In diesem Loch riecht es nach Gift, Herr Kommissar, machen Sie eine Hausdurchsuchung.* Gallenblasengang. Faden. *Vielleicht sind in diesem staubigen Garten Leichen vergraben. Wenn die Autos über die Hochstraße fahren, ist es so laut, daß die Fensterscheiben klirren, der Krach übertönt die Schreie der armen Opfer. Es ist ein Wunder, daß ich noch lebe! Verhaften Sie diese Hexe.* Drainage. *Was fällt dir eigentlich ein? Hast du wirklich geglaubt, du könntest mich ruinieren? Hast du wirklich gedacht, daß irgend jemand dir glauben wird?* Und dann gab ich ihr eine schallende Ohrfeige mitten ins Gesicht, ihr Bastkopf taumelte. *Natürlich wird man mir glauben. Die Polizisten werden sich bei mir entschuldigen, ich werde ihnen meine Visitenkarte geben. Einen Chirurgen kann man immer brauchen.* Tupfer. *Der Mann mit den dunklen Lippen sieht aus, als hätte er etwas an der Leber. Ich werde großzügig sein. Ich werde den Telefonhörer abnehmen, ein paar Kollegen im Haus anrufen, damit sie einen vollständigen Check-up machen, an der Warteliste vorbei, was ich sonst nur für die engsten Freunde tue. Er wird mir danken, er wird sich verbeugen, um sich bei mir zu bedanken. Er wird mir eine Flasche Schnaps schicken und einen Kalender der Armee, den werde ich einer der Krankenschwestern schenken.* Homöostase kontrollieren. *Dich hingegen wird man in Handschellen hinausschubsen. Nutte, illegal, wie das ganze Viertel, in dem du wohnst. Ich werde eine Planierraupe schicken, um dein Haus niederzuwalzen.* Bauchtücher zählen. *Dein Wort gegen meins.* Nadelhalter. *Da wollen wir doch mal sehen, wer sich durchsetzt!* Nylonfaden für die Naht.

Die Operation war beendet. Und als ich jetzt den Blick hob, muß darin die Farbe der Herausforderung, der Verachtung gelegen haben. Neben meinem zweiten Assistenten stand ein junger Praktikant mit einem viel zu großen Kittel und schaute mich abwesend an. Ich bemerkte ihn erst jetzt, als er auf mich zukam. Er sah aus wie einer, der sich selbst mit eisernem Willen bezwungen hat. Vielleicht hatte er nur versucht, sich auf den Beinen zu halten. Vielleicht hatte er Angst vor Blut. Idiot.

Ich warf die Handschuhe weg, verließ den Operationssaal, ging in den Umkleideraum und setzte mich auf eine Bank. Vor dem Fenster die gewohnte Aussicht auf den Nachbarpavillon, die niedrigen Fenster des Treppenhauses, wo die Füße aller, die hinauf- und hinuntergehen, vorbeikommen. Man sieht nur die Stufen, nur die Beine, die Gesichter werden von der Wand verdeckt. Zuerst stiegen zwei Männerhosenbeine vorbei, dann die weißen Beine einer Krankenschwester. Ich dachte noch, daß es nichts gibt, was uns vor uns selbst schützen kann, jede Ausrede ist faul wie Fallobst. All diesen Gedanken hatte ich freie Bahn gelassen, und jetzt fühlte ich mich so überflüssig wie ein toter Heckenschütze.

Als ich den Umkleideraum verließ, stand die Tür zum OP sperrangelweit offen, es war noch nicht aufgeräumt, über den Flur ging ein Mann im Bademantel mit einer Rolle Toilettenpapier unterm Arm. Ich beugte mich zu dem Schiebefenster hinunter, um den Schwestern und Assistenten zum Abschied zuzuwinken. Ich fuhr mit dem Aufzug nach unten, und in mir war nur noch der Typ, gegen den ich gekämpft hatte. Im Erdgeschoß, neben besagter Tür, war niemand mehr, und dahinter ein Raum wie jeder andere, ein Wartezimmer für Dialysepatienten. Zwei Frauen mit gelbem Gesicht warteten, daß sie an die Reihe kämen. Nein, Angela, sie hatte dieses Zimmer nie betreten, und auch kein anderes hier. Sie war an jener Wand geblieben, unter dem Affenposter. Sie hat nie das Gesicht gehoben.

In diesem Jahr, Angela, passierte etwas Unvorhergesehenes, in der Nacht vor Ostern verlor ich meinen Vater. Es machte mir nicht viel aus, denn seit dem Tod meiner Mutter trafen wir uns nur noch selten. Ich wußte, daß er in einem Altersheim wohnte, aber ich kannte nicht mal die Adresse. Wenn wir uns verabredeten, bestellte er mich in eine Bar auf einem Holzponton am Fluß, neben einem Tennisplatz. Stets bei Sonnenuntergang, zu einer weichen Stunde. Er liebte seinen Aperitif, den gezuckerten Rand des Glases, das Tellerchen mit Oliven. Er zog den Bauch ein, setzte sich immer so, daß sein besseres Profil zur Geltung kam. Er spielte gern den jungen Mann. Meine deutlichste Erinnerung an diese seltenen Treffen ist das Geräusch der Tennisbälle, die auf dem roten Sandplatz aufprallten.

Am Tag der Beerdigung verfolgte ich stehend die Predigt des Priesters. Elsa stand neben mir, ein bestickter schwarzer Schleier wogte über ihre Stirn, sie weinte. Weshalb, weiß ich eigentlich nicht. Wahrscheinlich hielt sie es für richtig. Plötzlich trat hinter einer Säule ein kräftiger Mann mit weißen Haaren hervor und stellte sich neben mich. An seiner schwarzen Satinkrawatte war die Naht aufgegangen und das Etikett hing heraus. Er ging ans Mikrofon und verlas eine selbstverfaßte Rede. Sinnlose, rhetorische Worte, die meinem Vater gefallen hätten. Er muß ein guter Freund meines Vaters gewesen sein, seine Stimme bebte vor Trauer, und in der Hand zerknüllte er ein schleimverschmiertes Taschentuch. Er wirkte irgendwie überspannt, gutmütig und widerlich zugleich, denn seine ganze Gestalt, von den Haaren bis zu den Kleidern, war gelb von Nikotin. Auf dem Kirchplatz rauchte er. Er drückte mir die Hand, wollte mich sogar umarmen, aber das ließ ich nicht zu. Keiner aus der Familie schien ihn zu kennen. In seine glänzende Jacke gezwängt, hüpfte er wie ein Kind die Freitreppe hinunter und entfernte sich. Dieser suspekt wirkende Mann schien alles zu sein, was mein Vater hinterlassen hatte.

An ihn mußte ich jetzt denken, als ich zu deiner Mutter ans Meer fuhr. Der plötzliche Tod meines Vaters hatte mich in den folgenden Monaten stärker beschäftigt, als erwartet. Wenn ich nachts nicht schlafen konnte und in der Küche zwischen Kühlschrank und Tisch saß, stellte ich fest, daß ich nicht meinem Vater nachtrauerte, sondern dem Wunsch nach einem Vater, all den Möglichkeiten, die er vielleicht verkörpert, die ich aber aus Stolz stets ignoriert hatte. Dunkel und sprachlos hatte sich dieses Bedauern in mir festgesetzt. Es war Sommer, und immer noch brütete ich über diesem seltsamen Kummer. Vielleicht würde ein bißchen Kälte mich wieder auf Trab bringen. Ich plante nämlich, Mitte August mit Elsa nach Norwegen in Urlaub zu fahren. Ich hatte Lust, am Rand gigantischer tektonischer Gräben zu wandern, die Fjorde hinauf, über den Westfjord zu fahren bis zu den Lofoten. Dort wollte ich, windzerzaust und mit gerötetem Gesicht, im kobaltblauen Meer Dorsche angeln, die größer waren als ich selbst. Vor mir fuhr eine Frau mittleren Alters, schon seit geraumer Zeit folgte ich ihr. Ich hätte den Blinker setzen, kurz hupen und auf der linken Seite an ihr vorbeifahren können. Statt dessen klammerte ich mich ans Lenkrad und vertrödelte die Zeit. Die kurzgeschnittenen Haare erinnerten an den Nacken einer Frau, die nachdenklich auf einem Grat steht. Eine Frau, deren Rücken jugendlich stark ist, die aber die Orientierung verloren hat. *Jetzt reicht's, jetzt drücke ich auf die Hupe, und zwar so, daß es ihr kreischend in den Rücken fährt.* Aber da fällt mir meine Mutter ein, erst spät hatte sie den Führerschein gemacht, ein Geschenk an sich selbst. Sie stieg in ihren kleinen Kombi, in dem es nach Möbelpolitur roch, und fuhr irgendwohin. Auf dem Beifahrersitz lag ordentlich ihr Fischgrätmantel. Sie fuhr haargenau so wie diese Frau vor mir, viel zu dicht am Lenkrad, immer die Angst im Nacken, jemand könne ihr mit der Hupe in den Rücken stechen. Ach, Angela, warum reduziert sich das Leben auf solche Banalitäten? Warum ist es nicht gütiger? Wo ist der Herzschlag meiner Mutter? Wo ist der Herzschlag all derer, die ich geliebt habe? Gib mir das Körbchen, Angela, mit dem du in den Kindergarten gingst. Darin möchte ich, wie Glühwürmchen in der Dunkelheit, die leuchtenden Momente meines Lebens sammeln.

Die Frau vor mir fuhr langsamer, auch ich fuhr langsamer. Lammfromm wie ein Neugeborenes im Kinderwagen ließ ich mich leiten. Die Straße war von kümmerlichem Gras gesäumt. In dieser Gegend war mein Auto vor ein paar Wochen stehengeblieben.

Die grüne Tür war verschlossen. Ich klopfte mehrmals, keine Antwort. Oben auf der Hochstraße rasten die Autos vorüber, wer weiß, wie oft ich selbst auf dem Weg zum Meer dort oben vorbeigefahren war, ohne etwas von diesem Leben hier unten zu ahnen. Hinter den Brückenpfeilern waren noch andere Unterkünfte zu sehen, verrostete Baracken, Wohnwagen. Unheilvoll ragte das Gerippe eines ausgebrannten Autos aus dem Gras, vielleicht war es von der Hochstraße gestürzt, und niemand hatte sich je die Mühe gemacht, es fortzuschaffen. Daneben, in einer rissigen Lehmgrube, ringelte sich eine Schlange, deren Haut glitzerte, als sie im Gras verschwand. Es war niemand zu Hause. Als ich mich entfernte, warf ihr Haus lange Schatten, die mich unter sich begruben.

Ich stieg ins Auto, steckte den Zündschlüssel ins Schloß, drehte ihn aber nicht. Ich machte das Radio an, suchte einen Musiksender und lehnte mich zurück. Ich war im Schatten, draußen sengende Hitze und die gewohnte Einöde. Ab und zu kam von irgendwo ein einzelner Schrei nach unten gerollt. Ich stellte das Radio ab. Ich streckte die Beine neben die Pedale, kniff die Augen zusammen, und dann sah ich sie. In diesem Cinemascope-Spalt zwischen den Augenlidern. Zwischen den Betonpfeilern unter dem großen halbfertigen Wohnhaus sah ich sie kommen. Es war also doch richtig gewesen, hier auf sie zu warten. Wieder hatte sie diesen Weg genommen, um sich vor der Sonne zu schützen. Offenbar beeilte sie sich, wenn sie ins Licht kam, um dann im Schatten der Pfeiler langsamer zu gehen. Anfangs hatte ich befürchtet, sie nicht wiederzuerkennen, aber sobald sie winzig klein, von Schatten verdunkelt, in der Ferne auftauchte, war ich mir sicher. Ich erkannte den Kopf einer Vogelscheuche, die dünnen, krummen Beine. Ich erkannte ihren desorientierten, vielleicht durch ein Hüftleiden verursachten Gang. Ohne es zu wissen, lief sie auf mich zu, wie einer dieser mißtrauischen Streuner, die immer seitlich ausweichen. Mühsam schleppte sie zwei schwere Einkaufstüten, deren Gewicht ihr Vorwärtskommen nicht gerade stabilisierten. Jetzt fällt sie, dachte ich, jetzt fällt sie gleich. Ich hatte schon die Hand am Griff, um auszusteigen und ihr entgegenzugehen. Aber sie fiel nicht, verwandelte sich wieder in einen Schatten. Ich ließ den Griff los und blieb, wo ich war. Als ich ihre breite Stirn erneut in der Sonne auftauchen sah, hatte ich das Gefühl, nicht sie zu beobachten, sondern mich selbst. Während sie weiter durch dieses Raster aus Licht und Schatten ging, führte ich mir noch einmal Bild für Bild die obszönen Minuten vor Augen, die ich mit ihr verbracht hatte. Dabei war ich auf dem Sitz nach unten gerutscht, ich keuchte vor Lust. Denn plötzlich erinnerte ich mich ... ihr Körper, erloschen wie jener Kamin ohne Feuer, der gebeugte weiße Hals, der rätselhafte traurige Blick. Nein, das war nicht allein von mir ausgegangen. Sie hatte es genauso gewollt. Mehr als ich. Und plötzlich sah ich alles wieder vor mir, die Wand, den Stuhl, der hinter uns umgefallen war, die Handgelenke vor dem glänzenden Poster. Die Erinnerung saß im Dunkel meines Magens. Sogar der Geruch von uns beiden wurde wieder lebendig. Der Geruch des Deliriums, der den Geruch der Asche verdrängte. Eine verzweifelte Umarmung, und die Verzweiflung war ihre Verzweiflung, sie klebte an den klapperdürren Beinen, die jetzt auf mich zukamen. Es war ihre Art, Liebe zu machen, nicht meine. Sie hatte mich auf ihre Seite gezogen. Sie schleppte sich vorwärts mit ihren Einkaufstüten. Was war in diesen Tüten? *Was hast du gekauft? Was ißt du? Wirf die Tüten weg, wirf sie in den Staub, und komm zu mir, Hündin*. Im Gegenlicht sah sie aus wie eins dieser wirbellosen Tiere, die im Frühjahr aus der Erde kriechen. Genauso sah sie aus, als hätte sie gerade eine große Anstrengung hinter sich. Sie war auf dem Weg nach Hause, an einem ganz gewöhnlichen Tag ihres erbärmlichen Lebens. Was war sie für ein Mensch? Warum schminkte sie sich so stark? Die Patchworktasche baumelte an ihrer Seite. Ich mußte weg hier. In einem Schattenkegel war sie stehengeblieben. Sie stellte eine Tüte ab, faßte sich an den verschwitzten Nacken, strich die gelben

Haare zurück. Ich hielt inne, um diese Geste, die Ausdünstung des verklebten Nackens einzufangen. Ich hatte nicht getrunken, mein Magen war in Ordnung, der Kopf klar. Und trotzdem begehrte ich sie, gerade wegen dieser Klarheit, gerade wegen des leeren Magens. Ich traute mir selbst nicht mehr, denn schon während ich sie beobachtete, ließ ich es an Respekt fehlen. Nichts stimmte, ich wartete nicht auf sie, um mich zu entschuldigen, ich lag auf der Lauer wie ein Falke, um sie zu Boden zu reißen, ihr erneut Gewalt anzutun. Jetzt war sie fast bei mir. Sie würde vorbeigehen, ohne mich zu bemerken. Ich würde zusehen, wie sie im Rückspiegel verschwand, und dann wegfahren. Ohne je wiederzukommen. Ich senkte den Kopf und starrte auf meine Hände, die reglos auf den Oberschenkeln lagen, um mich daran zu erinnern, daß ich ein anständiger Mann war.

Ihr Bauch vor der Wagentür. Sie bückte sich, um hineinzusehen. Ich blickte hoch, und wo ich zwei schreckverzerrte Löcher zu finden glaubte, traf ich nur auf einen leicht verwirrten Blick.

Ich verließ meine Höhle nur zum Teil; einen Fuß noch drinnen, lehnte ich mich an die Tür. »Wie geht's?«

»Gut, und Ihnen?«

»Du kannst mich ruhig duzen.«

»Was machst du denn in dieser Gegend?«

»Ich hab vergessen, den Mechaniker zu bezahlen.«

»Das hat er mir gesagt, er hat mir auch gesagt, wenn ich Sie kennen würde ...«

»Du sollst mich doch duzen.«

»Na gut.«

»Was hast du ihm geantwortet?«

»Daß ich dich nicht kenne.«

Sie schien nicht wütend, sie schien gar nichts zu sein. Vielleicht ist sie daran gewöhnt, dachte ich, vielleicht geht sie mit jedem, den sie gerade trifft. Jetzt schaute ich sie an, und all meine Ängste waren verschwunden. Ihre Augen waren von dunklen Ringen umrahmt, so daß sie noch tiefer in den mageren Schädel einsanken. Blaue Äderchen liefen den Hals hinab und endeten in einer schwarz-gelb karierten Stretchbluse, die in der Sonne glänzte, billiges, von asiatischen Minderjährigen zusammengenähtes Zeug. Sie schaute mich nicht mehr an. Mit der Hand zupfte sie an ihrem Pony herum, um mit ein paar Strähnen die zu groß geratene Stirn zu verstecken, auf der jetzt mein Blick ruhte. Das grelle Licht zeichnete die Unvollkommenheiten ihres Gesichts nach, und sie spürte das. Die Dreißig hatte sie wohl seit geraumer Zeit überschritten, denn an den Augenwinkeln zeigte sich schon ein feines Netz von Fältchen. Ein leidgeprüftes Gesicht. Aber in den Augen, den Nasenlöchern, dem Strich zwischen den Lippen, an jeder Schwelle zu ihrem Inneren rauschte ein unbestimmtes untergründiges Verlangen, wie ein Sturm im Wald, der sich im Unterholz verfängt.

»Wie heißt du?«

»Italia.«

Mit einem Lächeln akzeptierte ich diesen unwahrscheinlichen Namen. »Hör mal, Italia«, sagte ich, »es tut mir leid wegen ...« Ich steckte die Hand in die Tasche. »Ich wollte mich entschuldigen, ich war betrunken.«

»Ich muß gehen, sonst schmelzen die Tiefkühlpakete.«

Sie schaute in die Tüte, die sie noch nicht abgestellt hatte.

»Ich helfe dir.«

Und schon hatte ich mich gebückt, um ihr die Tüten abzunehmen. Doch sie wollte nicht, entschlossen hielt sie die Tüten fest. »Nein, sie sind nicht schwer.«

»Bitte«, flüsterte ich, »bitte.«

Ihre Augen waren leer. Da war sie wieder, diese Leere, die ich schon an ihr bemerkt hatte, so als ob jeglicher Wille sie verlassen habe. An den Handflächen spürte ich den Schweiß, den ihre Handflächen an den Griffen der Tüten zurückgelassen hatten. Wir gingen die rostigen Stufen hinab und kamen zu dem Erdwall. Sie öffnete die Tür, und ich machte sie hinter uns zu. Alles war unverändert, es herrschte dieselbe Trostlosigkeit, der Blümchenbezug auf dem Sofa, der Affe mit dem Babyfläschchen auf dem Poster, der Geruch nach Bleichmittel und Gift. Ich spürte, wie in mir etwas ins Rutschen kam, eine warme Masse kroch langsam unter meine äußere Schale. Der sexuelle Impuls hatte keine Eile, ich war schlaff, benommen. Ich stellte die Tüten auf den Boden. Eine Bierdose rollte unter den Tisch. Sie bückte sich nicht, um sie aufzuheben. Sie lehnte an der Wand, schaute zum Fenster, durch die Leisten der geschlossenen Fensterläden. Während ich zu ihr ging, löste ich den Knoten der Krawatte. Die Hoden drückten zwischen den Beinen, sie schmerzten. Diesmal nahm ich sie von hinten. Ihre Augen machten mich nachdenklich, im Grunde war das hier meine Sache. Ich wollte diese Rippen genießen, diesen Nacken. Vielleicht zerkratzte ich ihr den Rücken, aber ich konnte es nicht verhindern.

Danach suchte ich in der Hosentasche nach dem Portemonnaie. Ich ließ das Geld auf dem Tisch liegen. »Für die Tiefkühlpakete ...«

Sie antwortete nicht, Angela. Vielleicht hatte ich sie gekränkt.

Deine Mutter war im Garten, mit Raffaella, die jeden Sommer ganz in der Nähe ein Häuschen am Strand mietete. Sie lachten. Ich beugte mich hinunter und streifte Elsas Wange mit einem Kuß. Sie lag auf einem Liegestuhl und fuhr mir leicht mit der Hand durch die Haare. Ich zog mich sofort zurück. Ich fürchtete, sie könnte einen fremden Geruch wahrnehmen. Raffaella stand auf. »Ich gehe, ich habe Gabry versprochen, daß ich ihr meine Mousse vorbeibringe.«

Raffaella verbrachte die meiste Zeit im Wasser, mit einem Frotteehut auf dem Kopf. Wenige Meter vom Ufer entfernt ließ sie sich treiben und wartete, daß jemand vom Strand ins Wasser käme. Ein paar Schwimmzüge, und sie tauchte auf wie eine Boa. Für Raffaella gab es nichts Schöneres, als sich im Wasser zu unterhalten, und sie hatte viel zu erzählen, weil sie ununterbrochen auf Reisen war. Wenn Elsa bei ihr im Wasser blieb, lief sie bald blau an. Raffaella dagegen machte die Kälte nichts aus, ihr Badeanzug war immer naß, auch nach Sonnenuntergang.

Ohne besonderen Grund starrte ich auf ihre kräftigen Schenkel. Mit entwaffnender Ironie sah sie mich an. Sie lachte. »Du weißt doch«, sagte sie und zeigte auf Elsa, »die Dünnen haben immer eine Freundin mit dickem Herzen.« Sie hob ihren Pareo auf. »Du bist blaß, Timo, warum legst du dich nicht ein bißchen in die Sonne?«

Vor drei Jahren ist sie gestorben, du erinnerst dich. Zweimal habe ich sie operiert. Zuerst an der Brust, dann habe ich den Bauch aufgeschnitten und eine halbe Stunde später wieder zugenäht. Ich habe es nur getan, weil sie eine gute Freundin war, denn ich wußte, daß es keine Hoffung mehr gab. Nach der ersten Operation ist sie nach Usbekistan gefahren, zu der Kontrolluntersuchung ist sie nicht mehr gekommen. Sie hat dem Tumor freie Bahn gelassen, er konnte ungestört Metastasen bilden. Raffaella war eine tolerante Frau, sie ließ jeden leben.

Damals hatte sie natürlich noch keinen Krebs. Sie trug ein Paar Holzschuhe, die auf Stein einen ohrenbetäubenden Lärm machten. Ich wartete, bis das lästige Geklapper vom Sand verschluckt wurde.

Elsas Füße und ihre Knöchel ragten über den Liegestuhl hinaus. Dort unten setzte ich mich hin und begann, sie zu streicheln. Meine Hände glitten bis zu den Knien hinauf, ihre Haut war glatt, duftete nach Sonnencreme. Jedesmal, wenn ich zu ihr ans Meer kam, jedesmal, wenn ich an diese Ankunft dachte, freute ich mich. Jetzt war ich da, hockte am Fußende ihres Liegestuhls, doch die Freude blieb aus. Ich war irgendwie enttäuscht. Meine Erwartungen wurden nicht erfüllt. Kleine unbedeutende Unaufmerksamkeiten: kein Getränk für mich im Kühlschrank, meine Badehose lag, noch vom letztenmal, in der Sonne und bleichte aus, mein Lieblingshemd war noch nicht gebügelt. Und vor allem Elsa, ihr gleichgültiges Gesicht. Ich hatte das Gefühl, nicht erwartet, nicht geliebt zu werden. Zu Unrecht. Elsa liebte mich, aber mit einer Besonnenheit, zu der ich selbst nicht unwesentlich beigetragen hatte, denn zweifellos war sie anfangs viel leidenschaftlicher gewesen als ich. Aus Liebe hatte sie sich meinem verhaltenen Tempo angepaßt, während ich nach dem

Tod meines Vaters regredierte. Ich fühlte mich unsicher, erlebte, wie der innere Aufruhr, dem ich als Jugendlicher ausgewichen war, mich nun mit unverminderter Wucht heimsuchte. Und ich erwartete, daß sie, die meine ganze Familie war, mich verstünde. Aber deine Mutter, Angela, hat schwache Menschen nie gemocht, leider wußte ich das nur zu gut, deshalb hatte ich sie ja ausgewählt. Jetzt streichelte ich ihre Beine, spürte aber kein lustvolles Erschauern. Mir blieb nichts anderes als die süßlichen Reste der Sonnenmilch. Ich liebte sie, aber ich war nicht mehr in der Lage, ihre Aufmerksamkeit zu erregen. Ich liebte sie, dennoch zog es mich in dieses Viertel am Stadtrand, zu dieser anderen Frau. Diese andere enttäuschte mich nicht, sie weckte keine körperlichen Erinnerungen. Ich vögelte mit einem Niemand. In diesen euphorischen Pausen verwandelte ich mich in den verwegenen Jungen, der ich gern gewesen wäre, aber nie gewesen bin. Ich ging zum Spielen auf den Hof, ohne auf meine Mutter mit ihren ewig klavierspielenden blassen Händen Rücksicht zu nehmen. Ich zerquetschte Frösche. Ich spuckte in den Teller. Danach war ich allein, genauso wie zuvor. Doch der Wohlgeruch der Untat blieb, stieg aus dem Dunkel auf und leistete mir jetzt Gesellschaft, während sich das Schilf neben dem Garten im säuselnden Wind bog.

»Erinnerst du dich an den Mann auf der Beerdigung meines Vaters?«

Elsa stützte den Kopf auf den Ellbogen und wandte sich mir zu. »Welcher?«

»Der, der etwas vorgelesen hat.«

»Ja, vage ...«

»Glaubst du, er meinte es ernst?«

»Es gibt Leute, die gehen zu Beerdigungen von Fremden, weil sie nichts Besseres zu tun haben, die Ärmsten.«

»Ich glaube nicht, daß es so einer war, er kannte Papas Spitznamen, und er hat geweint.«

»Jeder hat eine Menge Gründe zu weinen, Beerdigungen sind nur eine gute Gelegenheit.«

»Und du, warum hast du geweint?«

»Wegen deines Vaters.«

»Aber du kanntest ihn doch kaum.«

»Ich habe deinetwegen geweint.«

»Aber ich war doch gar nicht traurig.«

»Deshalb ja.«

Sie zog ihre Beine unter meinen Händen weg und lachte. »Ich gehe jetzt duschen, es ist schon spät.«

Ja, ja, geh nur duschen! Ich bleibe noch ein bißchen. Ich sehe mir die Sonne an, wie sie vor dem purpurroten Himmel im Meer versinkt, ein Himmel, der so schön ist, daß man fast an Gott glauben möchte, an eine Welt, in der deine Toten dich erwarten, um dir zu sagen, daß nichts verlorengeht. Während ich an meinen Vater denke, brennt mir die Eichel. An ihn denke ich für mich allein, und das ist richtig so, unter diesem kardinalroten Himmel. Vielleicht hole ich mir ein Bier aus dem Kühlschrank, oder ich rege mich auf, weil das Bier noch unter dem Tisch steht und warm ist.

Bei Gabry und Lodolo war es brechend voll, rund um die Tische waren Fackeln aufgestellt, die im Wind flackerten. Gebräunte Gesichter kamen mir entgegen, leuchtendweiße Zähne. Ich trug meinen hellen Leinenanzug, ohne Krawatte, im Nacken waren die Haare noch feucht und bescherten mir einen Kälteschauer, der bis unter das Hemd kroch. Wie an jedem Wochenende hatte ich den Bart wachsen lassen. Mit einem Weinglas in der Hand ging ich herum, begrüßte den einen oder anderen. Folgsam wie ein Apostel. Elsa, die neben dem Tisch mit dem Aperitif stand, unterhielt sich angeregt mit Manlio und seiner Frau, bewegte schwungvoll Hände und Haare, lächelte. Wiederholt ließ sie die obere, leicht vorstehende Zahnreihe sehen, wobei sie sich der Macht, die diese kleine Unvollkommenheit auszuüben vermochte, durchaus bewußt war. Wenn sie lachte, umschmeichelte das Satinkleid, karmesinrot wie der Lippenstift, die kleinen Hüpfer der Brust. Bei Festen trennten wir uns immer, das machte uns Spaß. Hin und wieder streiften wir einander, um uns Bemerkungen zuzuflüstern, aber meistens verschoben wir das auf später, wenn wir wieder zu Hause waren, wenn sie die hochhackigen Schuhe auszog und gegen ihre Espadrilles eintauschte. Unsere Freunde brachten uns zum Lachen, je tragischer sie waren, desto mehr mußten wir lachen. Wir zogen über sie her, allerdings mit großer Sympathie, und das sprach uns frei. Unbekümmert erfaßte Elsa den Kern jeder Beziehung, sie entfernte die Schale und drang in das weiche Fruchtfleisch vor. Auf diese Art hatte sie alle Ehen in unserem Umfeld seziert. Von ihr wußte ich, daß unsere Freunde durchweg unglücklich waren. Jetzt sahen sie sehr zufrieden aus. Sie aßen, tranken, musterten die Frauen der anderen. Offenbar war ihr Unglück so flexibel, daß es in den Proseccogläsern verdampfte und über den Dachgarten und Lodolos Motorboot, das mit glänzenden Fendern im nächtlichen Wasser lag, aufs offene Meer hinauswehte. Nein, ich hatte nicht das Gefühl, von bedauernswerten Seelen umgeben zu sein.

Manlio unterhielt sich mit Elsa; seiner Frau, einer Schweizerin, warf er nur hin und wieder einen Blick zu. Martine drehte ruckartig den Kopf, wobei sie der Bewegung ihrer vorstehenden, aufgerissenen Augen folgte. Sie war winzig, mager, faltig: eine Schildkröte mit Brillantkollier. Sie trank. Jetzt nicht, weil Manlio da war, um sie zu überwachen. Sie trank allein zu Hause, wenn er operierte. Geburten, Ausschabungen, Ein- und Auspflanzen von Eierstöcken, Gebärmuttervorfall, am liebsten in Privatkliniken. Manlio hing an ihr, seit zwanzig Jahren schleppte er sie mit wie eine Puppe. Beinah konnte man glauben, er habe sie in einem Spielzeuggeschäft gekauft. Der Chor der Freunde sagte: »Was findet er bloß an ihr?« Ich dagegen fand nichts Besonderes an ihm. Martine war eine ausgezeichnete Hausfrau, sie bereitete eine Lammkeule ebenso perfekt zu wie eine Pasta all'amatriciana, und sie hatte keine eigenen Ideen. Man stopfte sich voll und vergaß dann, sich bei ihr zu bedanken, bei einer Puppe bedankt man sich nicht. Natürlich betrog Manlio sie. »Natürlich«, sagte Elsa, »ein derart brillanter Mann, ein Sanguiniker mit einer magersüchtigen Alkoholikerin.« Ich bahnte mir einen Weg durch die Menge, beobachtete die drei und dachte, daß er sie gern mit meiner Frau betrügen würde. Natürlich. Elsa war so begehrenswert, üppiges Haar, pralles Fleisch, mit diesem vagen Lächeln, mit diesen verlockenden Brustwarzen. Heute abend war sie in Gesellschaft von Manlio ein bißchen zu aufgekratzt. Schließlich war er ihr Gynäkologe, er machte ihr die Abstriche, er hatte ihr die Spirale eingesetzt. Hatte sie das vergessen? Er hatte es sicher nicht vergessen. Er hatte eine Zigarre zwischen den Zähnen, und seine Augen funkelten. Und mittendrin die Puppe, wie sie den Rauch ihrer Mentholzigarette einsog.

Ich holte mir noch ein Glas Wein, streifte Elsas roten Satin. Manlio erhob sein Glas mit einer Geste, die Einverständnis signalisieren wollte.

Tu, was du nicht lassen kannst, Manlio. Mach nur so weiter mit deiner himmelschreienden Hinterfotzigkeit. Du trägst handgenähte Hemden mit aufgedruckter Nummer, aber du hast einen Bauch, seit dem Studium hast du dir eine schöne Wampe zugelegt. Was willst du? Willst du etwa meine Frau vögeln, du Fettwanst?

Manlio war mein bester Freund. Das war er, und das wird er immer bleiben, das weißt du ja. Eine Zuneigung auf Lebenszeit, die von Herzen kam, ohne besonderen Grund.

Raffaella war ausgelassen, in ihrem reichbestickten türkisfarbenen Kaftan bewegte sie die breiten Hüften neben Lodolo, dem Hausherrn, der mit seinem zerknitterten Hemd und den bekifften Augen aussah wie ein armer Verwandter. Livia, die vollkommen ausgeflippt war, warf die Haare ins Gesicht, riß die Arme hoch, schüttelte ihre folkloristischen Halsketten und beugte sich zu Adele hinüber, die in einem hummerfarbenen Schlauchkleid nur Kopf und Schultern wiegte wie eine Gymnasiastin auf ihrem ersten Ball. Die Ehemänner standen etwas abseits, in eine ihrer formidablen politischen Diskussionen vertieft, und ignorierten ihre Frauen. Der große, früh ergraute Giuliano, Livias Ehemann, beugte sich zu Lodolo, Adeles Ehemann und brillanter Zivilrechtler, der in seiner Freizeit bei einer Laientheatergruppe mitspielte; ein paar Sommer später würde er sich von der armen Adele scheiden lassen und ihr mit juristischer Unnachgiebigkeit von einem Tag auf den anderen den Hahn der Privilegien zudrehen, erbarmungslos und ohne Skrupel. Doch das Leben ist leicht, es fließt gemächlich dahin und läßt uns für alles Zeit. An jenem Abend schüttelte Adele, noch weit von ihrer Zukunft entfernt, den Kopf und zeigte erst dem einen, dann dem anderen die dreieckigen Ohrringe, die ihre Ohrläppchen zierten.

»Komm her, Chirurg!« rief sie mir zu.

Mit den Augen übersprang ich die Mauer aus Köpfen, die ich vor mir hatte, und traf für einen Sekundenbruchteil den Blick deiner Mutter. Auch sie hatte wohl ein Glas zuviel getrunken, ihre Augen glänzten kurzsichtig. Zu spät hob sie die Hand zum Mund, um ein kleines Gähnen zu verbergen. Ich tanze selten, meistens halte ich mich abseits, um dem Gehämmer der laut aufgedrehten Musik zu entgehen. Aber wenn es doch dazu kommt, postiere ich mich auf meinem Quadratmeter, und da bleibe ich auch. Ich schloß die Augen und begann mich zu wiegen, die Arme an die Hüften gelegt. Die Musik erfaßte mich und wummerte in meinem Körper, dumpf wie das Geräusch des Meeres in einer jener großen, außen wie Perlmutt glänzenden Muscheln. Erst kürzlich hatte ich eine solche Muschel gesehen. Wo nur? Ach ja, neben dem Jadeelefanten auf dem Schränkchen mit dem abgesprungenen Lack, in der Wohnung dieser Frau. Vor meinen verschwitzten Augen, die ich immer nur kurz öffnete, sah ich diese Muschel … mit der gerollten Öffnung, rosa und glatt wie das Geschlecht einer Frau. Jetzt wiegte ich mich mit mehr Nachdruck, ich beugte mich vor, weit vor, dann wieder zurück, warf den Kopf in den Nacken. Der Himmel war mit Sternen übersät, eine Dunkelheit voll verglühter Lichter wie nach einem Feuerwerk. Das Glas war mir aus der Hand gefallen, unter meinen Schuhen knirschten die Scherben. Ich verlor das Gleichgewicht, beinah wäre ich in den Armen von Raffaella gelandet. »Sei vorsichtig, Timo, ich könnte ja sagen!« Sie lachte bis zu den Ohren, und auch Livia und Manlio lachten, Manlio, der jetzt hinter meinem Rücken herumhüpfte und die Aufmerksamkeit einer kleinen Frau mit listigem Gesicht zu erregen suchte. Ich umfaßte Raffaellas breite Taille und zog sie in einem torkelnden Duett hinter mir her. Sie stolperte in ihrem zu langen Kaftan, ihr dicker Bauch gluckerte gegen meinen, während ich sie in die Menge schleuderte. *Laß uns tanzen, Raffaella. Laß uns tanzen. In ein paar Jahren wird dein Bauch unter meinen Händen landen, ein Stück Fleisch zwischen Tüchern, und auf dem Kopfkissen mit dem blauen Zeichen des Gesundheitsamtes wirst du zu mir sagen: »Schade, jetzt wo ich endlich abgenommen habe ...«, und dann wirst du in Tränen ausbrechen. Aber jetzt lachst du, tanze nur, genieße es in vollen Zügen!* Und auch ich tanze, Angela, den Samba der Erinnerung. Auch ich weiß nicht, was kommen wird, wie wir alle. Wie deine Mutter. Sie hatte die Schuhe ausgezogen, hielt sie beim Tanzen in der Hand. Wie besessen stampften ihre nackten Füße den Steinboden, als wäre es Maische. Die Musik war unter ihren Füßen.

»Paß auf, ich habe ein Glas zerbrochen.«

Und ich glitt von der Tanzfläche.

Der Ziergarten auf der weitläufigen Terrasse war voller exotischer Pflanzen, die furchterregend aussahen: einige waren sehr groß, mit abnormen Auswüchsen und spitzen, harten Blättern, andere mit Stacheln gespickt und von staubigen Blütenständen gekrönt. In dem weißlichen Mondlicht wirkte ihr anämisches Pigment noch blasser. Wie eine Gespensterkolonie. Ich trat an das Geländer. Das Wasser war ruhig, wirkte schwarz. Ich schaute zum Horizont, wo das Meer sich in der Dunkelheit verlor. Mein Vater war tot, fortgegangen für immer. Er war auf der Straße gestürzt, Herzinfarkt. Und ich war nun kein Sohn mehr. Mit dem hellen Leinenanzug und meinem bleichen Gesicht war auch ich jetzt ein Gespenst. Ich wandte mich wieder dem Fest zu und betrachtete meine Freunde. Wir kannten uns aus der Zeit der zerbrechlichen Ideale, der Ziegenbärtchen. Was hatte sich seither verändert? Unser Umfeld, dieser Wind, der uns herumgestoßen hatte, als wir noch offenes Terrain bewohnten. Eines Morgens haben wir dann die Fenster geschlossen, der Frühling war vorbei, in der Regenrinne lag eine tote Schwalbe. Von einem Tag zum andern zogen wir uns in uns selbst zurück. Beim Rasieren erschien unter der Klinge plötzlich das

Gesicht unserer Väter im Spiegel, das Gesicht derer, über die wir uns lustig gemacht hatten. Krawatten, Honorare, Steuererklärungen, großspurige Reden. Bis zu jenem Abend im letzten Winter, auf dem schönen großen Designersofa in der neuen Wohnung von Manlio. Ich hatte gerechnet und dabei festgestellt, daß seine Wohnung doppelt so groß war wie unsere, oder war es Elsa, die mich darauf hinwies? Ich beteiligte mich am Gespräch, trank einen Tropfen, Martine reichte mir die Häppchen, ich redete, und aus dem Augenwinkel sah ich Elsa. Sie saß auf der Lehne, mit übergeschlagenen Beinen, meine Frau schaute aus dem Fenster. Aber nicht in den Himmel, nein. Sie rechnete aus, wie viele Quadratmeter die Terrasse zum Fluß hatte. Ohne es zu merken, hatte ich die Stimme gehoben, war aggressiv geworden. Manlio sah mich überrascht an, seine rote Kaschmir-Krawatte hing in sein Kristallglas. Auf der Rückfahrt, im Auto, die Augen auf die regennasse Straße gerichtet, sagte deine Mutter: »Entschuldige, aber wieviel kann einer wie Manlio eigentlich verdienen?« Ich murmelte eine Zahl. Später, als ich pinkelte, als ich meinen Schwanz hielt, habe ich geweint. Schlagartig war mir aufgegangen, daß wir alt geworden waren.

Jetzt hingegen, an das Geländer dieses furchterregenden Gartens gepreßt, lachte ich, lachte wie ein Verrückter. Unten, hinter einem Felsen versteckt, weidete glücklich die kleine Martine, betrunken.

Mitten in der Nacht bin ich wach, schaue zu dem geöffneten Fenster, dorthin, wo die dunklen Wedel der Palme rauschen. Deine Mutter schläft, ihr karmesinrotes Kleid liegt auf dem Stuhl. Plötzlich erfaßt ein Krampf meinen Arm, dringt vor bis in die Schulter. Ich schiebe den Ellbogen unter das Kissen, um mich ein wenig aufzurichten.

Sie dreht sich im Dunkeln um. »Was hast du?«

Ihre Stimme ist ein müder, aber nachsichtiger Hauch. Ich spüre den Arm nicht mehr. Ich habe Angst, einen Infarkt zu bekommen. Ich suche ihre Hand, drücke sie. Sie trägt das Seidenhemd mit den Spaghettiträgern. Sie liegt an meiner Seite, ihre Brüste weich nebeneinander, ich dränge mich an sie. Ich vergrabe mich in ihrem Duft. Langsam streife ich das Laken von ihrem Körper. Ein Lichtstrahl fällt auf ihre Beine.

»Kannst du nicht schlafen?«

Ich antworte nicht, meine Lippen sind schon auf ihren Beinen. Sie sagt nichts mehr, fährt mir mit der Hand durch die Haare und streichelt mich. Sie hat verstanden, sie kennt mich, sie weiß, wie ich Liebe mache. Sie weiß nicht, daß ich es mache, wenn ich Angst habe. Ich weiß, daß ich sie nicht mehr überraschen kann, aber das scheint mir nicht so schrecklich. Der Mangel an Überraschung gibt uns Sicherheit, uns erwartet ein gleichmäßig wachsender Wohlstand. Ein Adagio, genau wie das Ticken des Weckers auf der Kommode. Die Körper sind warm, die Geschlechtsteile pulsieren sanft, gut-erzogene Muskeln. Aber in dieser Partitur, mein Liebling, ist irgend etwas abgestorben, so denke ich, während ich deine Haare im Mund spüre, und ich drücke dich fest an mich, weil ich heute nacht Angst habe. Wir erreichen die Lust mit zugekniffenen Augen, verkriechen uns wie ertappte Kinder.

Danach steht deine Mutter auf, weil sie Durst hat. Sie durchquert das dunkle Zimmer, ich höre, wie sie in die Küche hinuntergeht. Ich denke an ihren nackten Körper, der von dem Lämpchen im Kühlschrank angestrahlt wird, und ich frage mich, ob sie mich noch liebt.

Dann kommt sie mit einer Coca Cola in der Hand zurück. »Willst du auch einen Schluck?«

Sie klettert auf das Fensterbrett, trinkt und schaut nach

draußen. Jetzt sitzt sie vor den dunklen Palmwedeln, mit dem Rücken am Fensterrahmen, die Beine angezogen. Ihr nackter Körper gegen die Nacht, gegen meine Gespenster. Sie thront über mir, starr und glänzend wie eine Bronzestatue.

Und plötzlich habe ich nur noch einen einzigen Gedanken. »Laß uns ein Kind machen.«

Ich habe sie überrascht. Sie lächelt, schnaubt durch die Nase, hebt die Augenbrauen, kratzt sich am Bein, eine ganze Reihe kleiner Äußerungen des Unbehagens.

»Laß dir die Spirale rausnehmen.«

»Soll das ein Witz sein?«

»Nein.«

Und ich merke, daß sie es am liebsten überhört hätte. Wir sind seit zwölf Jahren verheiratet, und wir hatten nie ernsthaft das Gefühl, daß uns etwas fehlte.

»Du weißt doch, daß ich nicht daran glaube ...«

»Woran glaubst du nicht?«

»Ich glaube nicht an diese Welt.«

Was redest du denn da? Was interessiert mich die Welt, dieses ganze namenlose Fleisch. Ich spreche von uns. Von meinem kleinen Schwanz, von deinem kleinen Ding. Ich spreche von einem Pünktchen. Von einem Glühwürmchen im Dunkel.

»Ich möchte einfach kein Kind in diese Welt setzen.«

Ich umklammere deine Beine, du machst dich klein und möchtest eine Küchenschabe sein, damit du über die Wand davonlaufen kannst. Wohin willst du denn? Du willst kein Kind, weil die Welt gewalttätig, verseucht, trivial ist? Komm her, komm wieder herunter zu mir. Ich liege nackt auf dem Bett und warte auf dich. Gib mir eine bessere Antwort.

»Außerdem glaube ich nicht, daß ich ein Neugeborenes auf dem Arm halten könnte, ich hätte Angst.«

Ach, du hast Angst, auf jene Frau zu verzichten, die dir lieb geworden ist, an die du dich klammerst? Ich weiß, mein Liebling, das ist nicht schlimm, der Egoismus tröstet uns, leistet uns Gesellschaft. Und jetzt hast du es satt, dich beobachtet zu fühlen, vielleicht ist dir auch kalt. Du bewegst dich, du windest dich. Du hast Angst, daß du mir nicht mehr genügst?

»Und du, warum willst du ein Kind?«

Ich könnte sagen, daß ich es brauche, einen Faden, um meine verrückten Gedanken zu flicken, um sie zusammenzuhalten. Denn ich verliere Stücke. Ich möchte ein kleines neues Stück vor mir. Denn ich bin eine Waise, das könnte ich zu dir sagen.

»Weil ich einen Adler fliegen sehen will«, sage ich, und weiß nicht, was ich gesagt habe.

Endlich läßt die Spannung nach, es war ein Spiel, ein Scherz. Deine Mutter sieht mich jetzt wieder ohne Skepsis an. »Dummkopf«, sie lacht.

Sie trinkt einen Schluck Cola. »Uns geht's doch auch so gut, findest du nicht?«

Doch ich denke an einen Faden, an dem der Wind zerrt, an ein kleines Handgelenk, das die Verbindung zum Boden hält. Dieser Adler, Elsa, das bin ich, ich fliege. Ein zerrissenes Stofftrapez am Himmel, und unten sein großer Schatten, der einen Floh verfolgt, mein fehlendes Stück.

WARUM HABE ICH DICH NICHT mit dem Auto zur Schule gebracht? Es hat geregnet, ich bringe dich doch oft, wenn es regnet. Um neun hatte ich die erste Operation, das hätte ich leicht geschafft, ich hätte dich einfach ein bißchen früher abgesetzt, du hättest dich mit deinen Freunden unterhalten und unter den Arkaden auf das Klingeln gewartet. Du bist doch gern früher in der Schule, und ich habe dich gern neben mir im Auto, wenn es regnet. Dann beschlagen die Scheiben von unserem Atem, und du beugst dich vor, um mit der Hand darüberzuwischen. Du bist nicht verschlafen, du bist morgens immer hellwach. Du beobachtest alles, was sich bewegt. Wir reden kaum, ich sehe deine Fingerspitzen, die aus den zu langen Ärmeln hervorkommen, an denen du unentwegt ziehst. Du trägst diese merkwürdigen T-Shirts, kurz in der Taille, aber mit überlangen Ärmeln. Ist dir eigentlich nicht kalt am Bauch, Angela? Nein, du hast bloß kalte Hände, am Bauch zu frieren ist nicht trendy. Du wickelst dich in die große Jacke, aber darunter bist du wirklich zu dünn angezogen, ihr macht keinen Unterschied mehr zwischen Sommer und Winter, kein Kleiderwechsel nach Jahreszeiten, das ist nicht mehr üblich.

»Wie läuft's in der Schule?«

»Gut.«

Du sagst immer, daß es gut läuft. Deine Mutter meint, daß

du nicht gerade glänzt, sie geht in die Schule, um mit den Lehrern zu sprechen. Du lernst bei laufendem Radio, auch ich habe immer bei laufendem Radio gelernt, das habe ich dir nie erzählt. Da bist du keine Ausnahme, das ist heute das Problem aller Jugendlichen, ihr könnt euch nicht konzentrieren. Aber deine Mutter meint, ich sei zu nachsichtig mit dir. Das stimmt, deine Erziehung habe ich ihr überlassen. Sie verlangt, daß du dein Bett machst, nach dem Duschen das Bad aufräumst. Ich dagegen streichle deine Unordnung, ohne dir Vorwürfe zu machen. Heute morgen lag eine deiner Binden auf der Waschmaschine, ich habe sie weggeworfen.

»Ciao, Papo.«

Ich höre es gern, wenn du mich so nennst. Du bist gut, du machst ein komisches Gesicht, voller Ironie. Ich sehe dir zu, wie du aus dem Auto steigst und durch den Regen läufst. Vielleicht bleibst du sitzen, was soll's. Du bist mein Anker, Angelina, in dieser Welt, die sich weiterdreht ohne Wechsel der Jahreszeiten.

Es ist noch gar nicht lange her, daß wir beide, du und ich, angefangen haben, uns zu beschnuppern, seit du dich mit deiner Mutter zankst. Auf diesen Augenblick habe ich jahrelang gewartet, mit gekreuzten Armen. Du hast mein Lächeln gesehen, als du aus dem Badezimmer kamst, denn dort kriegt ihr euch immer in die Haare, wenn ihr euch in Unterwäsche zum Spiegel beugt, um Lidschatten aufzutragen. Ich habe dich angelächelt, du hast mich angelächelt.

Aber deine Mutter war ungehalten: »Ich dachte, aus dem Alter wärst du endlich raus«, hat sie gesagt.

Sie war dagegen, dir einen Motorroller zu kaufen, eigentlich war ich auch dagegen, aber ich wollte es dir nicht abschlagen. Du hast so lange davon geredet, hartnäckig, unermüdlich, bis wir schließlich nicht mehr anders konnten. Da habe ich gesagt: »Sonst wird sie bei anderen mitfahren, womöglich ohne Helm, womöglich bei einem Raser.« Deine Mutter sagte: »Kommt überhaupt nicht in Frage.« Ich schwieg, und an diesem Tag ging sie weg, ohne sich zu verabschieden. In Wahrheit wollte ich nur deine glänzenden Augen sehen, wollte, daß du mir um den Hals fällst, wollte ein »Danke, Papo« hören wie ein kleiner Junge. Am Ende war ich aufgeregter als alle anderen. Doch auch Mama wußte, daß wir verloren hatten. Wir können dir einfach nichts abschlagen. Wir können uns nichts abschlagen. Schließlich gab deine Mutter schneller nach als erwartet. Dann kamen die Warnungen, die Schwüre. Über den Tresen des Geschäfts gebeugt, füllte ich den Scheck aus. Wir wählten einen ziemlich teuren Helm. Um seine Härte zu prüfen, klopfte deine Mutter mit den Knöcheln dagegen, eine letzte, sinnlose Geste des Widerstands. Dann fuhr sie mit der Hand in die Innenpolsterung, die deinen Kopf schützen würde. *Ihren* Kopf.

»Der hält auch warm«, sagte sie und setzte ein trauriges Lächeln auf. Du hast sie um die Schultern gefaßt, sie gerüttelt, sie wie ein sanfter Sturm attackiert. Deine Freude hat ihre Melancholie vertrieben.

Und dann sind wir zum erstenmal ohne dich nach Hause gefahren. Du warst hinter uns auf dem Motorroller, hinter unserem Auto, das ganz langsam fuhr. Im Rückspiegel sah ich deinen roten Sturzhelm. Ich weiß noch, wie ich sagte: »Wir können nicht immer bloß Angst haben, wir müssen sie erwachsen werden lassen.«

Ich warf die Schlüssel auf das Schränkchen im Flur und zog mir sofort die Schuhe aus. Den ganzen Nachmittag hatte ich in meiner Praxis untersucht. Die letzte Patientin war eine sichtlich wohlhabende Frau. Ihre Augen ähnelten den großen Knöpfen an ihrem Kostüm. Die Initialen des Designers auf den Knöpfen zogen mir noch durch den Sinn, die letzte Zumutung des Tages. Während ich ins Bad ging, zog ich mich bereits aus. Ich trat unter die Dusche, das Telefon klingelte.

»Hast du eingekauft?«

Wie immer war deine Mutter pünktlich.

»Ja, sicher.«

Natürlich war das gelogen. In jenem Sommer schlug ich mich mit frittierten Reisbällchen durch. Heute hatte der Imbiß, wo ich sonst einkehrte, geschlossen. Dort gab es eine Marmortheke und einen spindeldürren Mann, der mir schweigend meine Portion servierte. Drei Reisbällchen, auf einem Teller aus schwerem Porzellan.

Wenn ich allein in der Stadt blieb, fehlten mir die Abendessen mit deiner Mutter. Doch wenn ich in der Dusche barfuß in meiner kleinen Pfütze stand, genoß ich dieses Gefühl. Es war das Gefühl der Einsamkeit, das Gefühl einer Hand auf den Hoden. Und während ich von einem Zimmer ins andere ging, entdeckte ich, daß die Sehnsucht eine sehr dehnbare

Empfindung ist, mit der du alles bewegen kannst, was du willst. Ich schaltete den Fernsehapparat ein. Das Programm war so sommerlich, daß der Moderator sich auf einer Plastikinsel in einem Swimmingpool aalte, neben sich eine dunkeläugige Sirene. Ich stellte den Ton ab und ließ dieses künstliche Blau ins Zimmer wabern. Ich ging ins Schlafzimmer, nahm das Buch, das ich gerade las, von der Kommode, kehrte ins Wohnzimmer zurück und ließ mich nackt auf dem Sofa nieder. Wie damals als Kind, wenn meine Eltern in die Ferien fuhren und ich zum Lernen zu Hause blieb. Vor der Abreise half ich meinem Vater, die letzte Tasche im unpraktischen Kofferraum des Lancia Coupés zu verstauen. Schon am ersten Tag hatte ich die Wohnung in Unordnung gebracht, ließ Bücher, Unterhosen und Essensreste überall liegen. Es bereitete mir Vergnügen, diese bescheidenen Räume zu entweihen, die meine Mutter den ganzen Winter über blitzsauber hielt. Auch wenn am Ende alles wieder an seinen angestammten Platz zurückkehrte, fiel es mir danach doch leichter, zwischen diesen Wänden zu überleben, weil ich mein sommerliches Vergehen stets im Gedächtnis behielt. Ich glaube, es war eine ganz ähnliche Genugtuung, wie sie ein schmieriger Kellner empfindet, wenn er einem arroganten Gast heimlich in den Teller spuckt.

Ein dumpfer Knall durchbrach die Stille. Vielleicht änderte sich das Wetter. Am Abend zuvor hatte ich einen Stuhl auf der Terrasse gelassen. Ich zog den Bademantel an und ging hinaus, um ihn zu holen. Ein Vogel, der wohl von der Flugroute abgekommen war, hatte sich in den Hof verirrt, flatterte jetzt unten im Garten des Mietshauses erschreckt zwischen den Pflanzen umher und suchte einen Ausweg. Ich sah ihm zu, wie er sich abmühte, verzweifelt gegen die drückend schwüle Luft ankämpfte, die plötzlich schwarz geworden war. Bald würde es anfangen zu regnen. Ich blieb draußen und wartete auf die Abkühlung, die sich vielleicht einstellen würde. Der Stuhl war äußerst unbequem, trotz der Polsterung. Über meinem Kopf hörte ich etwas Schwarzes mit den Flügeln schlagen, der Vogel hatte es endlich geschafft, sich zum Himmel aufzuschwingen. Aber im Hof war die Luft unverändert drückend. Das Gewitter würde vorbeiziehen. Ich ging hinein und putzte mir die Zähne.

Was kann ich dafür, meine Gemahlin, heute abend habe ich Lust, in den Körper einer Frau einzudringen, ihren Bastkopf an mir zu reiben. Ich habe Lust auf einen warmen Atem, auf einen Hund, der mir im Dunkeln die Hand leckt. Es ist das letztemal, ich schwöre es dir, während du schläfst. Ich war im Begriff, sie noch einmal zu betrügen, ich hatte keine Lust, mir den Abend zu verderben. Während ich die Stadt verließ und durch jene Vorstadt fuhr, wurde ich nach und nach immer euphorischer, denn es war wie eine Reise in eine andere Welt, in eine Stadt aus Pfahlbauten, ein kleines Saigon jenseits des Wasser. Und alles, was mir begegnete, die ganze Schäbigkeit, die flackernden Lampen sprangen mich an wie ein Rummelplatz, der nur für mich allein geöffnet blieb.

Zum erstenmal ging ich nachts zu ihr. Es machte mir Spaß, die Dinge wiederzuerkennen, sie in der Dunkelheit zu ertasten wie ein Dieb. Gierig sog ich das ungesunde Aroma jener Orte ein wie Balsam, gemeinsam mit jener anderen Seite in mir, die ich fürchtete und zugleich heraufbeschwor. Die wackligen Stufen, der Schmutz unter meinen Schuhen, die langen Schatten der Stockwerke, alles schwieg, bis auf mein Wolfsherz. Die eiserne Außentreppe wurde von der Dunkelheit verschluckt, ich stürzte mich in diesen Tunnel, diese immer verlockender werdende Spirale hinab. Die letzte

Etappe, der Erdwall unter der Hochstraße. Still wie ein Binnenmeer. Dann die letzten Schritte bis zu ihrem Pfahlbau, bis zu der kleinen Mätresse in meinem Saigon. Hinter dem Fenster war alles dunkel. Mit den Fingerknöcheln klopfte ich an die grüne Tür. Auf der Treppe war ich gestolpert, ein Fuß tat mir weh. Dann klopfte ich lauter, hämmerte mit der Faust gegen die Tür. Wo war sie um diese Uhrzeit? Vielleicht ausgegangen, mit Freunden, warum sollte sie keinen Freundeskreis haben? In so ein Nachtlokal, das wie eine Fabrikhalle aussieht, mit Scheinwerfern, die den Himmel anstrahlen. Vielleicht tanzte sie jetzt in der Menge, wiegte sich mit geschlossenen Augen wie damals an der Jukebox. Warum sollte sie nicht tanzen? Vielleicht hatte sie einen Freund, ein armer Schlucker wie sie, der sie jetzt umarmte, und ich kam in ihren Gedanken gar nicht vor. Vielleicht war sie eine Prostituierte, schließlich hatte sie umstandslos mein Geld genommen. Vielleicht klapperten ihre mageren Beine in diesem Augenblick einen dunklen Bürgersteig ab, auf einer verlassenen Allee irgendwo in der Stadt. Vielleicht stützte sie sich auf das Fenster eines Autos und verhandelte über den Preis, mit diesem mitgenommenen Gesicht und den eingefallenen schwarzverschmierten Augen. Vielleicht saß Manlio in diesem Auto. Hin und wieder gabelte er doch irgendwelche Nachtgestalten auf. Warum also nicht sie? Nein, sie nicht. Der Arm tat mir weh, ich hörte auf zu klopfen. Sie war nicht schön, sie war farblos, deprimierend. Ihre Unauffälligkeit erschien mir wie ein Schutz, keiner konnte sich vorstellen, wie sich ihr Körper mit Leben füllte und sie eine ganz andere wurde. Aber vielleicht war sie bei allen so. Warum sollte ausgerechnet ich etwas Besonderes verdienen? Ich hob den schmerzenden Arm und klopfte noch einmal. Sie war nicht zu Hause. Die Nutte war nicht zu Hause. Ich gab auf, drehte der Tür den

Rücken zu und schaute in die Nacht. Die Hochstraße war verlassen, weiter hinten bei den Baracken gab es noch leise Geräusche, ein Zeichen, daß dort noch nicht alles schlief. *Vielleicht ging sie dorthin, zu den Zigeunern, betrank sich in ihren Wohnwagen und ließ sich ihr erbärmliches Schicksal vorhersagen.*

Ich hörte ein leises Stöhnen, irgend etwas raschelte hinter der Tür. Ich dachte an ihren Körper, ihre Hände, und wieder einmal stellte ich überrascht fest, daß ich mich nicht so genau an sie erinnerte, wie ich gewollt hätte.

»Italia«, flüsterte ich, »Italia ...«

Und es war, als würde ich ihr einen Mantel umlegen, sie in ihren Namen einhüllen, sie und keine andere.

»Italia«, jetzt streichelte ich die Holztür.

Ich hörte ein Gewinsel, das Kratzen einer Pfote, und ich erkannte den Hund. Das blinde Tier, so erbärmlich wie seine Herrin, knurrte. Ein leises Knurren, das aber rasch verstummte wie bei einem alten Hund. Ich lächelte. *Sie kommt zurück, wenn der Hund noch da ist, heißt es, daß sie zurückkommt, und ich werde auf sie warten. Mit ihrem Körper werde ich machen, was mir gefällt, zum letztenmal.*

Ein Auto fuhr über die Hochstraße, das Scheinwerferlicht flutete über die Hauswand. Zwischen den Steinen über meinem Kopf blitzte etwas auf. Da fiel mir der Schlüssel wieder ein. Ich streckte die Hand aus, und in einer Mauerlücke fand ich den Schlüssel, mit dem üblichen Kaugummi. Ich griff zu. Und es war, als würde ich nach ihr greifen. Ich hätte es nicht tun sollen, aber schon tastete ich an der Holztür nach dem Schloß, um den klebrigen Schlüssel hineinzustecken.

Drinnen war es stockfinster, der gewohnte Geruch, nur abgestandener. Ich war in ihrem Haus, sie war nicht da, und dieser Mißbrauch erregte mich. Nun war ich schon beinah überzeugt, daß der Schlüssel über der Tür kein Zufall war, daß sie ihn für mich dorthin geklebt hatte. Ich tastete die Wand ab. Ich fand den Schalter. Mitten im Zimmer leuchtete eine nackte Glühbirne auf. Vor mir stand der blinde Hund mit seinen weißen Augen, ein Ohr gespitzt, das andere hängend. Wirklich ein jämmerlicher Wachhund. Ich knipste das Licht wieder aus. Nein, kein Licht, ich würde im Dunkeln auf sie warten. Im Dunkeln konnte ich mich besser vor mir selbst verstecken. Tastend machte ich ein paar Schritte und sank auf das Sofa. In der Wohnung herrschte vollkommene Stille. Da waren nur die kleinen Geräusche meines Körpers, des Eindringlings, und der Atem des Hundes, der sich auf seinen Platz unter dem Sofa verkrochen hatte. Langsam gewöhnte ich mich an die Dunkelheit und erkannte nun die Umrisse der Möbel, die schwarzen Nippfiguren, den Kamin, der sich von der Wand abhob. Er sah aus wie ein entweihter Altar. Denn im Dunkeln hatte die Wohnung etwas Sakrales. Italia war anwesend, in ihrer Abwesenheit war sie um so anwesender. Beim letztenmal hatte ich sie auf das Sofa gezerrt. Wir hatten uns überhaupt nicht angesehen. Ich bückte mich, um nach der Stelle zwischen Arm- und Rückenlehne zu suchen, wo sie sich ihren Zuckungen ergeben hatte. Auf dem Boden kniend, streifte ich mit dem Gesicht durch die Dunkelheit. In dieser Ecke hatte Italia sich vergraben. Ich stöberte mit der Nase, mit dem Mund. Ich suchte, was sie gespürt haben mußte, als ich sie nahm. Ich wollte mich in sie hineinversetzen, um die Wirkung zu spüren, die ich in ihrem Körper hervorgerufen hatte. Ich gab jeden Widerstand auf. In größter Eile bewegte ich mich auf den Absturz zu, fast ohne es zu merken. Die Lust ergriff den Bauch, lauwarm und tief, die Schultern, die Kehle. Wie die Lust einer Frau.

Doch rasch wurde ich wieder zum Mann, Angela, und mir

blieb keinerlei Zärtlichkeit. Nur der Geruch meines Atems, während die letzten Zuckungen in jenem Sofa verebbten. Und ein Unbehagen, eine plötzliche Traurigkeit, die in diesem entweihten Dunkel noch trauriger war. Meine Beine waren steif, und ich hatte mich beschmutzt wie ein Jugendlicher. Neben meinen Knien war der Hund, der keine meiner lüsternen Zuckungen verpaßt hatte. Ich richtete mich auf, und während ich mich zum Bad vortastete, stieß ich überall an. Schließlich fand ich die Tür, und auf der Wand wies mir ein Elektrokabel den Weg zum Schalter. Im Spiegel sah ich, wie in meinen vom Licht geblendeten Augen ein bösartiges Glitzern aufflackerte. Mit seinen alten Kacheln glich das Bad einer Grabnische. Ich drehte den Wasserhahn auf. Während ich das Gesicht über das Waschbecken beugte, sah ich eine abgenutzte Zahnbürste in einem Glas, das in einem Metallhalter hing. Mit dem Ekel über die schiefen Borsten überfiel mich der Ekel vor mir selbst. Über dem Rand einer kleinen Sitzbadewanne hing eine Gummimatte. Der Plastikvorhang der Dusche, der oben an einer Stange befestigt war, hing verschimmelt bis auf den Boden. Die Seife im Seifenhalter war vollkommen in Ordnung. Auf dem Brett unter dem Spiegel lagen nur eine Handcreme und ein Fläschchen aus dunklem Glas, in dem ich die Abtöncreme erkannte, die Italia sich ins Gesicht schmierte. Auf dem Boden stand ein Weidenkorb, und als ich den leichten Deckel hob, sah ich darin ein Häufchen schmutziger Wäsche. Ich starrte eine zerknitterte Unterhose an. Und in mir hörte ich eine rohe Stimme, die mich aufforderte, sie rasch in die Tasche zu stecken und mitzunehmen. Ich hob den Blick zum Spiegel und fragte meine Wolfsaugen, was für ein Mann aus mir geworden war.

Ich knipste das Licht aus und ging wieder hinüber. Als ich am Sofa vorbeikam, bückte ich mich im Dunkeln, um den geblümten Bezug glattzuziehen. Der Hund knurrte, ich hatte ihm auf die Pfote getreten. Ich schloß die Tür und schob den Schlüssel in sein Versteck, aber das Kaugummi war nicht mehr elastisch genug. In den Mund wollte ich es auf keinen Fall nehmen, also versuchte ich, es mit den Händen weichzukneten. Da hörte ich ein Geräusch, ein entferntes Klicken. Absätze auf Metallstufen. Schnell steckte ich das Kaugummi in den Mund und kaute energisch. Der Schlüssel fiel mir aus der Hand, ich bückte mich, um ihn zu suchen. Das Klicken hatte aufgehört, von der Erde verschluckt. Ich fand den Schlüssel, drückte fest mit dem Daumen dagegen und schaffte es, ihn in die Mauerlücke zu kleben. Gebückt kroch ich durch das Gras und versteckte mich hinter dem Haus, neben dem Gerippe eines ausgebrannten Autos. Unmittelbar darauf tauchte sie auf. Zwei schwarze Beine, ohne Eile, an das Dunkel gewöhnt. Und dazwischen die übliche Tasche. Sie schien müde, der Rücken war stärker gebeugt als sonst. Sie streckte den Arm aus, aber der Schlüssel fiel ihr entgegen, direkt auf die Haare. Während sie auf dem Kopf herumtastete, preßte ich mich an die Wand. Nur mit einem Auge sah ich, wie ihre Finger über die Oberfläche des Schlüssels glitten, ihr Gesichtsausdruck veränderte sich, ich konnte es kaum sehen, aber ich ahnte, daß ihr etwas Bestimmtes durch den Kopf ging. Sie entfernte das Kaugummi und wog es nachdenklich in der Hand: Sie hatte gemerkt, daß es feucht war. Sie schaute sich im Dunkeln um, dann starrten ihre Augen in meine Richtung. *Jetzt stöbert sie mich auf, jetzt kommt sie, um mir ins Gesicht zu spucken*. Sie machte zwei Schritte, dann blieb sie stehen. Ich hatte mich hinter das ausgebrannte Auto geduckt. Sie schaute dorthin, wo ich mich verkrochen hatte, und vielleicht konnte sie mich sehen. Sie starrte ins Leere, aber es war, als wüßte sie, daß ich dort war, der Gedanke an mich stand ihr ins Gesicht geschrieben. Weiter ging sie nicht. Sie drehte sich um, steckte den Schlüssel ins Schloß und zog die Tür hinter sich zu.

Am nächsten Abend war ich mit Manlio zum Abendessen verabredet. Wir trafen uns in einer dieser Trattorien im Zentrum, wo man draußen auf dem Bürgersteig sitzt, an wackligen Tischen, die man erst mit einem Keil stabilisieren muß, aber immer ist es das falsche Bein und die falsche Seite, genau wie im Leben. Manlio machte Witze, setzte sich in Szene, aber er war nicht gut drauf. Er hatte Probleme im Kreißsaal gehabt, blubberte ein paar teilnahmsvolle Sätzchen, bemitleidete sich, und natürlich log er. Er war unaufrichtig, nicht bewußt, aber er hatte sich nie selbst erforscht und hatte auch keinerlei Absicht, es jemals zu tun. Er paßte sich einfach an, machte alles mit und kam damit den Bedürfnissen der anderen entgegen. So war es auch an diesem Abend. Wie ein echter Freund versuchte er, in die unterirdische Höhle vorzudringen, in der ich mich vergraben hatte. Das ging schon eine ganze Weile so. Zerstreut hatte ich mich, ohne rechten Appetit, mit der Vorspeise beschäftigt, dann aber alles stehenlassen und nichts mehr bestellt. Manlio versuchte, sich meiner Laune anzupassen, und pickte auf den verschiedenen Tellerchen herum, Peperoni, gebackene Ricotta, Brokkolicreme.

»Gehst du manchmal zu Nutten?«

Eine solche Frage hatte er nicht erwartet, nicht von mir. Er lächelt, gießt Wein ein, schnalzt mit der Zunge.

»Gehst du nun oder nicht?«

»Und du?«

»Ja, ich mach's.«

»Wirklich?«

Fieberhaft denkt er nach, vielleicht an Elsa. Es scheint ihm unwahrscheinlich, daß ich bei einer solchen Ehefrau irgendwohin gehe, wo ich bezahlen muß. Doch das Thema ist ihm nicht unangenehm, es geht runter wie nichts, nach dem Wein.

»Ich auch, ab und zu«, jetzt kommt er mir vor wie ein Kind.

»Immer zu derselben, oder wechselst du?«

»Wie's grad so kommt.«

»Und wohin gehst du mit ihnen?«

»Ins Auto.«

»Und wozu?«

»Um zu beten. Was für eine blöde Frage«, er lacht, und seine Augen verschwinden.

Das ist keine blöde Frage, Manlio, du merkst es zu spät, während du einer Touristin nachsiehst, die Arm in Arm mit einem Riesen in Bermudashorts vorbeigeht. Jetzt siehst du verbittert aus.

Später sage ich ihm, daß es nicht stimmt, daß ich nicht zu Nutten gehe. Er ist verärgert, lacht aber trotzdem, sein Gesicht wird rot, er sagt, ich sei doch ein Arsch, »immer derselbe Arsch«, sagt er. Aber inzwischen ist die Langeweile verflogen, der Abend hat einen Sprung gemacht, ist ins Private vorgedrungen, wo so etwas wie die Wahrheit aufblitzt, vielleicht ist das ja die Wahrheit, und als Manlio zu seinem Auto geht, sieht er aus wie ein ehrlicher Mann. Ein verzweifelter Mann. Wir verabschieden uns rasch, zwei Schläge auf die Schulter, ein paar Schritte in die Dunkelheit hinein, und schon sind wir weit weg, jeder auf seiner Bürgersteigseite. Der andere hinterläßt keine Spuren. Unsere Freundschaft ist hygienisch.

Ich könnte dir sagen, Angela, daß es mir so vorkam, als stürzten die Schatten der Straßenlaternen auf mich herab wie tote Vögel, daß in diesem Sturz auf die Windschutzscheibe all das an mir vorbeirauscht, was mir fehlte; ich könnte dir sagen, daß in mir, während ich dahinraste und die Schatten immer schneller niedergingen, der Wunsch wuchs, dieses Loch mit irgend etwas zu stopfen. Ich könnte viele Dinge sagen, die jetzt womöglich wahr klingen, es damals aber vielleicht nicht waren. Die Wahrheit kenne ich nicht, ich erinnere mich nicht an sie. Ich weiß nur, daß ich zu ihr fuhr, ohne eine genaue Vorstellung. Italia war kein Nichts. Sie war der schwarze Docht einer Petroleumlampe, das Feuer war jenseits von ihr, in dem rußigen Licht, das meine Bedürfnisse einhüllte und all das, was mir fehlte.

Jetzt begann die lange Allee, wo sich die käuflichen Gestalten abzeichneten. Körper, die durch die Nacht schwammen wie Feuerquallen, im Licht der Scheinwerfer kurz aufblitzten, bevor sie erneut in der Dunkelheit versanken. Bei den letzten Bäumen fuhr ich langsamer. Die Frau, die an mein Auto herantrat, trug schwarze Netzstrümpfe und hatte für ihre Profession das perfekte Gesicht, herb und kindlich, düster und sehnsüchtig: das Gesicht einer Hure. Ich krächzte etwas, vielleicht eine Beschimpfung, während ich sie im Rückspiegel verschwinden sah.

Sie war da. In dieser Nacht war sie da. Sanft öffnete sich die Tür, der Hund erschien auf dem Erddamm, schnüffelte an mir, trottete schwanzwedelnd um mich herum und schien mich zu erkennen. Italia stand vor mir, die schneeweiße Hand auf der Tür. Mit meinem Körper stieß ich sie hinein. Vielleicht hatte sie schon geschlafen, denn ihr Mund wirkte fester als sonst. Sie gefiel mir. Ich packte sie an den Haaren, zwang sie, den Kopf zu senken, drückte sie nach unten. Sie rieb ihr Gesicht an meinem Magen. Dort, wo der Gedanke an sie mir weh tat. *Mach mich gesund, mach mich gesund.* Ich bückte mich und fuhr ihr mit den Lippen über das ganze Gesicht. Ich drückte meine Zunge in die Nasenlöcher, in das Salz der Augen.

Später saß sie auf dem Sofa, mit der Hand zog sie einen Zipfel des T-Shirts nach unten, um ihr Geschlecht zu bedecken. Wartend saß sie da, als ich aus dem Bad kam. Auf dem Rand der Badewanne sitzend, neben dem muffigen Vorhang, der von oben herabfiel, hatte ich mich gewaschen. Ich ging zu ihr, ergriff ein Büschel Haare und schüttelte ihren Kopf, dabei schob ich ihr das Geld in die Hand. Eine kraftlose Hand, die ich zudrücken mußte, damit sie das Geld nahm. Sie ließ es über sich ergehen, wie man Schmerzen über sich ergehen läßt. Ich mußte unbedingt weg, mußte zu mir kommen, aber vor ihren Augen war das unmöglich. Das wäre so unpassend gewesen, wie sich nach seinen eigenen Exkrementen umzudrehen.

Du willst doch auch allein sein, so weit kenne ich dich schon. Du tust, was ich will, dann verschwindest du wie eine Mücke, wenn der Tag anbricht, du setzt dich auf dein Blumensofa und hoffst, daß ich dich nicht bemerke. Du weißt, daß du nur in der Lüsternheit zählst, wenn ich mir die Krawatte umbinde, bevor ich gehe, ekelt mich alles schon an. Du traust dich nicht, dich zu bewegen, solange ich da bin, du traust dich nicht, ins Bad zu gehen und dabei deinen Hintern zu zeigen. Vielleicht hast du Angst, getötet zu werden, Angst, ich könnte dich in das lehmige Flußbett werfen wie das schwarze Auto, das von der Hochstraße gestürzt ist. Du weißt nicht, daß meine Wut abflaut, wenn ich in dir sterbe, und daß ich danach ein zahnloser Löwe bin. Was tust du, wenn ich gegangen bin? Was lasse ich zurück? Den kalten Kamin, das Zimmer, das ich entweiht habe, ich, der ich dich mitten in der Nacht erniedrigt habe, obwohl ich dich nicht einmal liebe. Der Hund wird neben dir sitzen, du wirst dieses Fell brauchen, du wirst es streicheln, während deine Augen anderswohin starren. Was soll's, er ist ja blind. Dir werden Dinge aus deiner Vergangenheit in den Sinn kommen, fixe Ideen. Dann wird das Vertraute die Oberhand gewinnen, du stehst auf, machst ein wenig Ordnung, hebst einen umgestürzten Stuhl auf. Und du brauchst nicht mehr das Hemd nach unten zu ziehen, beim Bücken spürst du die Spalte zwischen den Gesäßbacken, und es fällt dir gar nicht auf. Ohne meine Augen wird dein Körper wieder zu dem, was er ist, selbstverständlich wie ein Stuhl, wie eine Anstrengung. Doch als du aufstehst, spürst du, wie ein Samenfaden an deinem Bein hinunterläuft, und dann, das weiß ich nicht, aber ich möchte es wissen. Ich möchte wissen, ob du dich ekelst oder ob ... Nein, wasch dich schnell, kleine Hure, geh in dein muffiges Zelt, schrubb mit einem Schwamm diesen Dreck ab und die Gespenster von diesem Dummkopf.

Auf dem Tisch lagen ein paar Mispeln, ich nahm eine. Das Fruchtfleisch war süß, ich nahm noch eine.

»Hast du Hunger?« fragte sie.

Ihre Stimme war kraftlos, sie kam aus der Stille. Italia hatte wohl auch an etwas Verrücktes gedacht. Als meine Hand aufhörte, ihre zu drücken, öffnete sie die Finger, und das Geld fiel zu Boden. Jetzt hielt sie mir die leere Hand hin und sagte: »Gib her«, und ich gab ihr die Kerne.

»Soll ich dir einen Teller Nudeln machen?«

»Wie bitte?« flüsterte ich, von diesem Vorschlag überrascht.

»Mit Tomatensauce, oder wie du willst.«

Sie hatte meine Frage falsch verstanden. Plötzlich sah sie ganz verändert aus, ihr Gesicht wirkte lebhaft, wache Augen sahen mich neugierig an, so als wären sie soeben aus ihrer Schale geschlüpft. Ich hatte nicht die Absicht, bei ihr zu bleiben. Aber da war diese winzige Hoffnung in ihrem Gesicht. Eine Hoffnung, die von meiner weit entfernt war. Denn auch ich hoffte, Angela. Auf etwas, was weder in diesem Zimmer noch anderswo zu finden war, was vielleicht mit den Knochen meines Vaters verweste. Etwas, von dem ich nicht wußte, was es war, und nach dem ich deshalb auch nicht suchen konnte.

»Ist deine Tomatensauce gut?«

Sie lachte, sie strahlte vor Freude, und einen Augenblick dachte ich, daß meine Hoffnung vielleicht so bescheiden und einfach war wie ihre. Sie ging auf das Schlafzimmer zu und versuchte dabei, sich mit dem zu kurzen Hemd zu bedecken. Rasch zog sie eine Trainingshose und ihre bunten Sandalen an und kam zu mir zurück: »Ich gehe nur mal eben raus.« Durch das Fenster sah ich sie hinter dem Haus auftauchen, wo, wie ich erst jetzt bemerkte, in einem kleinen Garten Gemüse wuchs. Ihre Absätze sackten in die Erde, mit einer Taschenlampe in der Hand machte sie sich an einigen Pflanzen zu schaffen, die von Stäben gehalten wurden. Dann kam sie mit einem Bündel in ihrem T-Shirt zurück und ging in die Küche. Durch die Tür sah ich ihre Gestalt, mal ganz, mal nur einen Arm, mal nur den Haarschopf. Sie reckte sich und holte Topf und Teller aus dem Hängeschrank. Die Tomaten hatte sie, eine nach der anderen, sorgfältig gewaschen, und jetzt schnitt sie, über ein Brett gebeugt, mit einem großen Messer rasch die Kräuter. Die Klinge dicht neben den Fingern, ohne Unsicherheit. Erstaunt sagte ich mir, daß Italia eine saubere, präzise Köchin war, Herrin ihrer Bewegungen, Herrin ihrer Küche. Ich wartete sitzend, ordentlich und ein wenig steif wie ein ehrfürchtiger Gast.

»Es ist gleich fertig.«

Sie verließ die Küche und schloß sich im Bad ein, ich hörte, wie sie in der Dusche das Wasser aufdrehte. Ich schüttelte die Kissen auf dem Sofa auf. Der Duft von frischer Tomatensauce drang ins Zimmer. Ich hatte Hunger. Der Schimpanse, der sich an sein Fläschchen klammerte, sah aus wie Manlio. Ich lächelte ihm zu, wie man einem dummen Freund zulächelt. Im Bad prasselte das Wasser, dann hörte es auf. Noch ein paar Geräusche, und schon war sie wieder draußen. Naß sahen ihre gelben Haare hölzern aus.

Sie trug einen beigefarbenen Frotteebademantel. Sie band den Gürtel zu und seufzte zufrieden. »Ich werfe jetzt die Nudeln ins Wasser.«

Sie ging wieder in die Küche. Als sie an mir vorbeikam, stieg mir der Geruch von Talkum in die Nase, süßlich wie Vanille, der Duft einer Puppe.

»Möchtest du ein Bier?«

Sie brachte mir das Bier, dann machte sie sich daran, den Tisch zu decken. Ich stand auf, um ihr zu helfen.

»Bleib sitzen«, sagte sie, »bitte.«

Ihre Stimme war zuvorkommend. Ich schaute ihr zu, während sie den Tisch herrichtete. Sie lief mehrmals in die Küche, mit einer für die nächtliche Stunde erstaunlichen Vitalität. Es kam mir vor, als sähe ich sie zum erstenmal, als hätte jener Körper unter dem Bademantel mir noch nie gehört. Mit Sorgfalt legte sie Besteck und Servietten auf. In die Mitte stellte sie eine Kerze.

Sie blieb vor mir stehen, hob eine Augenbraue, kräuselte die Nase und schob die oberen Zähne vor wie ein Nagetier. »Al dente?« piepste sie.

»Al dente.«

Um sie nachzuäffen, kräuselte auch ich die Nase und

stellte fest, daß meine wesentlich weniger beweglich war. Sie lachte, wir lachten. Sie war nicht bloß heiter, es war mehr, sie war glücklich.

»So, da wären wir«, und mit einer Suppenschüssel in der Hand kam sie aus der Küche. Sie stellte die Schüssel ab. Auf den Nudeln prangte ein Basilikumzweig, arrangiert wie eine Blume. Sie tat mir auf, dann setzte sie sich mir gegenüber, legte die Arme auf den Tisch.

»Und du, ißt du nichts?«

»Später.«

Ich senkte die Gabel in den Teller, ich hatte Hunger, einen Hunger, wie ich ihn schon gar nicht mehr kannte.

»Schmeckt's?«

»Ja.«

Die Spaghetti waren wirklich gut, Angela. Vielleicht die besten Spaghetti meines Lebens. Wachsam sah sie mir beim Essen zu, nichts entging ihr, nicht die kleinste Regung meines Appetits, den sie mit den Augen, mit kleinen Bewegungen von Schultern und Armen wohlwollend begleitete. So als würde sie selbst essen, jeden meiner Bissen mitschmekken.

»Möchtest du noch etwas?«

»Ja.«

Das wohlige Gefühl von Sättigung, das hatte ich ganz vergessen. Mit jeder Gabelvoll spürte ich, daß die Mahlzeit mir guttat. Als ich nach der Bierflasche griff, die ein Stück entfernt stand, bewegte auch sie den Arm, vielleicht um mir zu helfen. Neben dem eisgekühlten Glas spürte ich unerwartet ihre warme, zitternde Hand. Ich war abgelenkt, goß ungeschickt ein, das Bier schäumte über. Es fiel mir schwer, mich loszureißen. Ich wäre gern dort geblieben, hätte gern mehr berührt als ihre Finger. Für den Bruchteil einer Sekunde hatte ich den Wunsch, die Stirn in diese Handfläche zu legen, die Last meines Kopfes von ihr halten zu lassen.

Italia schaute zu, wie sich die kleine Schaumpfütze unter dem Glas ausbreitete. In ihren Augen war ein besonderes Licht; auf ihrem Gesicht lag ein zarter, sehr intimer Glanz. Plötzlich wirkte sie wieder traurig. Ich folgte dieser Traurigkeit bis zu den Rippen am Brustansatz. Sie bemerkte es und schloß den Bademantel über der Brust. In dem schwachen Schein der Kerze sah sie mir beim Essen zu.

Ich hatte mich nicht vom Fleck gerührt, war auf dem asphaltierten, versandeten Platz stehengeblieben, jenseits der Oleanderhecke. Ich betrachtete das geschlossene Tor und durch die Stäbe hindurch das Haus. Das Schieferdach und die schneeweißen Wände, die in dem klaren Licht des frühen Tages erstrahlten. Ich war nicht ins Haus gegangen, war im Auto geblieben und wurde nun langsam steif vor Kälte. Vielleicht war ich zwischendurch eingenickt, da war ein Zeitsprung gewesen, keine Ahnung, wie lange er gedauert hatte. Elsas Kombi stand unter dem Schilfdach. Sie lag im Bett, ohne zu ahnen, daß ich in der Nähe war. Ich betrachtete die Dinge im Morgengrauen, die leere Wäscheleine, unsere Fahrräder, die an der Wand lehnten.

Mit den ersten Sonnenstrahlen breitete sich ein intensives Blau am Himmel aus. Während die Nacht mich geschützt hatte, fand ich in dieser Reinheit wieder zu mir selbst. Ich reckte den Hals zu dem kleinen rechteckigen Rückspiegel empor und sah mein Gesicht. Der Bart war stoppelig.

Ich stieg aus, ging an der Einfriedung entlang, passierte den Schilfgürtel und kam zum Strand. Es war niemand da. Ich ging bis ans Wasser und ließ mich auf dem letzten Zipfel trockenen Sandes nieder. Hinter mir lag das Haus; hätte Elsa das Schlafzimmerfenster geöffnet, hätte sie meinen Rücken als kleinen Punkt auf dem Strand gesehen. Aber sie schlief. Vielleicht suchte sie in jenem leichteren Schlaf nach einem anderen Schicksal und tauchte mit der gleichen Präzision hinein, mit der sie ins Meer sprang, ohne Spritzer zu verursachen.

Kann der Körper lieben, was der Verstand verachtet, Angela? Dieser Gedanke kam mir, als ich in die Stadt zurückfuhr. Einmal habe ich, aus purer Höflichkeit, bei einem Bauern einen Formaggio di fossa gekostet, einen ganz besonderen Käse mit schwarzer Schimmelkruste und Verwesungsgeruch, doch zu meiner Überraschung fand ich im Innern einen strengen, zugleich aber lieblichen Geschmack. Im Mund behielt ich den Geschmack nach Brunnen, nach Tiefe, ein Aroma, das zugleich die Sehnsucht nach diesem Käse und den Abscheu vor seiner Strenge weckte.

Es war sechs Uhr, bis zu meinem ersten Arbeitstermin hatte ich noch viel Zeit. In jener Vorstadtbar hielt ich an, um einen Kaffee zu trinken. Jetzt zu ihr zu gehen, wäre so, als würde man frühmorgens in ein Bordell zurückkehren, weil man seinen Schirm vergessen hat, und die Prostituierte, die einem nachts zu Diensten war, plötzlich als verschlafene, völlig unattraktive Frau in Pantoffeln wiedersehen.

Sie war überrascht. Entgeistert stand sie in der Tür und bat mich nicht einmal hinein. »Um diese Uhrzeit, wie kommt's?«

»Nur so.«

Sie nahm mich bei der Hand und zog mich hinein: »Komm rein.«

Sie hatte keine Angst mehr vor mir. Ein Teller Nudeln hatte genügt. Schon hatte ich einen Platz in ihrer schäbigen

Normalität, wie der Affe auf dem Poster, wie der blinde Hund. Die Fenster standen offen, der Tag drang ins Zimmer. Die Stühle standen umgekehrt auf dem Tisch, und stellenweise glänzte der Boden feucht. Italia hatte schon gewischt. Man sah ihr die Befriedigung nach getaner Arbeit an, ihre Augen glänzten wie der Fußboden. Ich dagegen war unzufrieden, aufgelöst.

»Ich mache das Bügeleisen aus.«

Sie ging zu einem Bügelbrett in der Ecke, über dem ein Stück blauer Baumwolle hing, vielleicht eine Schürze. Sie war schon fertig angezogen, hatte sich aber noch nicht geschminkt. Ihre Augen glitten zärtlich an mir hinab. Über die Bartstoppeln, die verknitterte Jacke, es war offensichtlich, daß ich nicht in einem Bett geschlafen hatte.

»Möchtest du duschen?«

»Nein.«

»Möchtest du einen Kaffee?«

»Ich hab schon einen in der Bar getrunken.«

Ich sank auf das bekannte Sofa. Sie begann, die Stühle vom Tisch zu räumen. Ihre Haare, zu einem struppigen Pferdeschwanz zusammengebunden, ließen die gewölbte Stirn frei. Aber ich hatte ein ganz anderes Bild im Kopf, ich suchte einen aufgelösten, unterwürfigen Körper, das einzige Bild, das ich bewahren wollte. Doch die Frau, die ich vor mir hatte, entsprach dieser Vorstellung nicht im geringsten. Ungeschminkt war Italias Haut von einem staubigen Weiß, unter den Augen und auf der Nase gerötet. Und sie war kleiner als sonst, sie trug ein Paar schwarze Stoffschuhe.

Sie kam und setzte sich mir gegenüber. Vielleicht war es ihr peinlich, daß ich sie in ihrer alltäglichen Normalität überrascht hatte. Sie rieb sich die roten Hände, versuchte sie zu verstecken. Ich fand sie jetzt viel anziehender, viel gefährlicher. Sie wirkte alterslos wie eine Nonne. Und auch die Wohnung erinnerte mich jetzt an eine dieser Kapellen, wie man sie in den Orten am Meer findet. Moderne Kapellen, ohne Fresken, mit einem Christus aus Gips und künstlichen Blumen in Vasen ohne Wasser.

»Gehört dir das Haus?«

»Es gehörte meinem Großvater, aber bevor er starb, hat er es verkauft. Ich bin gekommen, um ihn zu pflegen, als er sich den Oberschenkel gebrochen hatte, dann bin ich geblieben, aber jetzt muß ich weg.«

»Woher kommst du?«

»Aus dem Süden, aus dem Cilento.«

Der Hund kam durch das Zimmer und legte sich neben Italias Füße. Sie beugte sich zu ihm und streichelte ihm über den Kopf.

»Heute nacht war ihm schlecht. Vielleicht hat er eine Maus gefressen.«

Ich kniete mich neben ihn. Geduldig ließ er sich abtasten, legte sich auf den Rücken und streckte die Pfoten aus. Nur als ich mit den Fingern eine schmerzende Stelle drückte, jaulte er leise auf.

»Er hat nichts, das geht von selbst vorbei.«

»Bist du Arzt?«

»Chirurg.«

Da waren ihre Beine, nur ein paar Zentimeter von mir entfernt. Ich hatte Mühe, sie zu spreizen. Ich küßte die schneeweißen, beinah bläulichen Schenkel. Ich drängte meinen Kopf zwischen ihre Beine, sie waren kalt, obwohl sie schwitzte. Italia beugte sich über mich mit ihrem Atem. Ich spürte, wie mein Nacken feucht wurde von ihrem Mund.

Mit einem Ruck richtete ich mich auf und stieß dabei gegen ihr Gesicht. Ich setzte mich wieder auf das Sofa, legte die

Hände zusammen, drückte sie fest gegeneinander. Ich starrte auf die zusammengelegten Finger. »Ich bin verheiratet.«

Ich sah sie nicht an, ich erahnte sie, in einem unscharfen Bereich, im äußersten Blickwinkel. »Ich werde nicht mehr kommen, ich bin hier, um dir das zu sagen ...«

Sie hielt den Kopf gesenkt, eine Hand an der Nase, vielleicht hatte ich sie unglücklich getroffen.

»... um mich zu entschuldigen.«

»Ist schon gut.«

»Ich bin nicht der Typ, der herumzieht und seine Frau betrügt.«

»Mach dir keine Sorgen.«

Aus ihrer Nase tropfte Blut. Ich ging zu ihr und hielt das Kinn nach oben: »Leg den Kopf nach hinten.«

»Mach dir keine Sorgen, warum machst du dir solche Sorgen?«

Ein ausdrucksloses Lächeln verfeinerte ihr Gesicht. So viel Nachsicht schien mir einer Niederlage gleichzukommen.

Herrisch reckte ich das Kinn in die Luft, ich wollte triumphieren, ich wollte sie unterwerfen. »Vögelst du oft mit Leuten, die du nicht kennst?«

Sie zeigte keine Reaktion, aber der Schlag hatte gesessen. Sie schaute auf einen Punkt vor sich, und ich weiß nicht, in welche Gefilde ihre Gedanken abschweiften. Ihr Blick wurde klebrig, wie bei ihrem Hund. Nein, ich hatte keinerlei Recht, sie zu beleidigen, ich öffnete die Hände und versteckte mich dahinter. *Nun sag schon, daß es nicht wahr ist, sag, daß du dich nur mit mir verrenkst und grau wirst und alt wie eine sterbende Schlange, daß du nur mit mir den Mut hast zu sterben.* Crevalcore hatte einen ihrer fuchsiaroten Pantoffeln gestohlen und hielt ihn im Maul, ohne zuzubeißen.

»Entschuldige.«

Aber sie hörte mir nicht mehr zu. *Vielleicht bringt sie sich eines Tages um, vielleicht geht sie aus der Welt, nicht meinetwegen, sondern wegen eines anderen, wegen eines Raubvogels, der sich mit der gleichen Gier, mit der gleichen Unliebe auf ihren Körper stürzt.*

»Du mußt jetzt gehen«, sagte sie, »ich muß zur Arbeit.«

»Als was arbeitest du?«

»Als Nutte.«

Jetzt war sie leer wie die abgestreifte Haut einer Schlange.

VOR MIR SEHE ICH das vielschichtige Violett des Schals, den du dir um den Hals wickelst, Angela, der Schal gehört deiner Mutter, aber du nimmst ihn oft, er ist aus unverwüstlicher Wolle, älter als du, gekauft haben wir ihn in Norwegen.

Auf der Fähre zu den Lofoten blieb deine Mutter unten, trank Tee und umklammerte mit den Händen das heiße Glas, während ich mich trotz eisiger Böen, die das Meer aufpeitschten, auf Deck herumtrieb. Auf der Fähre, die so ausgefranst war wie die Fjorde, die langsam hinter uns zurückblieben, waren keine Touristen, dafür aber vierschrötige Einheimische, Fischer und Fischhändler. Der Klimawechsel, die ungewohnten Farben, die zwei Pullover übereinander, der Gestank nach gepökeltem Fisch, der aus dem Laderaum kam, führten dazu, daß ich mich, wie so oft im Urlaub, wie ein anderer Mensch fühlte. Ich war froh, allein zu sein, froh, daß das rauhe Wetter deine Mutter daran hinderte, zu mir nach oben zu kommen. Mühsam kletterte ein Seemann in Ölzeug auf das Deck hinauf, rief mir im Vorbeigehen etwas Unverständliches zu und zeigte auf die Tür, um mir zu bedeuten, daß ich lieber wieder hineingehen sollte.

Wasser lief mir in den Ausschnitt des Pullovers, ich schüttelte den Kopf. Ich lächelte. »It's okay«, brüllte ich.

Da lächelte er auch. Er war jung, aber sein Gesicht war

schon windgegerbt, er roch nach Alkohol. Er hob die Hände zum Himmel: »God! God!« und ging in Richtung Bug davon.

Neben mir hat sich ein Vogel niedergelassen, urplötzlich war er da, ich hatte ihn nicht kommen sehen. Sein Gefieder ist graugrün, die Füße mit Schwimmhäuten umklammern die Eisenstange des Geländers wie kleine Hände. Es ist eine merkwürdige Kreuzung zwischen Eisvogel und schwarzem Schwan. Rhythmisch bläht sich sein Bauch auf und fällt wieder zusammen. Um diesen Schrottkahn zu erreichen, muß er einen anstrengenden Flug hinter sich gebracht haben. Er ist keineswegs zahm, eher furchteinflößend. Mit seinen rotgeränderten Raubvogelaugen sucht er das Meer ab, als sondiere er das Terrain für seinen nächsten Flug. Sein Schnabel erinnert an einen mythologischen Vogel, und sein Blick hat etwas Menschliches. Warum, frage ich mich, setzt sich ein derart kleines Geschöpf unablässig den Herausforderungen der Natur aus, während wir uns schon bei ein paar Meerwasserspritzern zurückziehen, wir, mit unseren Schuhen, unseren Pullovern, warum haben wir so wenig Mut?

Ich glaube, daß deine Mutter in diesem Urlaub etwas spürte, auf den felsigen Wegen an der Steilküste, wo sie ein paar Schritte hinter mir ging und meinen Rücken im Auge hatte, auf diesen Spaziergängen, bei denen ich mich öfter absonderte. Aber sie sagte nichts. Abends quetschten wir uns mit unseren Tischgenossen an den länglichen Tisch in einem Lokal aus Holz und roten Klinkern, aßen Fisch und Kartoffeln, saßen vor einem Glas Bier. Sie legte ihre Hand auf meine und schenkte mir ein Lächeln, ein Lächeln voller Anmut und Wärme. Ich ließ mich von ihrer Heiterkeit anstecken, umarmte sie vor all den fremden Leuten, in diesem Lokal voller Rauch und Musik.

Und als ich die Hände auf ihren Körper legte, tat ich es mit absoluter Ergebenheit. Wenn wir uns liebten, war ich unerwartet großzügig, Elsa bemerkte es. »Ich liebe dich«, sagte sie mehrmals und streichelte mir über die Haare. Vielleicht hatte sie Angst gehabt, als ich ein paar Tage zuvor darauf bestand, unser Haus am Meer zu verlassen und mit ihr diese Reise zu machen. Angst davor, mit mir allein zu sein. Sanft geleitete ich sie bis zum letzten Aufbäumen, dann streckte ich mich neben ihr aus. Die Befriedigung überzog ihre Augen mit einem zärtlichen Schleier.

Erschöpft streckte sie einen Arm nach mir aus. »Und du?«

Ich nahm ihre Hand, streifte mit den Lippen den Ehering. »Ich bin glücklich so.«

Mein Glied war schon winzig, zwischen den Schenkeln verschwunden. Nutzlos wie bei einem Kind. Sie schaute mich an, der Schleier in ihren Augen wurde dichter. Jetzt wartete ich darauf, daß sie mich etwas fragte. Unwirsch fuhr sie mir mit der Hand über das Gesicht, um meinen flehentlichen Blick zu stören. Nein, sie hatte keine Lust, sich diesen Augenblick der Hingabe zu verderben. Kurz danach schlief sie ein. Ich starrte auf die Holzdecke, ohne Bedauern. Ich hatte die Stromschnellen gemeistert, die Gespenster vertrieben, meine Frau sicher bis zu jenem sonnigen Gestade erfüllter Lust geleitet. Jetzt ruhte sie, ich würde meinen steinigen Weg fortsetzen, und morgen, an einem kristallklaren Vormittag, würden wir gemeinsam in ein Geschäft gehen, wo eine kleine Frau am Webstuhl sitzt. Deine Mutter wird violettes und pupurrotes Garn aussuchen für einen Schal, sie wird zusehen, wie sich das Garn um den Kettbaum wickelt. Diesen Schal wird sie den ganzen Urlaub über tragen, ihn bei Tag und bei Nacht ansehen, um die wechselnden Farbtöne zu bewundern. Dieser Schal wird unser Leben begleiten, er wird verschwinden, dann wieder auftauchen, bis er eines schönen Tages an deinem Hals landet, Angela, und deinen Geruch annimmt.

Als wir bei der Rückkehr aus dem Flugzeug stiegen, schlug uns wieder diese sengende Hitze entgegen. Zu Hause stellte Elsa den Koffer ab, zog den Badeanzug an und schwamm zu Raffaella. Es war Mitte August, die Menschen strömten herbei, schlagartig war das Dorf überfüllt und alle, selbst unser Lebensmittelhändler und der Zeitungsmann, büßten etwas von ihrer gewohnten Höflichkeit ein. Nur eine einzige Bar blieb fast leer, eine Baracke mit Jutedach und ein paar Stühlen im Sand. Sie lag an der Flußmündung, wo das Wasser stank und der Strand deshalb von den Badegästen gemieden wurde. Der Besitzer hieß Gae, ein gealterter Jüngling, der in seinem ausgeblichenen Pareo aussah wie das Leiden Christi.

Ich hatte die Bar in diesem Sommer entdeckt, als ich mich bei einem Spaziergang bis zur Flußmündung vorwagte. Dort gab es nur einen alten Schuppen, wo man Boote unterstellen konnte und zwei ölbefleckte Polen sich um die Motoren kümmerten. Elsa fand die Baracke deprimierend und drekkig. Ich gab ihr recht, trotzdem gewöhnte ich mir an, fast täglich bis zu dieser Bar zu gehen. Morgens trank ich einen Kaffee und las die Zeitung. Bei Sonnenuntergang frönte Gae seiner Leidenschaft und mixte dickflüssige, stark alkoholhaltige Aperitifs, von denen man schon nach wenigen Schlucken ganz benommen war. Die Gesellschaft war bescheiden, die Polen betranken sich, redeten mit lauter Stimme, Gae setzte sich und bot mir einen Joint an, den ich ablehnte. Trotzdem gefiel mir der Ort. Das Meer hatte dort, vielleicht wegen der vielen Algen, einen ganz besonderen Glanz.

Eines Nachmittags sah ich mich plötzlich von einer Gruppe von Behinderten umringt, die mit Krücken oder in Rollstühlen am Strand aufgetaucht waren und im Sand Spuren ihres mühseligen Vorwärtskommens hinterlassen hatten. Sie besetzten die wenigen Tische der Bar und bestellten Getränke. Einer der Begleiter förderte aus einem Beutel ein Radio zutage, und in kürzester Zeit fühlte man sich wie auf einem Dorffest. Eine alte Frau mit einem Gesicht wie ein Oppossum und sonnenverbrannten breiten Schultern begann, im Sand zu tanzen.

Ich fühlte mich gestört, stand auf und ging zur Baracke, um zu bezahlen. Dann fiel mein Blick auf einen jungen Mann mit schwachsinnigem Ausdruck, die spindeldürren Arme spastisch verkrampft, die Finger gespreizt. Im Rhythmus der Musik wippte er mit dem Kopf, so gut er konnte, und dabei schaute er eine junge Frau im Rollstuhl an, die ihn mit ihren lückenhaften Zähnen anlächelte. Im Gesicht der jungen Frau zeigten sich erste Anzeichen von Stumpfsinn, an den Ohrläppchen trug sie Ringe aus Plastik. Doch den Blick des Spastikers erwiderte sie auf eine Art, die mir den Atem verschlug. Sie achtete gar nicht auf seine abgehackten Bewegungen, sie sah ihm in die Augen. Sie liebte ihn, sie liebte ihn einfach. Ich mußte mich beeilen, die Sonne war schon untergegangen, Elsa erwartete mich zum Abendessen, ich hatte ein halbes Glas von Gaes tödlichem Aperitif getrunken, aber auf dem Rückmarsch würde ich schon wieder nüchtern werden. Als ich an der Theke stand, den Ellbogen aufgestützt und zehntausend Lire in der Hand, dachte ich, wie viel ich darum geben würde, wenn mich nur ein einziges Mal im Leben jemand so ansehen würde wie die Ärmste den Spastiker. Ach, Töchterchen, in diesem Augenblick durchzuckte mich der Gedanke an Italia, fuhr durch meinen Bauch wie ein Unterseeboot.

Noch ein Abend, wieder war ich allein in der Stadt. Ich kippte eine ganze Schublade mit Fotos auf meinen Schreibtisch. Mir fiel ein Bild in die Hände, auf dem ich mit kurzen Hosen und finsterem Gesicht zu sehen war. Ich war dick, daran konnte ich mich kaum noch erinnern. Ein paar Jahre später war ich schon spindeldürr, wie ein Foto aus dem ersten Semester an der Universität bewies. Nach und nach wich die Neugier einer seltsamen Unruhe. Ich stellte fest, daß ich allmählich untergetaucht war. Mein Leben auf Hochglanzpapier, ich konnte es durchblättern wie ein Buch, bis zu den neuesten Bildern, auf denen ich nur noch selten zu sehen war, stets am Rand, mit geblendeten Augen und eher zufällig getroffen. Vielleicht verbarg sich hinter diesem fortschreitenden Exodus eine geheime Logik. Ganz bewußt hatte ich mich der Gefangenschaft der Erinnerung entzogen. Wäre ich plötzlich gestorben, dachte ich, hätte Elsa Schwierigkeiten gehabt, ein neueres Foto für den Grabstein zu finden. Dieser Gedanke machte mich nicht traurig, er war mir ein Trost. Ich hatte keine Zeugen. Vielleicht hatte mich der Abscheu vor der pathetischen Egozentrik meines Vaters dazu veranlaßt, in den Schatten zu treten, doch in diesem Schatten gedieh ein Narzißmus, der noch viel heimtückischer war. Vielleicht hatte ich auch im Leben, in den engsten Beziehungen, immer nur geheuchelt. Ich hatte das Bild vorbereitet, war dann aber aus dem Bildausschnitt herausgetreten und hatte abgedrückt. Es brannte nur die Schreibtischlampe, ich nahm die Brille ab und richtete den Blick auf den dunklen Raum vor mir. Ich öffnete die Glastür und trat aus dem Arbeitszimmer auf die Terrasse. Ich pinkelte auf die Pflanzen, sah, wie aus der eingezwängten Erde in den Töpfen warmer Dampf aufstieg.

Das Telefon klingelte, ich ging wieder hinein. »Elsa, bist du es?«

Keine Antwort.

»Elsa ...«

Dann tief unten im Hörer ein grauer Atem, den ich wiedererkannte.

Kaum war ich bei ihr, drückte ich sie an mich, sperrte sie in meiner Umarmung ein. An mich geklammert, atmete sie. So verharrten wir, ich weiß nicht, wie lange, aneinandergedrückt und unbeweglich.

»Ich hatte Angst.«

»Wovor?«

»Daß du nicht mehr kommen würdest ...«

Am Hals spürte ich, wie sie zitterte. Ich drückte die Nase in den schwarzen Scheitel ihrer gelben Haare, es drängte mich, den Geruch einzuatmen. Das war alles, was ich brauchte. Endlich ging es mir gut. Ihr Mund war bis zu meiner Brust hinuntergerutscht.

Ich zog sie an den Armen hoch. »Sieh mich an, bitte, sieh mich an.«

Sie begann, die Bluse aufzuknöpfen, rasch glitten die Knöpfe durch die Knopflöcher aus Lurex, liefen durch ihre Finger wie die Perlen eines Rosenkranzes. Ihr kleiner Busen kam zum Vorschein.

Ich hielt ihre Hand fest. »Nein, nicht so.«

Ich nahm sie auf den Arm und trug sie auf das Bett im Schlafzimmer. Langsam zog ich sie aus, bewegte mich ohne Hektik, mit umsichtigen Händen, als würde ich einen Körper für die Autopsie vorbereiten. Sie ließ mich gewähren. Als sie vollkommen nackt war, trat ich ein paar Schritte zurück, um sie anzusehen. Italia grinste verlegen.

Sie legte die Hände auf das Schambein. »Ich bin so häßlich, bitte ...«

Aber ich nahm ihre Hände und legte sie nach oben, hinter den Kopf, hinter die Haare, die auf der Chenilledecke ausgebreitet waren.

»Nicht bewegen.«

Ich ließ meine Augen über ihren Körper wandern, erforschte ihn Stück für Stück. Dann zog ich mich aus, wie ich es noch nie vor ihr getan hatte. Auch ich war nicht schön, die Arme zu dünn, der Bauch zu dick, und dann das schiefe Rohr zwischen den Schamhaaren, auch ich schämte mich. Aber ich wollte es so, wollte, daß wir uns, nackt und wenig reizvoll, ansahen, ohne Ungestüm, in der Zeit versunken. Schließlich legte ich mich auf sie, blieb lange in ihr, ohne mich zu bewegen, und sah ihr in die klaren, aufgelösten Augen. Eine Träne rollte ihr über die Schläfe, ich sammelte sie mit den Lippen auf. Ich hatte keine Angst mehr, ich lag schwer auf ihr, wie ein Mann, wie ein Sohn.

»Jetzt gehörst du mir, nur mir.«

Später, am Fußende hockend, schnitt sie mir die Fußnägel mit einer kleinen Schere. »Wie alt bist du?«

»Wie alt sehe ich aus?«

Eng umschlungen schliefen wir ein. Ich streichelte ihren Kopf, bis mir die Augen zufielen. Als ich aufwachte, war Italia nicht mehr da. Auf dem Tisch lag ein Zettel. *Ich komme so schnell wie möglich zurück. Die Espressokanne ist schon fertig.* Darunter war ein Kußmund aus Lippenstift. Ich küßte den Kußmund.

Ich ging in die Küche und zündete die Gasflamme unter dem Kaffee an. Ich machte den Hängeschrank auf und studierte die Ordnung der Dinge darin, die gestapelten Teller, kleine und große Gläser, Zucker- und Mehltüten, mit einer Wäscheklammer aus Holz verschlossen. Hinter der Tür versteckt entdeckte ich einen Jahreskalender. In den vergangenen zwei Monaten war hier und dort ein Zeichen, ein kleines Kreuz. Ich ging in meiner Erinnerung zurück, eigentlich war es nicht nötig, ich wußte es bereits, das waren die Tage, an denen wir uns getroffen hatten. Auf dem Kühlschrank machte ich noch eine Entdeckung. In einem Schraubglas fand ich einige Banknoten, einige zerknüllt, andere nur gefaltet. Ich zählte nach, es fehlte nicht eine Lira.

Ich trat ans Fenster. Die Hochstraße glühte in der Sonne, in den Büschen auf den Feldern knackte es. Neben einem Wohnwagen hängte eine Zigeunerin Wäsche auf. Vor dem Garten, dessen dunkle Erdschollen vor kurzem gegossen worden waren, marschierten hintereinander drei Zwerghühner mit senkrecht hochstehenden Schwanzfedern vorbei. *Italia hat mein Geld nicht angerührt, sie hat es genommen und in das Glas gesteckt.*

Ich duschte, dann zog ich Italias Bademantel an, dessen Ärmel mir bis zum Ellbogen reichten, hob das Telefon vom Boden auf und setzte mich aufs Bett. Ich sagte deiner Mutter, daß ich dieses Wochenende nicht kommen würde.

»Warum denn nicht?«

»Ich habe Bereitschaft im Krankenhaus.«

Der Affe an der Wand sah mich an, und ich sah ihn an. Ich hörte, wie der Schlüssel sich im Schlüsselloch drehte.

»Du bist noch da?«

»Natürlich bin ich noch da.«

Ich umarmte sie. Sie hatte einen anderen Geruch an sich, nach anderen Räumen.

»Wo bist du gewesen?«

»Arbeiten.«

»Wo arbeitest du?«

»In einem Hotel als Aushilfe, ich mache die Zimmer.«

Sie roch nach Autobus, nach Menschenmenge.

Als es dämmerte, verließen wir die Wohnung. Hand in Hand gingen wir durch die geisterhafte Vorstadt, wir sprachen kaum, lauschten auf unsere Schritte, vertrauten der nächtlichen Welt unsere Gedanken an. Ich lockerte nie den Griff meiner Hand, und sie nicht den ihren. Es war ein merkwürdiges Gefühl, diese Frau, die ich nicht besonders gut kannte, neben mir zu haben, und doch war sie mir sehr vertraut. Bevor wir gingen, hatte sie sich geschminkt. Ich hatte sie beobachtet, als sie sich zum Spiegel beugte, um ihre Züge nachzuzeichnen, die ihr wohl zu unscheinbar waren. Diese Schminke, die hochhackigen Schuhe, die gebleichten Haare ... Nichts an ihr entsprach meinem Geschmack. Aber das war Italia, und an ihr mochte ich alles. Ohne zu wissen, warum. In jener Nacht war sie alles, was ich begehrte.

»Laß uns rennen!« schrie sie.

Und wir rannten und stolperten übereinander und lachten und umarmten uns an einer Mauer. Wir trieben all die sinnlosen Dinge, die Verliebte so treiben. Als wir uns am nächsten Tag verabschiedeten, zitterte Italia wieder. Aus Eiern ihrer Hühner hatte sie mir ein Omelett zubereitet, sie hatte mein Hemd gewaschen und gebügelt, und jetzt, als ich sie küßte, als ich ihr den Rücken kehrte, zitterte sie. Jede neue Liebe fürchtet sich, Angela, denn sie hat keinen Ort auf der Welt, keine Endstation.

Das Handy vibriert. Ich habe es aufs Fensterbrett gelegt, weil dort der Empfang besser ist. Ich antworte nicht sofort, öffne erst das Fenster, dann drücke ich die grüne Taste. Ich brauche Luft.

Die Stimme deiner Mutter ist unglaublich nah, kein Flughafenlärm, keine Ansagen von Landungen und Abflügen. »Timo, bist du es?«

»Ja.«

»Man hat mir gesagt ...«

»Was hat man dir gesagt?«

»Daß einer aus der Familie einen Unfall hatte. Ich habe ein Rückflugticket in der Hand.«

»Ja.«

»Angela?«

»Ja.«

»Was ist mit ihr?«

»Sie ist mit dem Motorroller gestürzt, sie wird gerade operiert.«

»Woran wird sie operiert?«

»Am Gehirn.«

Elsa weint nicht, sie stöhnt, als würde sie zusammengeschlagen. Dann ist ihre Stimme wieder da, verhalten, schief. »Bist du im Krankenhaus?«

»Ja.«

»Was haben sie gesagt? Was sagen sie?«

»Sie sind wohl optimistisch ...«

»Und du? Was meinst du?«

»Ich meine, daß ...«

Ein kurzes Aufschluchzen hat sich in den Mund geschlichen, aber ich will nicht weinen. »Wir hoffen, Elsa, wir hoffen.«

Ich krümme die Schultern, ich beuge mich aus dem Fenster. Warum falle ich nicht? Warum falle ich nicht hinunter auf den Hof, wo jetzt zwei Patienten spazierengehen, im Mantel über dem Schlafanzug?

»Wann fliegst du ab?«

»In zehn Minuten mit British Airways.«

»Ich warte auf dich.«

»Aber der Sturzhelm, hatte sie den Sturzhelm nicht auf?«

»Er war nicht festgeschnallt.«

»Wie bitte? Was soll das heißen, er war nicht festgeschnallt?«

Warum hast du dich nicht an die Abmachung gehalten, Angela? Warum ist die Jugend immer so unaufmerksam? Ein Lächeln in den Wind, du kannst mich mal, Mama. Du hast ihr die Beine und den Kopf abgeschlagen. Wie willst du dich dafür jemals entschuldigen?

»Timo?«

»Ja?«

»Schwöre mir bei Angela, daß sie nicht tot ist.«

»Ich schwöre es. Bei Angela.«

Die Patienten unten auf dem Hof sind stehengeblieben, sie haben sich auf eine Bank gesetzt und rauchen. An den Beeten geht eine Frau mittleren Alters mit ziegelrotem Mantel vorbei. Die Menschheit, mein Kind, die Menschheit wimmelt umher und klettert nach oben. Die Menschheit lebt weiter. Aber was wird aus uns, aus mir und deiner Mutter? Was wird aus deiner Gitarre?

Wir haben zusammen geschlafen, uns dann nicht mehr gerührt, wir lauschen dem Lärm auf der Hochstraße, die Autos sind so nah, daß man meinen könnte, sie führen über das Dach. Eigentlich muß ich mich anziehen und nach Hause fahren, aber ich kann mich nicht losreißen, wie Pech und Schwefel kleben wir aneinander. *Wo sind die Strümpfe, die Hose, die Autoschlüssel?* Doch ich rühre mich nicht. Morgen fahre ich weg, auf einem Kongreß für Tumorchirurgie soll ich einen Vortrag halten, ich habe überhaupt keine Lust hinzufahren. Italia streichelt meinen Arm, sie stellt sich vor, wie einsam sie sein wird. Ich stelle mir den Konferenzsaal vor, meine Brille, mein Gesicht hinter dem Namensschild, die Kollegen mit dem in Plastik eingeschweißten Foto an der Jacke, den Hotelbademantel, die Minibar in der Nacht.

»Komm doch mit.«

Sie dreht sich auf dem Kissen um, macht große, ungläubige Augen.

»Komm doch mit.«

Sie schüttelt den Kopf. »Nein, nein.«

»Warum micht?«

»Ich weiß nicht, was ich anziehen soll.«

»Komm doch im Slip, im Slip siehst du gut aus.«

Später, mitten in der Nacht, korrigiere ich meinen Vortrag, ich gehe ihn noch einmal durch, mit dem Rotstift in der Hand blättere ich vor und zurück, ich unterstreiche, kürze, füge hinzu, rufe bei ihr an. »Hast du schon geschlafen?«

»Es ist besser, wenn ich nicht mitkomme, stimmt's?«

»Ich hole dich um sechs ab. Ist das zu früh?«

»Es macht nichts, wenn du es dir noch anders überlegst.«

Um sechs Uhr früh ist sie schon auf der Straße, schon geschminkt. Eine graue Puppe. Ich küsse sie, ihre Haut ist eiskalt.

»Wie lange wartest du schon?«

»Ich bin gerade gekommen.«

Tatsächlich aber ist sie durchgefroren. Sie trägt eine Jacke, die an den Schultern zu stark gepolstert ist, sie schiebt sich am Hals hoch, eine schwarze Jacke mit kurzen Ärmeln. Ihre Haut an den Unterarmen ist fleckig wie Marmor. Sie reibt sich die Hände zwischen den Knien. Ich drehe die Heizung voll auf, ich will, daß ihr rasch warm wird. Ihr Gesicht ist gespenstisch, sogar die Augen frieren. Sie bewegt sich nicht, setzt sich nicht zurecht, wie erstarrt sitzt sie da, den Oberkörper leicht vorgebeugt, ohne die Rückenlehne zu berühren. Dann, mit der Wärme entspannt sie sich, während das Auto über das verlassene Band der Autobahn davoneilt.

Ich tippe ihr auf die Nasenspitze. »Besser?«

Sie lächelt, nickt.

»Ciao«, sage ich.

»Ciao«, antwortet sie.

»Wie geht's dir?« und ich schiebe die Hand zwischen ihre Beine.

Es ist eine kleine Stadt mit Häusern aus Tuffstein, Einbahnstraßen und Pfeilen, die dich immer wieder zu dem einzigen Kreisverkehr zurückbringen. Ich lasse das Auto auf einem Parkplatz stehen. Wir haben alles besprochen, ich habe ein Zimmer auf ihren Namen reserviert. Ich kann kein Risiko eingehen, an dem Kongreß nehmen viele Kollegen teil, auch Manlio wird da sein. Auf der Straße halten wir Abstand. Italia macht sich mehr Sorgen als ich, sie weiß zwar nicht, wohin, aber sie geht kerzengrade. Ihr Koffer mit Rollen ist für die paar Tage viel zu groß. Halb leer rumpelt er neben ihr her. Ich dagegen bin an Kurzreisen gewöhnt, habe eine Reisetasche aus Leder, praktisch und elegant: ein Geschenk von Elsa. Heute morgen habe ich keinen Bauch, ich habe den Gürtel ein Loch enger geschnallt. Ich gehe leichtfüßig, in bester Laune, ich fühle mich wie ein Junge auf Klassenfahrt. Heimlich berühre ich ihren Hintern. »Verzeihung, Signorina.« Sie ist ernst, dreht sich nicht zu mir um, fühlt sich als Eindringling. Sie trägt diese erbärmliche Jacke, der Rock ist länger als ihre üblichen, ein Kraftakt, um weniger aufzufallen.

Rasch wird mir der Schlüssel ausgehändigt. Italia spricht mit dem Mann hinter dem Tresen der Rezeption. Zwei Kollegen kommen hinzu, wir begrüßen einander.

»Ist die Sauna schon beheizt, oder muß man noch warten?« frage ich eine Frau in blauer Weste, die die Personalien registriert, eine Ausrede, um dort stehenbleiben zu können. Der Mann vor Italia hat einen Bleistift in der Hand und geht die Liste der Reservierungen durch. Sie dreht sich zu mir um, wirft mir einen hilflosen Blick zu.

Ich trete näher. »Gibt es Probleme mit meiner Kollegin hier?«

Der Mann hebt die Augen und schaut mich an, dann wirft

er einen merkwürdigen Blick auf Italia. »Wir versuchen gerade, sie unterzubringen, die Signora ist nicht akkreditiert.«

Die geschminkten Lippen, die ausgebleichten struppigen Haare ... Sie verkriecht sich in ihr Synthetikjäckchen, zieht den zu großen Koffer zu sich heran, spürt, daß der Mann sie taxiert. Sie schaut auf den gebeugten Kopf hinter dem Tresen, und vielleicht bereut sie schon, daß sie mitgekommen ist.

Als sie schließlich die Halle durchquert, wirkt sie überheblich, beinah feindselig. Ihre Gesichtszüge wirken gröber, denn ihre Stimmung ist düster. Sie muß sich zur Wehr setzen. Gemeinsam fahren wir im Aufzug nach oben. Wir sind allein, dennoch berühre ich sie nicht. Jetzt tut sie mir leid, mit ihren schiefen Absätzen geht sie den Gang hinunter, und sie tut mir leid. Unsere Zimmer sind auf einem Stockwerk. Es ist kein Mensch zu sehen. Italia kommt in mein Zimmer. Sie bleibt stehen, schaut sich nicht einmal um, kaut an den Fingernägeln.

Der Kongreß dauert vier Tage, Vorträge, Versammlungen, Fortbildungskurse. Italia will das Hotel nicht verlassen, sie bleibt im Bett und sieht fern, ich bestelle ihr etwas zu essen und lasse es aufs Zimmer bringen. Ich esse mit den Kollegen im Hotelrestaurant zu Abend. Ich habe keine Eile, genieße das Essen, rede, scherze. In mir rührt sich eine subtile Lust. Sie ist oben, versteckt, bereit, in meine Arme zu fliegen. Sie ist eingeschlossen, wartet auf mich. Wenn ich klopfe, höre ich, wie sie mit schnellen Schritten barfuß über den Teppichboden läuft. Sie spricht mit leiser Stimme, denn sie hat Angst, daß jemand uns hört. Es tut ihr leid wegen des anderen Zimmers, das immer leer steht, als sie den Preis gesehen hat, ist sie rot geworden. Sie nimmt auch kein Wasser aus der Minibar, sie trinkt aus dem Wasserhahn, ich rege mich auf, aber sie bleibt dabei. Sie verläßt das Zimmer überhaupt nicht, wenn die Zimmermädchen kommen, um das Zimmer zu machen, setzt sie sich in eine Ecke und schaut ihnen zu. Nachts lieben wir uns stundenlang, wir schlafen überhaupt nicht ein. Italia reckt den Hals über das Kissen hinaus, ihre Kehle bebt, ihr Haare hängen auf den Boden. Es ist, als würde sie hinter mir etwas suchen, einen Ort, um sich mit einem verlorenen Teil ihrer selbst zu vereinigen. Sie entzieht sich, Teile von ihr entziehen sich meinen Händen. Ihre Augen betrachten das Fenster, wo sich die Lichter aus dem Innenhof des Hotels spiegeln. Dort unten ist ein Springbrunnen, der zu einer bestimmten Uhrzeit abgestellt wird. Dann steht Italia vom Bett auf, um sich das Abschalten anzusehen, es gefällt ihr, wenn die Wasserfontänen plötzlich zusammenfallen. Sie redet wenig, verlangt nichts, sie weiß, daß sie keine Braut auf der Hochzeitsreise ist. *Ich werde nie erfahren, wie viele Männer sie vor mir geliebt haben, aber ich weiß, daß jeder von ihnen durch Umsorgen oder Verletzen dazu beigetragen hat, sie zu formen, sie zu dem zu machen, was sie jetzt ist.*

Am zweiten Tag gehen wir mitten in der Nacht aus, wir geben den Schlüssel ab und schlüpfen aus der Halle. Ich habe ihr ein Paar weiße Schuhe geschenkt, die ich in einem Schaufenster gesehen und gekauft habe. Sie sind zu groß, Italia hat die Spitzen mit Toilettenpapier ausgestopft. In der Stadt geht es überall bergauf, ein Gäßchen mündet ins andere, überall Häuser aus Tuffstein. Bei jedem Schritt schlappen Italias Fersen aus den Schuhen. Wir steigen auf den Felsen hinter dem Rathaus. Vom Belvedere schauen wir hinunter in die nächtliche, mit Lichtern übersäte Ebene. Wir gehen ein paar Stufen hinunter und gelangen auf einen mit Kieseln gepflasterten

Platz, in dessen Mitte sich ein paar Spielgeräte für Kinder befinden. In der leichten Brise, die hier oben weht, quietscht eine Schaukel, es ist stockdunkel, nur der romanische Kirchturm ist angestrahlt und ragt zwischen den schwarzen Dächern auf. Wir sitzen auf einer Steinbank, betrachten ein hölzernes Spielzeugpferd mit einer Spiralfeder anstelle der Hufe, ein wenig färbt die Melancholie auf unsere Heimlichkeit ab. Der Spielplatz ohne Kinder deprimiert uns. Die Schaukel, die nicht aufhören will zu quietschen, verdirbt uns die Stimmung. Italia steht auf, setzt sich auf den Sitz aus Metall, stößt sich ab, dann noch einmal. In der Luft knicken ihre Beine ein, ihr Rücken kommt und geht. Die weißen Brautschuhe sind ihr von den Füßen gefallen, sie hat sie nicht festgehalten.

Am nächsten Tag treffe ich Italia auf dem Flur, sie hat sich mit den Zimmermädchen angefreundet, sie folgt ihnen von einem Zimmer zum nächsten, geht ihnen zur Hand, reicht ihnen saubere Laken vom Wagen. Sie bemerkt mich nicht sofort, und ich habe Zeit, sie zu beobachten. Sie spricht schnell, mit ihrem südlichen Akzent. Bei diesen Frauen im Kittel ist sie eher sie selbst, sie ist dem Gefängnis entschlüpft und hat sich zu ihresgleichen gesellt. Auf die trockenen Haare hat sie eine Duschhaube gestülpt, sie spielt das Dummchen. Sie ahmt die Bewegungen einer anspruchsvollen Kundin nach, die plötzlich ohne Wasser dasteht. Die kräftige Frau neben ihr lacht schallend. Ich wußte gar nicht, daß Italia so witzig sein kann. Ich rufe sie, sie dreht sich um, auch die Zimmermädchen drehen sich um. Italia reißt sich die Haube vom Kopf und kommt auf mich zu. Ihr Gesicht ist gerötet, sie ist aufgeregt wie ein kleines Mädchen.

»Ach, du bist schon da«, haucht sie.

Am letzten Abend ist sie ins Restaurant gekommen, ich habe sie darum gebeten. Ich wollte sie zwischen all den Menschen sehen, die nicht wissen, daß wir uns kennen. Sie kam ziemlich spät. Zielstrebig ging sie ganz nach hinten, zu einem Tisch neben der Glastür, die in einen anderen Saal führte. Meine Tischgenossen schwelgten in Weinseligkeit und beruflicher Mißgunst. Manlio war erst am Vormittag angekommen, und schon nach einem Tag hatte er genug. Erbarmungslos redete er auf einen amerikanischen Wissenschaftler ein – ein Guru der alternativen Pharmakologie. Verächtlich zog er an seiner Zigarette. Das goldene Feuerzeug neben seiner Serviette. Ich fragte mich, was Italia bestellt hatte, ich hätte ihr gern ein Glas Wein gebracht. Man hatte ihr noch nichts serviert, vielleicht hatte man sie vergessen, ich hielt nach dem Kellner Ausschau. Sie war unruhig, sie hatte mir diesen Gefallen getan, und jetzt saß sie mit aufgestützten Ellbogen am Tisch, knetete ihr Kinn und wartete nur darauf, endlich wieder gehen zu können. Selbst auf diese Entfernung sah ich, daß sie sich unwohl fühlte. Der Kellner beugte sich zu ihr, nahm die Warmhaltehaube von ihrem Teller. Italia aß mit dem Löffel, eine Suppe vielleicht. Ich wandte mich Manlio zu: Er starrte sie an. Sie hatte es wohl auch bemerkt, hörte auf zu essen und spielte mit einem Zipfel der Serviette. Sie hob den Blick, wieder hatte sie dieses herausfordernde Gesicht. Manlio stieß mich mit dem Ellbogen an. »Sie sieht mich an«, murmelte er mit einem breiten Grinsen, das seinen Kiefer aufblähte. »Sie ist allein, wir laden sie ein, willst du?«

Bevor ich ihn zurückhalten konnte, war er schon aufgesprungen und mit seinem affigen Grinsen zu ihr gegangen. Die anderen lachten, sie waren alle ein wenig angetrunken. Ich sah, wie Italia den Kopf schüttelte, aufstand, zurückwich, gegen den Dessertwagen stieß und dann fortging.

Manlio kehrte an seinen Platz neben mir zurück, legte die Hand auf das goldene Feuerzeug. »Aus der Ferne wirkte sie vulgär«, sagte er, »aber von nahem ist sie häßlich.«

Sie liegt auf dem Bett. Sie blättert in einem Hotelprospekt. »Wer war dieser Rüpel?« fragt sie, ohne den Kopf zu heben.

»Dieser Rüpel ist ein Gynäkologe.«

Ich habe gut gegessen, guten Wein getrunken, ich habe Lust auf Sex. Doch Italia bleibt lange im Bad, und als sie endlich fertig ist, kommt sie nicht ins Bett, sie nimmt einen Stuhl und setzt sich ans Fenster, schaut in den Hof, die Beleuchtung von unten macht ihr Gesicht gelb, sie wartet darauf, daß der Springbrunnen ausgeht.

Italia hat ein paar belegte Brote für die Reise gemacht, sie hat Käse und Salami gekauft und dann auf dem Bett das Brot geschnitten. Als ich aufwachte, sammelte sie gerade die Krümel auf. Am Aufzug verabschiedete sie sich von den Zimmermädchen, ließ sich die Adressen geben und umarmte sie wie Schwestern. Auf der Rückfahrt im Auto reden wir wenig. Plötzlich sagt Italia: »Du schämst dich für mich, stimmt's?« Sie sagt das, ohne mich anzusehen, ganz auf ihre Seite zurückgezogen, während sie auf die Straße starrt. Ihre Patchworktasche ist bis zum Rand mit Honig- und Marmeladegläschen gefüllt, die sie jeden Morgen beim Frühstück aufgehoben hat. Ich lächle, hebe die Hand und stelle den Rückspiegel ein. Ich habe den Kopf voll wirrer Gedanken. Heute morgen hat Elsa angerufen, ich war im Schlafzimmer, als es klingelte, ich hatte den Koffer schon gepackt, dachte, es wäre die Rezeption, und nahm ohne Vorsicht ab. Italia sagte etwas über ihren Ausweis, daß sie vergessen habe, ihn sich wiedergeben zu lassen.

Deine Mutter hörte ihre Stimme. »Wer ist denn da bei dir?«

Ich sagte, es sei das Zimmermädchen, die Tür sei offen, ich sei im Begriff, das Zimmer zu verlassen. Meine Stimme klang gereizt.

»Warum regst du dich auf?«

»Weil ich in Eile bin.«

Dann entschuldigte ich mich. Ich sagte noch irgend etwas, ihre Stimme hörte sich leicht verändert an. Und jetzt, während ich fahre, bin ich mir plötzlich gar nicht mehr so sicher, ob ich das, was ich hier tue, eigentlich will. Ich setzte Italia vor ihrem Haus ab, nahm ihre Hand und küßte sie. Ich hatte es eilig, mich von ihr zu trennen, vielleicht merkte sie es. Ich bin höflich, steige aus, um ihren Koffer aus dem Kofferraum zu holen, doch als sie, von dem schlechten Geruch verschluckt, im Eingang verschwindet, bin ich erleichtert. Ich bleibe keinen Augenblick länger. Heute morgen erscheint mir der Ort grauenhaft.

Ich fahre direkt ins Krankenhaus, stürze mich in die Arbeit, mit gewohnter Präzision. Die Operationsschwester ist ein wenig unsicher, wahrscheinlich ist sie neu, kraftlos reicht sie mir die Instrumente. Ich werde wütend. Eine Pinzette fällt ihr aus der Hand. Mit einem Fußtritt befördere ich die Pinzette zum anderen Ende des Operationssaals.

Im Haus am Meer fängt deine Mutter an, ihre Sachen zusammenzupacken, der Sommer ist fast zu Ende. Ich sitze im Garten, betrachte den Polarstern, den kleinen und den großen Wagen.

Sie kommt heraus, mit einer Strickjacke über der Schulter und einem Glas in der Hand. »Möchtest du etwas trinken?«

Ich schüttle den Kopf.

»Was hast du denn?«

»Nichts.«

»Bist du sicher?«

Der Herbst wird kommen, das Meer wird grau sein, der Sand dunkel, der Wind wird ihn aufwirbeln, das Haus wird verschlossen sein. Im Rücken spürt Elsa schon einen kleinen Vorgeschmack von Melancholie.

Im Bett drückt sie sich fordernd an mich: »Willst du schon schlafen?«

Ich rühre mich nicht, bleibe auf meiner Seite: »Hast du was dagegen?«

Sie hat etwas dagegen. Sie hört auf, mich zu küssen, bleibt aber so liegen, daß ich ihren Atem spüre.

»Entschuldige, ich bin todmüde ...« Ich drehe mich um, ihr Gesicht ist wie Eisen in der Dunkelheit. Raschelnd gleitet ihr Körper über das Laken und entfernt sich von mir. Jetzt dreht sie mir den Rücken zu. Ich warte. Ich will nicht, daß sie beleidigt ist. Ich strecke den Arm nach ihr aus, mit einer leichten Bewegung der Schulter schiebt sie mich weg.

»Laß uns schlafen«, sagt sie.

Am nächsten Tag wache ich spät auf. Elsa ist schon in der Küche, sie trägt den Morgenmantel aus Rohseide. »Ciao«, sage ich. »Ciao.« Ich fülle die Espressokanne, stelle sie aufs Feuer und setze mich, um darauf zu warten, daß der Kaffee hochsteigt. Meine Frau ist groß, ihr Rücken ist ein vollkommenes Trapez, zwei Linien, die schräg bis zur Taille verlaufen. Sie arrangiert langstielige Blumen.

»Woher hast du die?«

»Die hat mir Raffaella geschenkt.«

Sie ist immer noch wütend, das sehe ich daran, wie sie die Hände bewegt, schnelle Gesten, die nur den Zweck verfolgen, mich zu ignorieren. Wie lange ist es wohl her, daß ich ihr Blumen geschenkt habe, denke ich. Und womöglich hat sie den gleichen Gedanken. Sie hat die Haare hinter die Ohren gesteckt. Sie steht vor dem Fenster, im hellen Licht, das durch die Baumwollgardinen kaum gemildert wird. Ich betrachte ihr Profil, ihre blassen Lippen sehen aus wie Fleischklopse. In diesen Lippen stecken viele Gedanken an mich, vielleicht gegen mich.

Ich stehe auf, fülle die Tasse und trinke. »Möchtest du Kaffee?«

»Nein.«

Ich gieße mir noch eine Tasse ein und trinke auch diese. Elsa hat sich geschnitten. Sie hat die Schere auf den Tisch geworfen und den verletzten Finger in den Mund gesteckt. Ich gehe zu ihr. »Nein, es ist nichts«, sagt sie. Aber ich nehme die Hand und halte sie unter fließendes Wasser. Durch das Blut färbt sich das Wasser rosa, bevor es in dem schwarzen Loch in der Mitte des Waschbeckens verschwindet. Mit meinem Hemd trockne ich den Finger, dann suche ich im Arzneischrank nach Desinfektionsmittel und Pflaster. Deine Mutter läßt mich gewähren, sie hat es gern, wenn ich mich als Arzt um sie kümmere. Als sie den Kopf senkt, fällt ihr Haar im Nacken auseinander. Ich küsse diese Stelle. Wir umarmen uns in der Küche neben den verstreuten Blumen auf dem Tisch.

Als ich aus der Dusche komme, sitzt sie in einer lichtgeschützten Ecke des Wohnzimmers und tippt auf der Schreibmaschine. Sie müsse sich beeilen, sagt sie, sie sei mit der Arbeit im Rückstand. Sie hat keine Lust mehr auf Schwimmen und Sonne. Im Winter wird ihre dunkle Haut immer blasser werden. Sie hat sich nicht angezogen, trägt noch immer den Morgenmantel. Die Seide teilt sich und läßt die Beine unbedeckt. Ich habe die Pathétique von Tschaikowsky aufgelegt. Wie ein Kristallsturm füllen die Töne das sonnendurchflutete Wohnzimmer, ich bin barfuß und lese. Die Augen deiner Mutter fliegen über die Tasten, ab und zu zieht sie ein Blatt aus der Maschine, knüllt es zusammen und wirft es in den Papierkorb, der neben ihr steht. Sie hat eine hochmütige Natur, hochmütig in den Absichten, in den Linien des Körpers. Sie gehört mir nicht, sie hat mir nie gehört, jetzt bin ich mir sicher. *Wir sind nicht dafür gemacht, uns gegenseitig zu gehören, wir sind dafür gemacht, zusammenzuleben, das Bidet zu teilen.*

Sie sieht mich an, läßt die Schreibmaschine stehen und kommt zu mir. Sie setzt sich auf das Sofa gegenüber, ein Bein hochgezogen, ein Fuß auf dem Boden. Sie beginnt zu sprechen, mit wohlüberlegten Worten nähert sie sich dem springenden Punkt. Allgemeine Sätze über ihre Arbeit, über einen Kollegen von der Zeitung, der unhöflich zu ihr war, dann Knall auf Fall: »Und du, was hast du auf dem Kongreß gemacht?«

Und gleich danach fragt sie mich, wer dort war, wer nicht dort war, und ich spüre, wie der Kreis sich schließt, als sie sagt: »Wie war das Zimmer?«

»Anonym.«

Ich lächle, nicht ich bin in Schwierigkeiten, sondern sie. Ich lasse sie schmoren, ich bin die Ruhe selbst, wenn sie mich etwas fragen will, nur zu. *Nur Mut, Gemahlin, trau dich. Wenn du es diesmal wirklich wissen willst, dann mußt du es allein herausfinden, ich werde dir nicht helfen. Ich habe keine Schuldgefühle, nein, diesmal nicht*. Tschaikowskys Musik finde ich heute morgen gar nicht so dramatisch. Verbissen spielt Elsa mit einer Haarlocke, die im Sonnenlicht fast weiß aussieht. Sie plagt sich ab, schwankt zwischen Neugier und der Angst zu leiden. Dennoch, wenn sie es jetzt von mir verlangte, wäre ich bereit, die Heilige Familie zu zertrümmern. Aber die Wahrheit hat verschwitzte Achseln, sie paßt nicht zur Majestät meiner Frau. Die Art, wie sie mich ansieht, kenne ich, auch wenn es mir so vorkommt, als könnte ich erst jetzt die Gefühle entschlüsseln, die sich hinter dieser Iris verbergen: Versagen, Stillstand, eine Mauer. Das sind die Augen eines Dummerchens. Diese Entdeckung ist explosiv wie ein Pulverfaß. Hinter so viel augenscheinlicher Klugheit verbirgt sich eine undurchdringliche Schicht, die taub macht, die Wahrnehmung blockiert: ihr Fluchtweg vor dem Leiden. Das sind die Augen, die sie zeigt, wenn sie in Schwierigkeiten ist, mit denen sie so tut, als verstünde sie mich, obwohl sie mich mit mir selbst allein läßt.

Jetzt steht sie auf, geht zur Küche, ist kurz vor der Tür. Ihr gerader Rücken, ihre wunderbaren Haare, die beim Gehen hüpfen.

Ich ziele auf die Mitte des Körpers und werfe das Messer... »Willst du wissen, ob ich mit einer anderen schlafe?«

Sie dreht sich um: »Hast du was gesagt?«

Tschaikowsky übertönt alles. Sie hat es nicht gehört. Oder vielleicht doch, deshalb schwankt sie ein bißchen.

An diesem Abend schliefen wir zusammen. Es war deine Mutter, die mich nahm, so verwegen habe ich sie noch nie erlebt. »Langsam«, flüsterte ich kichernd, »langsam.« Aber sie war stärker als ich, sie hatte etwas vor. Sie benutzte mich, um ihre angestaute Energie abzuleiten, in dieser Nacht war ich ihr Blitzableiter. Was sie da abzog, war eine erotische Farce, wahrscheinlich aus einem Buch oder aus einem Film. In dieser Nacht spielte sie glühende Leidenschaft. Und ich war mittendrin, wie benommen, wie ein Ackergaul, den man in ein Galopprennen geschickt hat. Jetzt ist sie nach unten geglitten, keucht unter meinem Bauch. Ich bin nicht daran gewöhnt, sie so unterwürfig zu erleben. Ich fühle mich schuldig, so als würde sie sich freiwillig für mich aufopfern. Ich will weg hier, aus diesem Bett fliehen, aber ich bleibe. Jetzt bin ich erregt, ich habe ihren Kopf angesehen und gedacht ... Und dieser Gedanke hat mich erregt. Ich drehe sie auf den Bauch, malträtiere sie. Ich stoße sie ans Fußende des Bettes und nehme sie wie eine Ziege, und während ich das tue, frage ich mich, was ich da eigentlich mache.

Danach lag sie unter mir wie ein zerbrochenes Ei, wälzte sich in ihrer zertrümmerten Schale und sah mich an, als hätte sie ganz neue Absichten. Triumphierend wie eine böse Hexe nach einem gelungenen Zauber. Zum erstenmal seit ich sie kannte, kam mir der Gedanke, daß ich sie verlassen wollte.

Meine Geliebte beugt ihren kleinen Körper über den Bettrand, ich betrachte die Stelle, wo der Rücken in die Hinterbacken übergeht. Ich hatte sie abgeleckt, meine Zunge war vom Scheitel bis zu den Füßen gereist, in jeden Spalt zwischen den Zehen vorgedrungen. Wo ich sie berührte, liefen Schauer über die Haut, vor Lust und vor Kälte. Genauso wollte ich sie lieben, Stück für Stück, schweigend. Es war nicht mehr wie vorher, keine wilden, blinden Umarmungen mehr. Ich hatte mir angewöhnt, sie zu küssen, während sie reglos dalag. Ich wollte, daß sie sich selbst wahrnahm, durch mich. Ich pflügte über ihren Körper, mit schmerzender Zunge, am Ende ohne Speichel. Beim Sex war sie schamlos, fast frech, aber die verhornten Stellen an den Fußsohlen waren ihr peinlich, die Liebe war ihr peinlich. Erst ganz zum Schluß, wenn ich schon müde war, nahm ich sie, schlüpfte in sie hinein wie ein Hund, der tagelang über Büsche, Dornen, Steine gelaufen ist und abgekämpft in sein Körbchen fällt.

»Verlaß mich«, flüstert sie. Ihre Stimme ist dünn und schneidend wie ein Metalldraht.

»Was sagst du da?« Ich streichle diesen einsamen Rücken.

»Ich kann nicht, ich kann nicht mehr«, und sie schüttelt den Kopf. »Jetzt, besser jetzt sofort.«

Sie stützt das Gesicht in die Hände: »Wenn du mich nur ein bißchen gern hast, dann verlaß mich.«

Ich drücke sie fest, ihre Ellbogen bohren sich in meine Haut. »Ich werde dich nie verlassen.«

Und ich bin mir meiner Sache so sicher, daß mein Körper sich verhärtet, jede einzelne Faser wird hart, während ich sie umarme, als wenn sich ein Kraftpanzer um mich legen würde. Wir verharren in dieser Position, jeder starrt über die Schulter des anderen in seine eigene Leere.

Was bedeutet Lieben, mein Töchterchen? Weißt du das? Für mich bedeutet Lieben, Italias Atem in den Armen zu halten und zu merken, daß jedes andere Geräusch verstummt. Ich bin Arzt, ich erkenne meinen Herzschlag, immer, auch wenn ich nicht will. Aber ich schwöre dir, Angela, es war Italias Herz, das in mir schlug.

Italia hatte immer denselben Traum. Sie träumte, daß der Zug ohne sie abfuhr. Sie kam vor der Zeit zum Bahnhof, trug ein gutes Kleid, kaufte eine Zeitschrift, dann ging sie unter der Überdachung des Bahnsteigs auf und ab, ganz ruhig. Der Zug stand schon da und wartete auf sie, ein eleganter Zug, rot und grau, sagte sie. Dann wollte sie einsteigen, verlor aber Zeit, weil sie in der Tasche nach der Fahrkarte suchte. Sie wollte den Zielort lesen, deshalb verlor sie Zeit. Der Zug löste sich vom Bahnsteig, und sie blieb zurück, die Tasche war fort und auch die Schuhe. Der Bahnhof hinter ihr war leer, und sie war nackt, »wie auf einem Bild«, sagte sie. Sie erzählte mir, daß dieser Traum sie schon lange quälte, seit ihrer Kindheit, dann war er irgendwann verschwunden und erst mit mir wieder aufgetaucht.

Ich glaube, daß wir uns im Traum bestrafen, Angela, eher unwahrscheinlich, daß wir uns belohnen.

»Gib mir deine Hand«, sagte sie, »die linke.«

Sie öffnete die Hand, fuhr mit ihrer Handfläche darüber,

wie um sie zu reinigen, den Staub anderer Dinge, die uns nicht betrafen, abzuwischen.

»Du wirst ein langes Leben haben, mit einem Einschnitt in der Mitte.«

Ich glaube nicht an solchen Unsinn, ich zuckte die Achseln.

»Was heißt das?«

»Daß du überlebst.«

Doch jetzt frage ich mich, ob du dieser Einschnitt bist, Angela. Ob Italia dir in meiner Hand begegnet ist.

»Jetzt die Hand kräftig ballen, dann sehen wir die Kinder.«

Aufmerksam betrachtete sie die Falten neben dem kleinen Finger.

»Eins, oder vielmehr zwei. Du bist gut«, sie lachte.

»Und du?« sagte ich. »Zeig mal deine Hand, wie ist denn dein Leben?«

Sie stand auf und lachte immer noch. »Sehr lang, mach dir keine Sorgen, Unkraut vergeht nicht, meine Mutter hat mich Quecke genannt.«

Beim Abschied lief sie hinter mir her und klammerte sich an mich. »Hör nicht auf mich, wenn ich sage, du sollst mich verlassen. Verlaß mich nicht, bitte, verlaß mich nicht. Komm, wann du Lust hast, einmal im Monat, einmal im Jahr, aber verlaß mich nicht ...«

»Natürlich verlasse ich dich nicht. Ich liebe dich doch, Quecke.«

Sie brach in Tränen aus, ein Schluchzen brach aus ihr heraus, ein Lavastrom aus Tränen, der sich brennend über mich ergoß.

»Warum?«

Sie hatte sich aus meiner Umarmung gelöst. Das Gesicht

gerötet, die geröteten Augen starrten mich an, jetzt boxte sie meinen Arm: »Ich bumse, seit ich zwölf bin, und nie hat einer zu mir gesagt, ich liebe dich. Wenn du mich auf den Arm nimmst, bring ich dich um!«

»Mit diesen kleinen Fäusten?«

»Ja.«

Und du, Angela, hast du schon mal mit einem Mann geschlafen? Ich erinnere mich an den Tag, als du zum erstenmal deine Regel hattest, das war vor drei Jahren. Du warst in der Schule, die Englischlehrerin brachte dich ins Sekretariat, du hast deine Mutter in der Redaktion angerufen, sie hat dich abgeholt und nach Hause gefahren. Im Auto hat sie Witze gemacht, du hast matt gelächelt wie eine Kranke, du warst verstört, ein bißchen gereizt. Lange hast du auf diesen Augenblick gewartet, aber jetzt tat es dir leid, erwachsen zu werden. Du warst immer sehr selbständig, daran gewöhnt, alles allein zu regeln, und nun warst du ein empfindliches Pflänzchen von zwölf Jahren. Dein Körper war noch kindlich, viel kindlicher als der deiner Freundinnen, und deine Gedanken, deine Spiele waren noch mädchenhaft. Doch in deinem Innern war etwas geschehen, unwillentlich. Die erste Eizelle war herangereift und gesprungen. Die erste Blutung besiegelt das Ende der Kindheit.

Ich erfuhr es von deiner Mutter, sie kam mir an der Tür entgegen. Ihr Gesicht strahlte, sie war nicht mehr die gleiche wie morgens, als sie das Haus verlassen hatte, wie eine Hebamme sah sie aus. Ihr Frauen seid erstaunliche Geschöpfe, immer bereit, Leben zu geben, Schmetterlinge hereinzulassen. Wir Männer sind wie Regenwürmer, die an euren Mauern entlangkriechen. Lächelnd bin ich, noch im Mantel, zu dir geeilt. Du lagst auf dem Bett, sahst mich an mit deinen großen schwarzen Augen, deinem schmalen, mageren Katzengesicht.

Ich beugte mich zu dir hinunter. »Angela …«

Ein Hauch von Lächeln: »Ciao, Papo.«

Ich hatte dir so viel zu sagen, aber es kam nichts. Das war die Stunde deiner Mutter, ich störte da nur, wie ein ungeschickter Gast, einer, der fortwährend Gläser umstößt. Du hattest die Hände auf dem Bauch, die Beine angezogen. Mein geliebtes aufgeschossenes Pflänzchen. Wie oft habe ich dich auf der Schaukel angestoßen, wie oft ist dein Rücken in meine Hände zurückgeflogen. Und ich, ich habe diese Augenblicke verstreichen lassen, habe sie nicht festgehalten, womöglich wollte ich sogar lieber die Zeitung lesen, hatte gar keine Lust, dich anzuschieben. Ich strich dir über die Stirn: »Gut gemacht«, sage ich, »sehr gut.«

Dann sitze ich in meinem Arbeitszimmer unter der Jugendstillampe, die mit ihrem warmen Licht die Schreibtischplatte und meinen kahlen Schädel erhellt, und denke immer noch an dich. Ich habe mich zurückgezogen, euch Frauen den Rest der Wohnung überlassen, weiße Tücher, Watte, jungfräuliches Blut. Deine Mutter hat Tee gemacht und ihn auf dem Tablett mit den Katzen, das sie aus London mitgebracht hat, in dein Zimmer getragen. Sicher sitzt ihr jetzt wie Gleichaltrige im Schneidersitz auf dem Teppich und tunkt Kekse in den Tee. Heute ist ein besonderer Tag, wir bleiben zu Hause, im Warmen, es wird nicht gekocht. Später werde ich in der Küche ein Stück Käse essen, allein. Irgendwann wirst auch du die Liebe kennenlernen. Ein Mann wird sich dir nähern, mit seinen Händen, mit seiner Geschichte. Er wird auf meine Große, deren Hosen immer zu kurz sind, zugehen, aber nicht, um mit dir Bildchen zu tauschen oder die Schaukel für sich zu reklamieren, sondern um seinen Schwanz in dich zu stecken. Mit aller Kraft reibe ich mir die Augen, denn das Bild, das mir in die Augen springt, ist zu schrecklich. Ich bin dein Vater, für mich ist dein Geschlecht die haarlose Spalte des kleinen Mädchens, die sich am Strand mit Sand füllte. Aber ich bin ein Mann. Ein finsterer, barbarischer Mann, der eine Frau vergewaltigt hat, eine Frau, die fast selbst noch wie ein Kind wirkte. Ich habe es getan, weil ich sie gleich geliebt habe, aber nicht lieben wollte, ich habe es getan, um sie zu töten, aber eigentlich wollte ich sie retten. Während ich mir die Augen reibe, um dieses Bild von mir selbst zu verscheuchen, sehe ich einen Mann, einen wollüstigen Rücken, der auf dich zugeht. Und ich packe ihn am Kragen und sage: Paß bloß auf, das ist Angela, mein Augenstern. Dann lasse ich von ihm ab. Und auch von diesen Gedanken, die dich kränken, ich habe kein Recht, mir vorzustellen, wie du mit einem Mann schläfst. Es wird so sein, wie du es willst. Zärtlich. Mit einem Mann, der besser ist als ich.

Heute ist mein Geburtstag. Für mich, wie du weißt, kein Anlaß zu besonderer Freude; denn noch immer werde ich von einer Verbitterung heimgesucht, die ihren Ursprung in der Kindheit hat. An meinem Geburtstag waren immer alle verreist, weil die Schule noch nicht wieder angefangen hatte, und so gab es nie ein richtiges Fest. Als ich größer wurde, fing ich selbst an, den Tag zu ignorieren. Deine Mutter habe ich gebeten, keine Zeit damit zu vergeuden, sogenannte Überraschungsparties zu organisieren, die finde ich nämlich kein bißchen überraschend. Sie ließ sich überreden, doch ohne es ihr je einzugestehen, war ich gekränkt, weil sie so schnell nachgab.

Es war kein besonders schöner Tag. Der Himmel war verhangen, die Sonne schaffte es nicht, die diffusen Wolkenschleier aufzulösen. Meine Schwiegereltern, gerade von einer Kreuzfahrt im Roten Meer zurückgekehrt, waren gekommen, um uns zu besuchen. Nachmittags setzten wir uns unter die Sonnenschirme. Großmutter Noras stolz präsentierte Bräune war von abgeschürften Stellen durchsetzt, die ihr die Kosmetikerin beim Entfernen der Altersflecken beigebracht hatte. Großvater Duilio beschirmte seine Stirn mit einer Mütze, die jedem Kapitän der Weltmeere alle Ehre gemacht hätte. Im Sommer trug er bevorzugt kurze Hosen, Kniestrümpfe, die stramm über seinen kräftigen Waden saßen,

Schuhe aus geflochtener Kordel. Auf einem niedrigen Strandhocker sitzend, trommelte er mit den Fingern auf den Knien und untermalte damit sein machtvolles Schweigen. In Gesellschaft meines Schwiegervaters fühlte ich mich nicht wohl. Du kennst ihn nur, wie er heute ist, verwirrt, sanft und ausgesprochen liebevoll zu dir. Aber vor sechzehn Jahren hatte er noch diese rücksichtslose Haltung, diese Unerbittlichkeit, die ihn in seinem Beruf ganz nach oben gebracht hat. Früher war er einer der einflußreichsten Architekten der Stadt, wenn er stirbt, wird sicher eine Straße nach ihm benannt. Aber jetzt wurde er langsam alt, und es fiel ihm schwer, sich seinem Alter entsprechend etwas zurückhaltender zu benehmen. Seiner Frau gegenüber führte er sich schrecklich auf, aber sie bemerkte es nicht einmal. Elsa betete ihren Vater an, und in den ersten Jahren unserer Ehe war ich angesichts der übertriebenen Aufmerksamkeit, die sie ihm gewährte, oft verletzt. Wenn er da war, existierte ich nicht mehr. Mit der Zeit hat sich das dann gelegt, er wurde wirklich alt, und leider wurde auch ich langsam älter. Jetzt, wo er seine Tage vor dem Fernseher verbringt, mit der kleinen Philippinin, die ihn betreut, sind wir gute Freunde geworden, und wenn ich nicht wenigstens zweimal die Woche vorbeischaue, um ihm den Blutdruck zu messen, ist er beleidigt.

Elsa hatte sich auf die Seite gerollt, die Arme über dem Kopf verschränkt, und unterhielt sich mit ihrer Mutter. Das Verhältnis der beiden war nicht besonders innig, Elsa konnte der armen Nora ihre Frivolität nicht verzeihen. Wie ihr Vater war Elsa niemals nachsichtig gewesen, das war ihr schwacher Punkt. »Meine Mutter ist herzensgut«, sagte sie, »aber ebenso dumm.« Doch nach ihrem Tod war Nora wie durch Zauberhand plötzlich überhaupt nicht mehr dumm. Von einer verstohlenen Regung des Unbewußten getrieben, begann deine Mutter, sie zu verklären, in ihr eine ganz andere, verletzbare, aber zielbewußte Frau zu sehen, ein leuchtendes Beispiel für sich selbst. Das ging so weit, daß ich sie eines Tages, das ist noch gar nicht lange her, zu dir sagen hörte: »Deine Großmutter war nicht besonders gebildet, aber sie war die klügste Frau, die ich je gekannt habe.« Als ich sie ganz erstaunt ansah, schaute sie gelassen zurück. Deine Mutter kann sehr gut vergessen, sie legt sich die Dinge so zurecht, wie sie ihr gerade passen. Einerseits ist das schrecklich, andererseits aber erhalten alle Dinge in ihrer Umgebung dadurch die Fähigkeit, ständig neu zu entstehen. Sicherlich bin auch ich unter ihren Händen schon oft neu entstanden, ohne es zu merken.

Da saß ich nun, umgeben von der Stille eines anerkannten Lebens. Hier war ich ein freier Mann, ich brauchte mich nicht zu verstecken. Die Leute kannten mich, meine Frau, mein Schwiegervater, alle kannten mich. Und doch hatte ich plötzlich den Eindruck, als sei das hier mein Zweitleben, nicht das andere. Das mit Italia, unser Geflüster, unsere Abgeschiedenheit, das war das wahre Leben. Ein Leben im Untergrund, ohne Himmel, verängstigt, aber wahr.

Im Meer badete eine Frau, ihr Kopf verschwand zwischen den Schaumkronen und tauchte wieder auf. Dann kam sie bis zur Taille aus dem Wasser. Sie wickelte die Haare um die Hände und drückte das Wasser aus, dann schüttelte sie den Kopf. Sie kam auf das Ufer zu, je flacher das Wasser wurde, desto deutlicher war ihr Körper zu sehen. Sie trug einen türkisfarbenen Bikini. Sie war nicht braun. Der weiße Bauch stand ein wenig vor wie bei einem Kind, das gerade gegessen hat. Sie kam auf mich zu, wippte mit den knochigen Hüften.

Ich glaubte, das Rauschen ihres Atems zu hören, die Wassertropfen, die sich bei jeder Bewegung von ihrem Körper lösten und in den Sand fielen. Ich glaubte, ihr zuzuwinken, damit sie stehenblieb, aber ich rührte mich nicht. Alles war reglos, wie eingefroren. Nur sie bewegte sich in Zeitlupe. Wie versteinert wartete ich auf das Ende. Sie ging vorbei, ich hatte nicht einmal den Mut, den Kopf zu drehen, um ihr nachzusehen, mein Hals war steif vor Schock. Aber in den Pupillen blieb so etwas wie eine Fata Morgana zurück, eine verkümmerte Silhouette, die sich näherte und dabei den Sand aufwirbelte.

Dann kam der Ton zurück, ich hörte das Pfeifen des Windes, der sich wieder erhoben hatte; auch das Gerede meiner Schwiegermutter, der schwere Atem meines Schwiegervaters wurden nach und nach deutlicher. Als führe man mit einem Boot auf das Ufer zu, und das Gemurmel am Strand kommt immer näher. Dann drehte ich mich um, hinter mir war nur die sandige Wand der Dünen. Italia war verschwunden.

Den Rest des Tages verbrachte ich wie in Trance. Alles erschien mir übertrieben, die Stimmen zu schrill, die Gesten zu aufdringlich. Wer waren diese Dumpfbacken, die meine Umgebung bevölkerten, sich in meinem Haus aufhielten? Man stelle sich vor, daß es eine Zeit gab, als ich das Einheiraten in diese glänzende Familie von Dummköpfen tatsächlich für einen sozialen Aufstieg hielt! Beim Abendessen hatte ich Mühe, die Gabel zum Mund zu führen. Plötzlich erschien mir der Weg vom Teller bis zu den Lippen endlos. Ich stand vom Tisch auf, um ins Bad zu gehen. Im Flur sprang der Yorkshireterrier meiner Schwiegermutter aus einer dunklen Ecke hervor und fletschte die Zähne. Ich holte aus und versetzte diesem Schoßhündchen einen kräftigen Tritt. Humpelnd schlich er zu seinem Frauchen, das ihm schon entgegeneilte.

»Entschuldige, Nora, ich habe ihn aus Versehen getreten.«

In einem der oberen Zimmer legte ich mich flach auf den Teppich. Ich fühlte mich wie einer dieser entkräfteten Würmer, die im Sommer an vertrockneten Weinreben hängen, benommene Würmer, die geräuschlos zu Boden fallen.

Nach dem Abendessen gingen Elsas Eltern, ich machte mich kurz nach ihnen auf den Weg. Elsa hatte mich gebeten, sie bis an den Stadtrand zu begleiten. Auf den dunklen Straßen, die er nicht gut kannte, fuhr mein Schwiegervater ziemlich langsam. Durch die Windschutzscheibe beobachtete ich diese beiden stummen, unbeweglichen Köpfe. Woran mochten sie denken? An den Tod vielleicht, an einem Sonntagabend waren Gedanken an den Tod doch naheliegend. Oder an das Leben, an irgend etwas, was man kaufen oder essen möchte. An jenes Leben, das letztendlich zu purer Gier verkommt. Man nimmt nur noch und hat nicht mehr den Wunsch, etwas dafür zu geben. Auch Elsa und ich waren schon auf dem besten Weg zu dieser Stummheit. Diese Einsamkeit, die ich mit den Scheinwerfern streifte, würden wir in ein paar Jahren selbst erleben. Vor mir fuhren zwei Hampelmänner durch die Nacht. Noch konnte ich die Reise abbrechen, mich wieder dem Leben zuwenden, einem anderen Leben, in dem es mir vielleicht nicht gelänge, so alt zu werden wie die Gestalten vor mir.

Ich fuhr rechts ran und hielt am Straßenrand. Das Auto meiner Schwiegereltern verschwand hinter einer schwarzen Kurve. An diesem Abend spürte ich, daß ich ziemlich jung sterben würde und daß Italia ein Geschenk war, auf das ich nicht verzichten wollte.

»Wie hast du das Haus gefunden?«

»Ich bin den Strand entlanggegangen.«

»Aber wozu?«

»Ich wollte dir ein Geburtstagsgeschenk machen, ich wollte, daß du mich im Bikini siehst.«

Sie war noch im Bademantel, träge drückte sie den Hund an sich. »Ich laß dich schlafen.«

»Nein, wir gehen aus.«

Auf der Straße ging sie langsam, hakte sich bei mir ein. Wir gingen in die übliche Bar.

»Was möchtest du?«

Sie antwortete nicht. Mit dem ganzen Gewicht stützte sie sich auf den Tresen. Ich sah ihre Hand, die über die Metallplatte zu den Papierservietten glitt. Mit einer aggressiven Bewegung riß sie die Servietten aus dem Behälter und schleppte sich gebückt nach draußen. Als ich zu ihr kam, lehnte sie mit hängendem Kopf an der Mauer.

»Was hast du denn?«

Sie hatte die Servietten zwischen die Schenkel gestopft. »Es geht mir schlecht, bring mich nach Hause«, flüsterte sie.

Das Licht war schwach, aber jetzt sah ich, daß die weißen Servietten dunkel waren.

»Du blutest ja ...«

»Bring mich nach Hause, bitte.«

Inzwischen war sie ohnmächtig geworden. Ich hob sie hoch, trug sie zum Auto und setzte sie auf den Sitz. Ich würde das Risiko eingehen und sie in mein Krankenhaus bringen. Ich fuhr los und versuchte mich zu erinnern, ob an diesem Abend ein Freund Dienst hatte.

Sie kam wieder zu sich, sie war blaß und starrte ausdrucklos auf die nächtliche Stadt. »Wohin bringst du mich?«

»Ins Krankenhaus.«

»Nein, ich will nach Hause, es geht mir schon besser.«

Sie war vom Sitz gerutscht und hatte sich auf dem Boden zusammengekauert.

»Was machst du da?«

»So mache ich den Sitz nicht schmutzig.«

Ich nahm eine Hand vom Steuer und beugte mich zu ihr hinunter. Ich zog am Ausschnitt des T-Shirts: »Komm hoch!«

Aber sie gab nicht nach. »Ich sitze hier gut, hier kann ich dich ansehen.«

Die Notaufnahme war leer, nur ein alter Mann mit einer Decke über der Schulter saß in einer Ecke. Ich kannte einen der diensthabenden Pfleger, ein kräftiger junger Mann, mit dem ich hin und wieder über Fußball redete. Ich hatte Italia mein Badelaken gegeben, das noch auf der Rückbank lag, mit diesem Frotteetuch um die Hüften war sie ausgestiegen. Auf Anordnung des Pflegers hatte sie sich im Aufnahmezimmer auf eine Liege gelegt, von dort sah sie mit verdrehtem Hals zu mir hin. Die diensthabende Ärztin kam beinah sofort, eine junge Frau, an die ich mich nicht erinnern konnte.

»Kommen Sie mit nach oben, wir machen eine Ultraschalluntersuchung.«

Zu dritt stiegen wir in den Aufzug. Die Frau hatte Schlafspuren im Gesicht, in den zerdrückten Haaren, sie lächelte mich unterwürfig an, sicher wußte sie, wer ich war. Italia hatte jetzt eine bessere Gesichtsfarbe, sie war selbst in den Aufzug gestiegen.

Während sie untersucht wurde, ging ich hinaus und zu meinem Pavillon hinüber. Ich nutzte die Zeit, um nach einem Patienten zu sehen, den ich am Tag zuvor operiert hatte. Ich trat an das Bett des Mannes: er schlief und atmete ruhig.

»Können wir morgen die Drainage entfernen, Professore?« fragte die Schwester, die mir in das Zimmer gefolgt war.

Als ich zurückkam, verließ Italia gerade den Ultraschallraum.

»Es ist alles in Ordnung, ein Teil der Plazenta hat sich gelöst, aber der Embryo hat es überstanden.«

Für den Bruchteil einer Sekunde starrte ich der Ärztin ins Gesicht, auf den eckigen Kiefer, die glänzende Nase, die engstehenden Augen. Ich wich einen Schritt zurück und schaute ihr instinktiv über die Schulter, so als hätte ich Angst, jemand anders könne ihre Worte gehört haben.

»Gut«, habe ich gesagt, glaube ich, »gut.«

Zweifellos hatte die Frau meine Verwirrung bemerkt. Jetzt sah sie mich eigenartig verschwörerisch an. »Ich würde sie auf jeden Fall einweisen, Professore. Es wäre besser, wenn die Signora sich eine Weile nicht anstrengen würde.«

Die Signora stand ein paar Schritte hinter ihr, wie betäubt; ich sah, wie aufgeregt sie war. Sie war keine Signora, sie war eine Signorina, meine Geliebte. Flüchtig schauten die Ärztin und ich uns an. Ich verlagerte das Gewicht von einem Bein auf das andere, um zu vermeiden, daß Italia in mein Blickfeld kam. Ich durfte keinerlei Kontakt zu ihr aufnehmen, jedenfalls nicht jetzt. Ich war in meinem Krankenhaus, stand vor einer Frau, die mich wegen meiner beruflichen Verdienste kannte und jetzt sicher etwas von meinem Privatleben ahnte. Ich mußte Italia fortbringen, ja, genau, sie mußte erst einmal verschwinden, dann würde ich nachdenken. Wir gingen zum Aufzug, der Hintern der Ärztin wogte unter dem Kittel. Wer garantierte mir, daß ich mich auf ihre Diskretion verlassen konnte? Ich meinte, in ihrem Gang eine gewisse Nachlässigkeit zu bemerken. Vielleicht würde die Neuigkeit morgen schon die Runde machen, man würde mir hämische Blicke zuwerfen, mich von hinten mit den Augen durchbohren, im Handumdrehen würden Gerüchte entstehen, die ich nicht unterbinden könnte. Italia ging hinter mir, ich merkte, daß ich wütend auf sie war. Sie hatte mir nichts gesagt, mich hinters Licht geführt, sie hatte es zugelassen, daß ich eine so wichtige Sache von einer Fremden erfuhr, hier in meinem Krankenhaus. Sicher hatte sie mein entgeistertes Gesicht genossen. Ich hatte fast Lust, sie zu schlagen, eine satte Ohrfeige, fünf rote Fingerabdrücke auf dieser Lügenfratze.

Wir gingen nach unten zur Aufnahme. Ich drehte mich zu Italia um und sah sie auf eine Art an, die für sie schrecklich gewesen sein muß. »Was wollen Sie machen, Signora?«

»Ich will nach Hause«, stotterte sie.

»Die Signora verläßt das Krankenhaus auf eigene Verantwortung«, wandte ich mich an die Schwester: »Gib mir das Formular.«

Ich zog den Stift aus der Innentasche meiner Jacke und füllte selbst das Formular aus, dann schob ich es unter Italias abgeknabberte Finger und hielt ihr den Stift hin. Ich ließ die Augen zu ihrem Gesicht wandern, sie war wieder kreidebleich. Ich hielt inne. Plötzlich war ich mir nicht mehr sicher, ob das, was ich hier tat, das Richtige war, schließlich war ich Arzt, ich durfte nichts riskieren. Und wenn sie nun verblutete? So konnte ich sie nicht gehen lassen. Zur Rede stellen konnte ich sie später noch, jetzt war es wichtiger, daß sie hier blieb, in Sicherheit. Ich zerriß das Formular: »Wir weisen sie ein.«

Sie versuchte zu widersprechen, aber ohne Kraft: »Nein ... ich will nach Hause, es geht mir gut.«

Die Ärztin machte einen Schritt auf den Tisch zu. »Signora, der Professore hat recht, es ist besser, wenn Sie diese Nacht hierbleiben.«

Rasch erledigten wir die Formalitäten, dann fuhren wir zur Gynäkologie hinauf. Der Aufzug öffnete sich auf dem Stockwerk. Auf dem nächtlichen Flur war es still, und es roch wie immer nach Arzneimitteln und Suppe. Ich mag das nächtliche Krankenhaus, Angela, es hat den Geruch einer ungeschminkten Frau, einer Achselhöhle im Dunkeln. Italia dagegen wirkte verängstigt; das Handtuch mit den Seesternen um die Hüften gewickelt, klammerte sie sich an die Wand wie eine Schiffbrüchige.

Einen Augenblick waren wir allein. »Warum hast du mir nicht gesagt, daß du schwanger bist?«

»Ich habe es ja selbst nicht gewußt.«

Sie schnürte das Handtuch um die Taille, ihre Stimme zitterte. »Ich will nicht hierbleiben, ich bin ganz schmutzig.«

»Ich laß dir was bringen.«

Eine Schwester kam.

»Kommen Sie, wir bringen Sie zu Ihrem Bett.«

»Geh«, flüsterte ich, »geh nur.«

Und ich sah ihr nach, wie sie den Flur mit den abgedunkelten Lampen hinunterging, ohne sich umzudrehen.

Zu Hause zog ich die Schuhe aus, schleuderte sie, ohne die Schnürsenkel zu lösen, weit von mir und legte mich, wie ich war, aufs Bett. Ich versank in einem Graben aus Teer, im

Morgengrauen wachte ich auf, verwirrt und wie zerschlagen. Ich stellte mich unter die Dusche. Italia erwartete ein Kind, das Wasser rann, suchte seinen Weg, lief über die Haut, und Italia erwartete ein Kind. Was sollten wir jetzt machen? Ich stand nackt im Badezimmer der Wohnung, die ich mit meiner Frau teilte, ich seifte meine Schamhaare ein. Ich mußte nachdenken, doch ich war zu hektisch, die Gedanken schoben sich übereinander wie die Bühnenprospekte hinter der Kulisse im Theater.

Viel zu früh kam ich im Krankenhaus an, ich war nervös, ahnte, daß ich sie nicht mehr antreffen würde. Tatsächlich war sie weg, sie hatte unterschrieben und war gegangen.

»Wann?«

»Gerade eben.«

Ich stieg ins Auto und fuhr die Allee vor dem Krankenhausgelände ab. Sie stand an der Bushaltestelle. Beinah hätte ich sie nicht erkannt, weil sie einen Schwesternkittel trug. Sie lehnte an einer Mauer, in der Hand eine Plastiktüte, aus der mein Handtuch hervorlugte.

Ich hielt neben ihr, aber sie sah mich nicht. Es war noch früh, die Straßen waren kaum belebt. Mir fiel wieder ein, wie ich im Auto auf sie gewartet und sie beobachtet hatte. Damals war es warm, sie war geschminkt, wippte mit den Hüften, mir gefielen ihre hohen Absätze, ich mochte das Vulgäre. Wieviel Zeit war seither vergangen? Jetzt trug sie diesen Kittel, der ihr viel zu weit war, in diesem Sommer hatte sie noch mehr abgenommen. Erst jetzt merkte ich, wie sehr sie sich verändert hatte. Sie war so blaß und hohläugig, vielleicht war es meine Schuld, daß sie so blaß und hohläugig war. Wie eine Stoffpuppe ohne Schminke. Doch ich fand sie noch schöner, noch begehrenswerter. Und nun gab es für mich nichts anderes mehr, nur noch sie an dieser Mauer, im

Zentrum des Suchers. Plötzlich erfaßte mich eine grenzenlose Furcht. *Wenn nun jemand auf sie schoß? Wenn nun eine Kugel sie träfe, mitten in die Brust, sie zu Boden risse und nur eine Blutspur auf der Mauer zurückbliebe ...* Ich wollte ihr zurufen, sie solle dort verschwinden, weil jemand den Finger am Abzug habe, ein Heckenschütze, der hinter mir Posten bezogen hatte, vielleicht auf dem Dach des Krankenhauses. Genauso sah sie aus, wie eine, die weiß, daß man gleich auf sie schießen wird, aber nicht die Kraft hat, in Deckung zu gehen. Doch jetzt bewegt sie sich, sie löst sich von der Mauer, es ist nichts passiert. Der Autobus ist da, er verdeckt sie. Ich schaffe es nicht rechtzeitig, sie aufzuhalten, schon ist sie eingestiegen. Ich hänge mich an den Autobus, an seinen schwarzen Auspuff, der stinkenden Qualm ausstößt. Wieder hält der Autobus, ich lasse das Auto mitten auf der Straße stehen und steige ein. Ich suche nach Italia, um ihr zu sagen, daß sie mit mir aussteigen soll, aber als ich sie endlich finde, ist es schon zu spät, die Türen sind bereits geschlossen. Sie hockt auf einem Fensterplatz, hat den Kopf an die Scheibe gelehnt. Sie werden das Auto abschleppen, was soll's.

»Ciao, Quecke.«

Sie schreckt hoch, dreht sich um, kommt wieder zu Atem. »Ciao.«

»Wohin fährst du?«

»Zum Bahnhof.«

»Fährst du weg?«

»Nein, ich wollte den Fahrplan ansehen.«

Schweigend sitzen wir da, die Augen auf die Straßen gerichtet, auf der sich die ersten Autos zeigen. Eine Mutter mit zwei Kindern überquert die Straße, Italia sieht ihr nach. Ich lege ihr die Hand auf den Bauch. Eine große, feste Hand. Ihr Bauch gluckert.

»Wie fühlst du dich?«

»Gut«, sie schiebt die Hand weg, das Geglucker ist ihr peinlich.

»Wie weit bist zu?«

»Im zweiten Monat.«

Ihre Augen sind riesig und ruhig. »Mach dir keine Sorgen, du brauchst nichts zu sagen, ich habe mich schon entschieden.«

Ich schüttle den Kopf, sage aber nichts. Vielleicht erwartet sie, daß ich etwas sage. Wieder sieht sie nach draußen, auf die Straße, die hinter der Scheibe vorbeitanzt.

»Ich habe nur eine Bitte, laß uns nicht mehr davon reden. Es ist zu schrecklich.«

Wir steigen aus, gehen nebeneinander her, ohne uns zu berühren. Italia ist als Krankenschwester gekleidet, zusammen sind wir ziemlich schwach. Wir kommen an einem Geschäft vorbei, wo eine junge Frau im Schaufenster die Schilder vom Schlußverkauf entfernt und die neue Herbstmode dekoriert, barfuß geht sie über die ausgestreuten Kastanienblättern aus Plastik. Italia bleibt stehen, um der Dekorateurin zuzusehen, wie sie einer zerzausten Schaufensterpuppe ein Kleid überstreift.

»Dieses Jahr ist grün modern.«

Wir gehen auf den Taxistand zu. Drei Autos stehen dort und warten. Wir rennen über die Straße, weil die Ampel gerade umspringt. Ich öffne die Tür und lasse Italia einsteigen, dann beuge ich mich hinunter und drücke ihr das Fahrgeld in die Hand.

»Danke«, flüstert sie.

»Mach dir keine Sorgen«, sage ich leise, damit der Taxifahrer mich nicht hört, »ich kümmere mich um alles, sei ganz ruhig.«

Sie verzieht die Lippen zu etwas, was ein Lächeln sein soll, aber nur eine erschöpfte Grimasse ist. Sie möchte allein sein, vielleicht vertraut sie mir nicht mehr. Ich streiche ihr über das Gesicht, ich möchte sie von diesem verletzten, verschlossenen Blick erlösen. Ich schlage die Tür zu, und das Taxi fährt ab.

Ich bleibe allein zurück, mache ein paar Schritte, aber wohin? Ich muß meine Gedanken sammeln, das Auto steht immer noch mitten auf der Straße, zu meinem Operationstermin komme ich auch zu spät, was soll's. Bis zuletzt hat sie gehofft, daß ich meine Meinung ändern würde. Das habe ich an ihren Augen gesehen, da war ein Hoffnungsschimmer, kümmerlich wie ein alter Besen, den man in einer Ecke vergessen hat; ich habe getan, als hätte ich nichts gemerkt. Ich hatte nicht einmal den Mut, unerbittlich zu sein und sie zu dieser Entscheidung zu drängen. Ich habe ihr die Entscheidung überlassen, habe zugelassen, daß sie die Schuld auf sich nimmt, und als Gegenleistung habe ich ihr ein Taxi bezahlt.

Deine Mutter ist wieder in der Stadt. Alle Spuren meines einsamen Lagers sind getilgt, der kleine Tisch, den ich beim Lesen als Fußschemel benutzt habe, steht wieder an seinem alten Platz, weit weg von meinem Sessel, mitten auf dem Teppich im Kreis der Sofas. Auf diesem Intarsientischchen stehen jetzt die Gläser mit dem rosa Stiel, eine Schüssel Rohkost und eine Platte Speckpflaumen. Elsa hat Freunde zum Abendessen eingeladen. Ich habe noch spät operiert, es gab viele Verzögerungen, etliche Mitarbeiter fehlten, denn seit September wird wieder gestreikt. Als ich die Schlüssel in der Diele in die Ebenholzschale warf, hörte ich schon die Stimmen aus dem Wohnzimmer. Bevor ich hineinging, schlüpfte ich ins Badezimmer und wusch mir das Gesicht. Ciao, ciao, ciao. Schulterklopfen, Küßchen. Parfümwolken, Haarlocken, Atem, der nach Wein und Zigaretten riecht.

Ich habe mich ans Bücherregal gelehnt, Manlio steht vor mir. Er redet über dieses und jenes. Über Boote, über Martine, die wieder einmal in der Klinik ist, um eine Entziehungskur zu machen, über eine Bauchnaht, die zuerst so glatt war wie ein Kinderpopo, sich dann aber entzündet und vorgestülpt hat. Er hat eine Zigarre in der Hand, und diese Hand ist zu nah an meinem Gesicht.

»Und du, wie geht's dir?«

»Die Zigarre, Manlio ...«

»Ach ja, entschuldige«, und er nimmt den Arm zur Seite.

»Ich muß mit dir reden.«

Er sieht mich an, stößt eine stinkende Rauchwolke aus: »Du siehst aus wie ein Zombie, was hast du denn?«

»Die Pasta steht auf dem Tisch.«

Bei Tisch höre ich überhaupt nicht zu, ich esse, sehe auf meinen Teller und steche mit der Gabel zu, ich trinke ein Glas Wein, dann lange ich nach der Schüssel und nehme noch eine Portion. Ich habe einen tierischen Hunger. Eine Nudel ist auf die Tischdecke gefallen, ich sammle sie mit den Fingern auf. Deine Mutter sieht zu mir herüber. Sie trägt ein meergrünes Hemd mit transparenter Maserung, an den Ohren kleine Smaragde. Die Haare sind zusammengebunden, nur eine Strähne hat sich befreit und hängt ihr ins Gesicht, sie ist wunderschön. Ich denke an die Frau ohne Schuhe im Schaufenster und an Italia, die sagt: Dieses Jahr ist grün modern.

»Willst du keinen Nachtisch?«

Ich bin vom Tisch aufgestanden: »Entschuldigt mich, ich muß telefonieren.«

Ich gehe ins Schlafzimmer und wähle die Nummer, das Telefon läutet ins Leere.

Ich strecke mich auf dem Bett aus.

Elsa kommt herein: »Wen rufst du an?«

»Niemanden, es ist besetzt.«

Sie ist in unserem Bad und pinkelt, im Schrankspiegel sehe ich, wie sie den Rock bis über die Arschbacken hochzieht.

»Ein Patient?«

»Ja, ja.«

Sie zieht an der Kette, macht das Licht aus und kommt aus dem Bad. »Ein wichtiger Krebs?« Sie lächelt.

Es ist nicht leicht, mit einem Mann zusammenzuleben, der eine so traurige Arbeit macht, irgendwann hat sie meinen Jargon angenommen, um darüber lachen zu können.

Ich lächle zurück.

»Nimm wenigstens die Schuhe vom Bett«, und sie verläßt das Zimmer.

»Hallo?«

»Wo warst du denn?«

»Hier.«

»Ich habe es schon so oft versucht.«

»Vielleicht habe ich es nicht gehört.«

Sie ist außer Atem, ein Dröhnen um sie herum.

»Was ist das?«

»Der Staubsauger, warte, ich mach ihn aus.«

Sie geht weg, dann, als sie zurückkommt, ist es still.

»Was machst du denn, um diese Zeit putzen?«

»Ich muß mich austoben.«

»Ich wollte dir bloß einen Kuß schicken.«

Manlio ist mit mir draußen auf der Terrasse, ich habe ihn hinausgelockt.

»Es geht um eine Patientin, die ich vor zwei Jahren an der Brust operiert habe, es ist zu gefährlich, sie muß einen Abbruch machen.«

»Ist sie noch in der Zeit?«

»Ja.«

»Warum geht sie dann nicht ins Krankenhaus?«

Unten auf der Straße wird ein Müllcontainer geleert. Manlio hat den Kragen der Jacke hochgeschlagen, er pfeift durch die Zähne, vielleicht hat er jetzt verstanden.

Der Abend endet auf den Sofas, dann leeren sich die Sofas, zurück bleibt der Abdruck der Körper auf den Polstern, überall zerdrückte Kissen, Gläser, überquellende Aschenbecher.

Elsa hat schon die Schuhe ausgezogen: »Ein schöner Abend.«

»Ja.«

Ich stehe auf und will einen Aschenbecher nehmen.

»Laß alles stehen, morgen kommt Gianna ...«

»Ich werfe nur die Kippen weg, dann stinkt es nicht so.«

Sie geht ins Schlafzimmer, schminkt sich ab, zieht das Nachthemd an. Ich bleibe vor dem Fernseher sitzen, mitten in dieser Wüstenei. Als ich schließlich auch ins Bett gehe, lege ich mich auf meine Hälfte, ein paar rasche Bewegungen, und ich bleibe auf der Seite liegen. Deine Mutter schiebt ein Bein über mich, dann streift ihr warmer Mund mein Ohr. Ich erstarre, ich schaffe es nicht, heute abend kann ich wirklich nicht. Sie sucht meinen Mund, findet ihn, aber ich öffne nicht die Lippen. Sie fällt auf das Laken zurück, mit einem tiefen Seufzer. »Weißt du was«, sagt sie, »vielleicht sollten wir mal was ganz anderes versuchen.«

Ich drehe mich zu ihr, sie starrt an die Decke und macht ein merkwürdiges Gesicht. »Wir könnten uns dabei in die Augen sehen.«

Ihre Stimme ist voller Groll, jedes Wort klingt gereizt.

»Bist du betrunken?«

»Ein bißchen.«

Ihre Augen funkeln, ihr Kinn zittert.

»Ich weiß gar nicht, was du hast, wir sehen uns doch an, du weißt doch, daß du schön bist, warum sollte ich dich nicht ansehen?«

Ich rücke das Kissen zurecht, ich bin nicht müde. Eine eheliche Orgie gefällig, nur zu, immer hinein in den Walzer der Revanche! Statt dessen ein Tritt in den Bauch, dann noch einer und noch einer. Dann schlägt sie mir mit der flachen Hand ins Gesicht. Ich versuche mich zu schützen, aber auf eine solche Attacke bin ich nicht vorbereitet.

»Du! Du! Was bildest du dir eigentlich ein? Was glaubst du eigentlich, wer du bist?«

Ihr Gesicht ist verzerrt, die Stimme rauh, noch nie habe ich sie so gesehen. Ich ertrage die Schläge und habe Mitleid mit mir, mit ihr, die verzweifelt nach Worten sucht, um mich zu beschimpfen: »Du … du … du bist ein Scheißkerl. Ein egoistischer Scheißkerl!«

Es gelingt mir, eine Hand festzuhalten, dann die andere, ich nehme sie in den Arm. Sie weint. Ich streichle ihren Kopf, sie schluchzt. *Du hast recht, Elsa, ich bin ein egoistischer Scheißkerl. Ich bin dabei, allen Menschen um mich herum das Leben zu ruinieren, aber glaub mir, ich weiß selbst nicht, was ich will, ich versuche einfach, Zeit zu gewinnen. Ich begehre eine Frau, aber vielleicht schäme ich mich für sie, ich schäme mich, sie zu begehren. Ich habe Angst, dich zu verlieren, aber vielleicht tue ich gerade alles, damit du mich verläßt. Ja, ich wäre froh, wenn du deine Koffer packen und mitten in der Nacht verschwinden würdest. Ich würde dann zu Italia eilen und dort vielleicht herausfinden, daß du mir fehlst. Aber du bleibst hier, klammerst dich an mich, an unser Bett, nein, du wirst nicht mitten in der Nacht fortgehen, so etwas tust du nicht, du gehst kein Risiko ein, denn es könnte ja sein, daß ich mich nicht nach dir sehne, und du bist eine vorsichtige Frau.*

Der Scheibenwischer ist ausgeschaltet. Auf der Scheibe liegt ein Schmutzfilm, ein trüber Schleier, der uns von der Welt trennt. Im Auto riecht es nach Auto, nach den Fußmatten, nach den Ledersitzen, die heute morgen straff sind und bei jeder Bewegung knirschen, ein bißchen nach dem verblichenen Duftbäumchen, es riecht nach mir, nach meinem Rasierwasser, nach meinem Regenmantel, der jetzt, nachdem er den ganzen Sommer in der Diele gehangen hat, wieder bei mir ist und, zusammengerollt wie eine alte Katze, auf der Rückbank liegt. Doch vor allem riecht es nach Italia, nach ihren Ohren, ihren Haaren, ihren Kleidern. Heute trägt sie einen geblümten Rock, der in der Taille von einem breiten schwarzen Elastikgürtel zusammengehalten wird, und eine Strickjacke aus hart gewordener Baumwolle. Auf der Brust hat sie ein Kreuz, ein silbernes Kreuz, das an einer dünngliedrigen Kette hängt. Während sie durch die Scheibe auf die unscharfe, scheinbar weit entfernte Welt schaut, nimmt sie das Kreuz und führt es an den Mund. Vor kurzem habe ich sie gefragt, ob ihr, so ohne Strümpfe, nicht kalt sei, sie sagte nein, ihr sei nie kalt. Die Haare hat sie mit einer Unmenge emaillierter Klämmerchen aufgesteckt, die meisten davon abgesplittert. Sie hat keinen Geschmack, kleidet sich auf dem Markt ein oder in diesen Geschäften ohne Türen, wo Kaugummi kauende Verkäuferinnen vor Kälte erstarren. Es ist der erste Samstag im Oktober, und ich fahre sie zur Abtreibung.

Mit dem Bus ist sie bis ins Zentrum gefahren, ich habe an der Haltestelle auf sie gewartet, sie hat mich angelächelt. Ich weiß nicht, ob sie leidet, wir haben nicht darüber gesprochen. Vielleicht hat sie schon öfter abgetrieben, ich habe nicht danach gefragt. Sie scheint ganz ruhig. Sie hat sich neben mich gesetzt, wir haben uns nicht geküßt. Im Zentrum gehen wir dieses Risiko nicht ein. Sie ist eine vorsichtige Reisende, ein Geschöpf auf der Durchreise, außerhalb des Geheges. Heute morgen ist sie strenger als sonst, verhärtet wie die Strickjacke, die sie trägt. Sie nuckelt an ihrem silbernen Kreuz, ich spüre, daß ihr etwas fehlt, irgend etwas, was sie in ihrer kleinen Höhle vergessen hat. Sie ist so zurückhaltend, daß ich mich ein wenig allein gelassen fühle. Vielleicht wäre alles einfacher, wenn sie weinerlich und melancholisch neben mir säße, aber heute morgen ist sie offenbar stark, ihre Augen sind aufgeweckt, kämpferisch. Vielleicht ist sie weniger empfindlich, als ich dachte, vielleicht versucht sie aber auch nur, sich Mut zu machen.

»Möchtest du frühstücken?«

»Nein.«

Die Privatklinik, in der Manlio arbeitet, ist in einer Anfang des Jahrhunderts erbauten Villa untergebracht und liegt in einem Park mit großen alten Bäumen. Zwischen dunklen Stämmen fahren wir den Weg hinauf bis zu einem Platz, wo noch andere Autos parken.

Italia betrachtet das Gebäude mit rötlichem Verputz. »Sieht aus wie ein Hotel.«

Sie weiß, was sie tun muß, ich habe ihr alles erklärt, an der Rezeption braucht sie nur ihren Namen zu nennen, sie wird bereits erwartet, das Zimmer ist reserviert. Ich kann natürlich nicht bleiben, eigentlich ist es schon zu riskant, daß ich sie hergebracht habe. Nachmittags werde ich sie anrufen. Während wir den Weg hinauffuhren, habe ich, Italia hat es nicht bemerkt, auf ihren Bauch geschaut, und einen Augenblick glaubte ich, es sei schon etwas zu sehen, eine Schwellung. Ich weiß nicht, was ich da zu finden glaubte, etwas, was ich nie wiedersehen würde. Plötzlich sackte ein Rad in eine Querrinne, ich gab Gas, ich spürte einen Ruck, etwas, wonach ich mich immer zurücksehnen sollte. Wenn es stimmt, daß die Zeit anders arbeitet, als wir glauben, wenn ein ganzes Leben tatsächlich in Sekundenschnelle blitzartig aufleuchten kann, dann habe ich in dem Augenblick, als ich das Lenkrad herumriß, um nicht steckenzubleiben, das ganze Elend gesehen, das mir bevorstand, auch dich, Angela, und dein Hämatom auf dem Röntgenschirm. Für einen Augenblick stand ich in dem kreisrunden Saal der Zeit, umgeben von Türen, die dann auftauchen, wenn das Unmögliche Gestalt annimmt und plötzlich zum Greifen nah erscheint, jedoch ohne Aufforderung zum Eintreten.

Auf dem Platz vor der Klinik hielt ich an. Italia schaute auf die Schiebetür aus braunem Glas, ich nahm ihre Hand und küßte sie. »Mach dir keine Sorgen, das ist eine Kleinigkeit.«

Sie drehte sich um und nahm ihre Patchworktasche. »Ich gehe jetzt.«

Sie steigt aus und geht auf den Eingang zu. Ich wende, um wegzufahren. Im Rückspiegel sehe ich, daß ihre Schritte unsicherer sind als sonst, vielleicht ist der Kies daran schuld. Aber ich weiß, daß sie nicht fallen wird, sie ist an die hohen Absätze gewöhnt, an die Tasche, die gegen die Beine schlägt. Aber sie fällt, noch ein Schritt, und sie bricht zusammen. Sie greift nach der Tasche, aber sie steht nicht auf, sie bleibt auf der Erde hocken. Sie dreht sich nicht um, ist überzeugt, daß ich schon weg bin. *Geh nicht fort*, sage ich, ohne zu wissen, was ich sage. Und vielleicht weiß sie, daß ich da bin. *Geh nicht fort*. Denn mir scheint, als sei jener Teil, der ihr fehlte, jetzt bei ihr angekommen, als throne er wie ein zerfetzter Flügel auf ihrem Rücken.

Ich lasse die Wagentür offen und renne über den Kies. »Was ist denn?«

»Das Frühstück ... vielleicht sollte ich doch etwas essen.«

Ich helfe ihr beim Aufstehen, und während ich sie umarme, schaue ich nach oben. Im ersten Stock steht ein Mann im Kittel an einem großen dunklen Fenster und beobachtet uns.

Ja, genau! Selbst wenn jetzt alles zu Ende wäre, wenn wir so ins Dunkel träten. Ich habe diese Augen, die mich anschauen, diese schmierige Hand, die mich festhält. Niemand hat mich je so geliebt, niemand. Ich bringe dich nicht da hinein, keine Kanüle wird dich aussaugen. Ich will dich, jetzt bin ich stark, jetzt finde ich einen Weg, dich nicht mehr zu kränken.

»Denk an dich, du mußt an dich denken, wirklich«, flüstert sie.

Ich habe mich schon entschieden, ich liebe dich. Und wenn du meinen Kopf willst, gib mir eine Axt, ich werde dir den Kopf eines Mannes geben, der dich liebt.

»Gehen wir.«

Und das sagte ich zu unserem Kind, Angela. Ein kleines rotes Blatt war lautlos auf die Windschutzscheibe gefallen und dort neben den Scheibenwischern liegengeblieben. Ein rotes, schwach geripptes Blatt, vielleicht das erste in diesem Herbst, war für uns heruntergefallen.

Ich setzte mich ans Steuer und fuhr los, weit weg von der Klinik. Wir hielten in einem der ersten Dörfer außerhalb der

Stadt, im Norden, wo die Landschaft sich ändert, wilder wird. Die Gegend ist noch städtisch, aber schon spürt man den Atem der Wälder, jener Berge ohne Gipfel, die sich am Horizont abzeichnen wie schlafende Wisente.

Wir gingen in ein Kino. Eins dieser Provinzkinos, die nur samstags und sonntags geöffnet sind. Die erste Vorstellung war fast leer, wir nahmen die Holzsitze in der Mitte. Sogar dort drinnen war es kalt, Italia legte den Kopf auf meine Schulter.

»Bist du müde?«

»Ein bißchen.«

»Ruh dich aus.«

An mich gelehnt, döste sie vor sich hin, im Dunkeln, nur das Licht von der Leinwand erhellte eine Wange. Der Film war komisch, ein bißchen trivial, aber er war in Ordnung, alles war in Ordnung. Wir waren ein Paar, vielleicht zum erstenmal. Ein Paar im Urlaub, das ins Kino geht, irgendwo ein Brötchen ißt und dann weiterfährt. Ja, ich hätte gern eine Reise mit Italia gemacht, im Hotel übernachten, zusammen schlafen, weiterfahren. Und am liebsten nie wieder zurückkommen. Wir könnten ins Ausland gehen, ich hatte Freunde in Mogadischu, einer war Kardiologe, er arbeitete in einem psychiatrischen Krankenhaus, er hatte ein Haus am Meer, abends rauchte er Marihuana in Gesellschaft einer Frau, deren Beine so dünn waren wie Arme. Ja, ein neues Leben. Ein armes Krankenhaus, schwarze Kinder ohne Schuhe, mit Augen, die glänzen wie schwarze Käfer. Irgendwohin gehen, wo ich gebraucht werde, in einem Zelt operieren, die Elenden heilen.

»Würdest du gern verreisen?«

»Ja.«

»Und wohin?«

»Wohin du willst.«

Deine Mutter fährt ein paar Tage weg, eine Dienstreise, für mich eine Atempause. Sie packt die letzten Dinge in den gescheckten Wildlederkoffer, den sie auf der Hochzeitsreise mithatte. Als sie in dem mehrtürigen Schrank, der die ganze Wand einnimmt, nach einem Halstuch sucht, streift mich ihr Arm. Sie trägt einen Hosenanzug mit Schalkragen aus weichem muskatfarbenem Jersey, dazu eine schlichte Kette aus dicken, von einem schwarzen Seidenfaden gehaltenen Bernsteinkugeln. Ich nehme ein Hemd, ich habe nur weiße Hemden, und bei den Anzügen sind Krawatten um die Kleiderbügel gewickelt, auf diese Art kann ich nichts falsch machen. Es ist auch schon vorgekommen, daß Elsa mich zu etwas Gewagterem drängen wollte, wenigstens bei den Hüten. Einer ihrer Freunde, ein Schriftsteller aus Berlin, trägt Baskenmützen und Käppchen, Panamahüte und Zweispitze, steht ihm gut, er ist exzentrisch, bisexuell, superintelligent. Zweifellos hätte der Schriftsteller aus Berlin sie viel glücklicher gemacht als ich. Vielleicht treffen sie sich in einem Literatencafé, er legt seinen Sombrero oder seine Fellmütze auf den Stuhl, liest ihr aus seinen Texten vor, und sie ist begeistert. Aber ja, sie ist reif genug, bürgerlich genug, um sich einen bisexuellen Geliebten zuzulegen. Ich war immer sehr stolz darauf, eine derart elegante Frau zu haben. Heute jedoch macht ihre Eleganz mich traurig. Die soundsovielte

Verkleidung. Heute morgen ist sie die Journalistin auf Reisen, praktisch und weiblich. Sogar ihre Gesten gehen mir auf die Nerven, sie ist resolut, sogar ein bißchen rüde. Sie ist bereits in die Rolle geschlüpft, die sie dort draußen, bei diesem Gesindel von Kollegen, spielen muß. Ich steige in die Hose. Ich habe eine genommen, bei der der Gürtel schon durch die Schlaufen gezogen ist, so habe ich weniger Mühe. Jetzt sage ich es ihr. Ja, genau, vielleicht sage ich es ihr jetzt. Dann fährt sie weg, kann allein in Ruhe darüber nachdenken, weiß schon, was sie davon hält, wenn sie zurückkommt. Jetzt sage ich zu ihr: *Ich liebe eine andere, diese Frau erwartet ein Kind von mir, wir müssen uns trennen*. Ich habe nicht vor, um die Sache herumzureden, vorzuschützen, ich wolle allein leben oder ähnliche Trostpflästerchen. Ich will nicht allein leben, ich will mit Italia zusammenleben; wäre ich ihr nicht begegnet, hätte ich wahrscheinlich nicht den geringsten Grund, mich von Elsa zu trennen. Ich habe ihr überhaupt nichts vorzuwerfen, oder womöglich zuviel. Ich liebe sie nicht mehr, oder vielleicht habe ich sie nie richtig geliebt, ich bin von ihr verführt worden. Ich habe ihre Tyrannei ertragen, mal begeistert, mal eingeschüchtert, am Schluß nur noch mit größter Mühe. Wenn ich sie jetzt aufmerksam ansehe, sie bemerkt mich ohnehin nicht, sie macht eine Bestandsaufnahme der Kosmetika in ihrem Beauty-Case, wenn ich sie jetzt ansehe, da sie einen starren, dumpfen Blick hat, die Kinnlade entspannt, denke ich: *Was macht diese Frau hier? Was hat sie mit mir zu tun? Warum wohnt sie nicht bei dem Mann gegenüber, den ich ab und zu in Unterhosen sehe, einer mit Bäuchlein, aber kräftig? Warum geht sie nicht über die Straße, in die Haustür gegenüber, und wühlt auf seinem Bett in ihrem Beauty-Case? Doch, es wäre besser, wenn sie jetzt dort wäre, mit diesem abgestumpften Gesicht. Dann kann ich ja die kleine Rote nehmen, die neben dem kräftigen Mann mit dem*

Bäuchlein wohnt, vielleicht ist sie sympathisch, vielleicht unterhalten wir uns ein bißchen, vielleicht hört sie sich gern an, was einer so denkt, der den ganzen Tag den Leuten den Bauch aufschlitzt. Ich betrachte meine Frau, und es ist nichts an ihr, was mir gefällt, nichts, was mich interessiert. Ihre Haare sind wunderschön, das stimmt, aber für meinen Geschmack sind es zu viele, ihr Busen ist perfekt, voll, aber nicht zu üppig, dennoch habe ich keinerlei Lust, ihn anzufassen. Jetzt steckt sie sich die Ohrringe an, das Taxi hat sie schon bestellt. Sie kann alles behalten, ich will mich nicht streiten, nicht mal um die Bücher, ich werfe ein paar Sachen in den Koffer und gehe. Ciao.

»Ciao, ich gehe jetzt.«

»Wohin fährst du?«

»Nach Lyon, das habe ich dir doch gesagt.«

»Schreib mir eine Karte.«

»Eine Karte?«

»Ja, das würde mich freuen. Ciao.«

Elsa lacht, nimmt den gescheckten Wildlederkoffer und geht aus dem Zimmer. *Ob der Schwanz des Schriftstellers aus Berlin wohl schlaff ist wie eine Zipfelmütze oder steif wie ein Käppi?*

Ich küsste Italias Bauchnabel, ein schrumpliger, tiefliegender Bauchnabel. Dieser kleine Fleischknubbel zog mich an. Dort war die Verbindung zum Leben geknüpft worden. Jetzt schien es mir, als könnte ich in ihn eindringen, dieses weiche Tor mit den Lippen öffnen, um den Kopf hindurchzustecken, dann die Schultern, eine nach der anderen, und schließlich mein ganzes Selbst. Ja, ich wollte in ihren Bauch, mich dort zusammenrollen wie ein graues Kaninchen. Ich schloß die Augen in meinem Speichel. Ich war ein Embryo in seinem Fruchtwasser. *Bring mich zur Welt, bring mich noch einmal zur Welt, mein Schatz. Diesmal werde ich besser auf mich achten, ich werde dich lieben, ohne dich schlecht zu behandeln.*

Ich öffnete die Augen, betrachtete die paar Dinge, die mich umgaben, die lackierte Kommode, den Läufer mit den verschossenen Streifen, den grauen Pfeiler der Hochstraße vor dem Fenster. Und dann das Foto eines Mannes, das am Spiegel steckte.

»Wer ist das?«

»Mein Vater.«

»Lebt er noch?«

»Ich habe ihn seit Jahren nicht gesehen.«

»Wie kommt das?«

»Er hatte nichts übrig für die Familie.«

»Und deine Mutter?«

»Sie ist tot.«

»Hast du keine Brüder, keine Schwestern?«

»Sie sind alle viel älter als ich, leben über ganz Australien verstreut.«

»Ich würde gern dein Heimatdorf sehen.«

»Da gibt es nichts zu sehen. Es gab eine schöne Kirche, aber die ist bei dem Erdbeben eingestürzt.«

»Macht nichts, ich möchte sehen, wo du aufgewachsen bist, die Straße, in der du gewohnt hast.«

»Warum?«

»Um zu wissen, wo du gewohnt hast, bevor ich dich kannte.«

»Ich war hier drin«, sie berührte meinen Bauch, und ihre Hand war glühendheiß.

An diesem Nachmittag führte ich sie an die Orte meiner Kindheit, Angela. In jenes ehrwürdige Viertel von Arbeitern und kleinen Angestellten, das in meiner Kindheit ziemlich weit draußen war, jetzt aber, wo die Stadt enorm gewachsen ist, fast zentral liegt, es gibt dort Kinos, Restaurants, ein Theater und eine Unmenge Büros. Wir gingen in den Park, der mir als Kind riesig vorkam, in Wirklichkeit aber ziemlich begrenzte Ausmaße hat, schlecht gepflegt ist und von den umstehenden Häusern fast erdrückt wird. Wie ein Wollrest zwischen Stoffballen mit Nadelstreifen. Ich suchte die Stelle unter dem Baum, wo meine Mutter immer saß, wenn ich spielte. Sie nahm eine Decke mit, breitete sie auf einer Wiese aus und setzte sich darauf. Als ich schießlich den richtigen Baum gefunden zu haben glaubte, setzten wir uns.

Italia sah vor sich hin, ein Mann mit Hund ging vorbei. »Wie warst du als Kind?«

»Ein bißchen griesgrämig.«

»Warum?«

»Ich war dick und ängstlich, und ich schwitzte. Vielleicht war ich griesgrämig, weil ich schwitzte, ich schwitzte, weil ich dick war und Angst hatte, mir weh zu tun.«

»Und dann?«

»Dann bin ich gewachsen, wurde dünn, schwitzte nicht mehr. Aber ein bißchen verdrossen bin ich immer noch, das ist mein Charakter.«

»Mir kommst du nicht so vor.«

»Doch, doch, so bin ich. Ich bin nämlich ein großer Lügner.«

Die Freitreppe vor der Schule. Inzwischen sind dreißig Jahre vergangen, aber sie ist immer noch da, genau wie damals. Da ist immer noch das Stück Hof mit dem schwarzen Zaun, und sogar die Farbe ist unverändert, immer noch das gleiche Gelb. Der Tag neigt sich dem Ende zu, das Licht wird schwächer, verharrt aber noch für uns beide, die wir schon geraume Zeit draußen sind, wir können uns immer noch sehen, auch wenn die Kleider und die verschränkten Hände langsam dunkler werden. Eigentlich wollte ich erzählen, aber ich schweige, in Erinnerungen versunken. Wir sitzen auf einer Marmorstufe, ganz oben, mit dem Rücken am Zaun. Hier oben habe ich mit meinen Freunden viele Vormittage erlebt, aber keine Abenddämmerung. Und während alles verschwimmt, spüre ich, daß das Leben süß ist, auch wenn es vergeht. Wichtig ist nur, daß etwas bleibt, eine Schule, ein Tor, wo man sich mit dem Rücken anlehnen kann. Ein Ort, der uns als Kinder gesehen hat und uns als Erwachsene wieder aufnimmt, an einem Werktag, eher zufällig. Und jetzt wußte ich, daß ich mich nicht verändert hatte, daß man sich vielleicht nie ändert, Angela, man paßt sich einfach nur an.

»Warst du gut in der Schule?«

»Ja, leider.«

»Warum leider?«

Leider, weil ich dich leider vergewaltigt habe, leider, weil ich nicht geweint habe, als mein Vater starb, leider, weil ich nie jemanden geliebt habe, leider, Italia, Timoteo hatte Angst vorm Leben.

Wir gehen weiter, mit dem Kopf bin ich in einer seltsamen Welt, wo die Erinnerungen unscharf sind und sich mit der Gegenwart mischen. Ich drücke Italia an mich, ein wenig schwankend gehen wir weiter, wie Verliebte in einer fremden Stadt, denn heute abend kommt mir dieser Teil der Stadt, wo ich als Kind gelebt habe, fremd vor.

Die Leute gehen an uns vorbei, streifen uns. Sie wissen nicht, wie verliebt wir sind. Sie wissen nicht, daß sie schwanger ist. Plötzlich stehe ich vor dem Haus, in dem ich früher gewohnt habe. Wir kamen an eine Kreuzung, an der Ecke war eine Bäckerei, aus der es nach Pizza duftete, und ich dachte noch, wir könnten ein Stück davon essen, da stand ich plötzlich vor meinem alten Haus.

»Hier habe ich gewohnt, bis ich sechzehn war, im zweiten Stock, die Fenster kannst du nicht sehen, die gehen nach hinten raus, aber, warte mal ...«

Wir klettern über ein niedriges Mäuerchen, und schon stehen wir auf dem Hof.

»Da, das war mein Fenster.«

»Gehen wir rauf«, sagt Italia.

»Nein ...«

»Los, die Portiersloge ist besetzt, fragen wir doch den Portier. Die machen bestimmt auf, du wirst sehen.«

Sie schleppt mich nach oben bis zur Wohnungstür. Eine junge Frau macht auf, ich sehe sie gar nicht an, ich sehe an ihr vorbei. Sie bittet uns hinein. Die Wände sind verschwunden, ein einziger großer Raum mit dunklem Parkett, an der hinteren Wand steht ein Bücherregal aus Metall, außerdem ein weißes Sofa und ein Fernseher auf dem Boden. Die Frau ist hübsch, modern wie ihre Wohnung, Italia und sie mustern sich wie zwei Hunde unterschiedlicher Rasse. Ich erkenne nichts wieder, ich grinse.

»Möchtet ihr etwas trinken, einen Tee vielleicht?«

Wir schütteln den Kopf, Italia jedoch mit weniger Überzeugung, sie würde vielleicht gern bleiben, um diese gekünstelte junge Frau mit glatten schwarzglänzenden Haaren anzusehen. Die Fenstergriffe sind noch die …

»Ja, Fenster und Türen haben wir so gelassen.«

Die junge Frau wohnt noch nicht mal ein Jahr hier.

»Vorher wohnte hier ein Paar, aber sie haben sich getrennt. Sie haben mir einen guten Preis gemacht.«

Mit der Hand streiche ich über den Fenstergriff. Denn hinter mir ist überhaupt nichts mehr von dem, woran ich mich erinnern kann, gar nichts. Jetzt weiß ich also, daß meine Erinnerungen mit einem Ort verbunden sind, der nicht mehr existiert, der von der Erde hinweggefegt wurde, nur in mir werden diese vier Zimmer, dieses Bad, diese Küche weiterleben. All das, was unverrückbar erschien, ist nicht mehr da. Die Kloschüssel, die Teller, die Betten, alles ist zu Asche geworden. Unsere Anwesenheit hat keine Spur hinterlassen, der Geruch meiner Familie ist für immer verschwunden. Was will ich hier bloß, denke ich. Ich klammere mich an den Fenstergriff, das ist alles, was noch übrig ist, dieser kleine Stiel aus Messing … Damals brauchte ich einen Stuhl, um an den Griff heranzukommen. Ich blinzle nach draußen, auch die Perspektive ist anders. Neue Gebäude haben den Horizont verengt, der Hof ist unverändert, aber mit Autos zugeparkt.

»Danke.«

»Das war doch selbstverständlich.«

Und schon sind wir wieder auf der Straße, es riecht immer noch nach Bäckerei.

»Bist du schockiert?« fragt Italia.

»Möchtest du ein Stück Pizza?« frage ich.

Die Pizza essen wir auf dem Rückweg, ich schlinge sie beim Fahren in großen Bissen hinunter. Italia streichelt mir ein Ohr, ein Stück Gesicht, ein Stück Kopf. Sie weiß, daß ich leide, sie bedauert mich. Sie weicht dem Schmerz nicht aus, sie scheint ihn geradezu zu suchen. Ihre Hand ist mir ein Trost.

Später im Bett, als ich ihren Bauch küsse, sagt sie zu mir: »Ich verzichte; wenn du willst, verzichte ich, aber du mußt es mir jetzt sagen, sag's mir, während wir uns lieben.«

Für mich war es nicht einfach zu lieben, Angela, glaub mir, es war nicht leicht, ich mußte es erst lernen. Ich mußte lernen, eine Frau zu streicheln, die Hände richtig zu gebrauchen. Hände aus Gips, in der Liebe hatte ich immer Hände aus Gips.

Die Autos fahren über die Hochstraße, die Hauswände erzittern. Der Krach dröhnt nach drinnen, durch die Fenster. Die Scheiben scheppern, können jederzeit herausfallen, weil sie nur mit einem Klebeband befestigt sind, das in der Sonne brüchig geworden ist.

»Ich ging in die fünfte Klasse der Grundschule, auf dem Markt habe ich ein Kleid aus rotgeblümtem Voile gesehen. Es war Samstag, ich ging über den Markt, kehrte aber immer wieder an diesen Stand zurück, um das Kleid anzusehen. Es war Mittagszeit, der Markt war halbleer, die Händler waren schon dabei, die Sachen wegzuräumen. Ein Mann war dabei, T-Shirts zu falten. ›Willst du das Kleid mal anprobieren?‹ fragte er. Ich sagte ihm, daß ich kein Geld hätte. ›Anprobieren kostet nichts.‹ Ich stieg auf den Lastwagen, der Mann half mir. Hinter einer Art Vorhang probierte ich das Kleid an. Der Mann kam hinter den Vorhang und begann, mich anzufassen: ›Das Kleid gefällt dir ...‹ Ich konnte mich nicht bewegen, starr stand ich da, während er mich anfaßte. Danach war er ganz verschwitzt: ›Du darfst niemandem etwas davon sagen‹, und er schenkte mir das Kleid. Mit weichen Knien ging ich weg, das geblümte Kleid hatte ich an, mein altes Kleid in der Hand. Zu Hause zog ich das neue Kleid aus und versteckte es unter dem Bett. In der Nacht wurde ich wach, ich pinkelte auf das Kleid, weil ich dachte, es würde mir nur Unglück bringen. Am nächsten Tag habe ich es verbrannt. Niemand weiß davon, aber ich habe das Gefühl, daß alle es wissen, daß alle mich auf einen Laster schleppen können, um Schweinereien mit mir zu machen.«

Zum erstenmal erzählt sie mir etwas von sich.

Elsa ist von der Reise zurück, auf dem Tisch in der Diele steht ihre Tasche, daneben liegt die Sonnenbrille. Mir schlägt der Duft von Curry entgegen, und eine Musik, die ich nicht kenne, hört sich an wie Regen auf Fensterscheiben und Wind in den Bäumen. Wahrscheinlich hat deine Mutter eine neue Platte gekauft. Im Wohnzimmer ist der Tisch gedeckt. Auf der Platte aus Schiefer und Kirschbaum liegen heute nicht die üblichen Zeitungs- und Bücherstapel, dort stehen eine Flasche französischer Wein, eine blaue Kerze und langstielige Gläser.

Deine Mutter erscheint an der Küchentür. »Ciao, Liebling.«

»Ciao.«

Sie lächelt mir zu, sie ist geschminkt, die Haare sind gebürstet, sie trägt einen kurzärmligen elfenbeinfarbenen Pullover und eine schwarze Hose, darüber eine Küchenschürze.

Ich gieße Wein in die Gläser und gehe zu ihr in die Küche; sie steht am Herd, rührt mit einem Kochlöffel in einem Topf.

»Wie war die Reise?«

»Langweilig. Prost.«

Die Gläser berühren sich.

»Warum denn?«

»Keine Qualität mehr.«

Sie zieht die Augenbrauen hoch, trinkt, dann legt sie den Kochlöffel hin und kommt auf mich zu. »Einen Kuß.«

Ich beuge mich zu ihren Lippen hinab, sie drückt sich an mich, als würde ihr Körper in meinen Armen einen neuen Platz suchen. Vielleicht ist es genau umgekehrt, vielleicht war die Reise eine Enttäuschung.

»Haben sie dir gekündigt?«

»Nein, sehe ich aus wie eine, die nichts zu tun hat?«

Ich fange an, das Brot zu schneiden. Sie ist hinter mir, prachtvoll wie immer, sie, die mit ihrer Person jeden Ort auszufüllen versteht. Doch irgendwie scheint sie abwesend, eine ungewohnte Zurückhaltung begleitet sie, wie sie sich über den Topf beugt, über dieses Lammragout, das sie mit besonderer Aufmerksamkeit zubereitet. Ich muß mit ihr sprechen, ich muß ihr sagen, daß ich fortgehe. Ich werde nicht mehr der Mann in diesem Hause sein.

Wir setzen uns zu Tisch. Auch das Essen ist etwas Besonderes.

»Es ist zu scharf, stimmt's?«

»Nein, es schmeckt ausgezeichnet.«

Mein Mund steht in Flammen, ich stürze ein halbes Glas Wein hinunter. Ich will das Essen möglichst schnell hinter mich bringen, ich will sie zum Sofa führen und ihr sagen, wie die Dinge liegen, aber ich hatte nicht damit gerechnet, sie so wehrlos vorzufinden. Sie hat zu viele Gewürze in dieses lächerlich exotische Ragout getan, und jetzt scheint sie sogar zerknirscht. Sie kehrt eine Seite hervor, die sie bisher gut versteckt hat, vielleicht ahnt sie, daß sie mich verloren hat. Schade, das hätte sie sich früher überlegen müssen. Jetzt ist es zu spät, diese unerwartete Eilfertigkeit ist mir peinlich, sie ist mir unangenehm. Eine Kerze und französischer Wein reichen nicht aus, um alles rückgängig zu machen. Oder hält sie vielleicht noch eine Überraschung für mich bereit, unter diesem Pullover aus elfenbeinfarbenem Kaschmir? Vielleicht will sie mich verlassen. Sie hält das Glas an die Wange, der Wein schwappt leicht hin und her, wirft einen farbigen Schatten auf ihre Nase und einen Teil des Auges.

Ich greife nach der Serviette. Darunter liegt eine Postkarte. Eine Ansicht aus dem alten Lyon mit einem Mann und einer Frau in Tracht, die vor einer blauen Tür sitzen.

»Du hast sie nicht abgeschickt.«

»Ich habe es nicht mehr geschafft.«

Ich drehe die Karte um und lese. Drei Worte, sonst nichts, drei mit Kugelschreiber geschriebene Worte.

»Was ist los?« hauche ich.

Elsas Augen haben die Farbe des Weins, und das rote Glitzern des Weins spiegelt sich auf ihrem Lächeln wieder. »Das ist los.«

Ich sage nichts, atme, atme vor allem. Ich rühre mich nicht, denn wenn ich mich bewege, stürze ich, ich stolpere und falle nach hinten, dorthin, wo dieses Lächeln mich haben will.

»Freust du dich?«

»Natürlich.«

Aber ich, ich weiß nicht, wo ich bin und was ich denke. Ihre Augen erinnern mich an eine Straße in der Nacht, die sich am Horizont zwischen Bäumen, zwischen Zweigen verliert.

»Ich geh die Crème caramel holen.«

Ich bin schwanger, drei mit Kugelschreiber geschriebene Worte auf der Rückseite einer blauen Ansichtskarte. Jetzt kramt sie im Kühlschrank herum, und ich sitze hier vor dieser Kerze, die unbeirrt brennt, trotz des Windes. Ein Wind, der plötzlich aufgekommen ist, Staub, der mich blind macht.

Ich schließe die Augen und lasse mich quälen. Ich kann an nichts denken, es ist zu früh. Ich verschlinge die Crème caramel in wenigen Happen, dann lege ich einen Finger auf den Teller, ich tauche ihn in den braunen Zucker und stecke ihn in den Mund. »Wann hast du es erfahren?«

»Ich war schon ein bißchen überfällig; ich war in der Apotheke, weil ich die Ohrstöpsel vergessen hatte, und da habe ich gleich einen Schwangerschaftstest gekauft. Den habe ich dann in der Tasche vergessen, gemacht habe ich ihn erst heute morgen im Hotel, kurz vor der Abreise. Als das Kügelchen herauskam, habe ich es angestarrt, eine Ewigkeit, unten stand schon das Taxi, aber ich konnte das Zimmer einfach nicht verlassen. Ich wollte es dir sofort sagen, ich habe versucht, dich im Krankenhaus zu erreichen, aber du warst schon im Operationssaal. Unterwegs habe ich eine Hand auf den Bauch gehalten, ich hatte Angst, jemand könnte mich rempeln.«

Ihre Augen glänzten, eine Träne lief neben dem Glas über die Wange, das Kerzenlicht tanzte auf ihren Gefühlen. Dein allererstes Gemurmel, Angela, ich hörte es ohne Freude, mit brennender Kehle.

»Umarme mich.«

Ich umarme sie, verstecke mich in ihren Haaren und suche Frieden.

Was soll ich jetzt mit ihr machen? Der Wind trägt alles mit sich fort, was ich zu wollen glaubte. Ich bin ein Unglücksrabe, der durch das Leben spaziert.

Ich trinke einen Whisky, der Wind legt sich und erlaubt mir, das Sofa zu erreichen, mich zu setzen. Elsa rollt sich am anderen Ende zusammen, stopft sich ein Kissen unter den Rükken, zieht die Schuhe aus. Die Platte ist zu Ende, aber sie hat sie noch einmal aufgelegt, wieder ertönt diese Wassermusik, die sie ausgewählt hat, weil sie schwanger ist. Sie fährt sich mit den Händen durch die Haare, ab und zu sagt sie etwas, aber ich lausche vor allem auf ihre langen Pausen. Mich läßt sie nicht aus den Augen; ich bin häßlich, nicht einmal die Haare habe ich mir gewaschen, aber sie sieht mich an, als wäre ich ein Wunder. Ich habe sie befruchtet, ich habe es geschafft, ihre Pläne zu durchkreuzen, und das muß ihr wie ein Wunder vorkommen. Ich wäge unsere Zukunft ab, stelle mir vor, wie es sein wird, wenn wir Vater und Mutter werden. Elsa ist im Himmel der Schwangeren, verzückt schaut sie von dort oben herab und weist mir den Platz im irdischen Leben zu, den sie für mich ausgesucht hat. Und du bist schon da, Angela, mitten unter uns. Hättest du mich zum Vater genommen, Angela, wenn du gewußt hättest, mit welcher Einstellung ich dich aufnehmen würde? Ich glaube nicht. Ich glaube nicht, daß ich dich verdient habe. Du warst schon da, eine Fliege im Bauch deiner Mutter, und ich habe nicht das kleinste bißchen Zärtlichkeit für dich empfunden, glaub nicht, daß ich das vergessen habe.

Ausgerechnet an dem Abend, an dem ich beschlossen hatte, dieses Haus zu verlassen, bist du gekommen und hast damit mein Schicksal besiegelt. Da blieb kein Platz für dich, nicht einmal ein Gedanke, unschuldige Fliege. Kein Gedanke an dich, du warst verloren in der Pulverkammer dieser erwachsenen Herzen, die sich keiner Sache sicher sind, die nicht wissen, wer sie sind und was sie wollen, und die nicht wissen, wohin sie gehen.

Ada ist aus dem Operationssaal gekommen. Zwei Pfleger rennen hinter ihr her. Sie haben den Schrank mit dem Operationsbesteck geöffnet, ich habe gehört, wie die Scheiben klirrten.

Wie ein Automat stehe ich auf. »Was ist denn los?«

Ada ist kreidebleich, sie kommt auf mich zu. »Wir müssen ihr Adrenalin geben, es gibt ein Problem mit der Beatmung, der Blutdruck fällt.«

»Um wieviel?«

»Jetzt ist er bei vierzig.«

»Das muß eine innere Blutung sein.«

Flehend sieht sie mich an.

Ich trete an das runde Fenster. Ich kenne diese Augenblicke extremer Anspannung. Wenn es plötzlich ganz still wird, wenn die Menschen zu Schatten werden, die sich nur noch gemeinsam bewegen wie Wellen. Erst mühen sie sich ab, dann treten sie vom Operationstisch zurück … Sie schauen auf den Monitor, warten auf ein Zeichen, darauf, daß der Kurvenschreiber wieder anspringt. Sie treten beiseite, als ob ein eiskalter Hauch vorbeizöge, sie sind wie erstarrt in diesem Niemandsland, in dem das Leben stillsteht, aber der Tod noch nicht da ist. Wenn die Ohnmacht in die Hände, in die Blicke kriecht, wenn du spürst, daß du es nicht schaffen wirst, und der Katafalk aus grünen Fetzen sein grausames Gesicht offenbart: Unter den durchgeschwitzten Tüchern liegt ein Mensch im Sterben. Ich höre den Alarmton des Monitors. Der Druck fällt ab. Alfredo brüllt: »Los, schneller! Stillstand!« Und die Maske ist ihm vom Mund gerutscht.

Ich renne zu dir, zu deinem Herzen. Meine Vaterklauen krallen sich in deinen Brustkorb, ich drücke, einmal, noch einmal. Höre auf die Kraft meiner Hände, bitte, Angela, sag mir, daß sie noch etwas taugen. Hilf mir, mutiges Töchterchen, und verzeih mir, wenn ich einen Bluterguß auf deiner Brust zurücklasse. Um mich herum herrscht Schweigen, wie in einem Aquarium, stumm wie Fische ohne Kiemen rackern wir uns ab. Man hört nur das Geräusch meiner Herzmassage, das Zittern meiner Hoffnung. Wo bist du? Du schwimmst über mir, musterst mich von oben, jenseits dieser Ansammlung von Schatten im Kittel, und vielleicht bedauerst du mich. Nein, ich lasse dich nicht gehen. Darauf brauchst du nicht zu hoffen. Mit jedem Druck hole ich dich zurück, Stück für Stück. Deine Füße, die aus dem Bett hängen, dein Rücken, der sich über die Hefte beugt, du, wie du ein Brötchen ißt, du, wie du singst, deine Teetasse, deine Hand auf meinem Arm. Ich laß dich nicht gehen. Ich hab's deiner Mutter versprochen. Sie ist jetzt unterwegs. Bevor sie ins Flugzeug gestiegen ist, hat sie noch einmal angerufen: »Bitte, Timo, rette sie«, hat sie in den Hörer geschluchzt. Sie weiß nicht, daß Liebe für einen Chirurgen widersinnig ist. Sie weiß nichts über meinen Beruf. Der Gedanke, daß ich euch mit denselben Händen streichle, mit denen ich sonst Menschen zerlege, erschreckt sie. Gleichwohl habe ich unter diesen Händen eines blutigen Uhrmachers Dinge gesehen, Zuckungen erlebt, die nicht aus dem Fleisch kamen, Leben, die mit einer plötzlichen Hartnäckigkeit kämpften, als hätten sie Hilfe, die nicht von mir kam, und auch nicht von den Maschinen, Leben, die etwas einforderten und unter meinen ungläubigen Augen auch erhielten. Jetzt stehst du vor diesem Mysterium, Angela, von dem manche sagen, es sei das Licht. Ich bitte dich, bitte Gott darum, daß er dich in dieser kleinen irdischen Finsternis läßt, in der deine Mutter und ich wohnen.

»Sie kommt zurück ... sie ist wieder da.« Das ist Adas Stimme.

Der Herzschlag ist wieder da, auf diesem Scheißding von Monitor.

Und jetzt steckt die Injektionsnadel in deiner Brust, Ada drückt den Kolben. Meine Hände zittern, ich kann sie nicht ruhig halten. Ich bin durchgeschwitzt, ich keuche und japse, während die anderen um mich herum aufatmen.

»Dopamin in die Vene.«

»Zustand stabilisiert sich.«

Herzlich willkommen, mein Schatz, du bist wieder auf der Welt.

Alfredo sieht mich an, versucht zu lächeln, doch es kommt nur ein Ausatmen: »Das war ein Scherz ... sie hat uns einen Streich gespielt.«

»Die Milz, es war die Milz, die geblutet hat ...«

Das Loch in deinem Kopf habe ich gar nicht beachtet, ich sah nur einen hellen Lappen, das war wohl deine Haut, aber ich habe nicht hingesehen. Mach weiter Alfredo, ich bleibe nicht. Ich habe geschwitzt, und jetzt zittere ich, ich spüre, wie es dunkel wird, gleich werde ich ohnmächtig.

Während ich an den Kranken vorbeiging, suchte ich zwischen ihnen nach einem leeren Bett. Ja, ich wäre gern in einem dieser weißen Schlupflöcher verschwunden und dort geblieben, bis einer käme, um sich um mich zu kümmern. Ein Thermometer unter die Achsel, ein Apfelkompott, ein Schlafanzug, um mich aus der Welt zu stehlen.

Ich wollte Italia die Wahrheit sagen, aber ich zog sie nur an mich und schloß die Augen. Sie hatte bereits etwas von einer trächtigen Katze; häufig erschien ein Ausdruck von Ekel auf ihrem Gesicht, ich konnte sie nicht noch mehr erschrecken. Wir gingen ins Bett, und erst danach merkte ich, daß ich sie so geliebt hatte, als hätte ich sie bereits verloren. Ich wollte sie nicht loslassen, ich blieb in ihr, bis ich klein wurde, so lange, bis mir kalt war. Abends war es jetzt schon eiskalt, auf der Bettdecke aus Chenille lag ein Plaid, das aber nicht ausreichte, um uns zu wärmen. Der Hund rollte sich am Fußende zusammen, dicht neben unseren Füßen. Unter dem Gewicht meines Körpers fast erdrückt, fragte sie: »Warum liebst du mich?«

»Weil du du bist.«

Sie nahm meine Hand und legte sie auf ihren Bauch. Diese Hand war schwer, sie hatte sich in einem Garten aus traurigen Gedanken verheddert. Italia kannte mich zu gut, um das nicht zu bemerken. »Was hast du?«

»Ein bißchen Fieber.«

Sie brachte mir ein Glas, in dem ein Aspirin sprudelte.

Und vielleicht hatte sie eine Vorahnung, aber sie verscheuchte sie. Die Schwangerschaft verlieh ihr eine schüchterne Zuversicht. Zum erstenmal löste sich ihr Blick von der Gegenwart und wagte sich weiter vor. Ich hatte sie ermuntert, den Kopf zu heben, die Augen auf eine positive Zukunft zu richten, die zu erhoffen sie selbst nicht wagte.

Deine Mutter ist im Krankenhaus, sie ist um elf gekommen, und jetzt sind wir in der Bar, um etwas zu trinken. Manlio und andere Ärztekollegen stehen um sie herum, sie wissen, daß sie schwanger ist, überschütten sie mit Komplimenten, die sie mit strahlendem Lächeln und Grübchen auf den Wangen entgegennimmt. Sie ist hier, um eine Ultraschalluntersuchung machen zu lassen, die erste. Sie ist meine Frau, an meiner Seite geht sie die Treppe hinauf in ihrem enganliegenden anthrazitfarbenen Kostüm. Manlio folgt uns, er macht witzige Bemerkungen, er beneidet mich. In diesem deprimierenden taubengrauen Kasten wirkt Elsa noch schöner; zwischen den Kranken, die im Schlafanzug umhergehen, sieht sie aus wie eine Schauspielerin bei einer Wohltätigkeitsveranstaltung. Ich dagegen bin blaß, abgekämpft, gleiche diesem Ort, an dem ich den Großteil meines Lebens verbringe, und deshalb verstecke ich mich hinter ihr wie ein Kind hinter seiner Mutter.

Sie hebt das T-Shirt, zieht den Rock nach unten und entblößt den Bauch.

Manlio streicht das Gel darauf: »Ist dir kalt?«

»Ein bißchen.«

Sie lacht. Vielleicht ist sie nervöser, als sie zeigen möchte, während der Schallkopf über sie gleitet. Ich stehe daneben und warte. Manlio fährt mit dem Schallkopf unter den Bauchnabel, um die Stelle im Uterus zu suchen, wo der Embryo sich eingenistet hat. Ich weiß nicht, was ich dachte, Angela, ich erinnere mich nicht, aber vielleicht hoffte ich, daß er nichts finden würde. Deine Mutter macht ein angespanntes Gesicht, mit steifem Hals erforscht sie den Monitor, fürchtet, daß dieser Traum sich nicht visualisiert. Und da bist du, Angela, ein Seepferdchen mit einem weißen Punkt, der kommt und geht. Das ist dein Herz.

So habe ich dich zum erstenmal gesehen. Als der Monitor abgeschaltet wurde, hatte deine Mutter feuchte Augen, sie ließ den Kopf sinken und atmete tief durch. Ich starrte immer noch auf den schwarzen Monitor, du warst nicht mehr da. Ich dachte an Italia. Auch sie hatte ein Seepferdchen im Bauch. Aber es hatte keinen Platz auf dem Monitor, es war zur Dunkelheit verurteilt.

Am Abend ging ich zu Fuß bis zu dem Lokal mit den fritierten Reisbällchen. Beim Essen schaute ich auf den Fernseher an der Wand, ohne den Ton zu hören, denn um mich herum waren die Geräusche der Leute. Einsame Menschen, die auf einem Teppich aus Sägespänen und fettigen Papierservietten stehend zu Abend aßen. Ich ging auf die Straße zurück, unwirsch und machtlos taumelte ich in die Dunkelheit. Die Geschäfte waren schon geschlossen, die Stadt begab sich zur Ruhe. Ich betrat eine Telefonzelle, der Hörer war abgeschnitten, das Kabel hing tot in der Luft. Ich sagte mir: Aus der nächsten Telefonzelle rufe ich an. Statt dessen ging ich schnurstracks weiter, blieb nicht mehr stehen.

Zu Hause sitzen Elsa und Raffaella auf dem Sofa, sie reden; als ich die Tasche abstelle, höre ich ihre Stimmen. Raffaella steht auf, begräbt mich in ihrer Körperfülle, zögernd lege ich die Hände um sie, sie ist barfuß, aus dem Augenwinkel sehe ich ihre Schuhe auf dem Teppich.

»Ich freue mich so, endlich kann ich mal die Tante spielen.«

Bei der leidenschaftlichen Umarmung zittert sie vor Rührung. Ihre Schuhe liegen da, ausgetreten vom vielen Laufen.

»Gute Nacht.«

»Gehst du schon ins Bett?«

»Ich muß morgen sehr früh aufstehen.«

Elsa reckt sich über die Sofalehne und hält mir eine lauwarme Wange hin, ich berühre sie kaum.

Raffaella sieht mich mit ihren runden Kinderaugen an: »Hast du was dagegen, wenn wir noch ein wenig weiterreden?«

Rede nur, Raffaella, soviel du willst, laß dein Herz schlagen, solange es lebt, wir sind alle Gefährten einer Vergnügungsfahrt auf einem Wagen ohne Räder.

Am nächsten Tag sitze ich im Flugzeug, ich fliege zu einem Kongreß, eine kurze Sache, morgens hin, abends zurück. Manlio sitzt neben mir, ungeniert macht er sich auch auf meinem Teil der Armlehne breit. Ich rieche sein Rasierwasser. Ich habe den Fensterplatz, betrachte den weißen Flügel im Kontrast zum Grau des Rollfeldes. Wir sind noch am Boden. Hier unten ist das Wetter nicht besonders, die Luft ist dick und schmutzig, aber vielleicht scheint über den Wolken die Sonne. Die Hosteß kommt mit dem Zeitungswagen. Manlio sieht ihr auf den Hintern. Auf dem Flug werde ich einen Kaffee trinken, eine Tasse Plörre, wie Manlio es nennt. *Ich muß aussteigen. Dieses Flugzeug wird abstürzen, ich muß aussteigen, ich will nicht krepieren, nicht neben Manlio, mit einer Tasse Plörre in der Hand*. Mir ist schlecht, mir bricht der Schweiß aus, das Herz hämmert in der Brust, ich habe kein Gefühl mehr im Arm. *Nein, ich werde an einem Infarkt sterben, in der engen schwankenden Metalltoilette, während die Erfrischungstücher auf dem Waschbecken auf und ab hüpfen*. Ich stehe auf.

»Wo willst du hin?«

»Ich steige aus.«

»Bist du verrückt?«

Die Türen sind bereits geschlossen, das Flugzeug setzt sich in Bewegung.

Die Flugbegleiterin hält mich auf: »Verzeihung, Signore, wohin wollen Sie?«

»Ich muß aussteigen, ich bin krank.«

»Ich hole einen Arzt.«

»Ich bin selbst Arzt. Es geht mir schlecht, lassen Sie mich aussteigen.«

Ich muß furchtbar aussehen, die Frau in Uniform mit zusammengebundenen blonden Haaren und einer kleinen unschuldigen Nase weicht zurück, geht in die Kabine des Piloten. Ich folge ihr. Zwei Männer in kurzärmligen weißen Hemden drehen sich um und sehen mich an.

»Ich bin Arzt, ich habe einen Infarkt, öffnen Sie die Türen.«

Die Treppe wird wieder an das Flugzeug gerollt, die Tür geht auf. Luft, endlich Luft, ich renne die Treppe hinunter. Manlio läuft hinter mir her. Die Hosteß ruft ihm nach: »Was machen Sie da, steigen Sie auch aus?«

In dem Wind, der ihm die Jacke beutelt, hebt Manlio die Arme: »Ich bin ein Kollege!« brüllt er.

Dann stehen wir plötzlich auf dieser Asphaltebene. Ein Angestellter des Flughafens holt uns ab und fährt uns mit einem kleinen Auto zum Ausgang. Ich sage kein Wort, sitze bloß da, mit verschränkten Armen und zusammengekniffenen Lippen. Das Herz ist wieder in Ordnung. Manlio setzt die Sonnenbrille auf, obwohl die Sonne nicht scheint. Wir steigen aus.

»Kannst du mir vielleicht mal sagen, was mit dir los ist?«

Ich quäle mir ein Lächeln ab: »Ich habe dir das Leben gerettet.«

»Du meinst, es stürzt ab?«

»Nein, jetzt nicht mehr. Aus einem Flugzeug, das abstürzen wird, kommst du nicht mehr heraus.«

»Hast du Schiß gehabt?«

»Ja.«

»Ich auch.«

Und dann lachen wir, gehen in die Bar, trinken einen anständigen Kaffee, und der Kongreß fällt aus. »Diese Hirnis«, sagt Manlio. Er mag es, wenn etwas Unvorhergesehenes passiert. Und wie er da so vor mir steht, sage ich es ihm. Ich erzähle ihm alles, mit hängenden Wangen, denn ich beuge mich über meine Tasse und spiele mit dem Löffel in dem schwarzen Satz. In der Bar am Flughafen, zwischen wildfremden Menschen, die Tramezzini essen und ihr Gepäck nicht aus den Augen lassen, schütte ich ihm mein Herz aus, beichte ihm Gefühle und Wünsche wie ein Pubertierender, der bis über beide Ohren verliebt ist. Es spielt keine Rolle, daß Manlio die denkbar ungeeignetste Adresse ist, ich muß es einfach loswerden, und er, mit seinen Schweinsäuglein, ist zufällig da. Schließlich sind wir Freunde, obwohl wir nicht zusammen passen, das wissen wir beide, aber da gab es einen Augenblick der Vertrautheit, an dieser Metalltheke, als der Kaffee schon längst ausgetrunken war.

»Aber wer ist sie denn?«

»Du hast sie schon mal gesehen.«

»Ich habe sie schon gesehen?«

»Bei dem Onkologenkongreß, an einem Abend hat sie da am Nebentisch gesessen.«

Er schüttelt den Kopf: »Ich kann mich nicht an sie erinnern.«

Leute gehen an uns vorbei, Manlio hat sich eine Zigarette angezündet, obwohl man dort nicht rauchen darf. Ich schaue vor mich hin und sage es ihm, mir selbst, diesem Strom unbekannter Menschen.

Ich sage es, weil ich es sagen muß: »Ich bin verliebt.«

Mit der Spitze seines Mokassins drückt Manlio die Kippe aus: »Nehmen wir das nächste Flugzeug?«

Ich parke, nehme die Tasche vom Sitz und gehe auf das Krankenhaus zu. Plötzlich taucht Italia auf, unvermittelt steht sie vor mir. Sie legt mir die Hand auf den Arm, sucht den Körperkontakt durch den Stoff der Jacke. Ich bin weniger überrascht als erschrocken. Sie ist abgemagert, ungeschminkt. Sie hat sich nicht mal die Mühe gemacht, ihre Stirn mit Haaren zu bedecken, ihre Stirn ist groß und erdrückend, lastet schwer auf den Augen. Ich schaue mich um, und während ich das tue, weiß ich, daß ich mich vor ihr schützen will, vor der Last, die sie heute morgen mit sich herumträgt.

»Komm mit.«

Ich gehe über die Straße, ohne sie zu berühren. Mit gesenktem Kopf folgt sie mir in ihrem fadenscheinigen Baumwolljäckchen. Ein Auto fährt langsamer, sie beachtet es nicht, sieht nur auf meine eiligen Schritte. Bloß weg vom Krankenhaus, wie ein Dieb, der sich mit einer ungehörigen Beute davonmacht. Dann biege ich in eine Gasse ein, gehe bis zu einem Café, das ich kenne.

Über die Wendeltreppe folgt sie mir in den ersten Stock, ein leerer Raum, der nach kaltem Rauch riecht. Sie setzt sich ganz dicht neben mich.

Sie sieht mich an, dann sieht sie weg, dann sieht sie mich wieder an. »Ich habe auf dich gewartet.«

»Entschuldige.«

»Ich habe so lange auf dich gewartet. Warum hast du nicht angerufen?«

Ich antworte nicht, ich weiß nicht, was ich sagen soll. Sie fährt mit der Hand über das Gesicht, ihr Gesicht ist gerötet, die Augen grau vom Weinen. Hinten in dem Raum steht ein Aquarium. Von weitem sehen die Fische aus wie Konfetti.

»Du hast es dir anders überlegt, stimmt's?«

Ich habe keine Lust, darüber zu sprechen, nicht an diesem Morgen, nicht um diese Zeit. »Es ist nicht, wie du denkst ...«

»Wie ist es denn? Sag mir doch, wie es ist?«

Herausfordernd sieht sie mich an, mit Tränen in den Augen, die sie nur mühsam zurückhalten kann. Mit zusammengepreßten Lippen sitzt sie da, fummelt nervös an den Manschetten der Jacke herum. Sie geht mir auf die Nerven mit diesen nervösen Händen, diesem Gesicht, das mir keinen Ausweg läßt. Ich müßte ihr die Sache mit Elsa erzählen, aber heute habe ich keine Lust auf emotionale Erschütterung. Es kostet mich Überwindung, an diesen Tisch gepfercht mit ihr zu sitzen, es ist ziemlich dunkel, es stinkt nach Rauch, und dann diese Fische da hinten, wie übriggebliebenes Konfetti nach dem Karneval.

Plötzlich bricht sie in Tränen aus, sie wirft sich mir an den Hals, mit nassen Lippen, nasser Nase. »Verlaß mich nicht ...«

Ich streichle ihre Wange, aber meine Hände sind hart wie Klauen. Ich spüre ihren Atem, sie küßt mich. Ihr Atem riecht merkwürdig, nach Sägespänen, nach Erbrochenem. Ich halte sie in den Armen, halte diesen Atem, von dem mir übel wird.

»Sag mir, daß du mich liebst.«

»Hör auf damit.«

Aber sie hat jede Kontrolle über sich verloren. »Nein, ich höre nicht auf ...«

Sie rutscht auf dem Stuhl hin und her, sie schluchzt.

Schritte kommen die Treppe hinauf. Ein junger Mann verschwindet in der Tür zum Klo, ein junger Mann, der mit einem Rucksack zur Schule geht. Italia schleppt sich auf ihre Seite, sie hat sich beruhigt.

Ich nehme ihre Hand: »Ich muß dir etwas sagen.«

Sie sieht mich an, und jetzt sieht ihre Stirn aus, als wäre sie aus Gips.

»Meine Frau ... ist krank.«

»Und was hat sie?«

Sag's ihr, Timoteo, nun sag's ihr schon, in diesen unmöglichen Mund, wo ihr ganzes Elend haust. Sag ihr, daß du ein eheliches Kind erwartest, den Erben deines sterilen und beschränkten Lebens. Sag ihr, daß sie abtreiben soll, denn jetzt ist der richtige Augenblick, jetzt, wo sie dir Angst macht und du denkst: Kann eine so verzweifelte Frau überhaupt Mutter sein?

»Ich weiß es nicht«, sage ich feige und weiche mit dem Oberkörper zurück.

»Du bist Arzt und weißt nicht, was deine Frau hat?«

Der junge Mann kommt aus dem Klo, wir sehen ihm zu, wie er herauskommt, auch er sieht zu uns herüber. Er hat schwarze Augen und ein schütteres Bärtchen. Er geht an dem Aquarium vorbei und verschwindet auf der Wendeltreppe.

»Ich gehe aufs Klo.«

Schwankend geht sie über die Fliesen, dann nimmt sie plötzlich Anlauf und rennt mit dem Kopf gegen die Wand, so stark, daß die Wände dröhnen.

Ich stehe auf und gehe zu ihr.

»Was machst du denn?«

Sie lacht und schüttelt mich ab, dieses Lachen erschreckt mich mehr als jedes Weinen.

»Ab und zu brauche ich einen Schlag.«

Wir gehen an die frische Luft, schlendern langsam vorwärts.

»Hast du Kopfschmerzen?«

Zerstreut schaut sie die Leute an, die ihr entgegenkommen.

»Soll ich dich zu einem Taxistand bringen?«

Statt dessen steigt sie in einen Autobus ein, den ersten, der kommt.

Ich drehe mich um, gehe in Richtung Krankenhaus. Und ich denke nur an mich selbst. Heute war es die einfachste Sache der Welt, sie nicht zu lieben. Während ich operiere, während meine Hände mit einer Leber beschäftigt sind, bleibt sie an mir haften wie ein unangenehmer Geruch. Ich sehe, wie sie bei mir zu Hause an die Tür klopft und sich als Vertreterin ausgibt oder im Haus herumgeistert wie eine dieser Gestalten, die sich am Portier vorbeigeschlichen haben. Zitternd steht sie vor der Tür und klingelt mit finsterer Miene, die sich erst aufhellt, als sie Elsa sieht und fragt, ob sie hereinkommen darf. Elsa ist verschlafen, sie hat ihr beigefarbenes Nachthemd an, ihr warmer nackter Körper ist in Seidenchiffon gehüllt. Italia ist klein, sie hat Schweißflecken unter den Armen, weil sie geschwitzt hat, sie hat im Bus geschwitzt, sie hat die ganze Nacht geschwitzt, sich im Traum herumgeworfen. Sie schaut sich die Wohnung an, die Bücher, die Fotos, Elsas straffe, immer noch sonnengebräunte Brüste. Sie denkt an ihre leeren Zwiebeln, die schlaff auf die Rippen hängen, an das Herz, das darunter schlägt. Sie trägt diesen lächerlichen Rock mit dem Elastikbund, der über die Hüfte rutscht. Elsa lächelt sie an. Sie ist solidarisch mit den Geschöpfen ihres Geschlechts, auch mit den bescheidensten, sie ist eine emanzipierte Frau, Nachsichtigkeit erscheint ihr als Pflicht. Italia nicht, sie hat ein Kind im Bauch, unter diesem billigen Rock, sie ist nicht nachsichtig. Elsa dreht sich um:

»Sag mir, was du willst?« (normalerweise duzt sie die Frauen der Unterschicht). Italia fühlt sich schlecht, ihr ist schwindelig, sie hat weder geschlafen noch gegessen. »Nichts«, sagt sie und geht zurück zur Tür. Dann fällt ihr Blick auf den weißen Umschlag der Ultraschalluntersuchung, der in der Diele liegt ...

Zwischen der ersten und zweiten Operation rufe ich Elsa an: »Wie geht's dir?«

»Sehr gut.«

»Gehst du nicht weg?«

»Doch, gleich, ich höre gerade ein Interview ab.«

»Mach niemandem auf.«

»Wem sollte ich denn aufmachen?«

»Keine Ahnung, frag immer erst, wer da ist.«

Pause, dann lacht sie laut in den Hörer, ich stelle mir ihre Wangen vor, ihre Lachgrübchen.

»Offenbar hat die Vaterschaft eine merkwürdige Wirkung auf dich, du kommst mir vor wie mein Großvater.«

Da muß auch ich lachen, weil ich mir lächerlich vorkomme. In meiner Wohnung ist alles in Ordnung, meine Frau ist stark, groß und stark.

Abends schaue ich aus dem Fenster. Ich bin im Schlafzimmer, schiebe die Gardinen zur Seite und sehe durch die Baumwipfel auf die Straße hinunter, prüfe erst die eine Seite, dann die andere, wo eine Ampel blinkt. Es ist nichts zu sehen, nur ein Auto, das vorbeifährt, ein anonymes Auto, mit dem irgend jemand nach Hause fährt. Ich bin auf der Suche nach ihr. Ich weiß nicht, ob ich sie suche, weil ich sie brauche oder weil ich fürchte, sie könnte irgendwo da unten auf der Lauer liegen und uns ausspionieren. Ich lasse den Blick schweifen über Dächer, Antennen, Kuppeln, schaue in die Richtung, in der sie wohnt, über die Allee mit den nächtlichen Gestalten hinweg, die im Schweinwerferlicht der Autos aufleuchten, bis zu jener Bar, in der wir schon so oft gewesen sind und die um diese Uhrzeit vielleicht schon zugemacht hat. Ein Häusermeer trennt uns, Mauern über Mauern, im Schlaf zusammengekauerte Existenzen. Und das ist gut so, es ist gut, damit ich wieder zu Atem komme. Gräme dich nicht, Italia, so ist das Leben. Herrliche Augenblicke der Nähe und dann eisige Windstöße. Und wenn du leidest, da hinten, jenseits der letzten Betonklippe, dann kann ich dein Leid aus dieser Entfernung nicht sehen, es ist mir fremd. Was spielt es da für eine Rolle, daß ich dich mit einem schmutzigen Spritzer geschwängert habe? Heute nacht stehst du mit deinem Gepäck allein auf dem Bahnsteig, der Zug ist weg, und du hast ihn verpaßt.

»Kommst du nicht ins Bett?«

Niedergeschlagen lege ich mich neben deine Mutter, sie hat geduscht und ihre Haare sind noch feucht. Verklebte Strähnen rahmen ihr Gesicht, sie liest. Ich igele mich auf meiner Seite ein, dann spüre ich ihre Hand auf meinem Schlafanzug. »Wie es wohl sein wird ...«

Ich drehe mich auf den Rücken.

»... das Kind, ich kann es mir nicht vorstellen.«

»Es wird wunderschön, so wie du.«

»Vielleicht wird es ein Mädchen«, sie hat das Buch gesenkt, »so häßlich wie du.«

Sie kuschelt sich an mich, ihre feuchten Haare streifen mich: »Gestern habe ich geträumt, daß es keine Füße hatte, es wurde geboren und hatte keine Füße.«

»Beim nächsten Ultraschalltermin wird es schon Füße haben, du kannst ganz beruhigt sein.«

Sie kehrt auf ihre Betthälfte zurück und liest weiter.

»Stört es dich, wenn ich das Licht noch anlasse?«

»Nein, es leistet mir Gesellschaft.«

Ich ziehe mir das Laken über den Kopf und verharre in diesem gelblichen Halblicht. Ich schlafe nicht richtig, ich döse, eingelullt von dem Licht, von dem Atem neben mir, der mir weis macht, daß das Leben immer so weitergeht, leicht, nach Shampoo duftend. Und dann im Halbschlaf, nichts Böses ahnend, kommt mir plötzlich ein verkrüppeltes Kind entgegen. Elsa hat das Licht gelöscht. Auch ich schlafe, aber nicht tief genug. Ich höre deine Mutter schreien: »Verfluchter, gib mir seine Füße zurück! Gib sie her!« Dann, tief im dunkelblauen Wasser der Nacht, habe ich einen schrecklichen Traum. Ich gehe an meine Tasche in der Diele, nehme ein Skalpell heraus und kastriere mich. Dann öffne ich das Fenster und werfe mein Ding hinunter auf den Bürgersteig, werfe es einer Katze vor oder Italia, falls sie da ist. *Da hast du, Quecke, nimm den Vater deines Kindes*. Dann presse ich mit aller Kraft die Beine zusammen. Wie grauenhaft, Angela, das Leben eine einzige Qual, in der Nacht, im Wachen und im Träumen.

Der Hörer gab sein monotones Geräusch von sich, vergeblich klingelte es in jener elenden Hütte. Weit weg von mir, von meiner Hand, meinem Ohr. Sie war nicht da, nicht um zehn, nicht um zwölf, nicht um sechs Uhr abends. Wo war sie nur? In irgendeinem Büro, zum Putzen, zum Abkratzen der Latrine. Sie lief durch die Stadt, schrappte an den Häuserwänden entlang, mit diesem ausgemergelten Gesicht, wie beim letztenmal im Café, als ich sie unerträglich abstoßend fand, erniedrigend für sie und für mich. Erniedrigend wie eine Liebe, die sich überlebt hat. Wenn die Liebenden aus ihrer Silhouette heraustreten, der eine den anderen mit neuen Augen sieht und plötzlich ein objektives, nicht mehr durch eigenes Begehren verzerrtes Bild gewinnt. Dann tut man so, als wäre nichts, aber eigentlich ist aus Liebe schon Grausamkeit geworden, denn zu denen, die uns enttäuscht haben, sind wir grausam, Angela.

Das war der Grund, weshalb ich sie in dem Café taxiert hatte wie eine beliebige Passantin, wie einen dieser nutzlosen Körper, von denen es auf der Straße, im Bus, überall auf der Welt nur so wimmelt. Körper, wie ich sie jeden Tag aufschneide, um darin herumzuwühlen, ohne Freude, ohne Mitgefühl. Erbarmungslos war mein Chirurgenblick von den Augen zu der Hand gewandert, in die sie das Kinn stützte, und hatte kleine Häßlichkeiten entdeckt, einen leichten

Flaum unter dem Kinn, einen krummen Finger, zwei Falten rund um den Hals. Sie hatte sich in ihren elenden Schädel zurückgezogen, und so konnte ich sie teilnahmslos ansehen und in ihre kleinen Schönheitsfehler zerlegen. Wieder erreichte mich ihr unseliger Atem. Er kam aus einem angegriffenen Körper, wie der Atem von Patienten, wenn sie aus der Narkose erwachen.

Das Telefon war nicht abgestellt, es funktionierte, wie mir die metallische Stimme eines Operators versicherte, aber sie nahm nicht ab. Vielleicht war sie ja zu Hause, ließ das Geklingel über ihren zusammengerollten Körper walzen, ließ zu, daß die monotone Wiederholung an ihr rüttelte. Für mich war das Telefon die einzige Möglichkeit, ihr mitzuteilen, daß ich sie nicht verlassen hatte. Also versuchte ich es weiter, gab mich der Illusion hin, durch diesen dumpfen Ton mit ihr zu kommunizieren, bis zum Abend.

Als ich das Krankenhaus verließ, war ich so erschöpft, daß ich auf der Fahrt nach Hause mehrere Ampeln bei Rot überfuhr. Ich fraß die Straßen und die Lichtbänder in mich hinein, mit grimmigem Gesicht und aufgerissenen Augen. Nie würde ich von ihr loskommen, der Gedanke an sie würde mich immer weiter verfolgen. Italia beherrschte mich, durchkreuzte alle meine Pläne. Ihre Stimme hämmerte in meinen Schläfen, sie war so greifbar, daß ich mich nach ihr umdrehte. Hätte sie tatsächlich neben mir gesessen, in ihrem ausgeleierten Jäckchen, mit ihren blaugeäderten Händen und den farblosen Augen, wäre es vielleicht leichter gewesen, sie zu vergessen.

Nora umarmte mich, ich spürte, wie ihr Lippenstift über meine Wange schmierte. Sie und Duilio waren zum Abendessen geblieben, sie hatten schon ohne mich angefangen.

»Herzlichen Glückwunsch, Papa!«

»Danke.«

»Das ist eine großartige Neuigkeit.«

»Ich wasche mir eben die Hände.«

Nora wirft ein Päckchen in weißem Seidenpapier über den Tisch. Elsa paßt nicht auf, und es landet in der Sauce. Sie nimmt es heraus und wischt es mit der Serviette ab.

»Mama, ich hab dir doch gesagt, du sollst nicht ...«

»Nur eine Kleinigkeit, ein Glücksbringer. Das erste Hemdchen muß neu sein und aus Seide, denk daran.«

Elsa packt aus und gibt es an mich weiter. »Hier, sieh mal, gefällt's dir? Das neue Hemdchen aus Seide hätten wir also.«

Sie lacht, aber ich weiß, daß sie irritiert ist. Sie will keine Geschenke für das Kind, es ist noch zu früh. Das Hemdchen ist ein Taschentuch mit zwei Löchern, in die ich meine dicken Finger stecke. Die Wasserkaraffe auf dem Tisch ist leer, ich stehe auf, um sie zu füllen. Ich drehe den Wasserhahn auf, das Geplätscher übertönt die Geräusche aus dem Wohnzimmer. Die Familie betreibt Konversation, Gesichter und Hände bewegen sich. Für mich befinden sie sich hinter einer Glasscheibe, die übliche beschlagene Scheibe, hinter die ich die Welt verbanne, wenn ich keine Lust auf sie habe – oder sie keine Lust auf mich hat. Elsa spricht mit ihrem Vater, streicht ihm über den Arm. Ich sehe sie isoliert, wie aus dem Dampf ausgeschnitten, ich sehe sie ganz deutlich. Sie ist wieder ins Zentrum der Welt zurückgekehrt, der Moment von Schwäche, von rührender Unsicherheit, den sie noch vor ein paar Tagen hatte, ist vorbei. Sie ist wieder sie selbst, unerschütterlich und unverwüstlich, nur ein wenig geheimnisvoller. Und auch ihre Augen, die sie zu mir hinwandern läßt, sind dieselben, für oberflächliche Reize empfänglich, aber innerlich unbewegt. Elsa braucht mich nicht mehr.

Ich gehe wieder hinein, gieße allen Wasser nach. »Entschuldigt bitte«, und ich verlasse das Wohnzimmer wieder. Ich habe mir nicht einmal die Mühe gemacht, die Tür zu schließen, so eilig habe ich es, ihre Nummer zu wählen.

Sie war nicht da, auch abends war sie nicht da. Ich legte den Hörer auf, ließ die Einsamkeit ruhen, die ich überall spürte, in der schweren Hand, im Ohr, in der Stille meines Arbeitszimmers. Ich saß im Dunkeln, in der Tür tauchte Noras Schatten auf wie der einer Krähe. Das Licht im Flur beleuchtete sie nur schwach, sie sah mich in der Finsternis an. Es war nur ein Augenblick, aber trotzdem hatte ich das Gefühl, daß sie etwas gemerkt hatte. Und es war nicht der Umstand, daß ich allein im Dunkeln mit dem Telefonhörer in der Hand dagesessen hatte, der sie ahnen ließ, daß ich ein Doppelleben führte, sondern viel eher mein Körper, der so ganz anders war als im Wohnzimmer. Der krumme, gebrochene Rücken, der fiebrige Blick ... Ich war zu weit von meinem Selbst entfernt. Rein zufällig (sie war aufgestanden, um aus ihrer Tasche in der Diele Zigaretten zu holen) war plötzlich eine Vertrautheit zwischen uns entstanden. Es kommt selten vor, Angela, aber manchmal nehmen einen gerade die Menschen wahr, von denen man es am wenigsten erwartet.

Im Dunkeln kam sie einen Schritt auf mich zu. »Timo ...«

»Ja?«

»Ich habe ein Muttermal auf dem Rücken, es ist ziemlich gewachsen, ich möchte, daß du es dir ansiehst.«

Es ist drei Uhr morgens, deine Mutter schläft, wieder einmal. Ihr Körper liegt da wie ein Gebirge bei Sonnenaufgang, ein undurchdringlicher Schatten. Vielleicht ist es leichter, sie zu verlassen, als ich glaube, ich brauche mich nur anzuziehen und wegzugehen. Sie wird eine Mauer gegen mich errichten, sie, ihre Familie, die Freunde. Und mit dieser Mauer wird sie sich abfinden. Wäre sie an meiner Stelle, hätte sie keine Skrupel, mich auf dem Balkon abzustellen wie kurz zuvor die Mülltüte.

Feinperliger Nieselregen besprühte mich, ohne daß ich richtig naß wurde. Ich zog den Mantel enger, während ich spazierenging, ich hatte kein bestimmtes Ziel, wollte nur vermeiden, daß die Nacht sich gegen mich verschwor. Ich war nicht müde, wanderte leichten Schrittes. Ich hatte wenig gegessen, und das Wenige war bereits verdaut. Die Straßen waren still und verlassen. Erst nach einiger Zeit bemerkte ich, daß diese Stille nicht vollkommen war, daß der Asphalt verhalten ächzte. Nachts wirkt die Stadt wie ausgestorben, gleichzeitig aber ist sie von der Anwesenheit der Menschen durchdrungen. Menschen, die sich lieben, andere, die sich trennen, das Winseln eines Hundes auf einer Terrasse, ein Priester, der aufsteht. Eine Ambulanz, die einen Kranken aus dem Bett holt und ins Krankenhaus bringt. Eine Nutte, die auf schwarzen Beinen, schwarz wie die Nacht, nach Hause geht, wo ihr Mann nicht auf sie wartet, sondern wie ein sicherer, furchterregender Berg schläft. Genau wie Elsa. Denn im Schlaf gleichen sich die Menschen, für den, der nicht schläft und weiß, daß er nicht schlafen kann, sehen sie alle gleich aus.

Ich lief weiter, und alles, was ich sah, glich Italia, die Bäume, die merkwürdig leuchteten, die Blechsilhouetten der parkenden Autos, die Straßenlaternen, die sich hinabbeugten und in ihren eigenen Lichtkegel ragten, sogar die Terrassen und Gesimse in der Höhe. Als würde Italias riesiger Körper die Stadt beherrschen.

Ich umarmte einen Baum. Plötzlich fand ich mich wieder,

wie ich einen dicken feuchten Stamm an mich drückte. Und während ich das tat, wurde mir klar, daß ich dieses Bedürfnis schon öfter verspürt hatte, aber erst jetzt bewußt wahrnahm. *Vielleicht hat sie sich umgebracht, deshalb hat sie nicht abgehoben. Ihre graue Hand hängt an ihrem grauen Arm, über den Rand der Badewanne, wo der Rost das Emaille zerfressen hat, der Plastikvorhang im letzten Atemzug heruntergerissen. Noch im Sterben in Gedanken an mich, in dem verzweifelten Versuch, mich ein letztes Mal zu umarmen oder zu vertreiben. Es ist Nacht, inzwischen ist das Wasser in der Wanne kalt geworden. Das Wasser, das kochendheiß war, damit das Blut ungehindert aus den aufgeschlitzten Pulsadern fließen konnte. Ob sie die Klinge ihres Bleistiftspitzers benutzt hat oder eine Rasierklinge, die ich dagelassen habe? Es ist wichtig, womit man sich umbringt, das ist eine Art Testament.*

Ein Schrei erhebt sich aus der Dunkelheit. Ich bin irgendwo angestoßen und auf einen Lumpensack gefallen: ein schlafender Mann auf dem Boden. Er reckt den Kopf aus seinem Nest. »Ich habe nichts.«

Er schlägt um sich, er glaubt, daß ich ihn ausrauben will, aber was sollte ich aus diesem Haufen vergammelter Fetzen wohl stehlen?

»Entschuldigen Sie, ich bin gestürzt.«

Was habe ich da angefaßt? Welchen Pesthauch habe ich da eingeatmet? Der Mann stinkt entsetzlich, wie ein überfahrener Hund am Straßenrand. *Auch Italia stank, als die Tragödie sie ansprang, als sie begriff, daß ich sie verlassen würde, daß ich weder sie noch das Kind behalten wollte, daß ich ihr Geld anbieten würde, wieder Geld ...* Ich will weg, statt dessen umarme ich den Mann. Ich werfe mich an seinen schwarzen Hals, seine verklebten Haare, und atme. Gierig atme ich den Geruch nach unbegrabenem Hund ein.

Ich wollte mich anstecken, Angela, wollte unwiderruflich

auf die andere Seite gestoßen werden, in jenen Sumpf zwischen Stadt und Meer, wo der einzige Mensch wohnte, den ich wirklich liebte. Der Alte wich mir nicht aus. Jetzt legte er sogar den Arm um mich, und sein Gesicht kam zu mir in meine Höhle, wo ich mich verkrochen hatte. Er streichelte mir den Kopf, verständnisvoll wie ein Priester, der einem Mörder die Absolution erteilt. Hatte ich ein solches Erbarmen denn verdient, Angela? In dieser finsteren Ecke empfing mich ein armer Teufel und wies mir den Weg. Auf einer nassen Straße, wo er träumte und wo auch ich jetzt träumte, weit weg von meiner Wohnung mit Parkett und Whisky. Wahre Liebe war für mich genau das: Wenn man von aller Welt verlassen, einsam und bedürftig dasteht, dann erbarmt sich das Schicksal und drückt uns an seine Brust.

»Willst du was trinken?«

Unter seinen Pappkartons zog er eine Weinflasche hervor und hielt sie mir hin. Ich trank, ohne an den Mund zu denken, der diesen abgesprungenen Rand berührt hatte, ich trank, weil mir plötzlich mein Vater einfiel. Mein Vater, der mitten auf der Straße gestorben war; mit der Hand an der Kehle, war er gegen ein heruntergelassenes Rollgitter getaumelt und dann, mitten unter den Menschen, tot zusammengebrochen.

Bevor ich fortging, gab ich dem Mann Geld, alles, was ich bei mir hatte, ich steckte die Hand ins Portemonnaie und zog alle Scheine heraus. Er nahm alles an. Ängstlich versteckte er das Geld unter seinen Lumpen, so als fürchtete er, ich könnte es mir noch anders überlegen. Ungläubig sah er mir nach, bis ich um die nächste Straßenecke verschwunden war.

Langsam wurde es hell, es regnete immer noch, ein leichter, aber stetiger Regen. Ich fuhr durch dieses zögernde Licht, ab und zu blendete mich ein vorbeifahrendes Auto. An einer Haltestelle warteten zwei philippinische Nonnen mit kleinen Schirmen auf den Bus, eine Bar machte auf, neben einem Kiosk, der noch geschlossen war, stapelten sich die aufgeweichten Tageszeitungen. Müde und erschöpft von dieser schlaflosen, ereignisreichen Nacht kam ich an. Jetzt würde ich in ihren Armen schlafen. Und erst danach würden wir unsere Zukunft in die Hand nehmen. Ich hatte meine Schlacht schon geschlagen in dieser langen Nacht. Ich brauchte nichts zu sagen, ich brauchte sie bloß schweigend an mich zu drücken. Ich stieg aus, das Gesicht von der Wärme im Auto gerötet. In dem grauen Licht, in dem nun alles deutlich zu erkennen war, sahen die Straßen trocken aus, aber vielleicht hatte es hier gar nicht geregnet. Offenbar wollte die Abwesenheit des Regens, der mich die ganze Nacht verfolgt hatte, mir sagen, daß die Nacht nun wirklich zu Ende war. Italia hatte auf mich gewartet, im Trockenen, in Sicherheit.

Ich hatte die zweite Treppe zur Hälfte erklommen, als ich unten den Aufzug mit einem dumpfen Geräusch halten hörte, dann das Geklapper von Absätzen, das gedämpft aus dem Hausflur dröhnte. Ich rannte die Treppe hinunter und sah, wie sie hinausging.

»Italia!«

Als sie sich umdrehte, war ich schon bei ihr, ich sah sie gar nicht an, ich nahm sie einfach in die Arme. Kraftlos ließ sie sich drücken, sie umarmte mich nicht, blieb unbeweglich stehen. Über ihren Kopf hinweg, der an meiner Schulter ruhte, sah ich, wie ihre Hand matt herunterhing. *Gleich wird sie die Hand heben, sie wird die Hände heben und meine Umarmung erwidern, sie wird sich fallen lassen, und ich werde sie stützen*. Aber sie rührte sich nicht, blieb reglos stehen, bis mein Atem ruhiger wurde und ich ihr Herz schlagen hörte, tief und ruhig. Sie war warm und lebendig. Alles andere war gleichgültig. Ein paar Liebkosungen, und sie wäre wieder mein, ich kannte sie doch, sie würde sich lieben lassen, ohne sich lange zu zieren.

Ich ließ sie los, um sie anzusehen. »Wohin willst du?«

»Zum Blumenmarkt.«

»Wohin?«

»Ich arbeite da.«

»Seit wann?«

»Seit kurzem.«

Unter dem dunklen Lidschatten sahen ihre grauen Augen aus wie Steine, ihr Gesicht war erwachsener geworden.

Ich dagegen hatte nur eine einzige Waffe, ich brauchte sie. »Wie geht's dir?«

»Gut.«

Ich legte eine Hand auf ihren Bauch. »Und ihm … wie geht's ihm?«

Sie antwortete nicht, Angela. Nun spürte ich die Last des Hausflurs und der Kälte, die mir aus den nassen Kleidern in die Glieder kroch. Ich nahm ihre Hände und legte sie mit meinen auf ihren Bauch, der sich hob und senkte unter ihren Kleidern, die für die empfindlich kalte Jahreszeit, für diesen Sonnenaufgang ohne Sonne zu leicht waren. Ihre Hände waren gefügig wie Blätter im Wind. Das rote Blatt fiel mir wieder ein, das erste der Saison, das vor der Klinik auf die Windschutzscheibe meines Autos gefallen war.

»Ich habe abgetrieben.«

Ich sah ihr in die klaren, undurchdringlichen Augen und schüttelte den Kopf, mein Herz schüttelte den Kopf. »Das ist nicht wahr …«

Ich packte sie an den Armen, schüttelte sie heftig, nahm in Kauf, ihr weh zu tun. »Wann hast du das getan?«

»Ich hab's getan.«

Sie schien nicht traurig zu sein, sie bedauerte mich, mit diesen Augen aus Stein.

»Warum hast du mir nichts gesagt? Warum hast du mich nicht angerufen? Ich wollte das Kind doch, wirklich, ich wollte es.«

»Morgen hättest du deine Meinung geändert.«

Nun würde sie mich verlassen, nun würde ich sie verlieren, nun, wo mein Leben sich nicht mehr in ihrem vermehrte. Verzweifelt begann ich, sie mit kleinen Küssen zu bedecken, die wie Hagelkörner auf ihr versteinertes Gesicht prasselten. *Egal, wir können noch mehr Kinder machen. Morgen, jetzt gleich. Jetzt schlafen wir zusammen, auf dieser Bettdecke aus Chenille, ich drücke dich an mich, und du wirst wieder schwanger. Wir gehen nach Somalia, und unser Haus wird voller Kinder sein, Kinder in Wiegen, in Hängematten, in Tragetüchern …*

Aber es war zu spät, Angela. Wir waren schon wie eins von diesen Fotos, die in der Mitte, zwischen den Schultern der Personen, durchgerissen werden, wenn zwei sich nicht mehr lieben. Sie würde jetzt gehen und Stiele anschneiden, Blumen verkaufen, an irgendwen. An einen Liebenden, an einen, der auf den Friedhof geht, an einen, der gerade Vater geworden ist.

»Wo hast du abgetrieben?«

»Bei den Zigeunern.«

»Du bist verrückt … Du mußt sofort ins Krankenhaus kommen.«

»Ich mag keine Krankenhäuser.«

Du magst keine Chirurgen, dachte ich und packte sie am Handgelenk. »Du mußt mitkommen!«

»Laß mich, mir geht's gut.«

Sie stieß meine Hand zurück. Ich war nicht mehr ihr Mann. Meine Hand war die eines Niemands. Jetzt hatte sie wieder dieses ausdruckslose Gesicht, in dem ich keins der zahllosen Gesichter wiederfand, die ich von ihr kannte. Die Asche der Morgendämmerung legte sich auf ihre geschminkten, künstlich gesund gemalten Wangen. Sie stand vor mir, war aber bereits in ihr eigenes Leben entschwunden. Zerstreut, anonym, wie eine nasse Hand auf dem Markt, die uns das Wechselgeld rausgibt.

»Ich muß gehen.«

»Ich fahre dich hin.«

»Nicht nötig.«

Ich setzte mich auf den Bordstein, während sie davonging, ich sah ihr nicht nach, vergrub den Kopf in den Händen. So blieb ich sitzen, bis das Geräusch ihrer Schritte verhallt war, und auch dann noch, als ich nichts mehr hörte. Das Telefon hatte vergeblich geklingelt, während sie sich, nur ein paar Meter weiter, in dem schwankenden Wohnwagen von den Haken einer Megäre durchbohren ließ, vielleicht war es dieselbe, die ihr beigebracht hatte, die Zukunft vorherzusagen. So war es zu Ende gegangen, mit einem Lappen zwischen den Zähnen, um nicht zu schreien.

Warum ich dir das alles erzähle? Darauf weiß ich keine Antwort. Keine von diesen kurzen, genauen, »chirurgischen« Antworten, wie du sie nennst. Das Leben blutet, und diese Blutung klopft an meine Schläfen. Wie das Hämatom in deinem Schädel. Jetzt weiß ich, Angela, daß du dabei bist, mich zu operieren.

Ich bin nicht darauf aus, daß du mir verzeihst, ich will deine Reise nicht ausnutzen. Glaub mir, ich habe mir selbst den Prozeß gemacht, damals, vor vielen Jahren, auf dem Bürgersteig. Und das Urteil war endgültig, wie ein Grabstein, der den Jahreszeiten trotzt. Ich bin schuldig, meine Hände wissen es.

Ich kann dir nicht sagen, wie oft ich mir dieses verlorene Kind vorgestellt habe. Ich sah es neben dir aufwachsen wie einen glücklosen Zwilling. Ich habe versucht, es zu begraben, vergeblich. Es kam, wann es wollte, immer wieder, machte sich in meinen alternden Knochen breit. Es kam wieder in jedem wehrlosen Geschöpf, in den kahlköpfigen Kindern der pädiatrischen Krebsstation, in einem Igel, den ich auf der Landstraße überfahren hatte. Es kam wieder in allem, was ich dir angetan habe.

Weißt du noch, das Judo? Du wollest nicht hingehen, aber ich habe dich gezwungen, auf meine Art, mit Schweigen, stummen Vorwürfen, die dich traurig stimmten, bevor du nachgabst. Ich schlich um diese alte Sporthalle herum, eine Sporthalle mit altmodischen Geräten, altmodischen Trainern, Sandsäcken für Boxer, abgelöstem Linoleum. Ich stieg aus dem Auto, beschnupperte den Schweißgeruch, die Gesichter der Wettkämpfer, nahm die Heftchen mit dem Stundenplan an mich. Was soll ich dir sagen, Angela? Die übliche Litanei. Als Junge wäre ich gern Meister der Kampfkünste gewesen, liebendgern wäre ich nachts in eine Sporthalle wie diese gegangen, mit solchen Trikots, richtigen Muskeln, groben Gesichtern. Um mich, unter dem Anzug und der Brille der guten Manieren, mit einer unsichtbaren Kraft zu wappnen. Zwei schnelle Würfe, und einer liegt am Boden, ein Kollege, oder dieser Hüne von einem Pfleger, bei dem einem schon angst und bange wird, wenn man ihn nur ansieht. Träume eines Feiglings eben, eines schwächlichen Jungen. Das könnte ich dir sagen. Und es stimmt, das spielte auch eine Rolle. Diese Mischung aus verächtlichen und pathetischen Gefühlen gab es tatsächlich, aber da war noch etwas anderes. Da war dieser uneingestandene Wunsch, dich zu unterwerfen, dir irgend etwas anzutun, denn mein verpfuschtes Leben fiel auf dich zurück. Und die Aussichten, ungeschoren davonzukommen, waren gut. Judo war ein guter Sport, selbst deine Mutter konnte auf meinem väterlichen Gesicht keine Gegenanzeigen feststellen. Sicher, du wolltest lieber zum Ballett, bist mit einem Schal deiner Mutter um die Hüften auf Zehenspitzen durch die Wohnung getanzt. Du wolltest tanzen, Angela. Aber fürs Ballett warst du zu groß. Für Judo warst du genau richtig. Ein guter Sport, sagte ich, da lernt man geistige Disziplin. Man muß fair sein, die Technik lernen, seinen Gegner, ob Junge oder Mädchen, respektieren. Ich nahm dich bei der Hand, kaufte dir die Schuhe und brachte dich zu der Sporthalle im Souterrain.

Und da warst du nun mit deinem Judoanzug und dem steifen Gürtel um die Hüfte. Das Kämpfen machte dir keinen Spaß, nur der Wunsch, nicht zu Boden zu gehen, ließ dich durchhalten. Du hast nur für mich gekämpft, weil ich kam, um dir zuzusehen. Du hast nur gekämpft, um nicht auf die Matte zu knallen, um die harten Schläge auf den Hintern zu vermeiden und die grobe Stimme des Trainers, der dich anbrüllte, steh auf. Geweint hast du. Den Judoanzug mochtest du nicht, er war steif, war wie ein Sack. Du wolltest ein Tutu aus Tüll, Ballettschuhe mit der harten Spitze, du wolltest dich leicht fühlen. Doch da standest du nun vor deiner Gegnerin, die dir immer zugeteilt wurde, die Kräftige mit dem Pferdeschwanz, der wie eine Peitsche durch die Luft sauste. Sie war kräftig und gelenkig, du dagegen warst dünn und hölzern. Ich gab dir Ratschläge: »Du mußt geschmeidiger sein, die Kampftechnik wechseln.« Doch du konntest nicht geschmeidig sein. Du hattest zu viele Kämpfe zu kämpfen.

Mit den anderen Eltern, die zur Prüfung für den nächsten Gürtel gekommen waren, setzte ich mich auf die Kindergartenhocker. Barfuß hast du im Schneidersitz in einer Ecke der blauen Gummimatte gesessen, bis du dran warst. Unsicher lächeltest du mir zu. Du hattest Angst: vor dem Trainer, vor den Würfen, die du nicht unter Kontrolle hattest, vor den anderen Mädchen, die lockerer, aber auch weniger gestraft waren als du. Dann warst du an der Reihe, du bist aufgestanden und hast dich zum Gruß verbeugt. Der Trainer brüllte die Kommandos, du führtest aus, nervös, unsicher. Die Wangen fleckig, die Lippen zusammengepreßt. Mußtest du angreifen, hast du deine Partnerin flehentlich angeschaut, als wolltest du sie auffordern, nachzugeben, keinen Widerstand zu leisten. Wenn du angegriffen wurdest, hast du dich hängenlassen wie ein nasser Sack. Wie viele Schläge mußtest du einstecken. Verschwitzt, besiegt, die Jacke verrutscht, hast du dich zum Gruß verbeugt und den nächsten Gürtel bekommen.

»Freust du dich?« fragte ich im Auto. Du hast dich nicht gefreut, du warst erschöpft. »Es tut doch nicht weh, wenn man auf den Tatami fällt, nicht wahr?« Das stimmt nicht, du hast dir oft weh getan. Mit rotem Gesicht, kurz vorm Weinen, hast du mich angesehen, und deine Augen fragten: Warum nur?

Tja, warum? Wir leben in Friedenszeiten, wozu dieser überflüssige Krieg? Damit du stark wirst, damit du Disziplin lernst. Aber ich habe dich nicht stark gemacht, ich habe dir geschadet, dir Kraft geraubt. Ich habe deine Fröhlichkeit eingesperrt. Verzeih mir.

Dann hast du eines Tages aufgehört, es war im September, nach den Ferien am Meer, du hattest den orange-grünen Gürtel. »Ich geh da nicht mehr hin. Punkt.« Ich habe nicht darauf bestanden, habe dich gewähren lassen, ich hatte selbst genug. Nun fuhr ich gleichgültig an der Sporthalle vorbei. Kein Prickeln mehr, keine Spinnerei, kein Sohn. Eine Macke von Vätern, Angelina, von Vergewaltigern, die nie erwachsen werden. Punkt.

Es war alles nur eine Frage der Zeit. Die Zeit würde ihre zersetzende Wirkung tun, meine Gewissensbisse schließlich zu Staub zerbröseln. Alles in allem hatte Italia mir einen Gefallen getan, hatte mein Leben von dieser mißlichen Komplikation befreit. Auf einen zweiten Besuch in der Klinik hatte sie verzichtet, die Eleganz dieses vermeintlichen Hotels verschmäht. Ich war nur zum Teil schuldig, ich hatte mich darauf beschränkt, sie allein zu lassen. Und dieser Rückzug war der Nährboden für meine Gewöhnung an die Feigheit.

Eines Abends rief Manlio an, wir verabredeten uns zum Pizzaessen wie zwei alte Studienkollegen, die sich plötzlich wiedertreffen.

»Was ist aus dem Mädchen geworden?«

»Es ist vorbei.«

»Und wie geht's dir damit?«

Einen Tisch weiter saß eine blonde Frau, die mir den Rücken zukehrte und rauchte, ich sah nur den weißen Rauch über ihren Haaren und das Gesicht des Mannes, der ihr gegenübersaß und sie ansah.

»Ich weiß nicht«, sagte ich, »ich warte.«

»Worauf?«

»Weiß ich nicht.«

Ich wartete darauf, daß die Frau sich umdrehte, vielleicht sah sie ihr ähnlich.

Hin und wieder hole ich sie am Blumenmarkt ab. Gewöhnlich komme ich um die Zeit, wenn die Stände schließen, dann treffe ich sie in einem Meer aus Blumenabfällen an. Sie begrüßt mich mit einem Kopfnicken. Sie stapelt die Kisten, stellt die Vasen mit den nicht verkauften Blumen auf einen Transporter mit grüner Wachsplane, der hinter dem Stand steht. In meinem eleganten Anzug stehe ich mitten in diesem ganzen Geglitsche und warte geduldig, bis sie mit ihrer Arbeit fertig ist. Italia zieht die Gummistiefel aus und ihre Schuhe an. Wenn sie zu mir ins Auto steigt, begrüßen wir uns nicht überschwenglich, sondern wie gute Freunde, die mit dem gleichen Schicksal geschlagen sind. Oder vielleicht wie Eltern, die ein Kind verloren haben. Auf jeden Fall sind wir Genesende, die eine schwere Krankheit überstanden haben. Neben uns ist eine Wunde, und wir müssen aufpassen, wohin wir die Worte legen.

»Wie geht's?«

»Gut. Und dir?«

»Bist du müde?«

»Nein, überhaupt nicht.«

Sie ist nie müde, reibt sich die vor Kälte aufgesprungenen Hände. Sie ist gewachsen, im Auto wirkt ihre Stirn größer, aber die Schultern sind verkrampft. Nie lehnt sie sich richtig an, bleibt immer ein wenig nach vorn gebeugt, versucht, Widerstand zu leisten. Sie schaut aus dem Fenster auf jene Welt, die uns keinen Schutz gewährt hat.

Wie von langer Krankheit Genesende warten wir darauf, daß die Zeit vergeht, während der Verkehr vorbeifließt und die Tage kürzer werden. Die Lichter der Schaufenster spiegeln sich in ihren Augen, Italia läßt sie aufblitzen, ohne es zu merken. Ich habe sie nie mehr angerührt, nach einer Abtreibung nimmt man keine Frau, man läßt sie in Ruhe. Außerdem fürchte ich mich davor, sie mir nackt vorzustellen, ich habe Angst, plötzlich den Schmerz in Händen zu halten, der in ihr ist. Auf dem Markt ist es zu kalt für sie, ihre Nase ist rot und gereizt. Aus der Tasche zieht sie ein aufgeweichtes Taschentuch, sie putzt sich die Nase. Ich habe ihr Vitamintabletten mitgebracht, sie hat sich bedankt, aber ich bin mir nicht sicher, ob sie sie überhaupt nimmt. Es ist nicht gut, daß die Zeit auf diese Art vergeht. Nicht für uns. Wir sind keine Freunde, werden es auch nie sein. Wir waren Liebende, noch bevor wir uns kannten. Wie besessen haben wir uns gegenseitig verzehrt. Um so seltsamer diese Höflichkeit, die nun zwischen uns herrscht. Ich sehe sie an und frage mich, was dieses tote Gewässer mit uns zu tun hat. So kann es doch nicht enden, ohne Aufschrei, ohne nichts. Da wäre es besser, wenn ein Dämon über uns käme, wenn wir verbrennen würden. In diesem Niemandsland darf es mit uns nicht enden.

Vielleicht wäre es gut, die Umgebung zu wechseln. Vor ihrem Haus fürchte ich mich, die braune Bettdecke, der nackte Kamin, ihr blinder Hund, der Affe mit dem Babyfläschchen, der reine Hohn. So frage ich sie eines Nachmittags, ob sie Lust hat, in ein Hotel zu gehen. »Damit wir nicht immer mitten im Verkehr sind«, sage ich.

So sind wir also in einem Hotelzimmer, in dem wir noch nie waren, ein schönes Zimmer im Zentrum, die schweren Vorhänge wie die Wandbespannung aus Damast. Sie hat sich überhaupt nicht umgesehen, hat die Tasche aufs Bett geworfen und ist ans Fenster getreten. Mit der Hand hat sie einen Zipfel des Vorhangs zur Seite geschoben. Ich habe sie gefragt, ob sie Hunger habe oder etwas trinken wolle, sie hat nein gesagt. Ich bin ins Bad gegangen, um mir die Hände zu waschen, und als ich zurückkam, stand sie noch immer am Vorhang und schaute nach draußen. »Es ist sehr hoch«, hat sie gesagt, als sie meine Schritte auf sich zukommen hörte, »in welchem Stock sind wir?«

»Im neunten.«

Ihre Haare waren zusammengebunden. Ich ging zu ihr und küßte ihren Nacken, mit geöffneten Lippen und geschlossenen Augen. Wie lange hatte ich sie nicht mehr so geküßt? Und schon fragte ich mich, wie ich es so lange ohne sie ausgehalten hatte. Ihr kühler Körper war mir wieder nah, in diesem jungfräulichen Zimmer, das uns helfen würde zu vergessen.

Nun spürt sie meine feuchten Lippen. Anfangs wird es ihr schwerfallen, aber dann wird sie wieder mir gehören, wie immer. Sie kann nicht auf mich verzichten, das hat sie mir selbst gesagt. Sie läßt den Arm sinken, der Vorhang schiebt sich über den Spalt der Stadt bei Tageslicht. Da beginne ich, sie zu entkleiden, vor diesem schweren, steifen Stoff. Ich ziehe ihr die Jacke aus, selbst hat sie es nicht getan, ein häßliches, verschossenes Seidenjäckchen, federleicht. Ich streichle ihre Brüste, diese kleinen verwelkten Brüste, die ich so sehr mag. Sie läßt mich machen: »Liebling«, sagt sie, »mein Liebling«, und sie drückt mich an sich. Ich nehme sie bei der Hand und führe sie zum Bett, ich will, daß sie es bequem hat und sich ausruht. Ich ziehe ihr die Schuhe aus. Sie trägt helle Strümpfe aus hartem Nylon, ich reibe ihr die Beine, die Füße, die aussehen wie von einer Schaufensterpuppe. Sie streift den Rock ab, faltet ihn sorgfältig und hängt ihn über den Messingrahmen des Bettes. Ebenso macht sie es mit der Bluse. Ihre Bewegungen sind langsam, sie versucht, Zeit zu gewinnen, den Augenblick der Intimität hinauszuzögern.

Ich ziehe mich eilig aus, werfe die Kleidungsstücke auf den Boden. Ich nutzte einen Augenblick, in dem sie woandershin schaut, denn jetzt schäme ich mich. Sie deckt ihre

Seite des Bettes auf, streckt sich aus und zieht die Decke über sich. Ich schlüpfe neben sie, in das noch kalte Bett. Sie liegt ausgestreckt da, die Hände an den Hüften, ich lege ein Bein über ihre Beine, die rutschig sind, weil sie die Strumpfhose nicht ausgezogen hat.

»Wir müssen es nicht unbedingt machen.«

»Ich weiß.«

Was für ein rücksichtsvoller Liebhaber ich plötzlich bin! Wie lächerlich! Sie hatte überhaupt keine Lust, sich auszuziehen. Nur zu gern wäre sie bei dem Vorhangspalt stehengeblieben, um die Welt von oben zu betrachten, sich zu fragen, ob darin für sie ein Platz vorgesehen ist. Als ich sie nehme, zuckt sie leicht zusammen, dann nichts mehr, in absoluter Stille läßt sie mich weitermachen. Ich vergrabe das Gesicht in ihrem Haar, ich kann sie nicht ansehen, ich habe Angst, ihren undurchdringlichen Augen zu begegnen. Nun stöhne ich laut, in der Hoffnung, sie möge Erbarmen mit mir haben und antworten. Es passiert überhaupt nichts. Kein Höhenflug, wir bleiben am Boden. Ich habe Blut in den Augen, ihre Haare im Mund. Ich kann mich nicht hingeben, ich sehe und höre alles. Das leichte Dröhnen der Minibar, die Lüftung im Bad, die noch läuft, weil das Licht an ist. Das Geräusch meiner Haut, die über ihre rutscht, es ist wirklich entsetzlich. Italia ist nicht da, ihre Haut ist leer. Nun laste ich in ihr wie eine tote Liebe. Das ist unser Begräbnis. Ich spüre, wie meine verschwitzte Körpermasse sich auf ihr Skelett stützt. Sie will mich nicht mehr, sie will überhaupt nichts mehr. Ihr Körper ist ein Durchgang, im Begriff, sich zu schließen. Jetzt wird mir klar, daß ich alles verloren habe, Angela, denn alles, was ich will, liegt leblos in meinen Armen. Ich hebe die Brust von ihrer, suche ihr Gesicht. Ihre Augen schwimmen in Tränen wie Fische in einem zu engen Meer.

Sie weint, weil sie nur dazu Lust hatte, seit wir das Zimmer betreten haben. Mein verkrampfter Schwanz zieht sich zurück, blitzschnell wie eine Maus, die nachts über die Straße läuft.

Stumm verharre ich neben ihr, bis ihr Schluchzen nachläßt, weniger bitterlich klingt. Über uns hängt eine Deckenleuchte, ein Oval aus Mattglas, ein blindes Auge, das uns teilnahmslos ansieht.

»Du kannst es nicht vergessen, stimmt's?«

Eine Windböe stößt das Fenster auf, eisige Luft strömt auf unsere nackten Körper. Wir bewegen uns nicht, wir liegen da und lassen die Kälte gewähren. Dann steht Italia auf, schließt das Fenster und geht ins Bad.

Ich sah zu, wie ihre nackte Gestalt durch das Zimmer ging, mit einer Hand bedeckte sie die Brust. Ich streckte den Arm aus, legte ihn auf die noch lauwarme Stelle neben mir und dachte, nun ist alles vorbei, zu Ende gegangen in einem Hotel. Meine Gedanken glitten in die Falten des Lakens. Ich dachte an einen Freund, der als junger Mann zu einer Prostituierten ging, immer dieselbe. Wenn sie zusammen schliefen, tat sie so, als würde sie sterben, er wollte es so. Ich dachte an die vielen Männer, die ich gekannt habe. Jeder von ihnen hatte Sex – und war gestorben wie alle anderen Menschen. Ich dachte an meinen Vater. Er ging mit irgendwelchen Frauen, dabei war er sehr diskret, obwohl er das nicht nötig hatte, denn seit er sich von meiner Mutter getrennt hatte, lebte er allein. Und doch beließ er gewisse Dinge gern in der Abstraktion. Oft suchte er sich seltsame Gestalten aus, mittelalte, wenig attraktive Frauen von blasser Erscheinung, aber vielleicht hatten sie verborgene Qualitäten. Eine war Kassiererin in einem kleinen Kino, sie hatte gefärbte Haare, ein

Adlergesicht und große, in einen steifen Büstenhalter gequetschte Brüste. Ich habe sie nur einmal gesehen, als ich mit meinem Vater in der Bar war, die zu dem Kino gehörte. Durch die Verbindungstür aus Glas beobachtete ich die Frau, der mein Vater verstohlene Blicke zuwarf, aus Augen, wie ich sie an ihm noch nie gesehen hatte, kindliche Augen, die unter buschigen Augenbrauen, die einem Satyr Ehre gemacht hätten, hervorsahen. Offenbar hatte er seinen Spaß: der Sohn auf der einen, die Geliebte auf der anderen Seite. Vielleicht hatte sie ihn um ein Treffen mit mir gebeten. Ich tat so, als wenn nichts wäre. Über diese Frau erfuhr ich später, daß sie Maria Teresa hieß, mit einem Invaliden verheiratet war und keine Kinder hatte. Mit meinem Vater ging sie häufig in ein kleines Lokal, das zu einer Metzgerei gehörte, ihr Lieblingsgericht war Rinderzunge mit grüner Sauce. Mehr wollte ich nie wissen. Mit der Hand auf dem Laken, das jetzt zu einer Kinoleinwand wird, sehe ich, wie diese Frau sich auszieht, die Armbanduhr abnimmt und auf die Marmorplatte einer Nachtkonsole legt. Daneben mein Vater, wie er die Hose auszieht und auf den stummen Diener hängt. Mein Vater, der mit dieser Frau schläft, einer ältlichen Kassiererin mit verlebtem Gesicht, ein bitteres Parfüm auf der Haut, in einer Pension in der Gasse neben der Metzgerei, wo sie Rinderzunge mit grüner Sauce gegessen hat. Und was war aus diesen beiden geworden? Auch sie ließen ein lauwarmes, zerwühltes Bett zurück in einer Pension mit schmaler Treppe, wo es durch den Spalt unter der Tür zog, wenn auf dem gleichen Stockwerk eine andere Tür geschlossen wurde. Mein Vater raucht, während die Kassiererin im Bad ist, sich die Achselhöhlen wäscht, den Mund verzieht, um Lippenstift aufzutragen, und dann das Licht ausmacht wie zu Hause. Später, wenn sie weg sind, kommt die Putzfrau, öffnet das Fenster und wirft die Laken auf den Boden. Eine Frau, die mit einem Eimer voller Scheuerpulver und den aufgerollten Laken unter dem Arm hinausgeht. Noch eine Frau mit einem eigenen Geruch und einem Unterrock, den sie neben einem Mann auszieht, und auch sie schläft mit ihm, auch sie läßt sich die Eingeweide in Wallung bringen. Ich frage mich, ob der Schwanz meines Vaters größer war als meiner. Ich habe seinen Schwanz nie gesehen, aber im Innersten bin ich überzeugt, daß es so war. Jetzt liegt er in dem Sarg, in dem ich ihn vor ein paar Monaten zurückgelassen habe, mit dunklem Gesicht, Watte in der Nase und einer Blume in den Händen. Wer hat ihm die Blume gegeben? Die Kassiererin vielleicht. Aber nein, die war doch gar nicht bei der Beerdigung, die Geschichte war doch schon viele Jahre her. Vermutlich haben sie sich getrennt. Danach aß sie die Rinderzunge mit grüner Sauce mit einem andern. Vielleicht war auch sie schon tot. Italia ist ins Bad gegangen, ich streichle das Laken, das noch warm ist von ihr. Der Film ist zu Ende, die Leinwand wieder weiß, verknittert. Und jetzt weiß ich, daß ich bald weinen werde, um alle toten Geliebten, um mich und um sie, die vor dem Spiegel steht wie die Kassiererin meines Vaters. Wenn ich dann ins Bad gehe, werde ich weinen. Denn ich und sie, wir sind schon Vergangenheit wie alles andere. Wir werden weiter leben und weit voneinander entfernt sterben. Keiner wird je erfahren, wie innig sich unsere Körper aneinandergepreßt und durchdrungen haben, wie unser Leben bisher war, bis zu meinem Arm auf dem Laken, auf dem sie gelegen hat und das jetzt langsam auskühlt. Wir sind fleischliche Begierde, auf eine leere Leinwand projiziert, Begierde, die sich immer wiederholt. Oder vielleicht ist es auch so, Angela, daß wir mit unserer Energie eine neue Welt geschaffen haben, eine vollkommene Welt, die im Schatten unserer eigenen lebt und keine Furcht und kein Leiden mehr kennt. Vielleicht sind wir wie die schwarzen Heizer, die sich im Bauch eines Dampfschiffes abrackern müssen, damit oben auf dem höchsten Deck, über dem glitzernden Teppich des Meeres, zwei Liebende tanzen können. Irgend jemand wird unsere Träume aufnehmen, jemand, der weniger unvollkommen ist als wir. Wir machen die Drecksarbeit. Ich bin im Bad, unter dem Wasserstrahl bewegt sich mein Schwanz, er ist sich selbst überlassen. Ich weine, über das Bidet gebeugt, die Hände auf dem Kopf. Bald wird eine Putzfrau kommen, die Laken auf den Boden werfen, wo ein kleiner feuchter Fleck ist, von einer Flüssigkeit, die aus Italia herausgeflossen ist. Ein Fleck, den ich geküßt habe.

Als wir das Zimmer verlassen und ich im Begriff bin, das Licht zu löschen, dreht Italia sich um und sieht ein letztes Mal in diese Höhle, die sich hinter uns schließt. Beide haben wir den gleichen Gedanken: *Wie schade, eine verpaßte Gelegenheit!*

Jetzt müssten sie bald soweit sein. Sie haben das Blut aus deinem Kopf abgesaugt, die Kanüle hat sich rot gefärbt.

Vor mir sitzt Manlio. Er ist schon eine ganze Weile da. Als er kam, hat er mich umarmt, hat vergeblich versucht zu weinen, dann hat er sich ans Handy gehängt. Er ist sauer auf einen vom Flughafen. Der Flug deiner Mutter hat ein wenig Verspätung, aber er wollte um jeden Preis den genauen Zeitpunkt der Landung wissen, er hat sich gestritten und ist laut geworden. Sich mit einem vollkommen unwichtigen Bodensteward herumzustreiten, das ist seine Art, mich zu unterstützen. Das Handy in seiner Hand ist noch warm, er kann nicht davon lassen, am liebsten würde er weiter telefonieren, aber er weiß nicht, wen er anrufen soll. Er fürchtet sich davor, in dieser Stille mit mir allein zu sein. Du weißt ja, er ist daran gewöhnt, sein Leben zum Glühen zu bringen wie seine Zigarren. Er wird unruhig, läßt ein lautes Stöhnen hören, dann fällt ihm, zusammen mit den Lidern die Kinnlade herunter, er sitzt in der Falle. Eingesperrt mit seinem besten Freund, am schlimmsten Tag meines Lebens. Verständnislos sehe ich ihn an, ich denke an den Satz auf einem Graffito: Wie willst du bis auf den Grund eines Gewässers sehen, wenn du nicht aufhörst, die Oberfläche aufzurühren?

»Entschuldige, ich rufe Bambi an.«

Er geht ans Fenster, schottet sich ab, indem er mir den

Rücken zuwendet, er brummt vor sich hin. Er will nicht, daß ich zuhöre. Ich betrachte seinen Hintern, letzten Monat ist er siebenundfünfzig geworden, er ist wirklich fett.

Er hat den Ton seiner Stimme verändert, sich freigeräuspert. Er spricht mit den Zwillingen, den Zicken, wie du sie nennst. Blond, hübsch, unsympathisch. Tatsächlich sehen sie ihm kein bißchen ähnlich. Manlio ist dunkel, untersetzt, zweifelsohne sympathisch. Sie ähneln ihrer Mutter Bambi. Eine Veneterin mit dem Alabasterkörper eines Models und dem harten Herzen einer Bäuerin. Sie hat ihn gezwungen, die Stadt zu verlassen und auf einem großen Anwesen zu leben, mit Pferden, Rehen, Olivenbäumen, wo sie sich, als Stallmädchen verkleidet, für ein Country-Magazin fotografieren läßt, zusammen mit ihren Töchtern in karierten Röcken und Spitzenblusen. Sie produzieren kaltgepreßtes Olivenöl, füllen es in Likörfläschchen und exportieren es nach Amerika. Sie machen einen Haufen Geld. Bambi ist eine Bio-Buchhalterin. Manlio hingegen hat mehr für Bordelle und Frittiertes übrig; wenn er in der Stadt ist, tut er sich daran gütlich, abends rast er dann mit hundertneunzig über die Autobahn zu diesem Haus, das mit Maiskolben und getrocknetem Lavendel vollgestopft ist. Er haßt die Natur, die Stille. Sicher, er hat einen Pool, sogar mit einem Schmuckrand aus Felsbrocken, den der Architekt in Szene gesetzt hat. Aber auch der Pool geht ihm auf die Nerven, mit diesem Reinigungs-Roboter, der pausenlos in Betrieb ist. Unermüdlich, wie seine junge Frau. Jetzt trauert er Martine nach, seiner Aufziehpuppe. Sobald es sich irgendwie einrichten läßt, legt er auf dem Flug zu seinen immer häufiger stattfindenden Kongressen einen Zwischenstop in Genf ein, besucht sie in ihrem Antiquitätengeschäft voller Figürchen, die alle aussehen wie sie selbst. Sie ist allein, verlebt, glücklich. Unentwegt nimmt er sein Scheckbuch zur Hand, möchte ihr alles kaufen: »Ich würde dir gern helfen«, sagt er. Sie lächelt, zerreißt die Schecks vor seiner Nase: »Danke, aber das ist nicht nötig, Manliò.« Diese Betonung auf der letzten Silbe seines Names macht ihn verrückt vor Freude, rührt ihn womöglich gar zu Tränen, im Flugzeug vielleicht, auf einem Interkontinentalflug, mit einer Maske auf den Augen.

Jetzt hat er das Handy eingesteckt, dabei die Hoden gestreift. Die kalte Zigarre zwischen die schwarzen Lippen geklemmt. Er betet dich an, stets hat er dich für die ideale Tochter gehalten. »Ich fahre jetzt zum Flughafen und hole Elsa ab, wir sehen uns später.«

Ich habe nicht angeklopft, ich habe den Schlüssel vom Kaugummi gelöst und bin hineingegangen. Sie lag auf dem Bett, neben sich den Hund. Crevalcore hob leicht den Kopf, sie tat nicht einmal das. Die Beine angezogen, das Gesicht abwesend: »Ach, du bist es«, sagte sie nur.

In der Küche waren alle Schränke leer, ich ging los und machte ein paar Einkäufe. Ich spülte den Hundenapf aus und füllte eine Dose Hundefutter hinein. Ich hatte ihr auch einen Ofen gekauft, aber jedesmal, wenn ich kam, war er aus. Um wenigstens ein bißchen Sonne hereinzulassen, öffnete ich die Fenster. Im Haus war schlechte Luft, es roch nach Krankheit. Ich war wieder da, ohne Lust, mit müdem Rücken. Ich war wieder da, weil ich nicht wußte, wohin ich sonst gehen sollte.

Ich räumte die Möbel um. Den Tisch schob ich neben den Kamin, an seine Stelle kam das Sofa. Ich räumte auch die Kleinigkeiten um, die Nippsachen; ich stellte sie anders auf, erfand ein neues System, das sie jedoch verwirrte. Sie verbrachte die Zeit damit, nach den Dingen zu suchen, fand sie aber nicht. Benommen trabte der Hund hinter ihr her, so als würde auch er keinen Platz mehr finden. Ganz plötzlich überkam sie der Aktivismus. Ich überraschte sie dabei, wie sie auf einer Leiter stand und Fenster oder Lampen putzte. Sie machte sauber, ließ dann aber alles mögliche liegen, einen triefenden Schwamm auf dem Tisch, den Besen an einen Stuhl gelehnt. Und genauso machte sie es mit sich selbst. Sie schminkte sich die Augen, band die Haare zusammen, aber wenn sie von der Toilette kam, steckte ein Rockzipfel in der Strumpfhose, sie war einfach gleichgültig. Ich ging zu ihr hin und zog den Saum glatt, wie bei einem kleinen Mädchen. Dann tastete ich ihren Körper ab, roch an ihrer Haut. Das waren die schlimmsten Momente, am liebsten hätte ich einen Benzinkanister genommen und alles in Brand gesteckt, ihren Besen, ihr Bett, ihren Hund. Eine schwarze Rauchsäule, und Schluß.

Ich hoffte, sie würde aufbegehren, ich sah, daß ihre Fingernägel nicht mehr abgekaut waren, und hoffte, sie würde sie wachsen lassen, um mir das Gesicht zu zerkratzen. Der Gedanke, ein derart hilfloses Geschöpf allein zurückzulassen, machte mir angst. Und dann war da noch Elsa, deren Bauch allmählich immer dicker wurde. Das Telefon klingelte zu ungewohnter Zeit. Elsa nahm den Hörer ab, niemand meldete sich. Ich wußte, daß sie es war. Ich hoffte, sie würde etwas sagen, ganz egal, was. Eine Beschimpfung, ein Donnern. Deine Mutter hängte ein und legte gelassen die Hand auf den Bauch. Wieder klingelte das Telefon.

»Ich geh ran.«

Aber auch wenn ich dran war, sagte sie nichts.

Ich mußte reden. »Bist du es? Brauchst du etwas?«

Ich setzte mich wieder neben Elsa, legte die Hand auf ihre in der süßen Erwartung deiner Ankunft. Für mich hätte es immer so weitergehen können. *Vielleicht werde ich verrückt. Vielleicht ist diese Präzision ohne Berechnung, diese anhaltende Anmut verrückt.*

Dann, eines Abends, kam ich zu ihr, sie roch nach Alkohol, nicht einmal die Zähne hatte sie sich geputzt, um es zu tarnen. Sie war nicht gekämmt, war im Bademantel, und doch schien sie endlich wieder sie selbst. Ihre schwarz umrandeten Augen hatten diese undurchsichtige Patina verloren. Sie wollte mit mir schlafen. Eine Aufforderung aus dem Nichts, aus der Tiefe dieser verquollenen Augen.

»Hast du Lust«, und sie machte eine Geste mit der geschlossenen Hand, eine vulgäre Geste.

Ich war im Smoking, ich kam von einer Feier. Ich war verlegen. Ich löste den Verschluß der Fliege. Ich hatte einen merkwürdigen Geschmack im Mund, hatte zu viele verschiedene Sachen durcheinander getrunken, ich hatte Durst.

Sie stand an der Wand, unter dem Poster mit dem Affen. »Wie in alten Zeiten«, sagte sie.

Sie öffnete den Bademantel. Sie trug keinen Slip, aber das T-Shirt, das erkannte ich sofort. Ich erkannte die schiefhängende Straßblume, abgerissen von meiner Gier an jenem längst vergangenen Sommernachmittag. Da war sie, funkelte mich finster an. Ich hob den Arm und stützte mich an die Wand. »Hilfe«, stammelte sie. »Hilfe«, äffte sie sich selbst nach und lachte. Wie ein Kind, ein verkommenes, verzweifeltes Kind.

Dann kehrte ihre Stimme in die Gegenwart zurück: »Bring mich um, ich bitte dich, bring mich um.«

Ich schaute hinunter auf das gerupfte Büschel Haare. Ich nahm die Zipfel des Bademantels und bedeckte sie.

»Du erkältest dich.«

Ich ging in die Küche, um etwas zu trinken. Ich hängte mich an den Wasserhahn und trank, das Wasser war wie geschmolzenes Eis. Als ich zurückkam, hockte sie im Kamin, sie hielt sich den Kopf, als müßte sie ihn hindern abzufallen. Der Alkohol tat seine Wirkung.

»Mach das Licht aus«, sagte sie, »mir dreht sich der Kopf.«

»Was hast du getrunken?«

»Salzsäure.«

Wieder lachte sie, aber sie übergab sich nicht. Sie sprach weiter, hielt sich weiter den Kopf. »Erinnerst du dich an den Markthändler, der mit dem Kleid? Das war mein Vater. Ich ging mit ihm. Ich bumste mit meinem Vater.«

»Hast du ihn angezeigt?«

»Warum denn? Er war ja schließlich kein Ungeheuer, er war ein armer Teufel, einer, der Steine und Oliven nicht auseinanderhalten konnte.«

Sie schüttelte den Kopf, unterdrückte ein Aufstoßen, das ihr die Backen aufblähte. Der Schwips war vorbei, hatte reinigend gewirkt wie ein Gewitter. Italia war wieder klar. »Es ist besser so, mein Schatz, ich wäre nie eine gute Mutter geworden.«

Ich will sie aus dem Kamin herausziehen, aus dieser schwarzen Höhle. Aber sie ist weit weg, in einer Welt, mit der ich nichts zu tun habe.

Erst jetzt erzählt sie mir das Geheimnis ihres Lebens, jetzt, wo wir uns bald trennen. Sie weiß, daß sie nie wieder einen finden wird, dem sie es anvertrauen kann. Sie hat sich Mut angetrunken. Sie will es mir leichter machen, sie zu verlassen. Ich streichle ihr über die Stirn, aber zwischen meiner und ihrer Haut ist ein Spalt von Heimtücke. Ein Teil von mir ist schon in Sicherheit, weit weg von ihrer kariösen Liebe. *Habe ich wirklich dich geliebt? Oder eher eine Liebe, die ich vom Schicksal verlangte, die ich immer noch verlange? Ich werde weiter durch die Welt spazieren, ganz egal, ob mein Herz vor Sehnsucht zittert wie ein Zahn, der zu wackeln anfängt, wenn das Zahnfleisch sich zurückgebildet hat. Jeder hat eine verdrängte Vergangenheit, die hinter seinem Rücken tanzt. Jetzt sehe ich dich an, und ich weiß, was du mich lehrst. Du lehrst mich, daß man für Sünden bezahlen muß, vielleicht gilt das nicht für alle, aber für uns gilt es. Denn mit unserem Kind haben wir uns selbst abgetrieben.*

Ich rauche nicht, deswegen gab es nicht einmal eine Kippe mit dem Abdruck meiner Lippen. Kein sichtbares Zeugnis meiner Anwesenheit in diesem Haus. Und das Unsichtbare war in Italias Körper. Vor langer Zeit hatte sie mir einmal die Fußnägel geschnitten, sie aber nicht weggeworfen, sondern in einen Samtbeutel gefüllt, einen Beutel, in dem man Schmuck aufbewahrt. Diese abgeschnittenen Nägel sind alles, was ich ihr hinterlassen habe.

Ich kenne den Geruch deines Kopfes, Angela, und alle Gerüche, die du Jahr für Jahr von draußen mitgebracht hast. Es gab eine Zeit, da hast du nach verschwitzten Händen gerochen, nach Filzstiften und nach deiner Plastikpuppe. Dann nach Schule, muffigen Gängen, nach Parkwiese und nach Smog. Am Samstagabend riechst du jetzt nach den Lokalen, in die du gehst, nach der Musik, die du dort gehört hast. Du riechst nach dem, was dein Herz bewegt. Ich habe deine Zufriedenheit geschnuppert und alle düsteren Wolken, die durch dich hindurchgegangen sind. Denn Freude hat einen Geruch, und Traurigkeit auch. Italia hat mir beigebracht, zu schweigen und wahrzunehmen. Sie hat mich gelehrt, zu schnuppern. Stehenzubleiben, die Augen zu schließen, um einem Geruch nachzuspüren, einen einzigen unter Millionen anderen herauszuriechen; du wartest, und der Geruch kommt, er bildet sich nur für dich: ein kleiner Rauch, ein Schwarm Fliegen. Und in all den Jahren habe ich Italia mit dem Geruchsinn gesucht. Wenn du wüßtest, wie oft ich einem vagen Geruch gefolgt bin, in eine Gasse eingebogen oder eine Treppe hinaufgestiegen bin. Sie ist immer noch da, in den Gerüchen. Auch jetzt, wenn ich in diesem aseptischen Raum an meinen Händen rieche, die Nase fest in die Handflächen drücke, weiß ich, daß ich sie rieche. Denn sie ist in meinem Blut. Ihre Augen schweben in meinen Adern, zwei leuchtende Knöpfe wie die Augen eines Kaimans bei Nacht.

Die erste Zeit war nicht ganz so schlimm. Sicher, ich war sichtlich verletzt, abgemagert, körperlich mitgenommen. Aber ich kam wieder zu Atem. Ich begann, mich um mein körperliches Wohl zu kümmern, nahm Ergänzungsstoffe, versuchte regelmäßiger zu essen. Das Humpeln der Seele, so dachte ich, würde mit der Zeit von selbst vergehen. Und eines Tages war ich wieder voller Überschwang. Wie bei einem Umzug, wenn man die Bücherkisten hinaufträgt, die Möbel aufstellt, die Schubladen einräumt, wegwirft, was man nicht mehr braucht: abgelaufene Medikamente, Likörflaschen mit verzuckerten Korken, den alten Besen. Ich meldete mich in einem Sportstudio an. Abends, nach dem Krankenhaus, ging ich in diesen schlecht gelüfteten Raum, setzte mich zwischen all den anderen Männern, die sich an Kraftmaschinen abmühten, aufs Fahrrad und strampelte. Ich verausgabte mich und schwitzte, in der festen Überzeugung, daß diese Übung mir helfen würde, auch die inneren Schlacken auszuscheiden. Ich stellte den Hebel auf höhere Geschwindigkeit, mußte mich noch mehr schinden, einen vermeintlichen Berg erklimmen. Ich senkte den Kopf, schloß die Augen und spannte die Muskeln an. Wenn ich nach Hause kam, leerte ich die Sporttasche, warf die durchgeschwitzten Kleidungsstücke neben der Waschmaschine auf den Boden und fühlte mich einigermaßen gewappnet, um es mit der heilen Welt im Nebenzimmer aufzunehmen. Der Bauch meiner Frau wurde immer dicker; draußen, zwischen den Baumkronen, sah man schon die flackernden Lichter der Weihnachtsbeleuchtung. Doch eines Abends holte sie mich mit aller Macht ein, die schwarze Welle der Melancholie, die Katastrophe. Das Leben stürzte über mir zusammen. Um sich in Sicherheit zu bringen, reichte es offenbar nicht aus, sich im Leeren abzustrampeln. Das Übel wollte sich nicht von mir lösen, es rührte sich nicht vom Fleck, wie das Fahrrad im Sportstudio.

An diesem Abend rief ich sie an. Im Wohnzimmer waren Gäste, die üblichen, man spielte ein Gesellschaftsspiel, kompliziert im Aufbau, skurril in der Durchführung. Ich zog mich zurück. Rasch wählte ich die Nummer, mußte aber innehalten: Ich hatte die letzten Ziffern vergessen. Ich geriet in Panik. Ich ließ den Hörer auf die Brust sinken und atmete durch, bis die Nummer klar und deutlich vor meinem geistigen Auge erschien.

»Hallo?«

Ich antwortete nicht sofort.

»Hallo …«

Schon war ihre Stimme leiser, war ein paar Töne tiefer gerutscht. Wahrscheinlich war ihr in diesem kurzen Augenblick des Wartens der Verdacht gekommen, daß ich es sein könnte.

»Was machst du gerade?«

Es war fast einen Monat her, seit wir zuletzt voneinander gehört hatten.

»Ich wollte gerade weggehen.«

»Mit wem?«

Ich hatte kein Recht, sie danach zu fragen, schüttelte den Kopf über mich selbst. Mein Gesicht war verzerrt, aber mit der Stimme versuchte ich, ein Lachen vorzutäuschen. »Hast du einen neuen Freund?«

Sie antwortete, ohne den Ton zu ändern. »Wir gehen was trinken.«

Wir? Du und wer noch? So ist das also, meine kleine Nutte, du hast dich ja schnell getröstet. Und jetzt ist mir überhaupt nicht mehr nach Lachen zumute, meine Stimme kratzt, stößt an Hindernisse, aber ich stutze sie auf einen verständnisvollen, pseudofröhlichen Ton zurecht. »Na dann, schönen Abend noch ...«

»Danke.«

Doch dann war sie da, und wie, diese Traurigkeit, die ich zu hören gehofft hatte, dieser Handschuh aus Sehnsucht und Leid.

»Italia?«

»Ja?«

Und dieses »Ja«, Angela, das hörte sich ganz anders an. Ich wollte ihr sagen, daß ich schon zwei EKG hatte machen lassen, seit wir nicht mehr zusammen waren. Ich war einfach in die Kardiologie gegangen und hatte den Kollegen gebeten, mir die Elektroden anzulegen. »Vielleicht mache ich zuviel Sport«, hatte ich mich gerechtfertigt. Ich wollte ihr sagen, daß ich sie liebe und daß ich Angst hätte, weit weg von ihr zu sterben.

»Paß auf dich auf«, sagte ich.

»Du auch.«

Vielleicht war sie dabei, sich eine neue Existenz aufzubauen, war in die Bar gegangen, in der wir uns getroffen hatten, und hatte dort neu angefangen. Und ein anderer Mann hatte sich ihr genähert, um sie etwas zu fragen. Schließlich war sie daran gewöhnt, mit wenig auszukommen, ein Blick, der ihr eigenes Bild spiegelte, irgendein Blick. Ja, so war es, sie würde in den Armen irgendeines Mannes landen, um sich ins friedliche Vergessen zu stürzen. Mit einem Dummkopf, der sie nicht kannte, der nicht wußte, wie kostbar sie war, der nichts von ihrem Leid wußte. Sie ließ sich bumsen, um sich einzureden, daß sie noch existierte, mit abgewandtem Kopf, damit er nicht sah, daß sie weinte. Aber ich sah sie.

In diesen Tagen entdeckten wir auf dem Ultraschall dein Geschlecht.

Manlio gab dir einen kleinen Stoß, drückte den Schallkopf und drehte sich zu Elsa: »Es ist ein Mädchen.«

Deine Mutter wandte sich zu mir: »Es ist ein Mädchen.«

Auf dem Rückweg im Auto saß Elsa da, den Mund zu einem Lächeln verzogen. Ich wußte, daß sie sich ein Mädchen wünschte. Während die Straße vorbeiflog, war sie versunken wie eine Schlafwandlerin, sie dachte an das Leben, das euch erwartete, Angela, an diesen Hagel aus großen und kleinen Ereignissen, die zum Heranwachsen, zu einem Schicksal dazugehören. Elsa trug ein cremefarbenes Cape. Neben diesem majestätischen Schwan kam ich mir vor wie ein häßliches Entlein in einem Teich ohne Wasser. Ich vergrub meinen Kopf im Verkehr, in der Gegenwart, ich suchte nach einem Ruhekissen, um meine Gedanken abzulegen. Italia war da, sie kam und ging im Rhythmus der Scheibenwischer.

Ich erinnerte mich an ihre Worte. Sie sagte wenig, aber das, was sie sagte, kam aus ihrem Mund hervor, als hätte es eine lange Reise durch den Geist, durch die Seele hinter sich. »Es ist ein Junge, da bin ich sicher.«

Ganz unfeierlich hatte sie es gesagt, denn es war nur ihr Gefühl, und es stimmte. Jetzt wußte ich es. Jetzt, da ich meinte, in ein Reserveschicksal eintreten zu können, da alle ungeschehenen Dinge Spalier standen. Dieser Gedanke durchzuckte mich, ohne mich zu verletzen. Es wäre einfacher gewesen, mich ungeschoren davonzumachen. Mich jeden Tag ein Stückchen weiter zurückzuziehen, um euch beide schließlich allein zu lassen. Töchter halten sich an ihre Mutter, sie schauen sie an, wenn sie sich schminken, tragen ihre Schuhe. Ich hätte unauffällig in Deckung gehen können, um lautlos im Hintergrund zu agieren wie ein indischer Diener.

Die Tage vergingen, einer wie der andere, angefüllt mit einer Menge scheinbar identischer Dinge, die sich so unmerklich veränderten wie mein Gesicht. Die Zeit arbeitet so, Angela, allmählich, aber unaufhaltsam schreitet sie voran. Ein unsichtbarer, aber unerbittlicher Verschleiß. Die Gewebestruktur verändert sich, die Haut gibt nach, verschiebt sich über den Knochen, und eines schönen Tages siehst du aus wie dein Vater. Das liegt aber nicht allein am Blut. Womöglich hat deine Seele dem Drängen heimlicher Gelüste nachgegeben, von deren Existenz du sehr wohl weißt, obwohl sie dich abstoßen. Eine solche Veränderung wird in der Lebensmitte sichtbar, später kommen nur noch ein paar minimale Korrekturen hinzu. Wie du mit Vierzig aussiehst, so wirst du auch im Alter aussehen, dieses Gesicht nimmst du mit ins Grab.

Ich, der ich immer geglaubt hatte, meiner Mutter ähnlich zu sehen, entdeckte nun, daß ich aussah wie mein Vater, als ich an einem Dezembermorgen im Stau stand und in den Spiegel sah. Durch den Kummer hatte sich die Ähnlichkeit mit diesem Mann verstärkt, den ich noch immer verachtete, ohne eigentlich zu wissen, warum. Bloß weil ich daran gewöhnt war, ihn so zu sehen, solange ich denken konnte. Ich nahm die Brille ab und näherte mich dem Spiegel. Die finster blickenden Augen irrten in einem violetten Kreis herum, die Nase (mit den Druckstellen von der Brille) war größer geworden. Die Nasenspitze zeigte nach unten, zum Mund hin, der geschrumpft war wie ein vom Meer verschlucktes Ufer. Ich sah genauso aus wie er, oder fast genauso. Es fehlte bloß der Hang zur Posse, eingegraben in den ansonsten eher traurigen Ausdruck; dieser Zug hatte ihn einzigartig gemacht und auch im Tod noch ausgezeichnet. Sein lebloses, nunmehr absichtsloses Gesicht bewahrte die Überheblichkeit seines verstorbenen Bewohners. Ich war nur eine schlechte Kopie, ein trauriger Herr mit Raubvogelgesicht.

Am ersten Weihnachtstag veranstalteten meine Schwiegereltern eine Tombola, zu der sich von einer gewissen Uhrzeit an immer neue Gäste hinzugesellten, mit satten, schläfrigen Gesichtern. Als ich es nicht mehr aushielt, gab ich meine Lose an meinen Nachbarn weiter und ging hinaus an die frische Luft. Nach dem Trubel der letzten Tage waren die Straßen jetzt leer, die Schaufenster der Geschäfte verschlossen. Das Wetter war nicht gut, es war sehr kalt und bedeckt. Ich suchte Zuflucht in der Kirche des Viertels. Zu dieser Stunde war sie ziemlich verlassen, aber in der Luft lag noch ein Hauch der Gläubigen, die sicherlich in Scharen die Vormittagsmesse besucht hatten. Ich ging durch das Gewölbe des Seitenschiffs bis zu der Nische, wo die Krippe aufgebaut war. Wenige Gipsfiguren, beinah so groß wie Menschen. In ihrem langen Umhang mit unbeweglichen Falten blickte die Madonna auf einen aufgebockten Strohballen hinab, auf dem die Kinderfigur lag. Wie benommen sank ich vor dieser Gruppe häßlicher Figuren auf die Knie. Ich geriet in ein pathetisches Gespräch mit mir selbst, so als würde ein unsichtbares Wesen auf mich herabblicken, um mich zu richten. Natürlich geschah gar nichts, kein Gott gibt sich mit einem derart lächerlichen Kerl ab. Wenig später ließ ich mich wieder ablenken.

Kein göttliches Licht ergießt sich auf das arme Kind, das im goldgetränkten Schatten der Kirche vor mir liegt. Sein Heiligenschein steckt auf einem schwarzen Eisenstäbchen, das wohl wieder angeklebt wurde, denn auf dem Gipsnacken ist ein gelber Fleck aus altem Leim. Vielleicht sehe ich zu viele nichtige Dinge, Angela, um glauben zu können. Weltliche Dinge, die kein Himmel je erreichen wird. Wie diese elende Figur, die aus ihrer Holzkiste herausgenommen wird und dann wieder ins Stroh zurückwandert, zurück in die Sakristei. Dort überwintert dieses Neugeborene mit tiefblauen Augen, dort erlebt es Frühjahr und Sommer, im Dunkel einer Kiste aus Brettern, die Staub und Feuchtigkeit nur unzureichend abhalten. Und ein Stück weiter seine ebenfalls verpackte Mutter, auch sie mit Stroh auf dem Gesicht. Gipskomparsen, die einmal im Jahr herausgeholt werden für ängstliche, verlogene Herzen wie das meine.

Ernüchtert blickte ich auf diese Krippe, ernüchtert wie einer jener Touristen, die in kurzen Hosen und Sandalen eine Kirche aufsuchen, um vor der Schwüle zu flüchten, und diesen Ort des Weihrauchs und der Stoßgebete neugierig mustern, unter dem bekümmerten Blick einer bigotten Alten, die in der ersten Bank kniet, direkt vor dem Altar. Und da ist tatsächlich eine kniende Frau, hinter einer Säule versteckt. Eine kniende Frau gibt es in jeder Kirche. Ich betrachte ihre Schuhsohlen, und schon sehe ich meine Mutter vor mir. Sie war gläubig, aber mein Vater hatte ihr ein Leben lang verboten, ihren Glauben zu praktizieren. Um ihn nicht zu brüskieren, hatte sie sich angewöhnt, schweigend zu beten. Sie tat so, als würde sie lesen, starrte wie gebannt in ein offenes Buch, vergaß aber, die Seiten umzublättern. Erst zum Schluß, als mein Vater immer häufiger fortblieb, wurde sie wieder mutiger. Wenn sie nichts zu tun hatte, schlüpfte sie in die moderne Kirche jenes Viertels, das sie verachtete. Dort kniete sie ein wenig abseits nieder, in einer Bank an der Tür, am Weihwasserbecken, am Lärm, der von draußen hereinkam, so als fühlte sie sich dieses heiligen Ortes nicht würdig. Die Schuhsohlen dieser Frau waren wie die Schuhsohlen meiner Mutter. Die Schuhsohlen eines Menschen, der niederkniet, sich von der Erde löst und betet. Auch Italia war gläubig. Im Schlafzimmer hing ein Kruzifix an der Wand, zwischen den dicken Perlen eines Rosenkranzes, und um den Hals trug sie ein kleines Kreuz aus Silber, an dem sie herumlutschte, wenn sie traurig war. Vielleicht ging auch sie jetzt in eine Kirche und bat vor einer Statue um Vergebung. Was sie wohl an diesem Weihnachtstag machte? Ich sah einen aufgeschnittenen Panettone, Krümel auf einer Wachsdecke, ihre Hand, die ein Stück abschnitt, einen Bissen, der durch ihre Kehle rutschte. In dem ungeheizten Haus. Vielleicht stand auch vor ihr eine Krippe, eine dieser kleinen Plastikkrippen aus einem Stück, wie man sie im Kaufhaus bekommt.

Dann vergaß ich. Und während ich vergaß, belohnte mich das Leben. Im Februar wurde ich Chefarzt. Die Sache lag schon länger in der Luft. Ich hatte es verdient. Seit siebzehn Jahren arbeitete ich nun schon in diesem Krankenhaus. Ich war Assistent, dann Oberarzt, dann erster Oberarzt. Jetzt hatte ich das Sagen. Ich ließ mich von der Euphorie der anderen anstecken, von deiner Mutter in erster Linie, von den Kollegen, die mir zu Ehren ein Fest gaben. Diese Beförderung war die Krönung meiner beruflichen Laufbahn, doch engte sie mich auch ein. Jetzt war es endgültig vorbei mit dem Traum, in ein armes Land zu gehen, wo mein Beruf das hätte sein können, was ich mir als Kind darunter vorgestellt hatte. Ein prickelndes Abenteuer, eine Mission. Weit weg von der wie hypnotisiert wirkenden Blase dieses reichen, mangelhaft verwalteten Krankenhauses, in dem man die Medikamente verfallen läßt und die Geräte in ihren ungeöffneten Kartons veralten. In dem alles wie unter Betäubung geschieht und das Lebendigste noch eine Maus ist, die ab und zu durch die Küche läuft und die Köchinnen zum Kreischen bringt. Jeder von uns träumt davon, daß irgend etwas seine geordnete Welt aus den Angeln hebt, Angela. Und diesen Traum träumt man, während man lässig auf dem Sofa sitzt, umgeben von den täglich wachsenden Reichtümern des Lebens. Doch irgendwann, von einem lächerlichen Impuls zur Revolte getrieben, fängt man an, nach den Knochen des Mannes zu suchen, der man gern geworden wäre. Aber zum Glück ist man gut gepolstert, von einer soliden Fettschicht umwickelt, die vor scharfen Kanten schützt und vor den Dummheiten, die man sich ab und zu einredet.

Als ich wieder allein war und im Auto nach Hause fuhr, nachdem der Direktor des Krankenhauses mir gratuliert hatte, dachte ich über die veränderte Situation nach und stellte erstaunt fest, daß doch alles wieder ins Lot zu kommen schien. Offenbar hatte diese Beförderung in dem Entwurf, den das Leben für mich vorgesehen hatte, ihren vorbestimmten Platz. Und plötzlich kamen mir die letzten Monate amouröser Irrungen vor wie eine Art Sabbatjahr, eine intensive, bewegende Auszeit, die mein Herz sich genehmigt hatte, bevor es in eine neue Phase wachsender Verantwortung eintrat. Ich fühlte mich wieder stark. Und wenn irgend etwas Schreckliches geschehen war, dann lag es jetzt hinter mir wie ein Stück Papier, das von der Strandpromenade hinweggefegt wird, wenn der Sommer zu Ende ist.

Inzwischen konntest du dich in deiner Mutter kaum noch bewegen. Ihr Bauch war dick, wölbte sich unter den Kleidern wie eine Trophäe, der Bauchnabel stand vor wie der Buckel auf einem Kampfschild. Es fehlte nicht mehr viel, nicht mal ein Monat. Elsa wurde immer kurzatmiger. Abends nach dem Essen legte ich ihr die Hand auf den Magenmund und massierte sie sanft. Sie schlief wenig, offenbar wurdest du munter, sobald sie sich hinlegte. Oft fand ich sie nachts in Gedanken versunken vor. Sie wachte über dem Webrahmen der Wünsche, aus dem du in Kürze herauskriechen würdest. Im Halbdunkel beobachtete ich sie und wagte nicht zu stören, ich spürte, daß sie allein sein wollte. Auf der Straße stützte sie sich auf meinen Arm, ihr Körper war gewaltig und plump, wenn ich in einem Schaufenster ihr Spiegelbild sah, war ich gerührt. Ihr Verhalten rührte mich, ihre Verbohrtheit, die sie niemals aufgab. Angesichts der physischen Veränderung wirkte ihr Stolz wirklich komisch. Sie wollte mir beweisen, daß sie sehr gut allein zurechtkam, deshalb unternahm sie mehr, als ihr Zustand eigentlich zuließ. Sie kleidete sich sorgfältig, Umstandsmode verschmähte sie. Ihre Haut schimmerte, ihr Blick war klar. Unerschrocken stellte sie sich der Konkurrenz mit anderen Frauen.

Wir schliefen noch miteinander, ihre Lust schien durch die Kurzatmigkeit nicht beeinträchtigt. Sie legte sich auf die Seite, und ich bemächtigte mich ihres Körpers, der mich groß und hingebungsvoll aufnahm. Angesichts ihres riesigen Körpers kam ich mir winzig und überflüssig vor, es fiel mir schwer, meine Scheu zu überwinden, aber offenbar war das allein mein Problem. Es war ein sanfter Sex, ein Geschenk an einen Körper, der schon schwanger war. Ich hätte gern darauf verzichtet. Aber Elsa forderte meine Aufmerksamkeit, also stellte ich sie zufrieden. Ich machte es mir in ihr bequem, zwischen euch beiden, wie ein entnervter Gast, der bei einem überfüllten Fest auf einem Klappstuhl sitzt. Im Dunkel horchte ich auf das Leben zwischen uns, das wir mit der gleichen Bewegung unserer Körper geschaffen hatten, die wir jetzt fortsetzten, als hätten wir nie aufgehört. Ich war zu Hause, zwischen den Beinen einer Frau, die ich seit fünfzehn Jahren kannte und die ein Kind von mir erwartete. Nebenan, im Gästezimmer, war jetzt eine Bärchentapete, und die Wiege stand auch schon bereit. Vielleicht hätte ich glücklicher sein müssen, als ich tatsächlich war. Aber die Intimität ist ein schwieriges Pflaster, Angela. Ich dachte nicht an Italia, aber ich spürte sie. Ich wußte, daß sie mir noch in den Gliedern steckte, mit schlurfenden Schritten wie die greise Haushälterin in einem Schloß, die ein Licht nach dem anderen löscht, bis es stockdunkel ist.

Und hier waren wir nun, mitten im Gewühl eines großen zweigeschossigen Geschäfts mit großen Schaufenstern. Deine Mutter hatte mich gebeten mitzukommen, um für dich eine Ausstattung zu kaufen. Es war sechs Uhr nachmittags, es war schon dunkel, es regnete. Elsa schüttelte die Tropfen vom Schirm, stellte ihn in den Ständer neben der Eingangstür, prüfte, ob ihre Haare naß waren, und drehte sich dann suchend nach mir um. Über unseren Köpfen baumelten zahllose Plüschtiere, die mit Strippen und Saugnäpfen an der Decke befestigt waren. In der Spielecke für Kinder gab es Plastikspielzeug mit abgerundeten Kanten; die Frauen an der Kasse hatten Schiffchen auf, rot wie ihre Miniröcke, und sie schenkten allen Kindern, die das Geschäft verließen, einen Luftballon, der an einem Plastikstab befestigt war.

Wir fuhren die Rolltreppe hoch. Verwirrt schoben wir unseren Einkaufswagen durch die Reihen, ohne uns für irgend etwas entscheiden zu können. Wir waren in der Abteilung: Die ersten Monate, die Winzigkeit der Kleidungsstücke machte uns nachdenklich. Es war überheizt, ich hatte Elsas Mantel über dem Arm und knöpfte meinen auf. Mit Hingabe beugte Elsa sich über die winzigen Schöpfungen, studierte Preise und Stoffzusammensetzung.

»Gefällt dir das?«

Sie hielt einen Kleiderbügel mit einem königlichen Kleidchen hoch, das über und über mit Taftvolants besetzt war. Sie drehte es hin und her und beschloß, daß es für ein Neugeborenes zu aufwendig sei. Sie wollte nur praktische Sachen, leicht zu wechseln, waschmaschinenfest. Aber dann, nachdem wir lachend ein paar Runden gedreht hatten, schnappten wir das Taftkleidchen und warfen es in unseren Wagen. Und mit derselben Euphorie sammelten wir Hemdchen, Röckchen, Strampelhosen aus Frottee, Ohrschützer aus Plüsch, einen blauen Fisch für die Badewanne, mit dem man die Wassertemperatur messen konnte, ein schwimmendes Buch, eine Tiergirlande für den Kinderwagen, ein paar Turnschuhe Größe 00, vollkommen überflüssig, aber einfach zu entzückend, um sie nicht zu kaufen. Eine Verkäuferin ging hinter uns her, um uns zu beraten, sie lächelte. Deine Mutter und ich hielten uns bei der Hand, ab und zu stieß sie mich tadelnd an, denn jetzt war ich es, der alles kaufen wollte. Wir waren richtig in Festtagsstimmung, plötzlich konnten wir es gar nicht mehr erwarten, daß du endlich auf die Welt kämst, damit wir dir dieses märchenhafte Kleid, diese Turnschuhe anziehen konnten. Jetzt, wo wir deine Kleider hatten, meinten wir, dich sehen zu können.

Als die Verkäuferin den Wagen in den Aufzug schob, klopfte Elsa, mit rotem Gesicht und Schweißperlen auf der Stirn, auf den Griff: »Gut, ich glaube, wir haben alles.«

Einen Augenblick lang wirkte sie ein wenig verloren, denn jetzt mußten wir mit dem ganzen Zeug zur Kasse. Du warst noch nicht da, trugst noch ein Kleid aus Wasser. Und sie, die sonst immer so sparsam war, hatte sich zu einer Tollheit hinreißen lassen, sie, die vorher noch gesagt hatte: »Nur das, was unbedingt nötig ist.«

Die Frau mit dem Schiffchen an der Kasse lächelte und reichte mir einen Luftballon. Mit Tüten beladen holten wir

Elsas Schirm aus dem Ständer und gingen hinaus. Draußen schlug uns der Verkehrslärm entgegen, dazu das Geprassel des Regens, der auf den Bürgersteig und auf die Autos an der Ampel niederging. Ich hatte die Verkäuferin gebeten, uns ein Taxi zu rufen, und jetzt standen wir vor dem Geschäft und warteten. Über uns beulte sich die Markise, in der sich das Wasser sammelte, bevor es überlief. Um uns herum drängelten sich die Leute, die sich vor dem plötzlichen Regenguß in Sicherheit gebracht hatten. Neben mir stand eine Frau, die gar nicht aufpaßte, und von ihrem Schirm tropfte es auf mein Bein. Angestrengt schaute ich über Elsas Kopf hinweg nach links, versuchte zwischen den roten und gelben Lichtern der Ampel, die in der feuchten Luft verschwammen, irgend etwas zu erkennen. Ich suchte nach dem Leuchtschild des Taxis. In einer Hand hatte ich die Plastiktüten, in der anderen den lächerlichen Luftballon, den ich noch nicht losgeworden war.

Endlich taucht das Taxi auf, in der Autoschlange kommt es langsam auf uns zu. Ich drehe den Kopf und will Elsa, die neben mir steht, ein Zeichen geben, doch sie ist zerstreut.

»Das Taxi ist da«, sage ich.

Ich stutze. Ich lasse den Blick zurückschweifen, nur wenig, bis zu einem Punkt weiter hinten, zwischen mir und den Autos, wo meine suchenden, vom Regenguß beeinträchtigten Augen etwas gesehen haben: einen Schatten, der für den Bruchteil einer Sekunde in mein Blickfeld gerutscht ist. Eigentlich habe ich nichts gesehen, nur einen verschwommenen Umriß. Trotzdem bin ich mir sofort sicher. Der Magen krampft sich zusammen, die Kehle ist wie zugeschnürt. Da steht Italia, regungslos im Regen. Sie sieht in unsere Richtung. Vielleicht hat sie uns gesehen, als wir aus dem Geschäft kamen. Wir lachten über den Luftballon, über die aufdringliche Kassiererin. »So eine kleine Hure«, hatte Elsa mir ins Ohr geflüstert, »die denkt wohl, mit diesem Bauch wäre ich außer Gefecht.« Ich mußte lachen, vor lauter Lachen stolperte ich. Elsa wollte mich festhalten, verlor dabei das Gleichgewicht, und beinah wären wir beide hingefallen. Da mußten wir noch mehr lachen, glücklich und komisch, im strömenden Regen. Italia mustert Elsa neben mir. Elsa mit dickem Bauch unter dem Mantel. Ich habe den roten Luftballon in der Hand, jetzt drücke ich ihn nach unten, weil es mir peinlich ist, gleichzeitig versuche ich, Elsa mit meinem Körper abzuschirmen, sie vor diesen Augen, die uns aus ein paar Meter Entfernung anstarren, zu schützen. Italias Gesicht kann ich nicht sehen, aus einem Schaufenster fällt Licht auf ihre Gestalt, das Gesicht ist im Schatten. Ihre Haare sind nicht mehr gelb. Aber sie ist es, ich weiß es, und ich weiß auch, daß sie uns gesehen hat. Plötzlich weiß ich nicht mehr, wo ich bin. Um mich herum bloß noch Schatten und Lichter, die mich blenden. Ich bin mit ihr allein im strömenden Regen. Sie, ohne Schutz, der Körper starr, die Wolljacke durchweicht, die Beine nackt. Ich hebe die Hand, das Wasser von der Markise läuft in den Ärmel meines Regenmantels. Ich will ihr sagen, daß sie auf mich warten soll, ich will ihr sagen: Geh nicht fort.

Das Taxi hält vor uns, Elsa schließt den Schirm über dem Kopf und steigt ein. Ich sehe, wie ihr Rücken, ihr Mantel hinter der Tür verschwinden. Ich schaue wieder zu Italia hin: Sie geht weg. Ich folge ihrem Körper, der über die Straße geht, zwischen den Autos, die Schritt fahren. Ich beuge mich zu der offenstehenden Tür hinunter. Elsa sieht mich an, sie versteht nicht, worauf ich warte.

»Wir sehen uns zu Hause.«

»Wieso? Kommst du nicht mit?«

»Ich habe meine Kreditkarte liegenlassen ...«

»Ich warte auf dich.«

Die Autos hinter dem Taxi hupen.

»Nein, fahr ruhig. Ich gehe zu Fuß.«

»Dann nimm wenigstens den Schirm.«

Als das Taxi losfährt, sehe ich im Rückfenster, wie Elsa sich nach mir umdreht. Ich überquere die Straße, in der einen Hand die Tüten voller Babysachen, in der anderen den Luftballon der Kassiererin und Elsas Schirm, den ich nicht aufgespannt habe, weil ich mich nicht schützen will. Ich suche den Bürgersteig auf der anderen Straßenseite ab, schaue zur einen, dann zur anderen Seite, keine Italia. Ich schaue in eine überfüllte Bar, wo die Leute vor dem Tresen stehen und darauf warten, daß der Regen aufhört. Es riecht nach nassen Sägespänen und Ketchup, aber keine Italia. Jetzt weiß ich nicht mehr, wo ich sie suchen soll, aber ich renne drauflos, biege in die erstbeste Straße ein, die bald endet, dann in eine dunkle Seitenstraße, wo der Regen auf das Pflaster trommelt. Da sehe ich sie. Sie sitzt auf einer Stufe, mit dem Rücken an der Haustür. Sie kann mich nicht hören, denn der Regen verschluckt das Geräusch meiner Schritte. Sie kann mich nicht sehen, weil sie die Hände vors Gesicht geschlagen hat. Ich betrachte die gebeugte Halslinie. Ihre Haare sind nicht mehr strohig, sie sind kürzer, dunkler, kleben an der Kopfhaut wie eine glänzende Kappe. Dorthin lege ich meine Hand, auf diesen unglaublich kleinen Kopf, auf die nassen Haare. Sie zuckt zusammen, ihr Hals, ihr Rücken zittern, als hätte sie ein Peitschenschlag getroffen. Sie hat mich nicht erwartet. Ihr Gesicht ist eine aufgeweichte Maske, die Zähne klappern hinter den zusammengepreßten Lippen. Ich lausche auf dieses hemmungslose Zähneklappern, das sie nicht unterdrücken kann. Dann stehe ich vor ihr, ganz dicht vor ihr. Der triefende Regenmantel lastet auf meinen Schultern, das Wasser läuft mir in den Kragen, zwischen die warme Haut und die Kleidung. Ich bin gerannt, mit offenem Mund schnappe ich nach Luft, der Regen läuft mir über das Gesicht. In der Hand habe ich einen roten Luftballon. Wie klein sie ist, sie hat die Arme um den klatschnassen Körper geschlungen, die weißen Beine auf die Stufen gestreckt, an den Füßen kurze Stiefel, die vor Nässe glänzen. Es ist grauenvoll, sie wiederzufinden, und himmlisch. Sie sieht jünger aus. Wie ein krankes Mädchen. Wie eine Heilige. Das Wasser höhlt ihre Gesichtszüge aus. Übrig bleiben nur die Augen. Zwei glänzende Pfützen, die mich mustern, während die schwarze Schminke über ihre Wangen läuft wie nasser Ruß. Sie ist allein mit ihren Knochen, mit ihren Augen. Sie ist es, mein verlorenes Hündchen.

»Italia ...«

Ihr Name rollt durch diese enge, dunkle Straße, zwischen den Wänden, die sie begrenzen. Sie hält sich die Ohren zu, schüttelt den Kopf, will mich nicht hören, will ihren Namen nicht hören. Ich knie vor ihr nieder, nehme ihre Arme.

Sie zuckt zusammen, tritt nach mir. »Geh weg«, stößt sie zwischen den klappernden Zähnen hervor. »Geh weg ... weg!«

»Nein, ich geh nicht weg!«

Und jetzt bin ich der Hund, ich senke die Schnauze in ihren nassen Schoß. Die nassen Kleider haben einen starken Geruch. Das Wasser hat verborgene Gerüche in dem schlaffen Gewebe der Wolljacke wieder zum Leben erweckt. Es riecht nach schwitzendem Tier, nach Gebären. Und schon bin ich ein Kind, zitternd knie ich auf den Stufen, während die

Sintflut über uns kommt. Mit den Armen umfasse ich ihre magere Hüfte. »Ich konnte es dir einfach nicht sagen, ich habe es nicht geschafft ...«

Sie beugt sich nach hinten, um sich aus meiner Umarmung zu befreien, sie atmet keuchend, aber sie hat aufgehört, mich wegzustoßen.

Ich richte mich auf, suche ihre Augen. Und jetzt löst sich ihre Hand vom Boden, nähert sich meinem Gesicht und streichelt es. Und als diese Hand, die so kalt ist wie die Steine, auf denen sie gelegen hat, meine Wange berührt, weiß ich, daß ich sie liebe. Ich liebe sie, Töchterchen, wie ich nie jemanden geliebt habe. Ich liebe sie wie ein Bettler, wie ein Wolf, wie ein Brennesselzweig. Ich liebe sie wie ein Schnitt ins Glas. Ich liebe sie, weil ich nur sie liebe, ihre Glieder, ihren Geruch nach Armut. Und diesem ganzen Wasser will ich zubrüllen, daß es ihm nicht gelingen wird, sie mir fortzunehmen, sie mit einem dieser Bäche fortzuspülen, die über das verlassene Pflaster strömen. »Ich will bei dir sein.«

Sie sieht mich an, mit diesen Augen, die vom Wasser verrostet scheinen, ihre Hand streichelt meine Lippen, ihr Daumen schiebt sich zwischen meine Zähne. »Liebst du mich noch?« sagt sie.

»Noch mehr, Quecke, noch viel mehr.«

Und ich lecke ihren Daumen, ich sauge an ihm wie ein Neugeborenes. Ich sauge die Zeit auf, die wir getrennt waren. Wir haben uns wieder, um einen Sommer gealtert, wir sitzen vor einer Haustür, von den Balkons pladdert das Wasser auf uns herab, es duftet nach dem feuchten Garten weiter hinten, unsere lauwarmen Körper dampfen unter den nassen Kleidern, wir sind wieder auf der Straße wie zwei Katzen. Meine Zunge streicht über ihre Wimpern. Sie hat den Schlüpfer ausgezogen und zerknüllt ihn in der Hand. Die Beine gespreizt wie eine Puppe, die Füße in den vor Nässe glänzenden Stiefeln. Ich beuge den Rücken, zerfließe in ihr, während das Wasser in unsere lauwarme Hütte rinnt wie in ein Treibhaus. Die Gesichter aneinandergeschmiegt, und unten diese trügerische Lust, die uns weit fortträgt und alles mit sich fortreißt. Vorbei die Befürchtung, jemand könne kommen, uns mit Füßen treten und beschimpfen. Ich bin ein Wurm aus Fleisch, geschützt in einem Körper, den ich liebe. Wir haben uns wieder, in der Dämmerung des Atems. Wir, die wir nicht bleiben werden, die wir sterben werden, wie alles stirbt.

Dann ist es wirklich dunkel, und auch das Wasser nimmt überhand. Wohin sollen wir gehen? Was ist unser Schicksal? Welches Zimmer wird uns jetzt aufnehmen? Wir sollten uns nicht lieben, und doch haben wir es getan. Wie Hunde, mitten auf der Straße. Und das Danach ist immer heikel, mühsam, ungewiß. Dann ein paar unbeholfene Gesten, ein Zurechtzupfen der Kleider, eine Liebkosung, noch eine Peinlichkeit mehr. Wir hätten es nicht tun dürfen, aber wir haben es getan. Zu Hause habe ich eine schwangere Frau, die auf mich wartet. Macht nichts, zieh den Schlüpfer an, Italia. Und ich, hoch die Hosen, schnell und schief unter dem Regenmantel, der aussieht wie ein lumpiger Fetzen. Niemand hat uns gesehen, weil keine Menschenseele auf der Straße ist, die für uns aus der Welt gefallen ist. Italia ist aufgestanden, unter der wasserdurchtränkten Jacke sehe ich ihren gespenstischen Körper. Sie sieht aus wie eine Ziege, die sich verlaufen hat, einsam an einem Abgrund steht, in einem Unwetter. Plötzlich ist alles wieder schrecklich. Neben mir ist eine Straßenlaterne, die nicht leuchtet. *Hätte uns doch der Blitz getroffen, als wir uns liebten! Wenn eine Schlange aus Elektrizität zwischen uns eingeschlagen hätte, ein zitternder blauer Strich in unsere Lust gefahren wäre. Ja dann, dann hätte es einen Sinn gehabt …*

Aber so ... So müssen wir die verknautschten Sachen, die angeklatschten Haare glattstreichen und mit diesem Aufruhr in uns, mit diesen erschütterten Körpern in die Welt am Ende der Straße zurückkehren, dahin, wo die Lichtreflexe auf dem Asphalt glitzern, wo Autos vorbeifahren und Beine unter Schirmen vorbeieilen. Wir haben uns wieder, zwei Pechvögel, zwei schäbige Liebende mitten auf der Straße. Auf dem schwarzen Pflaster liegt der rote Luftballon wie ein vergessenes Herz, Italia schaut ihn an.

»Warum hast du dir die Haare abschneiden lassen?«

Sie antwortet nicht, lächelt im Dunkeln, ihre fehlerhaften Zähne leuchten unter der winzigen Klinge der Lippen. So kehren wir in die Menschenmenge zurück, sie hat sich bei mir eingehakt, hat ihre Finger in meinem Regenmantel vergraben. Wir gehen sehr langsam, sie stützt sich auf meinen Arm, und ich merke, daß sie nur mit Mühe laufen kann. Die wenigen Passanten rauschen an uns vorbei, ohne uns zu bemerken. Jetzt endlich läßt der Regen nach, der Himmel ist wie ein ausgewrungenes Tuch, das die letzten Tropfen ausschwitzt.

»Was ist das? Zeig mal.«

Wir haben uns wieder, wieder einmal sitzen wir in einer Bar, an einem ziemlich gut versteckten Tisch. Die Wand hinter Italia ist mit dunklen Holzleisten verkleidet. Der Tisch ist schmal und naß von unseren Ellbogen. Unter dem Tisch stoßen die Knie aneinander, an den Schuhsohlen kleben alte Papierservietten. Ich habe den Fehler begangen, die Plastiktüten auf den Tisch zu legen, ich habe es gar nicht gemerkt. Und jetzt greift Italia danach.

Ich halte die Tüten fest: »Da ist nichts Interessantes drin.«

»Zeig mal her.«

Und schon ist das Taftkleid herausgerutscht, naß und zerknittert.

»Ist es ein Mädchen?«

Mit gesenkten Augen schaue ich in meine Hände, die trichterförmig auf dem Tisch liegen, und nicke. Betroffen starre ich auf den glänzenden Stoff zwischen uns. Es ist noch keine Stunde her, da haben deine Mutter und ich über das Kleid gelacht, wir haben es vom Bügel genommen und in unseren Wagen gelegt, wir waren glücklich. Wenn ich es jetzt ansehe, finde ich es schrecklich. Der Regen hat es ruiniert, während Italia und ich uns geliebt haben. Es sieht aus wie das Kleidchen eines ertrunkenen Mädchens.

Mit gebeugtem Kopf fummelt Italia daran herum, streicht den Stoff glatt, lupft die Volants. »Wie schade, hoffentlich ist es nicht eingelaufen.«

Sie dreht es auf links, sucht nach dem Etikett. »Nein, zum Glück, man kann es mit der Hand waschen.«

Was macht sie da? Was sagt sie da bloß?

»Man muß es nur bügeln, dann wird es wieder so schön wie vorher.«

Jetzt faltet sie es. Sie nimmt die Ärmel, legt sie nach innen, mit so großer Sorgfalt, als könnte sie sich von dem Stoff gar nicht trennen. Ihre Augen wollen mich nicht ansehen, sie schauen an mir vorbei, auf die Leute, die auf der anderen Seite des Lokals hin und her gehen.

»An dem Morgen vor der Abtreibung war ich vor deinem Haus. Als die Tür aufging und du herauskamst, bin ich nicht zu dir hin, weil deine Frau dabei war. Ihr seid zum Auto gegangen, du hast ihr die Tür aufgemacht und sie dabei leicht angestoßen. Da hat sie die Hände auf den Bauch gelegt, unten ... Da wußte ich Bescheid. Denn mein ganzes Leben war so, überall kleine Zeichen, die mich verfolgten.«

»Das wirst du mir nie verzeihen, stimmt's?«

»Das wird Gott uns nie verzeihen.«

Genau das hat sie gesagt, Angela. Und jetzt höre ich wieder ihre Worte, sie kommen aus dieser Bar, aus diesem Regen, aus dieser längst vergangenen Zeit. *Das wird Gott uns nie verzeihen*.

»Es gibt keinen Gott«, murmelte ich und drückte ihre eiskalten Hände.

Sie sah mich an, und vielleicht lachte sie mich aus. Sie zuckte die Schultern: »Hoffentlich.«

Wir sprachen nicht davon, daß wir uns wiedersehen würden, wir sprachen über nichts. Mitten auf der Straße verabschiedete ich mich von ihr. Sie sagte, sie werde fortgehen, sie müsse das Haus für die neuen Besitzer räumen.

»Und wohin fährst du?«

»Erst einmal fahre ich zurück, und dann, mal sehen, vielleicht gehe ich nach Australien.«

»Kannst du denn Englisch?«

»Ich lerne es gerade.«

Am nächsten Abend kam deine Mutter nieder. In den ersten Nachmittagsstunden setzten die Wehen ein. Ich fuhr sofort nach Hause. Als ich dort ankam, saß sie im Wohnzimmer, noch im Bademantel, vor dem ausgeschalteten Fernseher.

Ihre Hand lag ausgestreckt auf dem Sofa. »Komm her.«

Ich setzte mich neben sie. Sie legte die Hände an die Hüften, biß die Zähne zusammen, um die Schmerzen zu ertragen. Ich sah auf die Uhr, die nächste Wehe kam schon nach wenigen Minuten.

Ich ging ins Schlafzimmer, schon seit ein paar Tagen stand dort die fertig gepackte Tasche mit euren Sachen bereit.

»Kann ich zumachen?« rief ich, damit sie mich hörte.

Aber sie stand schon neben mir. »Ja«, sagte sie leise.

Sie zog den Bademantel aus und warf ihn aufs Bett. Ich nahm das Kleid, das auf dem Stuhl lag, und half ihr beim Anziehen. »Ganz ruhig.«

Ziellos wanderte sie noch ein Weile durch die Wohnung. Sie trat ans Bücherregal, nahm ein Buch heraus, stellte es wieder zurück und nahm ein anderes.

»Die Strickjacke ...«

»Ich hole sie dir. Welche denn?«

»Die blaue, irgendeine.«

Ich brachte ihr die Strickjacke, und sie ließ sie auf dem Tisch liegen.

Sie ging ins Bad. Gekämmt und mit geschminkten Lippen kam sie heraus, aber sie zitterte. Die Wehen kamen jetzt immer schneller.

Am Eingang blieb sie stehen, nahm den Telefonhörer auf und wählte die Nummer ihrer Eltern. »Mama, wir fahren jetzt los. Aber kommt nicht sofort, es ist noch Zeit.«

Tatsächlich war nur noch wenig Zeit. Im Auto platzte die Fruchtblase. Dieser heiße Strahl erschreckt sie, es ist ihr unangenehm. So hat sie sich das nicht vorgestellt, mit nassem Kleid will sie nicht im Krankenhaus ankommen. Zum Glück hat sie einen Mantel dabei, den hängt sie sich über, als wir den dunklen Marmorflur betreten. Ich gehe hinter ihr, trage die Tasche. Wir fahren sofort nach oben; Bianca, die Gynäkologin, wartet schon vor dem Aufzug auf uns. Elsa und sie duzen sich.

»Wie geht's dir, Elsa?«

»Es geht …«

Ich habe Bianca nur ein paarmal gesehen, eine Frau mittleren Alters mit kurzen, graumelierten Haaren, groß, elegant, Seglerin. Manlio war gekränkt, als Elsa ihm mitteilte, daß sie sich lieber von einer Frau betreuen lasse; bei einem unserer gemeinsamen Abendessen hat sie es ihm gesagt, mit einem freundlichen Lächeln, aber ohne jedes Mitleid, fast als hätte sie von der albernen Komplizenschaft zwischen ihm und mir etwas geahnt.

Bianca hält mir die Hand hin: »Hallo.«

Die Entbindungsstation ist im vierten Stock, der grasgrüne Fliesenboden verbreitet eine heitere Atmosphäre wie im Kindergarten. Im Flur hängen an allen Türen Kokarden mit rosa oder blauen Schleifen. Im Zimmer steht ein elektrisch verstellbares Bett mit goldfarbenem Metallrahmen;

durch das große Fenster sieht man die Wipfel der Bäume im Garten. Elsa hat sich aufs Bett gesetzt, sie atmet mühsam. Ich gehe hinaus, als Kentu, eine farbige Hebamme, die kräftig und fröhlich wirkt, hereinkommt, hinter ihr Bianca, die Elsa untersuchen wird. Als ich wieder ins Zimmer gerufen werde, steht der Wehenmesser neben Elsa, die mit glasigen Augen auf den blauen Monitor starrt. Ihre Lippen sind ganz trocken, ich helfe ihr beim Trinken. Sie haben ihr einen Einlauf gemacht, sie rasiert, innen abgetastet, und sie war gefügig wie ein Neugeborenes. Sie geht im Zimmer auf und ab, die Hände an den Hüften. Ab und zu bleibt sie stehen, stützt sich mit der Hand an der Wand ab und verharrt so eine Weile, den Kopf gesenkt, die Beine gespreizt, den großen Bauch nach unten. Sie stöhnt leise. Ich mache mit ihr die Atemübungen, massiere ihr den Rücken. Ab und zu kommt Bianca herein. »Wie geht's?« fragt sie. Dann versucht Elsa zu lächeln, was ihr nicht gelingt. In einem Handbuch hat sie gelesen, daß sich der Charakter einer Frau beim Gebären zeige. Sie will tapfer sein, aber vielleicht ist ihr dieser Wunsch schon vergangen.

»Sie sind blasser als ihre Frau«, sagt Bianca, während sie die Tür wieder schließt. Sie bewegt sich rasch und sicher, legt eine wohlbedachte Ironie an den Tag. Von Männern scheint sie nicht viel zu halten, jetzt verstehe ich, warum Elsa sie so schätzt. Ich bin Arzt, eigentlich müßte ich eine größere Hilfe sein, aber über Geburtshilfe weiß ich fast nichts, und außerdem hat das, was uns jetzt bevorsteht, mit Wissenschaft überhaupt nichts zu tun, das ist Natur. Es ist die Natur, die ihren Körper schüttelt, und ich kann nur hoffen, daß alles schnell vorübergeht. Denn jetzt, Angela, jetzt habe ich plötzlich Angst, daß etwas schiefgehen könnte. Deine Mutter leidet, ich halte ihre Stirn, und ich habe Angst. Ich bin ein Betrüger. Ich habe eine Geliebte, die ich nicht vergessen kann. Weil ich das Kind von ihr verloren habe, habe ich sie gehenlassen, ohne einen Finger zu rühren. Ein Kind, das ähnliche Wehen durchlebt hätte, um das Licht der Welt zu erblicken. Doch statt dessen ist von ihm nichts geblieben als die schwarze Scheibe eines abgeschalteten Monitors. Elsa hat sich wieder hingelegt. Die rote Wehenkurve auf dem Monitor schlägt immer stärker aus. Elsa spreizt die Beine, Bianca untersucht sie. Bianca steckt die Hand tief hinein. Elsa wirft den Kopf zurück, schreit auf. Der Gebärmuttermund hat sich geöffnet, um zehn Zentimeter.

»Gleich ist es soweit«, sagt Bianca, streift den Gummihandschuh ab und wirft ihn in den Stahlbehälter. Elsa klammert sich jetzt mit dem ganzen Körper an die baumstarken Arme der Hebamme.

»Sehen Sie mal.«

Ich gehe zu ihr und sehe hin. Das Geschlecht deiner Mutter ist gewachsen, es ist breit und gespannt. Gedehnt von deinem Kopf. Da ist etwas in der Mitte. Etwas Schwarzes. Deine Haare, Angela. Das erste, was ich von dir gesehen habe.

Wir machen uns auf den Weg zum Kreißsaal. Elsa greift nach meiner Hand, drückt sie ganz fest. Rennend schiebt die Schwester das Bett vor sich her, ich habe Schwierigkeiten, Elsas Hand festzuhalten.

Bevor wir in den Kreißsaal kommen, flüstert Elsa mir erschöpft zu: »Bist du sicher, daß du dabeisein willst?«

Eigentlich bin ich überhaupt nicht sicher. Ich bin Chirurg, aber ich habe Angst umzukippen. Ich war ziemlich betroffen, als ich da zwischen Blut und dem rasierten Geschlecht meiner Frau dieses kleine schwarze Etwas sah. Nur allzugern wäre ich draußen geblieben, diese poetische und zugleich blutige Angelegenheit erschreckt mich, aber ich weiß, daß ich mich nicht weigern kann, für Elsa ist es wichtig, daß ich dabei bin. Um mich herum ist eine große Kraft: Tief in mir spüre ich dieses geheimnisvolle Beben, wie ein Ultraschall trifft es den Punkt in meinem Innersten, wo sich das Leben kristallisiert.

Die Entbindung beginnt. Bianca hantiert zwischen Elsas Schenkeln, ihr Gesicht ist ernst, angespannt, doch plötzlich packen ihre Arme kräftig zu, sie ist wie eine Hebamme auf dem Land. Es muß schnell gehen. Elsa muß pressen, und sie tut es, unter Anleitung von Bianca und Kentu, deren Hände kräftig auf Elsas Bauch drücken: »Tief atmen und dann ordentlich pressen, so als müßtest du auf die Toilette.«

Vor Anstrengung hebt Elsa leicht den Kopf, der Hals ist steif, das Gesicht blau angelaufen. Sie schaut auf den vollen Bauch, beißt die Zähne zusammen, kneift die Augen zu und versucht zu pressen, aber sie ist schon vollkommen entkräftet. »Ich schaffe es nicht, es tut so weh ...«

»Atmen, tief einatmen!«

Und jetzt spricht Bianca laut, mit gebieterischem Ton. »So jetzt, ja gut!«

Ich streichle deiner Mutter über die Haare, die so feucht sind, daß sie an meinen Handflächen festkleben. Bianca macht einen Schritt zurück, von der Liege weg. Jetzt steht Kentu vor Elsas Schenkeln und starrt auf ihr Geschlecht. Ich nähere mich. Jetzt will ich auch zusehen. Kentu steckt die Hände in diesen blutigen Trichter, ein Finger hier, der andere da, dann plötzlich ein knallendes Geräusch, wie beim Entkorken einer Flasche, und dein Kopf, Angela, ist draußen, dann rasend schnell der Körper. Du siehst aus wie ein Kaninchen. Ein zerzaustes Kaninchen. Der Rumpf ist lang, das Gesicht zusammengequetscht. Du bist ganz mit Blut und hellem Schleim beschmiert. Die Nabelschnur ist um den Hals gewickelt.

»Deshalb wollte sie nicht herauskommen.«

Bianca packt die Nabelschnur, befreit deinen Kopf und schneidet sie ab. Dann ein leichter Schlag auf den Rücken, ein leichter Schlag von einer schwarzen Hand. Dein Gesicht ist so verschmiert, daß ich noch nicht erkennen kann, wie du aussiehst. Du bist blau. Du spürst den Schlag und bewegst dich nicht, reglos hängst du da wie ein Gekröse. Hinter der Milchglasscheibe, die den Kreißsaal unterteilt, ist ein Neonatologe. Bianca stürzt zu ihm, mit dir auf dem Arm. Ich sehe nichts mehr. Nur noch Schatten von Köpfen und Körpern. Ich höre, wie der Absauger arbeitet, dein Hals ist voller Schleim, der jetzt abgesaugt wird. Noch hast du nicht geweint, noch lebst du nicht. Elsa, verschwitzt und blau angelaufen, sieht zu mir hin. Wir verständigen uns durch Blicke, ungläubig sehen wir uns an. Wir haben denselben Gedanken: *Es kann nicht sein, es kann nicht sein.* Elsas Hand ist jetzt eiskalt, und auch ihr Gesicht. Es dauerte nicht lange, Angela, aber dieser kurze Augenblick war die Hölle. Ich sehe Italia, sehe mich in ihr, unzählige Male, all die Male, die wir uns geliebt haben. Mir bleibt keine andere Wahl, als mich selbst zu strafen, den Kopf in die Schlinge zu stecken, die am Galgen auf mich wartet. Ich sehe deine Mutter an, vielleicht verspricht auch sie ein Opfer, um dein Leben zu retten. Ich packe den Teufel, der mir im Nacken sitzt, mir in die Hoden fährt: *Laß das Kind leben, und ich verzichte auf Italia!*

Dann der Schrei. Spitz, laut, vollkommen: Der erste Schrei legt sich in unsere Hände, meine und die deiner Mutter, in unsere verschwitzten Handflächen. Eine Träne kullert über Elsas Schläfe, versickert in ihren Haaren. Die Freude hat Zeit, sie ist verhalten, kommt langsam. Der Absauger ist ausgeschaltet, alles wird gut. Der Pakt mit dem Teufel ist schon vergessen. Dann kommst du, in Kentus Armen: ein rotes Äffchen in einer weißen Decke. Ich nehme dich auf den Arm, mustere dich aufmerksam. Du bist so häßlich. Du bist so schön. Du hast dicke Lippen, die sich bereits öffnen und im Herzen des verknauschten Gesichts vorstülpen, geschwollene Augen, die fast geschlossen sind, weil das helle Licht dich stört. Ich hebe den Ellbogen, um dich vor dem brutalen Lichtstrahl der Operationslampe zu schützen. Das ist das erste, was ich für dich tue, das erste zu deinem Schutz. Dann beuge ich mich zu deiner Mutter hinunter. Sie schaut dich an und macht ein Gesicht, das ich nie vergessen werde. Ein Gesicht, das Befriedigung und Staunen ausstrahlt, aber auch eine Spur Traurigkeit. Ich verstehe sie: In diesem Augenblick wird ihr klar, daß das Leben ihr eine neue Aufgabe gestellt hat. Gerade noch war sie eine Frau, die schwitzte und den Kopf herumwarf, jetzt ist sie schon Mutter, ihr Antlitz hat bereits etwas Mütterliches. Wie sie so daliegt, mit zerzausten, vor Anstrengung aufgetürmten Haaren, in diesem kalten Lichtkegel, der sie von oben anstrahlt, sieht sie aus wie der Prototyp einer Mutter, mächtig und unsicher.

Deine Mutter blieb wegen der Nachgeburt noch im Kreißsaal. Vorsichtig ging ich mit dir auf dem Arm die Treppe hinunter, zum Zimmer deiner Mutter. Obwohl du leicht warst wie eine Brötchentüte, wogst du doch schwer, fast fühlte ich mich mit so einem ungewöhnlichen Transport überfordert. An der Tür hing schon eine rosafarbene Kokarde. Endlich waren wir allein. Sanft legte ich dich auf das Bett. Ich beugte mich über dich, sah dich von der Höhe meines Erwachsenengesichts aufmerksam an. Ich war dein Vater, und du wußtest nichts von mir, von den Fährnissen meines Lebens. Ich war dein Vater, ein Mann mit großen zitternden Händen, mit einem Geruch, der in den Poren der Haut festsaß, ein Mann, der die Tage von vierzig Jahren auf dem Buckel hatte. Du lagst unbeweglich da, so wie ich dich hingelegt hatte, wie eine auf den Rücken gedrehte Schildkröte. Aus wässrigen dunkelgrauen Augen sahst du mich an. Vielleicht hast du dich verwundert gefragt, wo die schützende Enge geblieben war. Du hast nicht geweint. Brav lagst du da, in deinen viel zu großen Sachen. Du hattest etwas von einer angezogenen Maus. Ich fand, daß du mir ähnlich sahst. Du warst winzig, unergründlich, aber da war auch etwas Bekanntes. Du hast fast alles von mir, Angela. Die Schönheit deiner Mutter hast du verschmäht, dir lieber mein Aussehen angeeignet, das bei mir wenig attraktiv ist, bei dir jedoch eine andere Ausprägung annimmt, auf geheimnisvolle Weise gewinnt. Du bist keine moderne, aggressive Schönheit. Du hast ein ungewöhnliches Gesicht, unendlich sanft, groß und ruhig. Ein Gesicht ohne Schatten. Ich fand immer, daß du etwas ganz Besonderes bist. Ich kuschelte mich neben dich, zog die Beine an wie ein Fötus. Du warst erst wenige Minuten alt, ich schaute dich an und fühlte mich konturlos und verschwommen, genau wie du mich wahrnahmst. Ich fragte mich, ob du mir aus dieser weißen Welt, aus der du kamst, ein wenig Anmut mitgebracht hattest. Inzwischen brach die Dämmerung an, deine erste Morgendämmerung.

Ich ließ dich allein auf dem großen Bett zurück und trat ans Fenster. Unten wurde hinter der Terrasse langsam der Garten sichtbar. Es war neblig, keine Sonne. Ich dachte an diesen grauen, verhangenen Tag, der nun zwischen den Häusern und Baracken rund um Italias Haus heraufzog. Was sie jetzt, bei Anbruch des Tages, wohl gerade tat? Vielleicht nahm sie einen Lappen von der Wäscheleine vor dem Küchenfenster und musterte, das Kinn in die Hand gestützt, den von der Hochstraße durchschnittenen Himmel. Ich dachte an meine Mutter, sie hätte gern eine Enkelin gehabt. Im Sommer wäre sie mit ihr verreist, hätte sie mitgenommen in eins dieser großen Hotels mit Halbpension. Großmutter und Enkelin. Mittags ein Brötchen im Zimmer, auf dem Bett voller Sand. Abends Mineralwasser aus einer Flasche mit Gummiverschluß, und immer dieselbe Stoffserviette. Aber natürlich konnte ich nicht an ihrem Grab anklopfen. Du warst zur Welt gekommen, wogst zwei Kilo und siebenhundert Gramm, hattest die gleichen länglichen, melancholischen Augen wie ich.

Der Tag verlief ereignisreich. Das Zimmer füllte sich mit Besuchern und Blumen. Elsas Eltern blieben bis zum Abend, unaufhörlich liefen sie zwischen dem Bett der Tochter und der Kinderstation hin und her. Es kamen entfernte Verwandte und enge Freunde. Großmutter Nora redete, unterhielt die Besucher, stellte Ähnlichkeiten bei dir fest. In den Pausen zwischen den Besuchen räumte sie das Zimmer auf, ordnete Fruchtgeleebonbons, stellte Blumen in die Vase. Wie gewöhnlich fühlte sich Elsa durch ihr hektisches Gebaren gestört, wie ein Kind blieb sie im Bett, die Hände über dem gewölbten Bauch gefaltet, das rosafarbene Gummibändchen am Handgelenk. Wenn unsere Blicke sich trafen, zog sie die Augenbrauen hoch und gab mir mit flehenden Augen zu verstehen, ich solle sie von ihrer Mutter befreien. Ich hakte Nora unter und ging mit ihr ins Café der Klinik. Du hattest dich schon an der Brust festgesaugt. Ich beugte mich über Elsa und half ihr, dich in die richtige Stellung zu bringen. Offenbar warst du viel erfahrener als wir, du wußtest schon alles. Du nahmst die Brustwarze in den Mund, saugtest und schliefst dann ein. Ich blieb auf dem Stuhl neben dem Bett sitzen und sah euch zu. Schon in diesen ersten Stunden spürte ich, daß die wahre Beziehung euch beiden gehörte.

Als es Abend wurde, war ich entnervt, müde. Ich stellte den Stuhl ans Fenster. Der Nebel hatte sich den ganzen Tag nicht gelichtet, jetzt verschleierte er die Dunkelheit. Im Garten, zwischen den Beeten, stehen Lampen, die in der nebligen Luft einen weißen Hof haben. Langsam fährt ein Auto vorbei, passiert die Hecken und gleitet lautlos an meinem Auge, an meiner Nase vorbei. *Keiner von uns wird leben, wie es auch kommen mag, dieser Zirkus, dieses hektische Schwanzwedeln der Dinge, der Autos im Dunkel, der Lichter im Nebel, der Augen, die sich in der Scheibe spiegeln, wird ein Ende haben. Ich bin ein trauriger Mann, und das werde ich auch bleiben, ein Mann, der mißtrauisch das Spiegelbild seines Auges in der Scheibe betrachtet, ein Mann, der sich selbst nicht lieben kann, der aber trotz mangelnder Eigenliebe überlebt. Und dir, mein Töchterchen, was kann ich dir geben? Du liegst wieder in deiner Wiege im Kinderzimmer, weil deine Mutter sich ausruhen muß. Am Fußende des Bettes steht noch das Tablett mit Essen, mit schläfrigen Augen sieht sie sich eine Fernsehsendung an, ohne Ton. Was soll ich dich lehren, ich, der nicht an die Freude glaubt, ich, der die Schönheit straft, ich, der eine Frau mit magerem Hintern liebt, ich, der ich teilnahmslos menschliche Körper ausnehme, ich, der im Stehen pinkelt und heimlich weint? Vielleicht werde ich dir eines Tages von mir erzählen, vielleicht wirst du mich eines Tages streicheln und dich darüber wundern, daß ich dieses Etwas unter deiner Hand bin.*

Raffaella geht durch den Garten, in ihrer giftgrünen Jacke. Schon am Nachmittag war sie hier, hat viele Fotos gemacht. Als sie sich neben Elsa geworfen hat, um ein Foto mit Selbstauslöser zu knipsen, hat das Bett unter dieser plötzlichen Belastung heftig geschwankt. Sie hatte angekündigt, sie werde später nach der Arbeit noch einmal vorbeikommen, und nun hüpft sie zwischen den Beeten umher, mit einem Päckchen in der Hand: Mignontörtchen für ihre beste Freundin, um diesen süßen Abend noch mehr zu versüßen. Dann erscheint ihr Gesicht in der Tür, mit dem unvermeidlichen Lächeln. Elsa setzt sich auf, sie küssen sich.

»Wo ist Angela?«

»Auf der Säuglingsstation.«

»Dann kann ich ja rauchen.«

Eine ihrer braunen Zigaretten zwischen den Lippen, wickelt Raffaella die Mignontörtchen aus und stellt sie Elsa auf den Bauch. Ich nutze die Gelegenheit, um ein wenig Luft zu schöpfen, die Zimmer sind völlig überheizt. Ich laufe durch den nächtlichen Nebel, gehe aber nicht weit. Ich gehe in den Selfservice der Klinik, stehe neben anderen Männern, die wie ich vor ein paar Stunden Vater geworden sind. Arme Würstchen mit Regenjacken, Ringen unter den Augen und einem Tablett in der Hand. Der Raum ist dunkel wie der Boden aus dunklem Granit, wie die niedrige Decke, wie die schwache, gelblich schimmernde Deckenbeleuchtung. Väter in einem Speisesaal sind wie Kinder im Kindergarten. Natürlich ist das Essen widerlich. Trotzdem ist es schön hier hinter der Klinik, wie in einer Kolonie, wie in einem Straflager. Es ist schon spät, die Nudeln sind weich, fast zerkocht, die Kalbsschnitzel mit Zitrone haben dunkle Ränder, die Sauce schmeckt nach Tapetenkleister. Doch niemand beschwert sich. Gedämpfte Stimmen wie in einer Sakristei, leises Klirren der Gläser, die umgedreht auf der Papierunterlage auf dem Tablett stehen, neben dem Besteck. Und hin und wieder bleibt einer stehen, sucht zwischen den Mineralwasserflaschen nach einem Viertel Wein mit Schraubverschluß. Aber bevor er die Flasche nimmt, zögert er eine Weile. Aber dann nimmt er sie doch, denn: *Was soll's! Heute abend wird gefeiert. Heute hat mein Schwanz die Welt beglückt. Ein Gläschen Wein habe ich da wohl verdient.*

Dann setzen sie sich und essen, so wie wir Männer essen, wenn keine Frauen dabei sind. Schnell, nachlässig, immer ein Stück Brot zur Hand. Wir essen, wie wir masturbieren, zum Ende hin immer schneller. Ich sitze in einer Ecke, vor mir ein Bier und zwei Scheiben Käse, die ich mit der Hand in Stücke reiße, ohne Brot. Die Ellbogen auf den Plastiktisch gestützt, der gerade erst abgewischt wurde und noch feucht ist, schaue ich auf die Rücken meiner Leidensgenossen.

Ich bin die ganze Nacht bei Elsa geblieben. Das Skaisofa vor dem Fernseher läßt sich in ein schmales, kurzes Bett verwandeln. Aber ich will mich nicht hinlegen, ich bleibe im Sessel sitzen und stecke mir das kühle, makellose Kissen in den Rücken. Ich schließe die Augen und dämmere vor mich hin.

Um zwei verlangt Elsa nach Wasser, ich führe ihr das Glas an den Mund, ihre Lippen sind ausgetrocknet, fast aufgesprungen. »Komm her zu mir.«

Ich lege mich auf das geräumige königliche Bett mit vielen Kissen.

Elsas Brust wölbt sich unter dem Nachthemd, sie riecht nach getrocknetem Schweiß und Medikamenten: »Ich kann nicht einschlafen, ich fühle mich, als hätte man mich in eine Waschmaschine geworfen.«

Nach einer Weile schweigt sie. Schweigt wie ihre Haare. Vielleicht ist sie jetzt eingeschlafen. Ich öffne die Tür und gleite in den dunklen Flur zur Babyabteilung. Vor der Scheibe hängt jetzt ein Gazevorhang. Zu sehen sind nur riesige Schatten, die Konturen der Bettchen. Ich lege eine Hand auf die Scheibe: dahinter schläft meine Tochter. Kleine blaue Händchen, die Augen wie geschlossene Muscheln in dem Gesicht.

Im Morgengrauen kam Kentu mit dir herein, du warst warm und noch vom Baden gerötet. Du hattest einen weißen Strampler mit rosa Stickerei an, dein Gesicht schien glatter. Das Gesicht deiner Mutter hingegen war farblos, ihre Haut hatte einen gelben Schimmer. Sie beugte sich über dich, du sahst sie mit deinen verschleierten Augen an, wachtest über ihre Brust wie ein bedürftiges Tier.

»Ich gehe jetzt.«

Elsa hebt nur leicht den Kopf. Ich stehe am Fußende des Bettes, kraftlos halte ich die zerknitterte Jacke über der Schulter, ich bin unrasiert und sehe aus wie einer, der nicht geschlafen hat. Gelassen sieht sie mich an, ein wenig zögernd, als habe sie Verdacht geschöpft. Wie ein Nachtfalter, der die ganze Nacht in einem Zimmer eingesperrt war, taumle ich mit schweren Flügeln zur Tür.

»Wann kommst du wieder?«

Ich habe ein Geräusch gehört, einen Knall und ein dumpfes Geräusch in der Brust, wie wenn man im Schlaf aus dem Bett fällt. Vielleicht ist nichts passiert, der Zusammenbruch war nur innerlich, ein Gedankenrest. Nein, drüben muß etwas gefallen sein. Ein lauter, durch die Wand gedämpfter Knall, als wenn Metall irgendwo anstößt. Eine Tragbahre, das war's, eine Tragbahre auf Rädern, die gegen eine Wand knallt. Vielleicht bist du gestorben. Und das war die Reaktion von Alfredo. Du bist erloschen, gerade als er dachte, er hätte es geschafft, geräuschlos wie eine Flamme. Alfredo hat sich umgedreht, hat die Tragbahre gesehen, mit der du transportiert wurdest, und hat vor Wut darauf eingeschlagen. Mit dem Arm, mit dem Fuß. Es hat sich angehört wie ein Schrei, da war etwas, da muß etwas gewesen sein. Ich kann mich nicht bewegen, ich warte. Daß die Tür aufgeht. Ich erwarte zwei elegante, gnädige Beine. Ich höre die gedämpften Schritte von Adas Gummischuhen. Jetzt kommt sie zu mir, genau wie ich es wollte. Sie kommt zu mir, ohne zu wissen, daß du gerade geboren wurdest. Du bist erst wenige Stunden alt und hängst saugend an der Brust deiner Mutter. Ada hat eiskalte, feuchte Hände vor Entsetzen, Entsetzen vor dem, was sie schon durchgemacht hat, und Entsetzen vor dem, was ihr jetzt bevorsteht, wenn sie mir in die Augen sieht. Ich horche auf das schwache Geräusch ihrer Hände, die sie bei den letzten Schritten an ihrem Kittel abwischt. Jetzt ist sie da, im Türspalt, ich sehe ihr nicht in die Augen. Ich sehe auf ihre Beine und warte. *Sei still Ada, sag nichts. Halt still. Unter dem Kittel sieht man ein Stück von deinem Rock, grau wie unser Alter. Vor dreißig Jahren hätte ich dich heiraten können, du warst die jüngste Anästhesistin im Krankenhaus, die beste. Ich habe dir geschmeichelt, und du hast mit Schweigen geantwortet. Bis zu jenem Nachmittag, wann war das noch gleich? Du standest an der Bushaltestelle, ich hielt an, und im Auto fingst du plötzlich an zu erzählen. Vorher hatte ich dich nie ohne Kittel gesehen, deine Taille war schmal, deine Hüften waren breiter als der Sitz. Ich erinnere mich, daß du dir mit der Hand über das Knie gestrichen hast. Du bist vorbeigegangen, und ich habe es nicht bemerkt. Schon in Ordnung so, laß nur. Das Leben ist ein Lager mit leeren, überflüssigen Kartons. Wir sind das, was übrig ist, was wir zusammengerafft haben. Was machst du jetzt? Ißt du abends im Stehen? Warum hast du nicht geheiratet? Sind deine Brüste sehr alt? Rauchst du? Haben die Männer dich gut behandelt? Auf welcher Seite schläfst du? Ist meine Tochter tot?*

Wie ein Bär, wie ein Wisent mit schmutzigem Fell komme ich bei ihr an. Die Tür ist angelehnt, ich versuche, sie aufzustoßen, aber es geht nicht, irgend etwas steht im Weg. Drinnen ist es dunkel, die Fensterläden sind geschlossen, die Dunkelheit des Tages, denn man sieht, daß es draußen hell ist. Zwei große Taschen und ein paar Kartons blockieren die Tür, überall herrscht eine seltsame Unordnung, auf den Regalen fehlen eine Menge Dinge, es riecht nach aufgewirbeltem Staub und nach Kaffee. Schweigend mache ich ein paar Schritte in diese Wohnung im Zustand der Auflösung. Ich schaue in die Küche, sie ist leer, auf der Spüle steht nur eine umgedrehte Tasse.

»Ich bin hier.«

Italia liegt auf dem Bett, die Ellbogen auf das Kissen gestützt, sieht sie zu dem Plastikvorhang hin, wo ich erscheine.

»Du hast geschlafen, entschuldige.«

»Nein, ich war wach.«

Ich setze mich neben sie auf das abgezogene Bett. Italia trägt ein hochgeschlossenes blaues Kleid, das irgendwie nicht zu ihr paßt. Es könnte von Elsa sein. Sie hat die Schuhe nicht ausgezogen, sie liegen auf der nackten Matratze. Ausgeschnittene rote Schuhe. Der Hals ist gereckt und lang, steckt auf Schultern, die durch die unbequeme Haltung winzig wirken.

»Ich wollte gerade gehen.«

»Wohin?«

»Zum Bahnhof, ich reise ab, das habe ich dir doch gesagt.«

Um den strahlendweißen Hals hat sie ein geblümtes Tuch geschlungen, ein Ende hängt auf die Brust, das andere berührt hinten die Matratze. Ihr Gesicht wirkt rachitisch, nur die Schminke hält es am Leben, sie sieht verloren aus wie eine Frau auf der Durchreise.

»Das Mädchen ist geboren«, sage ich.

Sie sagt nichts, aber ihr Blick gleitet nach unten, vielleicht auf meine Hände. Er gleitet rückwärts auf alles, was gewesen ist und nicht mehr sein wird, auf alles, was wir verloren haben. Jetzt seufzt sie, auf ihre Art, leise, mit einem Schnaufen in der Nase.

»Ist sie hübsch?«

»Ja.«

»Wie habt ihr sie genannt?«

»Angela.«

»Bist du glücklich?«

Ich nehme ein Ende des Schals, dann das andere, halte beide Enden in den Händen, spielerisch, dann ziehe ich sie plötzlich zusammen, schnüre sie ein. »Wie soll ich glücklich sein? Wie nur?«

Plötzlich breche ich in Tränen aus. Große, harte Tränen rollen über die stachligen Wangen. »Ich kann ohne dich nicht leben«, schluchze ich, »ich kann nicht ...«

Sie lächelt, schüttelt den Kopf: »Natürlich kannst du.«

Und in ihren Augen blitzt es auf, eine klammheimliche Provokation und dieses ewige Mitleid für sich selbst und für alle, die mit ihr zu tun haben. »Ich muß gehen, ich verpasse sonst den Zug.«

Ich lasse los, springe auf, trockne unwirsch die Tränen. »Ich fahre dich hin.«

»Warum?«

Sie steht auf, in dem enganliegenden Kleid sieht man, wie dünn sie ist. Die Brust ist fast verschwunden, nur ein kleiner Huckel unter dem Brustbein, wo ihr Atem rauscht. In den sehr kurzen Haaren ist eine Klammer, eine überflüssige Klammer, die in diesem Halbdunkel glänzt. Der Spiegel hängt noch im Zimmer, sie dreht sich um, geht auf ihr Spiegelbild zu und bleibt stehen, um sich anzusehen. Mit einem Finger fährt sie über die Augenbrauen, nur diese kleine unbekannte Geste. Eine letzte grundlose Korrektur des Make-ups, vielleicht auch nur ein letzter Gruß, ein guter Wunsch für das zukünftige Leben.

Ich bücke mich und nehme die Taschen, sie läßt mich machen, murmelt »danke« und geht, um ihre Jacke zu holen, die auf dem Sofa liegt, die Ärmel, die auf ihre Arme warten, ausgebreitet wie bei einem Kruzifix.

Auf der Türschwelle dreht sie sich noch einmal um, betrachtet ein letztes Mal die Wohnung, ihre bescheidene Wohnung. Ich kann keinerlei Abschiedsschmerz an ihr erkennen, nur Eile und eine Art untergründiger Unruhe, als fürchte sie, etwas vergessen zu haben. Vielleicht bin ich trauriger als sie. Ich habe sie in dieser Wohnung geliebt. Auf dem Steinboden, auf dem Sofa, auf der Bettdecke aus brauner Chenille, an der Wand, im Bad, in der Küche, ich habe sie geliebt in der Morgendämmerung und in der Tiefe mondloser Nächte. Und plötzlich weiß ich, wie sehr ich diese Wohnung liebe, die noch einmal erzittert, weil ein Auto über die Hochstraße fährt.

Italias Augen bleiben am Fuß des Sofas hängen, das nicht mehr mit geblümtem Stoff bezogen ist, sondern mit abgewetztem ockerfarbenem Samt.

»Was suchst du?«

»Nichts.«

Doch ihre Augen schauen versonnen. Da fällt mir der Hund ein, seine Schnauze, die stets unter dem Rahmen des durchgesessenen Sofas hervorschaute.

»Wo ist Crevalcore?«

»Ich habe ihn verschenkt.«

»An wen?«

»An die Zigeuner.«

Aber das Poster ist noch da, der Affe mit seinem Fläschchen hat sich nicht weggerührt von der Wand.

Auf der Straße merkte ich, daß sie auf ihren Absätzen ungewohnt stark schwankte. Offenbar strahlte die Schwäche vom Brustkorb aus, der Oberkörper war leicht nach vorn geneigt, von der normalen Körperachse abweichend, so als müsse sie irgendeiner Sache zuvorkommen, einer Furcht vielleicht. Zuerst legte ich die beiden Taschen in den Kofferraum, ging dann wieder auf die andere Straßenseite, wo Italia auf mich wartete, und holte den Koffer, den sie unbedingt allein hatte tragen wollen und der jetzt neben ihren Füßen stand.

Sie rührte sich nicht, überließ alles mir. Sie sah zu, wie ich den Kofferraum schloß. Als sie sich bückte, um einzusteigen, sah ich, wie sich ihr Gesicht verzerrte, so als habe sie unverdient ein Schmerz durchzuckt.

»Was hast du denn?«

»Nichts.«

Doch wenig später legte sie die Hände auf den Bauch, schob sie, während ich fuhr, verstohlen immer weiter nach unten, als hätte sie Angst, ich könnte es bemerken.

Ich fuhr nicht zum Bahnhof, ich tat nicht einmal so, als

führe ich quer durch die Stadt, ich fuhr direkt auf den großen Autobahnzubringer.

»Wohin fahren wir?«

»Nach Süden. Ich bringe dich hin.«

Wir waren bereits auf der Autobahn, Italia schüttelte schwach den Kopf, dann gab sie nach. Sie ließ sich in den Sitz sinken, ohne noch einmal zu protestieren. »Wie lange brauchen wir?«

»Nicht so lange wie der Zug. Ruh dich aus.«

Sie schloß die Augen. Aber die Lider flatterten weiter, als fände ihr Blick darunter keine Ruhe fände. Sie schlug die Augen auf, drehte den Kopf zu mir und streifte mit der Hand mein Bein. Eine Liebkosung, die mich vor Lust und Glück erzittern ließ, und am liebsten hätte ich an der Leitplanke angehalten, um auf der Stelle mit ihr zu schlafen, in diesen ausgemergelten Schrein einzudringen.

»Komm zu mir rüber.«

Sie gehorchte, legte den Kopf an meine Schulter, ihren knöchrigen bebenden kleinen Kopf, und sah von dort hinaus auf die Straße. So brauchte ich beim Fahren nur ab und zu den Unterkiefer ein wenig zu verschieben, um ihr Ohr zu küssen. Sie atmete leise, und nach und nach erfüllte uns ein Gefühl des Friedens. An diesem Tag schien kaum die Sonne, das Wetter meinte es nicht besonders gut mit uns, sogar ein paar Nebelschwaden zogen auf. Der Verkehr war ziemlich dicht. Ab und zu scherte ein Lastwagen aus, ohne vorher zu blinken. Es war ein ganz gewöhnlicher Tag, Angela, wirklich nichts Besonderes. Aber für mich war es die schönste Reise meines Lebens. Wenn ich mein Leben überdenke, wenn ich an eine Belohnung denke, dann sehe ich diese Reise vor mir. Draußen rauscht die Landschaft vorbei, die Konturen verschwimmen, und hier drinnen sitzen wir, eingehüllt in etwas, was wie von Zauberhand aufgetaucht ist, schmerzlos, mühelos. Eine tiefe Glückseligkeit, unverhofft aus dem Nichts erschaffen. Es war, als wollte dieser graue, anonyme Himmel uns entschädigen.

Ich konnte mich nicht erinnern, jemals so sehr in Harmonie mit mir selbst gewesen zu sein: die Brust unter dem Hemd, die Stirn, der Blick, die Hände auf dem Steuer, das leichte Gewicht ihres Kopfes. Italia war eingeschlafen, ich wollte mich nicht bewegen, um sie nicht zu wecken, erst als ich nicht mehr anders konnte, legte ich behutsam die Hand auf den Schaltknüppel, an dem ihr Bein lehnte. Für mich war es schwer gewesen, sie zu lieben, ich hatte sie abgelehnt, verstoßen, meinetwegen hatte sie abgetrieben. Aber das alles war jetzt vorbei. Jetzt würde ich für immer bei ihr bleiben, und mit dieser Flucht nach Süden machte ich den ersten wirklichen Schritt auf sie zu. Diese Reise an die Orte ihrer Vergangenheit würde uns die Möglichkeit geben, noch einmal ganz von vorn anzufangen. Und jetzt hatte ich es eilig, dort anzukommen, sie mit verknittertem Kleid aussteigen zu sehen. Ihre weiße Hand hinter dem Rücken, hinter dem wehenden Schal, fordert mich auf, zurückzubleiben, sie allein zu lassen bei den ersten Schritten in die verwirrende Vielfalt wiedergefundener Dinge. Vielleicht würde ich dort unten, in ihrer Heimat, auf dem Platz vor einer verfallenen Kirche niederknien, ihre Beine umfassen und sie zum letztenmal um Verzeihung bitten. Danach würde es nicht mehr nötig sein. Von jetzt an würde ich sie lieben, ohne ihr Leid zuzufügen.

Daran dachte ich, Angela, nicht an dich. Du warst geboren, du warst gesund, und auch deiner Mutter ging es gut. Ich würde ihr einen Brief schreiben, einen kurzen Brief, ich würde ihr alles erzählen, ohne den geringsten Versuch einer Rechtfertigung: Tatsachen, bloße Tatsachen, in wenigen Zeilen. Alles andere gehörte nur mir allein. Liebe kann man nicht erklären. Sie steht für sich, sie macht sich etwas vor und müht sich mit sich selbst.

Rasch würde ich alles in Ordnung bringen, ohne sinnlose Verschwendung. Schon morgen würde ich unseren Freund Rodolfo anrufen, den Anwalt, damit er mit Elsa Vereinbarungen träfe. Ich würde ihr in allem freie Hand lassen. Das Geschöpf, das neben mir atmete, war alles, was ich für mich wollte. Und jetzt eilte ich mit ihr davon, ich kutschierte sie über diese Autobahn, die inzwischen flacher geworden war, hinter den Leitplanken tauchten verstaubte Oleanderbüsche auf. Das Licht hatte sich verändert, der Tag neigte sich dem Abend zu, die Kontraste waren weniger scharf, aber die Farben wurden dunkler, Italias Gesicht sah beinah violett aus. Die halbgeöffnete Hand fiel zwischen unseren Beinen auf den Sitz. Ich nahm diese Hand und hielt sie fest. Wehe dem, der sie anrührt, dachte ich, wehe.

Vor einer Raststätte hielt ich an, ich hatte Durst und mußte aufs Klo. Langsam zog ich meine Schulter unter Italias Kopf hervor; er sank mit einem kleinen Seufzer auf den Sitz. Draußen war es überhaupt nicht kalt, in den Taschen suchte ich nach ein paar Münzen für den Blechteller vor den Toiletten. Ich hatte kein Kleingeld, doch da niemand zu sehen war, pinkelte ich, ohne einen Obulus zu entrichten. Außer mir war in der Snackbar nur noch ein anderer Gast. Ein kräftiger Mann ohne Mantel, der ein Brötchen aß. Ich nahm einen Kaffee im Plastikbecher, eine Flasche Mineralwasser, ein Paket Kekse für Italia.

Den Kaffee trank ich draußen auf dem Platz, wo zwei Autos an der Tankstelle tankten. Ein Mann stieg aus, stellte sich breitbeinig an sein Auto und stützte die Ellbogen auf das

Dach. Die Luft war mild, die Sonne, die ich den ganzen Tag nicht gesehen hatte, war zum Sonnenuntergang hervorgekommen. Das Licht näherte sich der Erde, streichelte sie, und die Erde schien sich über diese rosige Wohltat zu freuen wie über einen krönenden Abschluß. Diese ungewohnte Luft, dieses flammende Licht verkündeten, daß der Süden jetzt tatsächlich begann. Hinter der Tankstelle sah ich die großen blauen Bürsten einer Autowaschanlage untätig herunterhängen. Ich wandte mich dem Auto zu. Italia war wach, lächelnd sah sie aus dem Fenster. Ich winkte ihr zu.

Danach waren wir fröhlich, Italia machte das Radio an, sie kannte alle Schlagertexte auswendig, sang mit ihrer rauhen Stimme mit und bewegte dazu die Schultern. Dann wurde es dunkel, und Italia sang nicht mehr, wir hörten eine Stimme, die auf dem Meer Sturm vorhersagte.

Sie zitterte, ihre Beine zitterten, und ihre Hände, die kraftlos in der weißen Einbuchtung der Schenkel hingen, wo das Fleisch weicher wird.

»Warum hast du keine Strümpfe angezogen?«

»Es ist doch schon Mai.«

Ich drehte die Heizung auf. Bald fing ich an zu schwitzen, doch Italia zitterte immer noch.

»Vielleicht sollten wir irgendwo anhalten und übernachten.«

»Nein.«

»Wenigstens etwas essen.«

»Ich habe keinen Hunger.«

Zitternd schaute sie auf die Straße vor uns, die jetzt im Dunkeln lag, und auf die Rücklichter der Autos, die vor uns fuhren. Wir hatten die Autobahn verlassen und fuhren jetzt auf einer Landstraße, rundherum herrschte Stille. Italia hatte mir zwar die Ausfahrt genannt, aber jetzt war sie unsicher, hatte Schwierigkeiten, den Weg zu finden, denn in der Dunkelheit erkannte sie nichts wieder, vielleicht hatte sich vieles auch verändert.

»Wie lange warst du schon nicht mehr hier?«

»Lange.«

Sie hatte geantwortet, und doch fiel es ihr offenbar schwer, den Kopf hochzuhalten.

Mit der Hand fühlte ich ihr die Stirn: Sie glühte. »Du hast Fieber, wir müssen anhalten.«

Ein paar Kilometer weiter, in einem Dorf (ein paar häßliche Häuser an einer schlecht beleuchteten Straße), sah ich ein Schild, auf dem senkrecht *Trattoria* und waagerecht in kleineren Buchstaben *Zimmer* stand.

Ich parkte das Auto auf einem Platz am Straßenrand. »Brauchst du den Koffer?«

Sie antwortete nicht, im Dunkel streiften meine Worte ihren reglosen Nacken.

»Los, komm.«

Ich half ihr beim Aussteigen, beugte mich zu ihr hinunter, umfaßte mit dem Arm die Taille und spürte, wie ihre Knochen zitterten, während sie sich hochzog und ein tiefer Seufzer ihre Brust erschütterte, eine Aufforderung an sich selbst. Am Himmel stand ein dicker Vollmond, mit gutmütigem Gesicht, den wir uns ansahen, als wir Arm in Arm auf den beleuchteten Eingang zugingen. Der Mond war so nah, daß man fast glauben konnte, er gehöre nicht zum Himmel, sondern zu uns. So tief und schwer, hatte er ein bißchen von seinem Geheimnis verloren, erschien irgendwie menschlich.

Durch eine Glastür mit dünnen Vorhängen betraten wir die Trattoria. Rechts war ein verlassener Bartresen, auf der anderen Seite ein großer, trister Saal, in dem hier und da ein paar Männer saßen, einige aßen, doch die meisten hatten nur eine Karaffe Wein vor sich und schauten nach oben auf einen Fernseher, wo ein Fußballspiel lief. Wir setzten uns an einen abgelegenen Tisch. Einige der Männer sahen zu uns herüber, Augen ohne Interesse, die sofort wieder zum Bildschirm zurückwanderten.

Eine Frau kam aus der Küche und trocknete sich die Hände an der Schürze. Sie hatte ein grobes Gesicht, umgeben von wirren grauen Haaren.

»Gibt es noch etwas zu essen?«

»Der Kellner ist schon gegangen.«

»Aufschnitt vielleicht, ein bißchen Käse …«

»Möchten Sie auch eine Gemüsesuppe?«

»Ja, bitte«, sagte ich, über die Hilfsbereitschaft der Frau erstaunt.

»Ich wärme Sie Ihnen auf.«

»Und übernachten? Können wir auch übernachten?«

Einen Augenblick länger als nötig musterte die Frau Italia: »Wie viele Nächte?«

Italia aß nur ein paar Löffel Suppe. Ich betrachtete die kurzen dunklen Haare, an die ich mich noch nicht gewöhnt hatte, das abgemagerte, aus Höhlen und Schatten bestehende Gesicht, das hochgeschlossene blaue Kleid: damit sah sie aus wie eine Nonne ohne Schleier. Ich hatte ihr ein Glas Wein eingegossen, einen Trinkspruch ausgebracht, auf den sie antwortete, indem sie mit mir anstieß, ohne das Glas zu erheben, ein tiefes Anstoßen auf der Tischdecke. Zu tief, wie der Mond am Himmel. Durch das Fenster mit Metallrahmen konnten wir ihn sehen. Da stand er mit seinem gutmütigen, vollgefressenen Gesicht, und um die Kugel bildete sich ein heller Kreis: Er schien neugierig zu sein auf uns. Ich war leicht angetrunken, denn ich hatte hintereinander drei Glas Wein geleert. In diesem Lokal, wo es nach Essensresten und billigem Schnaps roch, war ich glücklich, weil ich mit ihr zusammen war, Hunderte von Kilometern von jener Stadt entfernt, in der ich wie eine Maus gelebt hatte. Ich war glücklich, denn jetzt fing unser Leben an, jede einzelne Etappe würde herrlich werden, es konnte gar nicht anders sein. Dann überkam mich die Angst, Italia könnte traurig werden, ich mußte mich zusammenreißen, um sie aufzumuntern, denn ich fürchtete, auch ich könnte bald traurig werden. Ich spürte, daß uns plötzlich elend werden könnte, wenn wir uns in diesem Mond spiegelten. Ich trank, weil ich nicht daran denken wollte, Angela. Ich trank und war voller Zuversicht, denn das Leben würde mich entschädigen, ich trank, denn wir würden noch ein Kind bekommen, ich würde ihr jede erdenkliche Freude machen und sie bis zum letzten Tag verwöhnen. Ich sah sie an, und meine dummen Augen glänzten vor lauter Zuversicht, da machte es nichts, daß sie jetzt nichts aß, sie war bloß müde. Sie mußte nur schlafen und träumen, während ich sie unter den Augen dieses kugelrunden Mondes streichelte; und wenn sie nachts Hunger bekäme, würde ich in die dunkle Küche hinuntergehen, um irgend etwas zu stehlen, ein bißchen Brot, ein paar Scheiben Preßwurst. Und ich würde ihr beim Essen zusehen, wie ein Amor in der Nacht.

Sie kotzte auf den Teller. Der Brechreiz überraschte sie, rötete ihr Gesicht, eine dunkle Ader schwoll auf der Stirn.

Sie wischte sich mit der Serviette den Mund ab. »Entschuldige.«

Ich nahm ihre Hand, die auf dem Tisch lag, und drückte sie, eine glühendheiße, schweißverklebte Hand. »Ich muß mich entschuldigen, ich habe dich zum Essen genötigt.«

Sie war kreidebleich, ihre Augen hatten einen seltsamen Ausdruck. Sie hustete, dann schaute sie sich um, als fürchtete sie, jemand habe bemerkt, daß ihr schlecht war. Im Saal war alles ruhig, nur das Dröhnen des Fernsehers, die Stimme des Sprechers, der die Pässe der Spieler kommentierte. Hinter ihr, am anderen Ende des Raumes öffnete sich die Tür zur Küche, aufgestoßen von einem Frauenkörper. Die Frau kam auf uns zu und stellte eine Aufschnittplatte auf den Tisch. Die Platte war hübsch garniert, zwischen den Scheiben glänzten eingelegte Auberginen und getrocknete Tomaten.

»Meine Freundin fühlt sich nicht wohl, könnten Sie uns das Zimmer zeigen?«

Die Frau sah uns forschend an, vielleicht traute sie uns nicht.

»Entschuldigen Sie bitte«, sagte ich und legte einen Hunderttausend-Lire-Schein auf den Tisch, neben meinen Personalausweis, »ihren Ausweis bringe ich Ihnen später.«

Die Frau nahm den Schein und ging langsam zum Tresen der Bar, öffnete eine Blechdose und gab uns den Schlüssel.

Das Zimmer war geräumig und sah sauber aus, roch aber abgestanden. Es gab ein holzfurniertes Bett, einen passenden Schrank, dessen Beine noch mit Plastikfolie umwickelt waren. Neben dem Waschbecken hingen zwei Handtücher, ein blaues und ein kürzeres braunes. Die Bettdecke war grün wie die Vorhänge, ich schlug sie bis zum Fußende zurück. Italia setzte sich, beugte sich vor, ohne ihren Bauch loszulassen.

»Hast du deine Tage?«

»Nein«, und sie ließ sich rücklings auf das Bett sinken.

Ich zog ihr die Schuhe aus, dann half ich ihr, die Beine auszustrecken. Ich legte ihr ein Kissen unter den Kopf, ein schlaffes Kissen, das in sich zusammenfiel, also nahm ich auch noch das andere, um sie ein wenig aufzurichten. Es roch wirklich merkwürdig im Zimmer, ungesund, nach Chemie, vielleicht von dem billigen Schrank, der frisch aus der Fabrik gekommen war. Ich schob den Vorhang zur Seite, zog das Rollo hoch und öffnete weit das Fenster, um frische Luft hereinzulassen, die Nacht war mild, fast wie eine Sommernacht.

Italia lag zitternd auf dem Bett. Ich schloß das Fenster und suchte nach einer Decke. Im Schrank, in einer Schublade, fand ich eine rauhe Militärdecke. Ich legte sie doppelt und deckte Italia damit zu. Ich schob eine Hand unter die Decke, um ihr den Puls zu fühlen. Er schlug nur schwach. Ich hatte meine Arzttasche nicht dabei, ich hatte nichts, nicht einmal ein Thermometer, ich verachtete mich wegen dieser Nachlässigkeit.

»Bitte, laß uns schlafen«, sagte sie.

Ich legte mich neben sie, nicht einmal die Schuhe zog ich aus. *Jetzt schlafen wir. Wir schlafen, angezogen, in diesem häßlichen Zimmer, und morgen geht es ihr wieder besser, wir fahren früh los, wenn es noch kühl ist. Dann halten wir an einer Bar, um zu frühstücken, ich kaufe die Zeitung und Rasierklingen.* Der hastig getrunkene Wein steckte mir in den Gliedern, ich vermißte Italias Stimme, ich vermißte ihren Körper, mein Glied war angeschwollen, und ich hätte gern mit ihr geschlafen. Aber sie war schon weggesackt. Ich löschte das Licht. Sie atmete schwer und geräuschvoll wie ein erschöpftes Kind oder wie ein Hund, der träumt. Der Wein war nicht gut, er hatte mir rasch die Erschöpfung genommen, jetzt war ich wieder hellwach, hatte einen bitteren Geschmack im Mund. Ich kuschelte mich an Italia, vorsichtig, um sie nicht zu wecken. Sie gehörte mir, für immer.

Im Licht des Mondes sah ich ihr Profil, sie wirkte betroffen, angespannt, so als wäre sie mit dem Gedanken an etwas

Bedrohliches eingeschlafen. Was sie bedrohte, das fragte ich mich nicht. Ich lächelte im Dunkeln und spürte, wie sich die Haut unter den Jochbögen kräuselte bei dem Gedanken, wie gern ich sie beobachtete. Ich war glücklich, aber man merkt es nicht, wenn man glücklich ist, Angela, und ich dachte darüber nach, warum ein so positives Gefühl uns immer unvorbereitet trifft, warum wir so unachtsam damit umgehen, daß wir nur die Sehnsucht nach Glück kennen oder das ewige Warten darauf. Aber in diesem Augenblick war ich glücklich, und das sagte ich zu mir selbst: Ich bin glücklich! Glücklich über das bißchen Italia, das diese labile Helligkeit mir anbot, in diesem Zimmer, das trist war wie eine Möbelfabrik.

Ihre Stirn glänzte, ich nahm einen Zipfel des Lakens, um sie abzutupfen. Sie glühte, vielleicht noch mehr als vorher, sie hatte den Kopf zur Seite gedreht, und aus dem Mund lief ein Speichelfaden den Hals hinunter. Jetzt merkte ich, daß sie bei jedem Ausatmen leise stöhnte. Ich lauschte. Langsam wurde das Stöhnen leiser, hörte schließlich auf. Dann wurde es wieder heftiger, wie das Kreischen eines erschreckten Vogels.

»Italia«, ich schüttelte sie.

Sie bewegte sich nicht.

»Italia!«

Offenbar war sie völlig gefühllos. Mühsam bewegte sie die Lippen, als würde sie im Nichts kauen, ohne die Augen zu öffnen, vielleicht suchte sie nach einem Wort, fand es aber nicht.

Ich stand vor dem Bett, beugte mich über sie; um sie zu wecken, ohrfeigte ich sie, zuerst sanft, dann immer heftiger. Widerstandslos flog ihr Kopf unter meinen Schlägen hin und her.

»Wach auf ... Wach endlich auf!«

Ich hatte keine Medikamente bei mir, ich hatte gar nichts.

Und ich wußte nichts, ich war kein Diagnostiker, ich war gewohnt, auf abgesteckten Wegen zu arbeiten, an Körperteilen, die von Tüchern eingegrenzt waren. Und wo waren wir? In einer Pension an einer Landstraße, die ich nicht kannte, weit weg von einer Stadt, weit weg von einem Krankenhaus.

Dann rührte sie sich, murmelte sogar eine Begrüßung. Aber sie war so benommen, daß ihr die Ohrfeigen wahrscheinlich vorkamen wie Schmetterlinge, die sich flatternd auf ihr niederließen. Ich versuchte, sie aufzurichten, sie sollte sich an die Wand lehnen, aufrecht sitzen. Sie ließ alles mit sich geschehen, rutschte ein Stück, ließ den Kopf auf die Schulter sinken. Ich machte das Licht an, rannte zum Waschbecken, drehte den Wasserhahn auf, der gluckste und spritzte. Ich feuchtete ein Handtuch an, und wischte ihr damit das Gesicht ab, ihre Haare und ihre Brust wurden naß.

Sie kam zu sich, schlug die Augen auf und hielt sie offen. »Was ist los?«

»Du bist krank«, stotterte ich.

Aber offenbar hatte sie nichts bemerkt, sie hatte nicht mitbekommen, daß sie im Schlaf plötzlich ohnmächtig geworden war. Heftig machte ich ihr den Oberkörper frei.

»Ich muß dich untersuchen«, sagte ich, brüllte fast.

Ich tastete den Bauch ab. Er war hart wie Stein.

Sie rührte sich nicht. »Mir ist kalt«, murmelte sie.

Ich sah aus dem Fenster und hoffte, daß der Mond endlich aufhörte, uns anzuleuchten, und bald untergehen würde. Wir müssen gehen, dachte ich, sofort. In diesem Augenblick sah ich, daß sie urinierte, auf dem Laken bildete sich ein warmer Fleck. Sie merkte es nicht und sah mich an, als gehörte ihr dieser Körper nicht.

Wieder drückte ich auf den spitzen Bauch. »Spürst du das?« schrie ich. »Spürst du meine Hand?«

Sie log nicht. »Nein«, flüsterte sie, »ich spüre gar nichts.«

Da begriff ich, Angela, daß etwas Schreckliches geschah. Italia war wieder heruntergerutscht, jetzt lag ihr graues Gesicht wieder auf den Kissen.

»Wir müssen gehen.«

»Laß mich schlafen ...«

Ich hob sie hoch, sie wog fast nichts. Auf dem Bett war ein blaßblauer Fleck, ihr Kleid hatte auf das Laken abgefärbt. Ich ging über den Flur, und mit den Füßen trat ich gegen die Milchglastür mit dem Schildchen Privat. Die Frau und ein junger Mann mit verschlafenen Augen kamen an die Tür.

»Ein Krankenhaus!« brüllte ich. »Wo ist das nächste Krankenhaus?«

Dabei schüttelte ich Italias Körper, um ihnen das Objekt meiner Qual, meiner Verrücktheit zu zeigen. Ich brüllte, und meine Augen füllten sich mit Tränen des Zorns, einer Feindseligkeit, die so groß war, daß die beiden, wahrscheinlich Mutter und Sohn, sich ängstlich an die Wand drückten, während sie mir den Weg zum Krankenhaus beschrieben. Ich lief zum Auto, setzte Italia auf den Beifahrersitz. Erschrocken folgte mir die Frau, lief in Pantoffeln und Nachthemd kopflos hinter mir her, nur weil sie nicht wußte, was sie sonst tun sollte. Als ich abfuhr, sah ich im Rückspiegel, wie sie auf dem planierten Platz stand, in einer Staubwolke, die ich aufgewirbelt hatte.

Die wenigen Schilder waren ungenau, und ich war so außer mir, daß ich mich sowieso an nichts erinnern konnte. Aber wenn es sein muß, führt uns das Leben, Angela. In der Morgendämmerung glänzte die Straße wie eine Kompaßnadel.

Ich drückte den Fuß aufs Gaspedal und redete mit Italia.

»Ganz ruhig, wir sind gleich da, du wirst sehen, es ist alles in Ordnung. Bleib ganz ruhig.«

Italia war ruhig, reglos und glühendheiß, vielleicht schon im Koma.

Auf den holprigen Straßen, in der Luft, in der Vegetation war die Nähe des Meeres zu spüren. Wir waren im Süden, am Strand, jenseits der Straße die schlimmsten Bausünden. An einem Kreisverkehr, mitten in einem Wald rostiger Straßenschilder, dann endlich das weiße Schild mit dem roten H in der Mitte. Noch ein paar hundert Meter, und wir waren da. Ein kleiner rechteckiger Flachbau auf einer Betonplatte. Eins dieser Krankenhäuser am Meer, die im Winter fast gänzlich den Betrieb einstellen. Auf dem Parkplatz standen nur wenige Autos und ein Krankenwagen. Die Notaufnahme war verlassen, beleuchtet nur von einem kleinen Lämpchen. Ich hatte Italia auf dem Arm, einen ihrer roten Schuhe hatte sie verloren.

Ich sah durch ein Bullauge, stieß die Tür auf: noch mehr Türen, noch mehr Stille. »Ist hier jemand?«

Eine Schwester kam heraus, eine junge Frau mit schwarzen, im Nacken zusammengebundenen Haaren.

»Ein Notfall«, sagte ich, »wo ist der diensthabende Arzt?«

Ohne auf eine Antwort zu warten, stieß ich die Tür mit dem Fuß auf und ging in den angrenzenden Raum. Erschrocken und auf Abstand bedacht, folgte mir die Frau mit einem Typen in einem Kittelchen, das nach Kindergarten aussah.

Endlich fand ich den Reanimationsraum, der ebenfalls leer war, mit heruntergelassenen Rollos, vollgestopft mit Geräten, denen man ansah, daß sie lange nicht benutzt worden waren. Ich schloß Italia an eine Sauerstoffflasche an.

Dann drehte ich mich zu der Frau um: »Ich muß einen Ultraschall machen.«

Sie stand kerzengrade da, ich packte sie an den Armen und schüttelte sie. »Beeilen Sie sich!«

Kurz darauf fuhr der Ultraschallwagen auf mich zu, geschoben von dem Pfleger mit dem kurzen Kittel. Ich hatte den Medikamentenschrank geöffnet und kramte hektisch in den unbrauchbaren Schachteln herum. Dann kam der diensthabende Arzt, ein Mann mittleren Alters mit einem Stoppelbart, der bis zu den Brillengläsern reichte. Ich war gerade dabei, Italia ein Antibiotikum zu spritzen.

»Wer sind Sie?« fragte er mit der Stimme eines Mannes, den man brutal aus dem Schlaf gerissen hat.

»Ich bin Chirurg«, sagte ich, ohne mich umzudrehen. Der Monitor des Ultraschallgerätes funktionierte.

»Was hat sie?« fragte er.

Ich antwortete nicht. Ich drückte den Schallkopf auf Italias Bauch und starrte auf den Monitor. Ich sah überhaupt nichts. Um mich herum waren jetzt alle in Schweigen verfallen, dicht neben mir hörte ich den Atem des Arztes, den mühsamen Atem eines Rauchers. Dann begriff ich, auch wenn ich es nicht glauben wollte, und auch die anderen begriffen. Ihr Bauch war voller Blut. Und doch hatte sie nicht das kleinste bißchen Blut verloren. Nur innere Blutungen, die darunterliegenden Organe konnten schon nekrotisch sein.

»Wo ist der Operationssaal?«

Der diensthabende Arzt musterte mich hektisch. »Sie können hier nicht operieren ...«

Aber ich war schon dabei, die Liege hinauszuschieben, ohne zu wissen, in welche Richtung. Jetzt war die Schwester neben mir und versuchte, mich zu leiten. Der Operationssaal war im Erdgeschoß, am Ende eines blaugefliesten Flures, er sah genauso aus wie die anderen Räume, das Licht war abgeschaltet, und es roch nach Alkohol. Irgendwo in einer Ecke standen das EKG-Gerät und ein leerer Instrumentenwagen. Wir arbeiteten uns in die Dunkelheit vor, ich schob die Liege in die Mitte unter die Operationslampe, die von der Decke hing. Ich machte sie an, ein Großteil der Lampen war durchgebrannt.

»Zieh die Rollos hoch, mach die Fenster auf!« sagte ich zu der Krankenschwester, die wie ein Automat meine Befehle ausführte.

»Wo ist das Operationsbesteck?«

Sie verschwand in einer Rumpelkammer, in der man die Türen eines Metallschrankes sah, und begann in den Regalen zu kramen, ich ging zu ihr. Sie hockte auf der Erde und zog aus einer Schublade eine versiegelte Tüte mit Scheren hervor, nichts als Scheren. Fragend sah sie mich an, sie hatte keine Ahnung, was ich brauchte. Wahllos zog ich eine Schublade heraus und kippte den Inhalt auf den Boden, dann noch eine und noch eine. Schließlich fand ich, was ich suchte, Skalpelle, Zangen, Spreizer, Kauter, Klemmen, Nadeln. Es war alles da. Ich packte die Plastiktüten und warf alles auf den Instrumentenwagen. Ich schnitt Italias Kleid auf, nahm die Zipfel und klappte es auf. Ihre weiße Haut sah in dem kalten Licht unwirklich aus, das Brustbein, die kleinen, von Äderchen durchzogenen rosa Brustwarzen.

»Elektroden«, sagte ich.

Die Schwester klebte die Saugnäpfe für das EKG auf Italias Brust. Dann intubierte ich sie, ganz langsam, um ihr nicht weh zu tun. Von einem Stapel nahm ich zwei grüne Tücher und legte sie sanft auf ihren Körper, eins auf die Beine, das andere weiter oben über die Brust. Ich bereite die richtige Dosis Pentothal vor. Dann wusch ich mich und zog den sterilen Kittel über meine Kleider.

Der diensthabende Arzt stellte sich neben mich und sagte

mit blecherner Stimme: »Dieses Krankenhaus ist bloß eine Erste Hilfe, für solche Eingriffe sind wir nicht ausgestattet. Wenn etwas passiert, bekommen Sie Schwierigkeiten, ich bekomme Schwierigkeiten, wir alle bekommen Schwierigkeiten ...«

»Sie hat eine Blutvergiftung.«

»Laden Sie sie in einen Krankenwagen, bringen Sie sie in ein richtiges Krankenhaus, hören Sie auf mich. Wenn sie während der Fahrt stirbt, hat keiner Schuld.«

Ich packte ihn am Gesicht, Angela, am Bart, am Ohr, wie es gerade kam. Ich packte diesen Mann und schleuderte ihn gegen die Wand. Er ging weg. Ich wusch mir noch einmal die Hände.

»Handschuhe«, sagte ich und spreizte die Finger. Die brünette Krankenschwester tat ihr Bestes, um mir einigermaßen ordentlich die Handschuhe zu reichen, aber ihre Hände zitterten.

Der junge Mann mit dem kurzen Kittel stand in einer Ecke. Jetzt trug er einen langen Kittel und einen Mundschutz. Ich warf ihm einen Blick zu, sein Gesicht wirkte seltsam trapezförmig.

»Sind Deine Hände steril?«

»Ja.«

»Dann komm her und hilf mir.«

Er gehorchte, stellte sich neben Italias Kopf.

»Laß den Monitor nicht aus den Augen, und halt dich bereit zur Defibrillation, falls es nötig ist.«

Draußen wurde das Licht langsam bläulich. Italias Gesicht wirkte entspannt. Ich fühlte mich stark, überraschend stark, Angela. Diese Szene hatte ich schon einmal irgendwo gesehen, vielleicht im Traum. Diesen Augenblick hatte ich schon einmal erlebt, vielleicht hatte ich nur darauf gewartet.

Wir hatten eine Verabredung. Und ich hatte das Gefühl, endlich in mein wahres Leben einzutreten. Die Angst vor Blut, die ich als Junge hatte, der Schnitt, dieser Augenblick, wenn es noch nicht blutet, wenn die Haut noch weiß ist. Vielleicht war sie das. Sie war in diesem Schnitt. Das Blut, vor dem ich mich gefürchtet hatte, war ihr Blut, genauso wie ich mich vor ihrer Liebe gefürchtet hatte. Sie war immer schon da. Wer dich liebt, ist immer schon da, Angela, schon bevor er dich kennenlernt, bevor du selbst da bist. Jetzt hatte ich keine Angst mehr. Plötzlich spürte ich eine Wärme in der Schulter, eine dichte, gutmeinende Sonne, die nur für mich schien.

»Skalpell.«

Ich nahm das Instrument fest in die Hand und setzte es auf die Haut. Ich liebe dich, dachte ich, ich liebe deine Ohren, deine Kehle, dein Herz. Und ich führte den Schnitt aus. Ich hörte, wie sie sich öffnete, und wartete auf ihr Blut.

Dann begann meine Arbeit. Die Blutung hatte die Organe angegriffen, an der Seite, die dem Blut am meisten ausgesetzt war, zeigte sich bereits die dunkle Färbung. Ich schob den Darm zur Seite. Der Uterus war grau, die Eileiter vergrößert, überall war Eiter, unter dem Douglas-Raum war eine große Eiterbeule. Ich dachte sofort an die Abtreibung, Angela. Diese Infektion war auf ein traumatisches Ereignis zurückzuführen. Und doch verstand ich immer noch nicht, an einer septischen Abtreibung wäre sie sehr schnell gestorben. Offenbar hatte sie später noch eine ebenso schlampige Ausschabung machen lassen. Und dann hatte sie sich einfach weitergeschleppt, mit einer solchen Infektion. Ich verdrehte die Augen, trat einen Schritt zurück. Nun ja, jetzt war da noch ein anderer Gedanke. Ich schaute mich um, der junge

Mann mit dem trapezförmigen Gesicht sah mich entsetzt an, auch die Krankenschwester machte ein schockiertes Gesicht, sie hatte einen Blutspritzer auf der Stirn. Ich betrachtete Italias kleines, aschfahles schlafendes Gesicht, auf dem ein grüner Schimmer lag, von den Tüchern rundherum. In diesem Augenblick rief ich Gott um Hilfe an. Ich streckte die Hände zum Himmel, die blutigen Handschuhe zu Fäusten geballt. Ich würde kämpfen, ich würde sie nicht einfach gehen lassen, und ich wollte, daß er das wußte.

Ich stillte die Blutung, entfernte den Eiter, machte einen kleinen Dammschnitt. Erst zum Schluß wandte ich mich dem Uterus zu. Es war zu spät, die Entzündung war zu weit fortgeschritten, ich konnte kein Risiko eingehen. Ich entfernte dieses graue Futteral, das als Nest für unser Kind hätte dienen sollen. Ich hob nicht mehr den Blick, Angela. Nur ab und an, wenn ich ein neues Instrument brauchte, schaute ich nach rechts, auf die Hände der schwarzhaarigen Schwester, die nie wußte, was sie mir reichen sollte. Im Raum war nichts anderes zu hören als das Geräusch meiner Hände in Italias Körper. Dieses glitschige, schmierige Geräusch, das Hände machen, wenn sie operieren. Doch am Schluß war ich wieder optimistisch, voller Vertrauen. Ich war schweißnaß und zitterte, ich stank nach Schweiß. Durch das Fenster war der Tag hereingekommen, ein neues Licht schien auf mich herab, ein volles Licht. Die Schwester schwitzte vor Müdigkeit und Hitze. Denn im Raum war es unerträglich schwül, aber das bemerkte ich erst jetzt. Ich war beim Zunähen, und die Hitze verklebte mir die Haare, legte sich auf die Fingerspitzen. Das Herzschlag-Diagramm war regelmäßig. Ich stach mit der Nadel durch ihr Fleisch wie ein eifriger Schneider, der die letzten Stiche am Brautkleid ausführt. Die Nacht war vorbei. Bald würde ich mich auf den Stuhl setzen, der hinter mir stand. Seit zwei Tagen hatte ich mich nicht mehr gewaschen, nicht mehr rasiert, und doch kam ich mir vor wie ein Engel. Ich würde die Augen schließen, den Kopf an die Wand lehnen – wie der Held in einem Fernsehfilm.

Aber sie starb. Zwei Stunden später ging das Leben von ihr. Ich war bei ihr. Sie war aufgewacht. Ich hatte sie in ein Zimmer auf demselben Stockwerk gebracht, darin stand noch ein weiteres Bett. Als sie aufwachte, stand ich am Fenster. Forschend betrachtete ich die Landschaft, von der ich am Abend zuvor nichts gesehen hatte und die sich jetzt bei Tageslicht flach und lehmig zeigte. Auf einem großen Werbeplakat ritt ein Cowboy auf einer Bierbüchse. Wie an einer Grenze, dachte ich. Ja, hier sah es aus wie in einer Gegend mit Grenzverkehr. Selbst das Gebäude, in dem das Krankenhaus untergebracht war, sah mickrig und bürokratisch aus wie eine Zollstation. Jede Liebesgeschichte braucht Beweise, sagte ich mir. Ein Auto fuhr vorbei, ein kleiner roter Kombi. Die Sonne brannte am Himmel. *Bald ist es wieder Sommer*. Ich lächelte.

Sie stotterte etwas, und ich drehte mich um. Die Sonne schien ihr in die Augen, die grauen Augen waren von goldenen Pünktchen durchsetzt.

»Ich habe Durst«, flüsterte sie. »Durst.«

Auf dem Nachttisch stand eine Wasserflasche, die mir die Schwester gebracht und die ich fast ganz ausgetrunken hatte, in einem Zug, weil ich nach der Operation, die fast sechs Stunden gedauert hatte, vollkommen ausgetrocknet war. Jetzt war gerade noch ein Schluck übrig, unten auf dem grünen

Glasboden. Ich goß ein wenig Wasser auf ein Taschentuch aus meiner Jacke und wischte damit über ihre trockenen, aufgesprungenen Lippen.

Sie riß den Mund auf wie ein gieriger Vogel. »Mehr...«

Ich benetze noch einmal das Taschentuch, legte es zwischen ihre Lippen, und sie saugte daran. Alles geschah in wenigen Minuten, plötzlich reckte sie den Hals und warf den Kopf nach hinten.

Mit einer vollkommen fremden Stimme sagte sie: »Wie soll das bloß gehen?«

Es sah aus, als redete sie mit dem Nichts oder mit einem anderen Selbst, das sie in der Ferne sah, ein Zwilling, der auf dem Kopf tanzte, oben an der Decke. Ich drängte mich in ihr Blickfeld, stützte mich mit den Händen kräftig auf das Bett. *Wo willst du denn hin, du kleines gebrochenes Pflänzchen, du atemloser Frosch? Wo willst du denn hin?* Ich streckte die Arme, stützte mich mit den Fäusten auf, gab acht, daß ich nicht auf sie fiel. Ich versperrte ihr den Blick. Ich war im Schatten, sie unter mir im Licht. Sie war schon nicht mehr bei sich. Die Augen verdreht, schien sie nach etwas zu suchen, nach einem Ort über sich, und sie quälte sich ab, um ihn zu erreichen.

»Wie soll das bloß gehen?« sagte sie noch einmal, mit fast erstickter Stimme, und damit schien sie jemanden zu meinen, der dort oben, an dieser sonnendurchfluteten Decke, auf sie wartete. Ich streichelte ihr über das Gesicht, der Unterkiefer war unnatürlich steif. Die Haut unter dem Kinn war von blauen Adern durchzogen, der Hals gereckt und durchscheinend wie eine Pergamentlaterne. Wie oft hatte ich sie so außer sich gesehen! Wenn wir uns liebten, warf sie unvermittelt den Kopf nach hinten zur Wand, reckte den Hals, der lang und dünn wurde, und suchte nach einer Stelle im Dunkel, die nur ihr gehörte. Sie blinzelte mit den Lidern, blähte die Nasenlöcher, als schnuppere sie den Duft eines Parfums. Das intensive Aroma einer Glückseligkeit, die sie nie erreichen würde, obwohl sie doch so verzweifelt danach suchte auf diesem zerknautschten Kissen. Noch einmal versuchte ich, einen Blick von ihr zu erhaschen, aber ihr Kinn entglitt meiner verschwitzten Hand.

»Liebling ...«

Sie atmete tief, ihre Brust hob sich, dann sackte sie zusammen, und mit diesem Ausatmen sackte ihr ganzer Körper zusammen, ließ sich gehen. Dann sah sie mich an, aber ich war nicht sicher, ob sie mich wirklich sah. Sie bewegte die Lippen und hauchte die letzten Worte: »Nimm mich mit.«

Aber sie sagte mir nicht, wohin. Still lag sie auf ihrem Kissen, nicht mehr lebendig, aber auch noch nicht entrückt, verharrte sie in diesem Niemandsland kurz vor dem Tod. Ihr Gesicht entspannte sich, sie schaute nach oben, dorthin, wo jemand sie erwartete, wo jede Mühsal, jede Not ein Ende hatte. Ihr letzter Atemzug war ein freudiger, erleichterter Seufzer. So fand sie den Weg zum Himmel, Angela.

Geh nicht fort.

Ich sah, wie Speichel aus meinem Mund auf sie hinuntertropfte. Ich verließ sie nicht, weder mit den Augen noch mit meiner Not. Ich blieb, wo ich war, und streifte sie mit meinem Atem. Ich ließ mich sinken, noch näher an sie heran, und vielleicht hoffte ich, mein Atem könne sie retten. Mit meinem entstellten Gesicht lastete ich auf ihr. Ich spürte, wie eine leichte Kraft sich von ihr löste, wie Dampf, der vom Wasser aufsteigt. Ich dachte nicht daran, als Arzt etwas zu unternehmen, ich hatte völlig vergessen, daß ich Arzt war. Ich schaute sie an, wie man ein Mysterium ansieht, mit wachen, verklärten Augen, ich sah sie an, wie ich dich vor ein paar Stunden angesehen hatte, als du geboren wurdest. So ließ ich sie sterben. Ich ließ den letzten Atem ihre Lippen streifen, und dieser Hauch erreichte meine Augenbrauen. Dann war sie fort, von der Zimmerdecke aufgesaugt. Instinktiv sah ich nach oben, um sie zu suchen. Und da sah ich ihn, Angela, ich sah unseren Sohn. Für einen Augenblick glaubte ich, dort oben sein Gesicht zu sehen. Er war nicht schön, hatte ein herbes Gesicht wie seine Mutter. Dieser kleine Hurensohn war gekommen, um sie mitzunehmen.

An der Stelle, wo sein Gesicht gewesen war, blieb ein Riß im Putz zurück und ein feuchter Fleck, der ihm sehr ähnlich sah. Ich kauerte mich zusammen neben dem, was er mir zurückgelassen hatte, neben diesem reglosen, noch warmen Körper, ich nahm eine Hand und legte sie auf mich. *Schon gut, Quecke, geh nur, geh dorthin, wo das Leben dir nichts anhaben kann, geh nur mit deinem tolpatschigen Hundegang. Wir wollen hoffen, daß da oben tatsächlich etwas ist, eine Decke, ein Paar Flügel, denn die schwarze Flanke des Nichts wäre wirklich zuviel für dich.*

In dem Raum war ziemlich viel Krempel, Stühle, Medikamente, Geräte. Mit dem Fuß trat ich nach allem, was ich erreichen konnte. Dann sah ich auf meine Hände. Von dem langen Tragen der Gummihandschuhe waren sie noch weiß, ich ballte die Fäuste, umschloß meine ganze Hilflosigkeit und stürzte mich auf die Wand, mit meinen eigenen Händen. Mit aller Gewalt schlug ich darauf ein, so lange, bis die Knöchel blutig wurden, die Haut in Fetzen herunterhing und der blanke Knochen zu sehen war. Ich hörte erst auf, als jemand hereinkam. Viele kamen herein, aber ich hörte erst auf, als ein Mann mir die Hände auf den Rücken drehte.

Später wurden mir die Hände verbunden, ich saß auf einer Liege, schaute teilnahmslos auf die Wunden, als hätte ich damit nichts zu tun. Ich spürte keinen Schmerz, dachte nur daran, was als nächstes zu tun war. Ich hatte mir das Gesicht gewaschen, den Hals unter den Wasserhahn gehalten, ich hatte gepinkelt, mir das Hemd in die Hose gesteckt, alles mit diesen kaputten Händen, und jetzt saß ich da mit nassen, nach hinten gekämmten Haaren, die mir am Schädel klebten.

Mir wurden die Hände verbunden, das machte eine junge Frau mit kupferfarbenen Haaren, die ihr in das gedrungene Gesicht fielen. Der Gerichtsmediziner war schon dagewesen, hatte ein Formular ausgefüllt und war wieder gegangen. Jetzt mußte Italia angekleidet werden, ihre Kleider waren im Kofferraum meines Autos. Aber ich war nicht der Ehemann, ich war kein Verwandter, ich war niemand. Die Frau, die mir den Verband anlegte, hatte das gleiche Anrecht auf Italias Körper wie ich, nicht mehr und nicht weniger. Sie hob den Kopf, schob die Haare, die ihr ins Gesicht hingen, hinter die Ohren. Ich dankte ihr und stand auf.

Ich ging ins Büro des Krankenhausdirektors und rief einen Polizeipräsidenten an, den ich vor ein paar Jahren operiert hatte. Es dauerte keine Stunde, da waren sämtliche Verfahrensfragen geklärt. Bald erschien ein sehr hilfsbereiter Maresciallo, der aus einer nahe gelegenen Kaserne herüberkam. Er hatte Italias Familie aufgespürt, es gab nur eine Cousine. Die Frau hatte nichts dagegen, daß ich mich um Italias Körper kümmerte, im Gegenteil, sie war offensichtlich erleichtert, als sie erfuhr, daß ich die Kosten für die Beerdigung übernehmen würde.

Wir standen im Gang, und der Maresciallo betrachtete meine verbundenen Hände. »In welcher Beziehung standen sie zu der Verstorbenen?«

Es war einfach menschliche Neugier, die durch die Uniform noch aufdringlicher wurde.

»Sie war meine Verlobte.«

Der Blick des Maresciallo war leuchtend blau. Er verzog das Gesicht, was aussah wie ein Lächeln, und seine türkisfarbenen Augen verschwanden fast zwischen den Falten. »Mein Beileid«, murmelte er.

Wenig später hatte ich ein Papier voller Stempel in der Tasche und einen Stapel Kleider auf dem Arm, die ich, über den Kofferraum gebeugt, draußen in der Hitze auf dem Platz vor dem Krankenhaus in aller Eile ausgesucht hatte. Ich hatte ihren Koffer geöffnet und darin herumgekramt. Hör auf zu grübeln, sagte ich mir, nimm einfach irgendwas und geh.

Die Toten ankleiden, das macht man gewöhnlich zu zweit, aber ich wollte es alleine machen. Als die Schwester mir ihre Hilfe anbot, schüttelte ich den Kopf und bat sie, mich allein zu lassen. Sie protestierte nicht. In diesem Krankenhaus hatte niemand, wie mir erst jetzt klar wurde, zu protestieren gewagt. Was ich jetzt durchmachte, erschreckte alle und hielt sie auf Distanz.

Wie schnell der Tod laufen kann, Angela, wie emsig er sich nimmt, was ihm zusteht. Still und kalt lag Italia da, wie das Bett, wie der Tisch, wie jeder beliebige leblose Gegenstand. Es war nicht leicht, sie anzukleiden; um ihr die Ärmel der Bluse überzustreifen, mußte ich sie erst auf die eine, dann auf die andere Seite drehen. Zum erstenmal half sie mir nicht. Ich war wirklich verzweifelt, denn ich wußte, daß sie mir geholfen hätte, wenn auch nur ein Hauch von Leben in ihr gewesen wäre. Sie hätte die Arme gehoben, die jetzt bleischwer waren, immer wieder hinunterfielen und gegen das Metallbett schlugen, ohne Schmerz zu empfinden. Dann waren die Ärmel geschafft, jetzt bloß noch die Knöpfe durch die Knopflöcher. Ausgerechnet jetzt, wo ich sie endlich richtig lieben konnte, wo sie mir beigebracht hatte, sie richtig zu lieben, mußte sie mich verlassen.

Ich betrachtete ihre Brustwarzen, eine hier, die andere dort, auf den auseinanderfallenden Brüsten. Helle Brustwarzen, durchscheinend wie die Häutchen von Larven. Als ich in ihrem Koffer gewühlt hatte, war ich zufällig auf den Schmuckbeutel gestoßen, in dem sie meine abgeschnittenen Nägel aufbewahrte, und hatte ihn eingesteckt. Diesen weichen kamelhaarfarbenen Samtbeutel legte ich ihr jetzt zwischen die Hände. *Hier hast du deinen Schmuck, Italia, diese vergilbten Splitter werden mit dir zu Sand zerfallen.*

Dann kam ein Mann mit dunkler Brille, dunklem Anzug und glänzenden Schuhen, die beim Laufen auf dem Boden Geräusche verursachten. Er klopfte an und trat ein, ohne eine Antwort abzuwarten. Er wußte, wie man sich bei Trauerfällen verhält, diskret, aber resolut. An meinem hilflosen Gesicht erkannte er sofort, welche Art Tod er hier zu bestatten hatte, mit welchem Quantum an Leid er es bei mir zu tun bekam. Als er ein paar Schritte auf das Bett zuging, öffnete sich seine Jacke, er trug einen schwarzen Gürtel mit vergoldeter Schnalle, und diese Schnalle faszinierte mich. Der Mann war eine tadellose, altmodische Erscheinung, die Haare auf dem runden Kopf mit Pomade nach hinten gekämmt, die Augen hinter dunklen Gläsern versteckt, der Mund ein regloser Einschnitt im Gesicht. Er sah Italia an und schätzte ihre sterblichen Überreste ab. Italia war schön. Im Tod war sie vollkommen, eine steinerne Schönheit, ohne Schatten, ohne jede Niedertracht. Diese Schönheit, diese Entrücktheit war unübersehbar, Angela, das mußte der Mann einfach wahrnehmen. Das war schließlich sein Gebiet, zweifellos lernte er mit jedem Tod noch dazu. Er hatte den flinken Blick eines erfahrenen Schneiders, der beim Maßnehmen kein Metermaß mehr benötigt. Rasch erledigte er seine beruflichen Obliegenheiten. Italia war so dünn, daß ein Kindersarg gereicht hätte, alles andere wäre Verschwendung von Holz gewesen. Ich sah sie jetzt mit seinen Augen, den Augen des Totengräbers, der sich um sie kümmern mußte. Und plötzlich war mir dieser unbekannte Mann sehr vertraut. Wir hatten eine gemeinsame Ebene, wie Männer, die der gleiche Gedanke verbindet, wie Gesichter vor einem Geheimnis. Sein Gesicht erfahrener als meins, aber dennoch verletzlich, unter dem Gerüst aus dunkler Brille und faltenfreiem Jackett.

Er legte mir die Hand auf die Schulter, eine warme Hand, die sich nicht bewegte. Ich brauchte diese Hand, Angela, auch wenn ich es nicht wußte. Ich merkte, daß sie mir gut tat. Es war eine dunkle, willensstarke Hand des Südens, die mich auf dem Boden hielt. Sie schien zu sagen: Bleib hier, du mußt vergessen, du darfst nicht versuchen, in dieser schwarzen Rauchwolke einen Sinn zu erkennen. Er bekreuzigte sich, weit ausholend; wie eine Sichel, die ins Unbekannte schwingt, berührte er seine Stirn. Auch ich bekreuzigte mich, hängte mich an ihn wie ein ungehorsames Kind an den Priester.

Wir verabredeten uns in ein paar Stunden, denn es war noch zu früh, es mußte erst eine bestimmte Zeit vergehen, bevor man sie in den Sarg legen konnte. Ich hatte keine Eile, ich wollte, daß Italia so lange wie möglich im Freien blieb. Hinter mir schien die Sonne vom Himmel, hinter dem Fenster, das ich keines Blickes mehr gewürdigt hatte, denn die Bewegung der Dinge war mir gleichgültig geworden. Ich hatte nur Augen für Italias Unbeweglichkeit, beobachtete, wie das Licht, das auf sie fiel, abnahm, der Schatten der Welt sich auf die Dunkelheit zubewegte. Und in diesem zitternden Blau, das jeden Winkel des Zimmers ausfüllte, zerfiel ihr Fleisch zu Asche. Im Sitzen, mit dem Kinn auf der Brust, schlief ich ein. Und sie, blau, wie sie war, schleifte ich hinter mir her. Bis zur Leiste stand sie im Wasser und schleppte sich durch ein schlammiges Gewässer zu einem vollbeladenen Boot, vielleicht ein Postschiff. Ich höre, wie sie verzweifelt versucht, sich zu dem Boot vorzukämpfen, das bald ablegen wird. Einige ihrer Sachen hat sie bei sich, ein rotgeblümtes Voilekleid, das an einem Bügel flattert, und einen Stuhl auf einem schwimmenden Tisch, den sie in dem flachen Wasser hinter sich herzieht. Ein leerer Stuhl. Sie ist weder müde noch traurig, sie ist voller Tatendrang, ihre Haare sehen aus wie Frösche im Finstern.

Als es schon Abend war, kam jemand herein, wunderte sich über die Dunkelheit. »Wo ist denn der Lichtschalter?«

Die Hand, die zu dieser Stimme gehörte, tastete suchend die Wand ab, aber ich sah sie, konnte sie im Dunkeln erahnen. Es war ein Priester, ein kleiner, nicht besonders dünner Mann in einer bodenlangen Soutane. Er hatte ein hageres, trotzdem schlaffes, farbloses Gesicht, das nur zu einem einzigen Ausdruck fähig war, einer Art Lächeln, das vielleicht Seligkeit ausdrücken sollte, aber in Wahrheit war es eher ein sardonisches Grinsen, absolut albern. Er trat zu Italia ans Bett und leierte ein vollkommen unverständliches Gebet herunter. Sein ausdrucksloses Geschwätz hatte nichts Sakrales, und ich hatte den Eindruck, ein ziemlich gewöhnliches Individuum vor mir zu haben. Nichtssagend wie ein fauler Portier, einer von denen, die bloß in ihrer Loge sitzen und alle Vorbeigehenden so gleichgültig mustern wie den aufgewirbelten Staub bei Schirokko. Mit einem fast stummen Klagelied auf den Lippen gab er der Toten eilig seinen Segen und ging, ohne das Licht auszumachen.

Der Tag brach an. Ich hatte die Arme auf das Bett, den Kopf in die Armbeuge gelegt und betrachtete Italia von unten. Langsam zog etwas Dunkles über ihr Gesicht, als hätte die Nacht einen Schatten vergessen. Aber es war nicht mehr gerinnendes Blut, Anzeichen des bevorstehenden Verfalls. Instinktiv betrachtete ich meine Arme, um zu sehen, ob sich dort ähnliche Schattenflecken gebildet hatten. Doch meine vom Morgenlicht aufgehellte Haut war unversehrt.

Als der Totengräber zurückkam, waren seine Augen frei, die dunkle Brille steckte in der Brusttasche. In dem eisigen Licht stach sein weißes Hemd vom Revers der schwarzen Jacke ab. Er war nicht allein, ein junger Mann war bei ihm. Vor dem Zimmer stellten sie den Sarg auf den Boden. Der Mann klopfte an und erschien in der Tür. »Hallo«, sagte er.

»Hallo«, antwortete ich.

Zufrieden nickte er mit dem Kopf, weil ich ihm geantwortet hatte, weil ich jetzt wieder in der Lage war zu sprechen. Ich betrachtete seine ungeschützten Augen und verstand, daß er sich der Obszönität seines Berufes durchaus bewußt war.

»Wollen Sie hinausgehen?«

Ich ging hinaus, er und der junge Mann, ebenfalls mit Jackett und Krawatte, gingen zusammen mit einer Schwester hinein, die gekommen war, um ihnen zu helfen, eine Frau mit dünnem Körper und flüchtigem Blick.

Ich ging in eine Bar an der Landstraße, die man mir beschrieben hatte. Daneben war eine Verkaufsausstellung für Swimmingpools, verstaubte blaue Becken.

»Wie spät ist es?« fragte ich den Alten hinter dem Tresen, der dabei war, einen Stapel Papiere zu sortieren.

»Kurz nach sechs.«

Ich trank einen Kaffee. Ich hatte keinen Hunger, versuchte aber trotzdem, ein Croissant hinunterzuwürgen, das nach Verpackung schmeckte. Ich biß zweimal ab und warf den Rest in einen hohen bronzefarbenen Behälter, vielleicht ein Schirmständer.

»Bis bald«, sagte der Alte, als ich hinausging.

Auf der Straße fuhr ein Bus vorbei, fast geräuschlos pflügte er über den Asphalt wie ein Boot übers Meer. Von wegen bis bald, der Alte würde mich nicht wiedersehen, sein Kaffee war ekelhaft. Und auch diese lehmige Ebene, die sich bis zum Horizont erstreckte, würde mich nicht wiedersehen. Dort hatte ich an einen Neuanfang, an ein Abenteuer geglaubt. Es rührte sich kein Lüftchen, die Luft lag wie eine Zellophanfolie über der Landschaft, so weit das Auge reichte, und verhinderte jede Bewegung. Italias Tod beherrschte diesen Raum bis zum Rand, dort, wo die Sonne aufgegangen war. *Leb wohl, meine Liebste, leb wohl.*

Sie lag im Sarg, eingesunken in den seidigen Stoff, mit dem er ausgeschlagen war. Sie hatten ihr die Bluse in den Rock gesteckt und die Haare gekämmt. Dieser luxuriöse Rahmen enthüllte ihre bescheidene Herkunft, sie sah aus wie eine Braut vom Dorf, eine bäuerliche Heilige, wie sie auf Prozessionen mitgeführt wird. Vielleicht hatten sie ihr Gesicht behandelt, mit Wachs oder einer Creme, denn ihre Wangen glänzten, und gerade dieser Glanz machte sie noch ärmlicher.

»Es fehlt ein Schuh«, sagte der Totengräber.

Ich ging noch einmal hinaus auf den Platz, und da lag er tatsächlich, dieser weinrote Schuh mit hohem Pfennigabsatz, den sie in der letzten Nacht verloren hatte. Ich zog ihn ihr an. Ich blickte auf diese Zwillingssohlen, die von irgendwelchen

Straßen dunkel geworden waren. Das machte mich noch betroffener als alles andere. Ich dachte daran, wie schwer ihr das Gehen, wie schwer ihr das Leben gefallen war, und an ihre Hartnäckigkeit, die ihr gar nichts genutzt hatte. Ich streichelte ihren Knöchel. Dann wurde der Sarg verschlossen.

Wir fuhren los. Ich hatte weder Kraft noch Lust, selbst zu fahren, ich würde mich einfach neben diesen schweigsamen Mann mit der vergoldeten Gürtelschnalle setzen. Ich schloß mein Auto ab und ging auf den Leichenwagen zu. Bevor er einstieg, zog der Totengräber seine Jacke aus, hängte sie hinter sich an einen Haken in der Innenverkleidung, neben die Glasscheibe, die uns von dem Sarg trennte. Seine Jacke streifte den Holzkasten, in dem Italia ruhte, und so sollte es während der gesamten Fahrt bleiben. Dieses vertraute Verhältnis gefiel mir. Ich fühlte mich wohl in diesem Auto mit dick gepolsterten Sitzen, das ebenso tadellos war wie sein Fahrer. Die Innenverkleidung und das hölzerne Armaturenbrett verströmten einen Duft nach Sandelholz.

Wir fuhren über alte, an vielen Stellen ausgebesserte Straßen, durch lichte Landstriche, wo niedrige wilde Pflaumen- und Olivenbäume mit verkrüppelten Stämmen dicht an dicht standen, wo ein paar Palmen unvermittelt den Asphalt sprengten. Die Vegetation war planlos, tauchte sporadisch und ungeordnet auf wie die Bauwerke, an denen wir vorbeifuhren. Jedes Ding, das sich vor diesem Panorama abzeichnete, hatte etwas Unentschlossenes, sah aus, als könnte es jederzeit verschoben oder abgerissen werden. Und vielleicht waren die Menschen, die hier wohnten, von dem gleichen Geist erfüllt, vielleicht bestand die Ordnung gerade in dieser Unentschlossenheit. Ja, genau, so mußte es sein, irgendwann hört das Auge auf, sich zu wundern, gewöhnt sich an dieses

Chaos und entdeckt darin schließlich eine geheimnisvolle Faszination. Ich blickte hinaus, und ich hatte keine Sonnenbrille, ich sah, wie das schneidende Mittagslicht die Dinge bloßlegte, noch die kleinste Kleinigkeit unerbittlich ausleuchtete. Eigentlich war es gar nicht schlecht, durch dieses Fegefeuer zu fahren, schließlich waren wir auf dem Weg zum Friedhof.

Der Totengräber fuhr schweigend. Mit seinen glänzenden pomadisierten Haaren und dem makellosen Hemdkragen ohne Schweißränder stand er in scharfem Kontrast zu dem zusammengewürfelten Durcheinander des Panoramas. Er raste. Aber seine steife Haltung verlor er nie, trotz der vielen Schlaglöcher. Und das Ganze kam mir vor wie eine Fahrt aus dem Leben heraus. Die Gegend, mein Reisegefährte, meine Stimmung, alles wurde von der gleichen Erschütterung heimgesucht. Genauso wie der Sarg, der auf holprigen Straßen und in den Kurven auf dem Filzbelag des Wagenbodens leicht hin und her rutschte. Oder war es vielleicht Italias Körper, der in dem Sarg hin und her rutschte, in diesem prunkvollen Sarg, der für sie zu groß war. Ich will kein Mitleid, ich will überhaupt nichts, Angela, glaub mir, ich weiß selbst nicht, warum ich noch einmal auf diese Dinge zurückkomme. Wenn man zuviel trinkt, muß man einfach öfter pinkeln. Und dann pinkelt man in ein Loch, in dem alles verschwindet, oder an eine Wand, die man nicht kennt.

Die Häuser waren aus Feldstein oder blau gefliest, volkstümliche Häuschen mit kleinen Balkonen und zierlichem Geländer. Bescheidene Menschen hinter blankgeputzten Scheiben. Alle drehten sich nach dem Leichenwagen um, die einen, um sich beschwörend an den Schritt zu fassen, die anderen, um sich zu bekreuzigen. Jungs, die auf staubigen Plätzen Fußball spielten, Frauen am Fenster, Männer, die vor der Bar saßen und von der Zeitung aufsahen. Es waren sehr viele Menschen unterwegs, die offenbar nichts zu tun hatten, und da fiel mir wieder ein, daß Samstag war.

Wir kamen an einer Kirche vorbei, deren Treppe so steil war, daß man fast den Eindruck hatte, sie würde gleich auf die Straße stürzen. Auf den Stufen stand eine Gruppe sonntäglich gekleideter Menschen. Eine magere Frau mit einem rosafarbenen Kapotthut, ein Kind auf dem Arm, verdrehte den Oberkörper und sah uns hinterher, als wir vorbeifuhren. Als sich unsere Blicke trafen, sah ich ihre lebhaften, von gehässiger Neugier getriebenen Augen. Das Kind trug ein Stufenkleid, vom Arm der Frau so weit hochgeschoben, daß man die Unterhose sah. Ich starrte auf die violetten Beinchen, die von einem groben Körper herabbaumelten. Alles, was mir jetzt unter die Augen kam, schien ein Zeichen für irgend etwas, und vielleicht war es das auch, die geheimnisvolle Spur eines verbotenen Schicksals, das keine andere Art fand, sich zu manifestieren, als zufällig in die Dinge zu fahren, die mir über den Weg liefen. So als wäre das keine wirkliche Reise, sondern eine allegorische, geträumte. Die Beine des Mädchens wirkten leblos, sein Gesicht konnte ich nicht sehen. Vielleicht hatte es Angst vor mir, und seine Mutter durchbohrte mich deshalb mit diesen mißbilligenden Blicken.

Um nicht noch tiefer in dieses sinnbildliche Unbehagen zu geraten, als mir zustand, hörte ich auf, mich umzusehen. Ich ließ den Blick auf einem schlammigen Flüßchen ruhen, in dessen ausgetrocknetem Bett ein paar Abfälle und eine herumziehende Wolke kleiner Fliegen auszumachen waren.

Der Mann an meiner Seite strotzte nur so vor Schweigen und Professionalität. In den Ortschaften fuhr er langsam, als wollte er den Lebenden die Möglichkeit geben, den Sarg zu grüßen, ein Gebet zu sprechen. Sein Gesichtsausdruck veränderte sich, er wirkte zunehmend entschlossener. Er interpretierte sich selbst, spielte seine melancholische Rolle als letzter Kutscher. Er fuhr vorbei und wußte, daß er ein Nachdenken hinter sich zurückließ. Aber ich entdeckte auch eine Spur von Ironie in seinem Profil. Ja, sein Auftritt war auch eine Maskerade, er war wie ein Junge, der sich als Tod verkleidet und eine Sense schwingt, um die Passanten zu erschrecken. Und jetzt glaubte ich zu verstehen, daß seine dunkle Brille viele Funktionen hatte. Er fuhr langsam, teilte die Menge, die sich an Wände oder in Ecken drückte, er brachte die Leute zum Verstummen, lenkte den Blick auf sich und zwang sie, den Kopf zu senken: Wie eine verschreckte Herde ließ er sie zurück.

Unverhofft kamen wir ans Meer. Ich lehnte mit der Stirn am Fenster, als plötzlich zwischen dem schwarzen Nasensattel und dem Auge das Meer auftauchte, ein regloser blauer Streifen. Ein Zug fuhr vorbei, so dicht, daß ich hochschreckte und mich vom Fenster zurückzog. Ich hatte gar nicht gemerkt, daß die Straße jetzt an der Eisenbahnlinie entlangführte, die Gleise waren unmittelbar neben uns. Dann war der Zug zu Ende, und das Meer war wieder da. Hier und da standen Betonklötze an dem schmalen, von Wellen überspülten Strand, übrig blieb nur ein Stückchen grobkörniger Sand, und dann kam sofort die Eisenbahnlinie. Landeinwärts reihten sich schäbige, höchst unterschiedliche Gebäude aneinander, ein Wald aus schiefen Antennen, so weit das Auge reichte.

Ich hätte deiner Mutter Bescheid sagen müssen, an sie, an dich hatte ich überhaupt nicht mehr gedacht. Euch hatte ich in einen Teil meines Bewußtseins abgedrängt, der mich nicht mehr allzuviel anging. An Elsa dachte ich wie an die Frau eines Freundes; und was dich betrifft, so war ich kein Vater, sondern ein Waisenkind. Aus der Fensterscheibe sah mich das Spiegelbild meines Auges an wie ein ratloses Reptil.

Ein riesiger Wasserhahn auf einer Reklametafel zog an mir vorbei. Jetzt waren wir auf einer Straße, die viel breiter war als die vorherigen. Der Totengräber hatte hochgeschaltet, ließ dem Motor freien Lauf, weil der Asphalt nun endlich glatt war. Es gab keinen Mittelstreifen, und eins dieser waghalsigen Autos hätte leicht die Kontrolle verlieren können. Denn alle, das lernte ich auf dieser Reise, wollten sichergehen, daß der Leichenwagen schon besetzt war. Deshalb hätte es ohne weiteres passieren können, daß ein Fahrer, der nur einen Blick auf unsere Ladung werfen wollte, nicht aufpaßte und mit uns zusammenstieß. Schließlich waren wir der Tod auf dem Vormarsch. Es wäre doch wunderbar, in einem Leichenwagen neben einem Totengräber zu sterben. Und eine Weile glaubte ich, das Schicksal habe dieses Ende für mich vorgesehen. Offenbar hatte mein Reisegefährte mit alldem nichts am Hut; von keiner Vorahnung getrübt, saß er mit seinem gestählten Körper da und fuhr. Die Hände reglos am Steuer, den Blick durch die dunklen Gläser geradeaus.

Wir hielten an, um zu tanken.

»Wollen Sie etwas essen?« fragte er und sah dabei auf das gläserne Gebäude hinter der Tankstelle.

Sie war nicht mit uns ausgestiegen. Auch beim letztenmal, als ich an einer Raststätte angehalten hatte, war sie nicht ausgestiegen, sie hatte geschlafen oder vielleicht nur so getan, als schliefe sie. Jedenfalls war sie wach, als ich mich umdrehte, nachdem ich die blauen Bürsten der abgestellten Waschanlage gesehen hatte, und da habe ich gewußt, daß wir es nicht schaffen würden, daß ich sie erneut verlieren würde. Auf einer Raststätte habe ich erkannt, daß sie sterben würde.

Der Totengräber aß. Er hatte sich einen Reissalat und ein Mineralwasser geholt. Dann hatte er sich die Serviette in den Hemdkragen gesteckt, mit großer Sorgfalt. Ich habe zugesehen, wie er sich Zeit ließ, mit übertriebener, fast provozierender Ruhe, die sicher zu dem Mann gehörte, aber beinah wie eine Werbung für seinen Beruf wirkte. Durch diese aufdringliche Art schien er seine Nächsten auffordern zu wollen, Geduld zu haben angesichts des unausweichlichen Endes, das er lakonisch personifizierte.

Niemand setzte sich neben uns. Langsam fing ich an, die Vorteile zu schätzen, die man genießt, wenn man mit einem Totengräber unterwegs ist, und ich hätte mir keinen besseren Reisegefährten vorstellen können als diesen Mann, der die Gabel zum Mund hob, ohne den Kopf zu senken oder den Hals zu bewegen. Ich hatte mir einen Obstsalat und ein Bier geholt. Ich trank mit einem Strohhalm aus der kalten Flasche, sah aus dem Fenster und betrachtete den Leichenwagen, der unter einem Eternitdach geparkt war. Ich nahm die Plastikgabel und stocherte in dem Obstsalat herum, eine blaue Weintraube sprang aus dem Schüsselchen heraus. Sie traf den Totengräber oben, neben seinem Kragen. Er war bestürzt. Da hatte er so viel Sorgfalt darauf verwendet, seine Serviette richtig festzustecken, und ich hatte es durch puren Zufall geschafft, den einzigen ungeschützten Zipfel seines makellosen Hemdes zu treffen. Er riß sich die Serviette von der Brust, benetzte sie mit Mineralwasser und rieb an dem Fleck herum. Ich hatte mich nicht einmal entschuldigt. Ich schaute auf die dunklen Brusthaare, die jetzt durch die feuchte, auf der Haut klebende Baumwolle hindurchschimmerten. Seine Brille hatte er abgesetzt, sie lag mit aufgeklappten Bügeln auf dem Tisch. Seine Augen waren viel kleiner, als ich gedacht hatte.

Ich hängte mich wieder an mein Bier und trank es aus, bis der Schaum ein Geräusch verursachte.

»Wollen Sie einen Kaffee?«

»Nein, danke.«

Er stand auf und kam mit einer Tasse in der Hand zurück. Er trank, dann nahm er das unangebrochene Zuckertütchen und steckte es in die Jackentasche. Die Brille hatte er noch nicht wieder aufgesetzt. Jetzt strichen seine Hände nachdenklich über die gekreuzten Bügel. Ich saß am Fenster, an das schmutzverkrustete Gitter des ausgeschalteten Heizkörpers gelehnt.

»War sie ihre Geliebte?«

Seine Frage traf mich so unvorbereitet wie der Wind, der plötzlich in die Eternitplatten über dem Leichenwagen gefahren war.

»Warum glauben Sie das?«

Ich hatte mich nicht umgedreht. Die Bierflasche spiegelte sich in der Fensterscheibe, streute einen grünen Schimmer über die schmutzige neutrale Fläche.

»Sie hatte keinen Ehering, Sie aber schon.«

»Vielleicht hat sie ihn nur nicht getragen.«

»Nein, *solche* Frauen tragen ihn immer.«

»Vielleicht hat sie ihn verloren.«

»Dann kaufen sie einen neuen, sparen am Haushaltsgeld, machen Schulden, aber sie kaufen einen neuen.«

Vielleicht wäre es besser gewesen, er hätte weiter geschwiegen, sein Sprechen war weniger tadellos als sein Schweigen.

»Haben Sie sie sehr geliebt?«

»Was geht Sie das an?«

»Nichts, es war nur, um zu reden.«

Er nahm die Brille vom Tisch, erhob sich und schaute im Gegenlicht durch die dunklen Gläser. »Vor einem Jahr habe ich meine Frau verloren.«

Mit einer gezielten Bewegung setzte er die Brille auf, mit beiden Händen. Die widerstandsfähigen Hornbügel verschwanden hinter den Ohren, und er verharrte einen Augenblick, um zu prüfen, ob sie richtig saßen, dann ließ er die Hände sinken. »Gehen wir?«

Jetzt, als er wieder fuhr, schien er mir trauriger, aber vielleicht war ich jetzt trauriger, die Straße sah aus wie ein graues Schlammband, das vor der Schnauze des Leichenwagens abrollte.

»Ich habe sie sehr geliebt«, flüsterte ich, »sehr.«

Später hielten wir auf einem weißen Feldweg, der von der Landstraße abzweigte. Das Auto war schlecht geparkt. Neben mir stand ein großer Maulbeerbaum, und ich lehnte mich an den Stamm, der viel wärmer war als mein Rücken. Ich weinte, mit gesenktem Kopf. Der Totengräber stand vor mir. Kurz vorher hatte er sich fürsorglich über mich gebeugt, mich umarmt: »Kopf hoch«, dann hatte er sich wieder aufgerichtet, und ich hörte, wie er knackend seine Kniegelenke durchdrückte, während der Wind singend über das hohe Gras strich. Ich hatte ihm alles erzählt, von Elsa, von dir, daß du gerade geboren warst, von Italia. Um sie hatte ich geweint, immer wenn ich ihren Namen aussprechen wollte, mußte ich wieder weinen. Ich schaffte es nicht, die Geschichte zu Ende zu bringen, mitten im Wort schluchzte ich auf, außerdem mußte ich aufstoßen, das Bier, es gärte in meinem Magen und dehnte sich aus.

Der Totengräber hielt es kaum aus, er war so mitfühlend, so voller menschlicher Anteilnahme, daß er meine zitternden Lippen, meine geröteten Augen schwer ertrug und immer wieder betreten wegsah. Dann zog er sich zurück, senkte den Blick auf das wogende Gras. Er zündete sich eine Zigarette an, rauchte schweigend, bis er schließlich die Kippe auf den weißen Weg warf und mit der Schuhsohle austrat, wobei er angestrengt auf den sich drehenden schwarzen Schuh starrte.

»Man stirbt, wie man gelebt hat. Meine Frau ist unauffällig gegangen, so wie ein Blatt, das vom Baum fällt.«

Wir fuhren weiter, und auf dem letzten Stück der Fahrt war alles wieder wie vorher, er mit gerecktem Hals, ich mit der Stirn am Fenster. Aber innerlich, in unseren ungleichen, wenn auch verwandten Seelen, waren wir wie zwei Wölfe, die ein Beutetier gejagt, aber nicht erwischt haben, in der schwarzen Macchia erschöpft nach Luft japsen und immer noch hungrig sind.

Als wir ankamen, lag eine drückende Hitze in der Luft. Das Dorf, hoch oben auf einem Erdkegel, dem man die Spitze abgeschnitten hatte, erinnerte an den Krater eines erloschenen Vulkans. Die ockerfarbenen Häuser, die sich dicht an dicht an den Berg klammerten, sahen aus wie Schwefelgruben im Fels.

Auf dem Weg zum Friedhof kamen uns Frauen in schweren Trachten, mit schwarzen Wollstrümpfen, derben Schuhen und Schultertüchern entgegen. Wie neugierige Ziegen starrten sie uns ungläubig an und machten keinerlei Anstalten, zur Seite zu gehen, so daß wir im Schrittempo weiterfahren mußten. Auf dem Platz vor dem Tor waren noch mehr Leute, diesmal in normaler, zeitgemäßer Kleidung. Sie standen neben einem Lieferwagen und musterten mit der gleichen Verblüffung den fremden Leichenwagen, der plötzlich mit einem Sarg ohne Blumenschmuck auftauchte.

Der Totengräber drehte sich nach seiner Jacke um. »Ich muß ein paar bürokratische Dinge erledigen.«

Und er griff nach einer schwarzen Ledertasche, die so steif war wie ein Sarg.

Ich sah, wie er hinter den beiden Säulen, die das Friedhofstor flankierten, verschwand und dann ohne Zögern nach links abbog. Vielleicht sind Friedhofsanlagen ja überall gleich, eins ist jedenfalls sicher, er bewegte sich an diesem Ort des Schweigens mit einer Selbstverständlichkeit, als würde er sich auskennen, beinah konnte man glauben, er würde mit den Füßen scharren wie ein Tier, das den heimischen Stall wittert. Seine Gestalt verschwand hinter der Wand aus fächerförmig angeordneten weißen Grabsteinen. Der Lieferwagen fuhr ab und wirbelte eine Staubwolke auf. Ich stieg aus, pinkelte, durch den Leichenwagen geschützt, mit dem Rücken zum Friedhof, und hinterließ einen dunklen Fleck auf dem Boden.

Als der Totengräber zurückkam, brachte er einen Mann in blauen Arbeitshosen mit, der etwas kleiner war als er. Bevor sie sich trennten, sprachen sie noch ein paar Worte. Dann kam der Totengräber zu mir: »Sie schließen bei Sonnenuntergang, wir brauchen einen Priester.«

Der Sarg war schon hinabgelassen, die ausgehobene Erde lag auf einem Haufen. Die Soutane des Priesters schwang hin und her, auch der Weihrauchbehälter schwang hin und her, und eine Wolke aus Weihrauch kam auf uns. Der Krüppel rührte sich nicht vom Fleck, er wartete auf seine Bezahlung. Der Totengräber hatte ihn angeheuert, und jetzt stand er da und setzte eine übertriebene Trauermiene auf, so als sei das im vereinbarten Preis inbegriffen. Das Gewicht ruhte auf dem längeren Bein. Auch der Friedhofswärter war noch da. Gemeinsam hatten wir den Sarg hinuntergelassen, und das war keine leichte Arbeit gewesen. Der Totengräber hatte die Jacke abgelegt, und erst im letzten Augenblick wieder angezogen. Seine Stirn war mit einer schmutzigen Schweißschicht überzogen, auf der sich die aufgewirbelte Erde abgesetzt hatte. Das war Muskelarbeit, die jedoch dem Geist half. Als der warme Wind über mich hinwegstrich, fühlte ich mich versöhnt. Mit meinen Händen hatte ich das erste Häufchen Erde auf Italias Sarg geworfen, und nun arbeitete der Spaten des Wärters zügig weiter, füllte sich und leerte sich wieder. Und der Schmerz war da, aber gemildert, von Müdigkeit betäubt. Blieb noch das ausdruckslose Gesicht des Krüppels, dessen weiße Mähne aussah wie eine ausgegrabene, auf dem Feld vergessene Zwiebel. Der Bruder Totengräber schien im Frieden mit sich selbst zu sein, bei Sonnenuntergang hatte er seine Arbeit vollbracht. Unter seinem Bauch bewegte sich die vergoldete Schnalle, im Rhythmus seines Atems. Es war ein langer Tag gewesen. Wie ein Wurfspeer ging sein Blick nach oben, dann zum Horizont: Ja, die Dunkelheit würde ihn entschädigen. Italia war unter der Erde, und diese Erde war durch meine Hände gegangen, war frisch und körnig durch die gespreizten Finger gefallen. Jetzt war sie begraben, und mit ihr, Angela, die vergängliche Zeit der Liebe.

Ich sah einen Schatten, einen dunklen Schatten wie von einem Vogel. Einige Meter entfernt stand eine bäurische Gestalt, halb verborgen hinter der Wand aus Nischengräbern, die den Friedhof teilte. Es war ein alter Mann, winzig wie ein Kind. Unbeweglich stand er da, den Hut in der Hand. Kurz zuvor, als ich mich gebückt hatte, um eine Handvoll Erde zu nehmen, war er noch nicht dagewesen, oder ich hatte ihn nicht bemerkt. Wie aus dem Nichts schien er aufgetaucht zu sein. Ohne besondere Neugier sah er mich an, so als würde er mich bereits kennen. Ich machte weiter, trotzdem blieb ich in Gedanken bei diesen Augen, die auf meinen Nacken starrten. Da fiel mir das Foto in Italias Schlafzimmer wieder ein, der junge Mann auf dem vergilbten Foto. Ihr Vater, ihr erster Peiniger. Ich drehte mich noch einmal um, diesmal mit der Absicht, zu ihm zu gehen. Aber er war nicht mehr da, da war nur noch das Rauschen des Windes, der um die Nischengräber pfiff, und eine undurchdringliche Schwärze, in der man nichts mehr erkennen konnte. Vielleicht war er es gar nicht, vielleicht war es nur ein neugieriger Besucher. Aber ich verzieh ihm, Angela, und damit auch meinem eigenen Vater.

Kein Grabstein zeigte Italias Anwesenheit an. Der Totengräber hatte mit dem Friedhofswärter vereinbart, daß er einen einfachen, schmucklosen Grabstein aufstellen würde, der jedoch erst in zehn Tagen fertig wäre. Der Friedhofswärter hielt mir einen karierten Block und einen Kugelschreiber hin. »Was soll draufstehen?«

Ich schrieb nur den Namen, wobei ich mit dem Kugelschreiber Löcher in das Papier machte. Es gab nichts mehr zu tun, alle sahen auf die aufgefüllte Grube und warteten darauf, daß irgend jemand sich zum Gehen entschlösse. Der Totengräber bekreuzigte sich und ging. Langsam, und der Krüppel folgte ihm. Mir fiel keine Geste ein, die ich hätte vollziehen können, und auch kein besonderer Gedanke. Eines Tages, dachte ich, würde ich diesen Augenblick mit etwas anfüllen, das jetzt fehlte. In der Erinnerung würde ich einen Weg finden, feierlich zu gestalten, was jetzt sinnlos erschien. Ich hob eine Hand Erde auf, wollte sie einstecken, um sie durch die

Hand rinnen zu lassen wie Asche, statt dessen stopfte ich sie in den Mund. Ich kaute Erde, Angela, und vielleicht merkte ich nicht einmal, was ich da tat. Ich suchte nach einer Geste, um mich von ihr zu verabschieden, und ich fand nichts Besseres, als mir den Mund zu verschmieren. Ich spuckte aus, dann wischte ich mit dem Handrücken alles ab, was noch an den Lippen, auf der Zunge hängengeblieben war.

Mit meinen Schecks hatte der Totengräber alles bezahlt, was zu bezahlen war, und nun kam er zurück. Wartend stand ich vor dem Friedhof, der inzwischen geschlossen war, und blickte, an die Friedhofsmauer gelehnt, ins Tal hinunter und sah, wie in den Wohnungen, an den vorbeifahrenden Autos die Lichter angingen. Als ich hinter mir seine Schritte erkannte, war es bereits dunkel. Auch er lehnte sich an die Mauer. Aus der Brusttasche des Jacketts holte er das Zuckertütchen hervor, das er in der Raststätte mitgenommen hatte. Er riß es auf und schüttete den Inhalt in den Mund. Ich stand so dicht neben ihm, daß ich das Geräusch der Zuckerkörner zwischen seinen Zähnen hörte, ein Knirschen, das mich erschaudern ließ. Er drückte die Zunge an den Gaumen, um die Süße auszukosten, die sich inzwischen wohl aufgelöst und mit seiner Mundschleimhaut verbunden hatte. Auch er schaute ins Tal hinunter, in den dunklen Abgrund, wo die Lichter schwammen.

»Ich weiß nicht«, sagte er.

»Was?«

»Der Tod ist ungerecht.«

Er schluckte den letzten süßen Speichel hinunter. »Und doch ist Sterben gerecht.«

Ich sah zum Friedhof hinüber. Sie spürt keinen Schmerz mehr, dachte ich. Und das war ein tröstlicher Gedanke.

Ada steht vor mir, ganz dicht. Ich stehe vor diesem Abgrund, wie vor fünfzehn Jahren. Eins dieser zitternden Lichter da unten im Dunkeln, das bist du. Ich weiß nicht, warum ich dich so weit mitgenommen habe, Angela. Aber ich weiß, daß ich jetzt auf dieser Mauer stehe, und du bist neben mir, ich halte dich fest wie eine Geisel. *Das ist sie, Italia, das ist meine Tochter, die, die damals geboren wurde. Und du, Angela, heb den Kopf, laß dich ansehen, sag Ciao zu der Signora, sag Ciao zu dieser Königin. Sie sieht mir ähnlich, nicht wahr, Italia? Sie ist fünfzehn, ihr Hintern ist ein bißchen dick, früher war sie spindeldürr, aber seit einem Jahr ist ihr Hintern ein bißchen dick. Das ist das Alter. Sie ist eine von denen, die dauernd essen, auch zwischen den Mahlzeiten, und sie schnallt den Helm nicht fest. Sie ist nicht vollkommen, sie ist nichts Besonderes, sie ist wie viele andere auch. Eine von vielen auf der Welt. Aber sie ist meine Tochter, das ist Angela. Sie ist alles, was ich habe. Sieh mich an, Italia, setz dich auf diesen leeren Stuhl, der in mir ist, und sieh mich an. Willst du sie mir wirklich wegnehmen? Geh nicht fort, ich will dir etwas sagen. Ich will dir sagen, wie es war, als ich zurückkam und da weitermachte, wo ich aufgehört hatte. Ich empfand nichts mehr, keine Erregung, keinen Schmerz, keinen Trost. Aber Angela war stärker als ich, stärker als du. Ich will dir erklären, wie es ist, wenn es in deiner Wohnung nach einem Neugeborenen riecht, das ist ein wunderbarer Duft, der sich an die Wände heftet und den du einatmest. Lange stand ich an ihrer Wiege, neben diesem verschwitzten Kopf. Wenn sie aufwachte, lachte sie schon und nuckelte an ihrem Fuß. Unverwandt sah sie mich an, mit dem unersättlichen Blick der Neugeborenen. Sie sah mich an wie du. Sie war wie ein Öfchen, sie tat mir gut. Sie war frisch und knackig, sie war ein Geschenk. Sie war das Leben. Aber ich hatte nicht den Mut, es zu umarmen. Jetzt fliegt ein Flugzeug vorbei, bald wird es landen. Da oben ist eine Frau, die weint. Eine Frau von dreiundfünfzig, ein bißchen füllig, mit einem leichten Doppelkinn, das ist meine Frau. Ihr Geruch ist in meiner Nase gealtert. Sie schaut auf eine Wolke, sie schaut auf ihre Tochter. Flieg durch diese Wolke, Italia, flieg hindurch wie ein Storch. Gib mir Angela zurück.*

»Professore …«

Ich stehe auf, ich bin nie in meinem Leben aufgestanden.

»Wir sind fast fertig.«

»Und die Werte?«

»Normal.«

Mein Herz jubelt, meine Hände zittern, als würden sie schluchzen. Und ich mache mir in die Hose. Ich packe Ada am Arm und drücke ihn, das ist der letzte Augenblick der Stille.

Dann bricht das Gefühlschaos aus, alle Geräusche auf einmal. Stimmen, Kittel, Türen. Alfredos Kittel ist blutverschmiert. Das ist das erste, was ich sehe. Er hat die Handschuhe abgestreift, seine Hände sind weiß. Mit diesen weißen Händen kommt er mir entgegen. »Es hat etwas länger gedauert, ich hatte Probleme mit der Dura, sie hat sich zusammengezogen, stark geblutet, ich hatte Mühe, die Blutung zu stillen.«

Seine Haube ist klatschnaß, um den Mund sieht man den Abdruck des Mundschutzes, er sieht aus wie ein Verrückter. Er redet schnell, verheddert sich. »Hoffen wir, daß es keine ausgedehnte axonale Verletzung gibt, daß der Druck auf das Gehirn beim Aufprall keine schwerwiegenden Folgen hat ...«

Ich nicke und halte den Atem an. »Wird das überprüft?«

»Ja, ich habe Ada gesagt, sie soll sie aufwecken, aber das dauert ein bißchen.«

Dein verbundener Kopf gleitet nach unten zur Intensivstation. Der Pfleger schiebt langsam das Bett, vorsichtig. Jetzt liegst du hinter der Glaswand. Du hast die Augen geschlossen, und das Laken bewegt sich über deiner Brust. Ich sehe nach, ob du atmest. Ada hat dich von der Beatmungsmaschine abgekoppelt, hat das Betäubungsmittel abgestellt, damit du aufwachst, um zu sehen, was passiert. Mit besonderem Eifer bewegt sie sich um dich und deine Schläuche herum. Sie ist blaß, angespannt, ihre Lippen sind trocken. »Gehen Sie zu ihr«, murmelt sie. Widerwillig gehorche ich. Jetzt bist du wieder bei mir, Angela. Wir sind allein. Ich streichle deinen Arm, deine Stirn, streichle jedes Stückchen Haut, das nicht verbunden ist. Dein Kopf liegt auf einem krapfenförmigen Kissen, du darfst diese Stellung nicht verlassen. Die Halsmuskeln müssen angespannt bleiben, um jede Depression des Blutkreislaufs zu verhindern. Der Kopf muß höher liegen als das Herz. Du hast braune Ohren von dem Desinfektionsmittel, ein paar Teerkörner in den Wangen, keine Sorge, die wachsen von selbst heraus, den Rest entferne ich dann mit Laser. Für den Kopf kaufe ich dir einen Hut. Ich kaufe dir hundert Hüte. Wenn deine Freunde kommen, um dich zu besuchen, werden sie dich komisch finden, mit diesem Verband. Sie werden dich beneiden, weil du nicht zur Schule mußt. Sie werden dir Musik mitbringen. Und auch eine Zigarette, die wird dir der Kleine bringen, dieses

Schätzchen mit den Rastalocken, der dir bis zur Schulter reicht. Ist das dein Freund? Er gefällt mir, seine Haare gefallen mir. Mir gefällt alles, was dir gefällt. Und weißt du was, ich werde mir Rollschuhe leihen. Schwarze Rollschuhe mit vielen Rollen, wie deine. Ich will mit dir über die Alleen rollen, an den autofreien Sonntagen. Ich will hinfallen, ich will dich zum Lachen bringen. Jetzt hast du ein merkwürdiges Schluchzen in der Brust. Ich schließe dich wieder an das Beatmungsgerät an, du sollst dich nicht bewegen. Aber du bewegst dich. Du drückst meine Hand.

»Hörst du mich? Wenn du mich hörst, dann mach die Augen auf, Liebling. Ich bin es, Papo.«

Und du machst sie auf, mühelos, als wäre es die einfachste Sache der Welt. Du entblößt das Weiße und Schwarze der Augen und siehst mich an.

Ada steht plötzlich hinter mir. »Was ist los?« Vielleicht hat sie es nicht gemerkt, aber sie hat geschrien.

Ich sehe dich unverwandt an und lächle mit Tränen in den Augen. »Sie hat reagiert«, sage ich, sie hat meinen Finger gedrückt.

»Es könnte nur ein Reflex sein …«

»Nein, sie hat die Augen aufgemacht.«

Alfredo hat sich umgezogen. Er hat sich gewaschen und gekämmt. Er sieht aus wie ein Sportler, der einen Wettkampf gewonnen hat. Über den Straßenschuhen trägt er Plastiküberzüge.

»Der intrakranielle Druck, die akute Anämie, der Herzstillstand … Ich hätte wirklich nicht gedacht …«

»Ich weiß.«

»Ich habe gehofft.«

»Da hast du gut gehofft.«

Er beugt sich über dich, stimuliert dich, kontrolliert die Reaktionen. Wieder öffnest du die Augen. Und jetzt meine ich, deinen witzigen, schmerzlosen Blick wiederzuerkennen. Alfredo kontrolliert auf deinem Krankenblatt die Medikamentenliste, es ist besser, dir noch ein bißchen Analgo-Sedierung zu geben, die nächsten vierundzwanzig Stunden sollst du Ruhe haben. Dann geht er, auf seine schroffe Art, ohne sich zu verabschieden. Zurück zu seinem Leben in Trennung, zu seiner Wohnung, die von einem Philippino aufgeräumt wird, wenn er nicht da ist. Keiner der Kollegen auf der Intensivstation sieht ihm nach, sie beugen sich über die Anwesenheitsliste, diskutieren den Dienstplan. Nur Ada sieht ihm hinterher, lächelt ihm hinterher. Er hatte keine Bereitschaft, und doch ist er gekommen. Vielleicht weil sie ihn darum gebeten hat.

Jetzt erscheint deine Mutter hinter der Scheibe. Ihr Mantel, ihre Tasche, ihr Gesicht. Deine Mutter, die Krankenhäuser haßt, die nicht weiß, wie sie funktionieren, die nie eine Intensivstation betreten hat. Sie steht neben einem weißen Plastikvorhang, der zu Seite gezogen ist. Sie sieht dich an. Vielleicht steht sie schon eine ganze Weile da. Als ich aufsah, habe ich sie zufällig entdeckt, zuerst dachte ich, es wäre eine Schwester. Sie ist klein, unfrisiert, alt. Und weißt du was, Angela? Weißt du, wie sie mit diesem Großmuttergesicht aussieht? Wie eine Mutter, die vor der Scheibe zum Babyraum steht und ihr Kind ansieht. Ganz genauso. Eine Mutter im Morgenrock, der wegen der Milch die Brust schmerzt, die ihr Neugeborenes ansieht, ihr rotes Äffchen. Sie hat die gleichen Augen wie eine frischgebackene Mutter, die das Fleisch ansieht, das aus ihrem schlaffen, leeren Bauch herausgekommen ist. Sie ist nicht traurig, sie ist schwachsinnig. Sie kommt nicht herein, sie bleibt dort stehen. Ich gehe zu ihr. Ich drücke sie an mich, sie ist ein zitterndes Bündel. Sie riecht nach zu Hause in dieser Wüste aus Ammonium.

»Wie geht es ihr?«

»Sie lebt.«

Ich helfe ihr, Kittel und Mundschutz anzulegen, eine Papierhaube aufzusetzen und die Plastikhüllen über die Schuhe zu streifen. Sie beugt sich über dich und betrachtet dich aus der Nähe, sieht den Verband, die Elektroden auf deiner Brust, die Schläuche in Nase und Venen, den Katheter.

»Darf ich sie anfassen?«

»Natürlich.«

Eine Träne rollt ihr über die Wange, fällt auf deine Brust, deine Mutter stoppt sie mit dem Finger. »Ist das nicht zu kalt für sie, sie ist ja ganz nackt.«

»Hier drin ist die Temperatur konstant.«

»Dann spürt sie also etwas?«

»Sicher.«

»Sie ist nicht im Koma?«

»Nein, das ist nur die Betäubung, ein künstliches Koma.«

Sie nickt mit offenem Mund: »Ach so ...«

Ich drücke sie noch einmal. Sie ist klein, zusammengekrümmt. Das Schicksal ist über sie hinweggerollt wie ein Bulldozer.

»Ich habe die ganze Zeit gehofft, daß das Flugzeug abstürzt. Ich wollte sie nicht tot sehen.«

Dann sagt sie nichts mehr.

Jetzt sitzt sie neben mir. Ein wenig gefaßter, weniger erschrocken, weniger dümmlich. Wie eine wogende Qualle. Denn nun seid ihr wieder in eurem Fruchtwasser. Ich spüre, wie ihr schweigend aufeinander zuschwimmt. Diese Nacht wird ihr Kopf nach vorn sinken, aber sie wird deine Hand nicht loslassen. Und morgen wird sie genau wissen, wie sie dir helfen kann, besser als ich, besser als Ada, besser als jeder andere. Sie wird dich pflegen, die Zeichen der Genesung interpretieren. Sie wird die Monitore, die Infusionen überwachen, sie wird dir mit dem Löffel zu trinken geben, beim Verbandswechsel helfen. Sie wird an deiner Seite bleiben, Gewicht verlieren und dich nach Hause bringen. Und wenn deine Haare nachwachsen, wird sie ihre abschneiden lassen. Und diesen Sommer werdet ihr ein Foto machen mit kurzen Haaren und Sonnenbrillen, wie Schwestern.

Ich überlasse dich ihr. Ich lasse euch zurück, lebendig, innig verbunden. Wie vor fünfzehn Jahren in dieser Klinik.

»Ich komme bald wieder«, und ich drücke ihr einen Kuß auf den Kopf.

Jetzt stehe ich hinter der Scheibe, neben dem Plastikvorhang, und sehe euch an.

Elsa hat mich nie gefragt, wo ich damals war, sie hat so getan, als wäre ich gar nicht fortgewesen. Dann legten wir dich in die Tragetasche und fuhren nach Hause. Und als die Nabelschnur abfiel, fuhren wir zu dem Pinienwäldchen und legten sie in eine Astgabel, das sollte dir Glück bringen. Ich liebe sie, Angela. Ich liebe sie dafür, wie sie gewesen ist, und dafür, was wir heute sind. Zwei betagte Geher auf dem Weg zu einer staubigen Ziellinie.

Es nieselt. Der Regen ist so fein, daß er aussieht wie feuchter Staub. Ich habe meinen Spind aufgeschlossen, mich aus- und wieder angezogen. Dann bin ich in die Cafeteria gegangen, mit den vielen Tischen, die sich in der Mittagspause füllen. Jetzt ist sie fast leer. Ich schaue mir die übriggebliebenen Tramezzini an. Ich setze mich neben die Tür, an die Luft. Am Mittelfinger trage ich deinen Ring, irgendwann, wann genau, weiß ich nicht mehr, hat er plötzlich gepaßt, und jetzt kann ich ihn nicht mehr abziehen. Es regnet. Im Regen habe ich Italia zum letztenmal geliebt, in irgendeinem Winkel der Stadt. Wenn es regnet, weiß ich, daß sie, wo immer sie auch sein mag, dem Leben nachtrauert. Sie war ein Teil von mir, so etwas wie ein prähistorischer Schwanz, der durch die Evolution verstümmelt wurde, etwas, dessen geheimnisvolle Anwesenheit ich immer noch spüre. Ich habe Hunger. Eine Frau kommt auf mich zu, um die Bestellung aufzunehmen. Sie hat ein flaches Gesicht, eine gestreifte Schürze, ein Tablett unter dem Arm. Die letzte Frau in dieser Geschichte.

www.buechergilde.de
Lizenzausgabe für die Büchergilde Gutenberg
Frankfurt am Main, Wien und Zürich
mit freundlicher Genehmigung der
Frankfurter Verlagsanstalt GmbH, Frankfurt am Main
Titel der Originalausgabe
NON TI MUOVERE

Lektorat: Hanna Siehr
Herstellung: Thomas Pradel, Frankfurt am Main
Satz: Fotosatz Reinhard Amann, Aichstetten
Druck und Bindung: GGP Media, Pößneck
Printed in Germany
ISBN 3-7632-5313-0